러
브
어
페
어

Love Affair

4

러브 어페어 4

ⓒ이유진 2024

| 1판 1쇄 인쇄 | 2024년 7월 1일 |
| 1판 1쇄 발행 | 2024년 7월 16일 |

| 지은이 | 이유진 |

펴낸이	박대일
교정	김효선
편집	이문영 · 임유리 · 이지영 · 김하랑 · 임지원
마케팅	임유미 · 윤수양

| 디자인 | 디자인그룹 헌드레드 |
| 조판 | 송새연 |

| 펴낸곳 | 파란미디어 |
| 출판등록 | 2004년 9월 14일 제313-2004-00214호 |

주소	03992 서울시 마포구 동교로23길 14 국제빌딩 6층
전화	02.3141.5589 영업부 070.4616.2012 편집부
팩스	02.6499.5589
전자우편	paranbook@gmail.com
카페	http://cafe.naver.com/paranmedia
인스타그램	@paranmedia

| ISBN | 979-11-7259-004-8(04810) |
| | 979-11-7259-000-0(전4권) |

러브 어페어

이유진 장편소설

Love Affair

4

파란

Love Affair

45. 세상이 끝날 것처럼 내리는(2)

붉은 피가 선우의 다리 사이로 번져 있다. 밖에는 눈보라가 휘몰아친다. 선우는 토하듯 울고 있었다.

"괜찮아."

침착하게 말했지만, 이미 아이를 잃을 수 있다는 공포에 삼켜진 선우에게는 괜찮다는 말이 닿지 않는 듯했다.

"이선우."

문도는 선우의 얼굴을 덮고 있는 손을 잡았다. 억지로 아래로 내리게 한 뒤 눈을 맞추었다. 눈물이 그렁그렁 차오른 눈이 문도를 보더니 다시 울컥 눈물을 흘렸다.

"아까 패드 댔었지?"

병원을 나서기 전 스테이션에서 생리대를 빌린 선우가 화장실에 다녀왔다. 선우가 고개를 끄덕이며 눈물을 흘렸다. 피가 밖으로 번졌다는 건 패드가 담아내지 못할 양의 출혈이 있었다는 이야기가 된다. 색깔은 선명한 붉은색. 문도는 숨을 마시고 핸드폰을 들었다.

"네. 병원이죠? 두 시간 전에 진료 보았던 이선우 산모 보호자입니다. 출혈이 있는데, 당직 교수님 상담이 필요합니다."

차라리 논현역 근처였으면 걸어서라도 병원에 데려갔을 텐데. 이미 한남대교 안으로 진입해 버렸다. 돌아가는 길은 막혔고 사방은 도로, 앞에는 강이다.

"양은 생리대를 넘쳤을 정도. 색은 붉은색이고요. 네. 알겠습니다."

당직 교수와 이야기를 했지만 병원에 와서 살펴봐야 한다는 말만 할 뿐, 조처할 수 있는 방법은 없었다. 다만 아이는 괜찮을 수 있다고, 피고임이 있던 것이 흘러나왔을 가능성이 크다는 말을 한다.

"뭐……래요?"

여전히 눈물을 가득 담고서 선우가 물었다. 불안과 공포가 뒤섞인 눈동자가 그의 대답을 기다리고 있었다.

"고여 있던 피가 흘러내린 거래. 대부분의 경우 아이는 괜찮았고."

"이렇게 많이도…… 괜찮았대요?"

"괜찮았대."

여전히 불안해하는 선우의 눈을 보며 문도는 다시 한번 말했다.

"괜찮아."

닿지 않는 말이라도 상관없었다. 믿지 못하는 이선우에게 열 번, 백 번이라도 알려 줄 생각이다. 아이는 괜찮다고. 그러니 무서워 말라고.

"어떻게 알아요?"

"그냥 알아."

"그냥 어떻게 알아요……."

선우의 뺨으로 눈물이 주륵 흘러내렸다. 괜찮다고 말을 했던 여자는 실은 내내 불안했던 거였다. 억지로라도 입원을 시켰어야 했나, 후회가 되었지만 이미 늦은 일이다. 문도는 몸을 기울여 선우의 얼굴을 잡았다. 자그마한 얼굴을 두 손으로 감싸고 눈물을 밀어내며 말했다.

"나는 다 알아."

"……거짓말."

믿지 못하겠다는 얼굴로 선우가 말했다. 울먹이는 목소리에 아주 잠깐 예전처럼 가까워진 기분이 들었다. 문도는 선우의 눈동자 깊은 곳을 바라보았다. 눈을 맞추고 오래 보며 선우의 불안이 가라앉기를 기다렸다. 주변의 소리가 잦아들고, 눈보라가 멀게 느껴질 정도의 시간이 흐른 뒤, 문도는 말했다.

"괜찮아. 다, 괜찮아."

헛된 소리라고 여겨도 괜찮다. 거짓이 필요하다면 거짓을, 확신이 필요하다면 확신을 줄 생각이다. 만에 하나 아이가 잘못된다고 해도 같은 말을 할 거다.

"잠깐 나갔다 올 거야. 오래 걸리진 않을 거니까."

선우가 고개를 끄덕였다. 실은 강한 여자라는 걸 안다. 체념을 몰랐던 이선우는 최악의 상황에서도 희망을 보려는 습성이 있었다. 그러니 이선우가 무너지지 않게 받쳐 주는 게 그가 해야 할 일이다.

문도는 문을 열고 나갔다. 운전석 뒤를 받은 차주는 자신의 차를 받은 다른 차주와 이야기를 나누다가 밖으로 나온 문도를 보고 고개를 돌렸다.

"저도 뒤에서 받혀서 이렇게 된 건데, 보험사 처리하시죠."

"수리는 알아서 하겠습니다. 대신 몇 가지를 구하고 싶은데요."

문도는 중앙선을 넘어 상대 차주와 그 뒤의 차주에게 임산부가 있다는 말을 전하고 물과 여분의 담요를 얻었다. 혹시 몰라 초콜릿과 사탕도 얻은 뒤, 본가로 전화를 걸었다.

상주하는 기사에게 한남대교에 정차해 있다는 말을 전하고, 제설이 시작되어 길이 뚫리면 휘발유와 주유 장비를 싣고 반대편 차선으로 와 줄 것을 부탁했다.

선우에게 말은 하지 않았지만 차에는 기름이 얼마 남지 않았다. 길만 뚫린다면 집까지는 문제없이 갈 수 있는 양이긴 하지만, 연비가 좋지 않은 차라 지금처럼 10미터를 한 시간에 가야 한다면 무사히 갈 수 있을지 장담할 수 없었다.

고개를 들어 대교 위로 늘어진 차량의 행렬을 바라보았다. 눈은 여전히 세상이 끝날 것처럼 내리고 있었다.

두 시간이 흘렀다.

한남대교 초입에 있던 차는 이제 강물 위에 서 있었다. 그 상태로 멈춘 지는 40분이 지났다. 실시간 교통 상황과 본가에서 전해 주는 소식에 의하면 대교 건너편에서 차들이 뒤엉켰다고 한다. 몇 중 추돌일지 모를 사고가 있었는데 덕분에 렉카차도, 제설 차량도 진입을 못 하고 있다고.

문도는 눈을 감고서 조수석에 누워 있는 선우를 내려다보았다.

잠을 자는 건 아니었다. 그저 불안을 상쇄하고 싶어 눈을 감은 듯 보였다.

자정이 넘어간 시간, 사람들은 이제 차를 버리고 걷기 시작했다. 눈보라가 휘날리는 대교 위를 건너는 사람들의 머리카락이 사납게 휘날렸다. 결단을 내려야 할 시간이 온 듯했다.

문도는 차를 옆 차선으로 붙였다. 인도와 인접한 갓길에 차를 세운 뒤, 히터를 제일 약하게 조절했다. 시동을 ON 모드로 돌려 엔진을 껐다. 전원만 들어온 상태로 남겨 놓는데 선우가 눈을 떴다.

"왜……."

선우의 눈동자가 불안하게 흔들렸다. 다리만 건너가면 한남동이다. 기사는 반대편 초입에서 길이 풀리기를 기다리며 대기 중이라고 했다. 기사가 대기 중이니 강만 건너가도 괜찮겠지만, 하혈을 한 선우를 데리고 칼바람이 부는 강을 건널 수는 없었다. 길이 풀릴 때까지 기름을 아껴 시간을 버티는 수밖에.

"여기서 버텨야 할 것 같아."

고개를 든 선우는 차창 너머로 차를 버리고 걷는 사람들의 모습을 보았다.

"여기서요?"

"응. 기름이 얼마 남지 않았어. 건너편에서 김 기사님이 건너오려고 준비 중이긴 한데 사고가 있어서 수월하지 않아. 견딜 수 있겠어?"

견딜 수 없어도 견뎌야 하는 상황이었다. 선우는 고개를 끄덕였다.

"배가 아프다거나, 하혈이 계속되지는 않고?"

서문도는 신기할 정도로 침착했다. 밖은 눈보라가 휘날리는데, 평온한 집에 있는 사람처럼 이야기를 한다. 그래서……

"괜찮은 것 같아요."

믿고 싶어진다. 흔들림이 없는 남자를. 괜찮다고, 다 괜찮다고 말을 하는 남자를 믿고 싶어진다. 고개를 끄덕인 문도가 시트를 뒤로 밀어 공간을 만들더니 몸을 비틀어 코트를 벗었다.

"히터가 약해서 추워질 거야."

담요 위로 코트가 덮였다. 문도가 바람이 들지 않게 코트 깃을 어깨 안으로 밀어 넣어 주며 선우를 꽁꽁 싸맸다. 그리고 그 위에 새 담요로 다시 감쌌다. 얼굴만 남은 선우를 보며 싱긋 웃는다.

"볼 만한데."

조금 어이가 없다. 이 상황에 웃음이 나오나. 선우는 그렇게 생각하다가 자신도 모르게 피식 웃어 버렸다. 웃음 끝에 예고 없이 눈물이 흘러내렸다.

"사실은……. 낮에 배가 살짝 아팠는데……. 자주 그랬으니까, 별일 아니라고 생각했어요……."

오늘 나오지 말걸. 나왔을 때 신경을 쓸걸. 아이만큼 소중한 게 없다고 생각했으면서 왜 자꾸 별일이 아니라고 생각했을까. 모든 순간들이 후회가 되어 눈물로 흘러내렸다.

"입원……할걸 그랬어요. 이럴 줄 알았으면, 입원할걸. 왜, 그냥 괜찮을 거라고 했는지……."

모두 자신의 잘못 같다. 아이가 잘못되면 어떡하나. 튼튼하게 태어나 주기만을 바랐던 아이였는데, 그냥 존재해 주기만 해도 감사한 아이였는데, 그런 아이를 자신의 잘못으로 잃을 것만 같았다.

"걱정하지 마. 튼튼이는 날 닮아서 독할 거니까."

남자의 입에서 튼튼이라는 말이 나왔다. 무척 안 어울렸다. 그다음 말도 이상했다. 선우를 닮았으면 좋겠다는 말을 했으면서, 이번엔 자신을 닮았을 거란다. 그래서일까. 눈물이 멎으며 불퉁한 말이 튀어나왔다.

"나 닮았으면 좋겠다면서요."

"좋겠다는 거지. 닮았다고는 안 했어. 먹는 것만 봐도 날 닮은 게 맞아."

선우는 어이없다는 눈으로 문도를 보았다.

"나는 포기도 모르고 체념도 몰라. 내 아이도 그럴 거니까 이제 그만 울어."

"안 울어요."

"울었잖아."

"그건."

뭐라 말을 더 하려다 선우는 입을 다물었다. 그 순간 툭 소리가 나며 전원이 나갔다. 문도가 눈살을 찌푸리며 히터에 손을 대었다. 시동 버튼을 눌러도 걸리다가 말았다.

"배터리 나갔나 보네."

가지가지로 악재가 겹쳤다. 선우가 초조한 얼굴로 입술을 깨문다. 이미 냉기가 돌고 있던 차는 순식간에 얼어붙어 냉동 창고처럼 변해 갔다.

"이제…… 어떻게 해요?"

피에 젖은 다리 사이에 한기가 들었다. 선우는 으스스 몸을 떨며 문도를 바라보았다. 문도가 잠시 생각을 하고는 뒷자리를 확인했다.

"뒤로 갈 거야."

"뒤로요?"

"체온으로 버틸 거니까 불편해도 참아."

말을 하는 문도의 입에서 하얗게 입김이 번졌다. 모른 체하고 있었지만 코트도, 담요도 전부 선우에게 둘러 준 문도는 슈트 차림이었다.

"벨트 풀어."

선우의 대답을 기다리지 않고 문도는 운전석 문을 열었다. 살을 에는 바람을 뚫고 조수석으로 돌아갔다. 몸을 일으킨 선우를 감싸 뒷좌석으로 자리를 옮겼다.

뒷좌석으로 들어온 문도는 선우의 몸에 둘린 담요와 코트를 벗기고, 그 아래 입고 있었던 그녀의 코트도 벗겼다. 얇은 니트 차림의 선우를 자리에 눕히고, 그 위로 켜켜이 옷을 쌓았다.

마지막으로 두 장의 담요까지 잘 덮어 준 뒤, 옷 무더기와 시트의 사이로 파고들었다. 긴장한 선우를 품에 바짝 안고 빙그르르 몸을 돌려 빈틈없이 선우를 감쌌다.

차 안에는 한동안 침묵이 흘렀다.

관에 들어와 있으면 이런 기분이 들까. 이대로 세상의 종말이 와도 이상하지 않을 것 같은, 그런 밤이다.

"무덤 속에 들어와 있는 것 같아요."

사락사락 쌓이는 눈이 유리창을 전부 덮었다. 쌓인 눈 외에는 아무것도 보이지 않았다. 멈춘 것 같은 시간과 외따로 떨어진 것만 같은 공간.

"나쁘지 않네."

문도가 말하자 선우가 고개를 들었다. 코끝이 스칠 정도로 가까운 거리였다. 고개를 조금만 내려도 입술을 머금을 수 있을 정도의 거리에서 문도는 선우의 얼굴을 세세히 눈으로 쓸었다.

"이렇게 죽는 것도 나쁘지 않겠어."

마지막 순간까지 너를 안고 있을 테니. 그렇게 생각하며 문도는 선우의 입술에 입을 맞추었다.

입술은 가만히 닿았다. 그리고 한숨을 한 번 쉴 정도의 시간이 흐른 뒤 느리게 떨어졌다. 입술이 떨어졌다 해서 거리가 멀어진 건 아니었다. 여전히 숨결이 스칠 것처럼 가까웠다.

조금이라도 움직이면 다시 입술이 닿을 것만 같은 거리에서 서로의 시선이 닿는다. 파르르 떨고 있는 선우의 눈동자와 흔들리는 문도의 눈동자가 하나로 얽히며 서로를 담았다.

선우는 숨이 막혀 왔다. 시간이 멎은 것 같았다. 남자에게서 시선을 떼고 싶은데 떼어지지 않았다. 밝고도 어두운 남자의 눈동자가 선우를 놓아주지 않았다.

더는 견딜 수 없다고 생각한 선우가 작게 숨을 터트렸을 때였다. 문도는 충동적으로 다시 고개를 내렸다. 부드러운 입술을 베어 물듯이 당기며 한 번 더 고개를 틀었다. 입술이 빈틈없이 포개어지며 서로의 숨이 섞여 들었다.

문도는 지그시 눈을 감았다. 가슴이 저며 왔다. 오랫동안 그리워한 이선우의 감촉이었다. 그래. 정말 마지막이면 좋겠다는 생각이 든다. 이렇게 너와 입맞춤을 하는 사이 세상의 종말이 오면 좋겠다고. 하여 먼 훗날 서로를 품에 안은 채 발견이 되어도 좋겠다고.

더 깊이 닿고 싶었지만, 여기서 멈추어야 한다는 것을 알았다. 이상했다. 이선우와 닿게 되면 눈이 돌아 버릴 줄 알았는데, 그렇지 않았다. 이 밤, 이 어둠으로부터 이선우를 지켜 주는 것이 우선이었다.

문도는 천천히 입술을 뗐다. 어둠 속에서 마주한 선우의 눈동자에는 아직도 물기가 어려 있었다. 혼란, 당황, 불안. 그리고 알 수 없는 흔들림.

"미안."

혼란을 더해 준 것에 대해 사과를 한 뒤, 문도는 선우를 힘주어 품에 안았다. 아이가 무사했으면 좋겠다는 생각을 한다. 그래야 이선우가 웃으며 살아갈 수 있을 테니.

쿵, 쿵, 쿵, 쿵 문도의 심장 소리가 귀를 울렸다. 선우는 어지러웠다. 자신을 감싸 안은 남자의 체온이 오래된 기억들을 불러왔다. 목 끝까지 더운물이 차오르는 기분이 들었다.

"시간이 걸릴 테니까 아이 생각해서라도 한숨 자."

의미를 알 수 없었던 입맞춤을 한 남자가 말했다. 아니다. 의미를 모르지 않았다. 가만히 대었던 첫 번째 입맞춤은 위로. 조금 더 깊었던 두 번째 입맞춤은 우발적인 충동. 미안하다는 말이 가슴을 맴돈다.

"네."

선우는 남자에게 대답했다. 가라앉은 목소리가 침착하게 들려서 다행이라는 생각을 했다. 하얗게 뒤덮인 어둠 속에서 선우는 눈을 감았다. 잠이 들 수 있을 것 같지는 않았지만, 불을 끄듯이 잠시 모든 것을 멈추고 싶었다.

"튼튼이 걱정은 하지 마."

나지막한 목소리가 어둠 속에 퍼져 나갔다. 선우는 얕게 고개를 끄덕였다. 눈을 감고 있는 선우의 등을 쓸어 준 뒤 문도가 말을 이었다.

"태몽 이야기를 해 줬었나."

선우가 말없이 고개를 저었다.

"제일 크고 빛났던 별이 내 품으로 떨어졌거든. 내 품이 자기 자리라는 듯이 뛰어드는 걸 놓치지 않고 받았어."

눈을 감은 채 선우는 반짝이는 별을 그려 보았다. 남자의 품으로 슝 떨어져 품에 안기는 모습도 생각했다.

"그러니까 건강하게 태어날 거야. 걱정하지 말고 한숨 자."

과학적 근거가 없다는 걸 아는데도 마음이 놓였다. 부드럽게 닿았던 입술과 애틋하게 뒤섞였던 숨은 잊기로 한다. 절박한 순간에 나온 충동 그 이상도 이하도 아닐 테니.

남자의 체온에 몸을 맡긴 채 선우는 다시 한번 눈을 꾹 감았다. 이 밤, 아이도 자신도 무사하길 바란다. 그것만 생각하기로 했다.

도로는 두 시간 정도가 지난 뒤에 풀렸다. 김 기사가 중앙선 안전 펜스 위로 건네준 휘발유와 배터리 점프 스타터로 문도는 차를 살렸다.

대교를 건너가 제일 가까운 대학 병원에 먼저 들렀다. 산부인과 응급 진료를 보고 아이가 무사한 것을 확인했다. 피고임이 사라지고 자궁 상태도 괜찮다는 진단을 받고 집으로 돌아왔을 때는 아침이었다.

"고생했어요. 몸 좀 녹이고, 한숨 푹 자야겠네. 아기는 괜찮은 거죠?"

장 여사가 따뜻한 둥굴레차를 내어 주면서 선우에게 말했다.

"네. 괜찮대요."

"씻고 나와요. 아침 차릴 테니까."

갈아입을 옷을 들고서 선우는 욕실로 향했다. 멍한 얼굴로 거울을 보다가 따뜻한 물로 샤워를 했다. 깨끗한 옷으로 갈아입고 나오니 몸은 천근만근인데 배가 고팠다.

"어서 와요. 김칫국 끓여 봤는데, 어떨라나. 입에 안 맞으면 된장국도 있고."

"김칫국 먹어 볼게요. 냄새부터 맛있어요."

선우는 자리에 앉으며 말했다. 차려진 음식은 1인분이었다. 2층으로 올라간 남자가 생각나 망설이다가 장 여사에게 물었다.

"전무님은 식사하셨어요?"

"나가서 드신다고 선우 씨 편히 먹으래요."

그 말이 신호라도 되었는지 계단 위쪽에서 서문도가 내려오는 모습이 보였다. 샤워를 마친 말끔한 모습이었다.

"여사님, 저 출근해요."

앞으로 걸어가며 말하던 서문도가 문득 이쪽을 보았다. 선우가 자신도 모르게 흠칫 놀라자 피식 웃는다.

"오늘은 푹 쉬어."

알겠다고 대답을 하기도 전에 문도가 시선을 돌려 장 여사를 보았다.

"여사님도 본가 잘 다녀오시고요."

"커피라도 한잔하고 가세요."

"됐어요."

문도가 가볍게 거절을 하고 엘리베이터로 향했다. 버튼을 누르더니 잠시 목을 뒤로 젖혔다. 선우는 그 모습을 자신도 모르게 바라보았다. 고개를 내리던 문도가 선우의 시선을 눈치챘는지 가볍게 웃더니 엘리베이터를 탔다.

"선우 씨, 앉아."

"아, 네."

마음이 이상했다. 식사도 못 하고 바로 출근하는 모습을 보니 신경이 쓰였다. 선우는 얕게 한숨을 쉬며 자리에 앉았다.

"어때, 괜찮아?"

장 여사가 선우가 한술 뜨는 모습을 보고는 물었다.

"맛있어요."

습관처럼 말을 하다가 깨달았다. 속이 뒤집혔던 음식 냄새가 역하지 않다. 미식거림은 여전했지만 전처럼 많이 거북하지 않았다. 선우는 젓가락을 들고 불고기를 먹었다. 물김치도 떠먹고, 숙주나물과 시금치나물도 먹었다.

"여사님. 저요."

선우는 접시에 사과를 담아 오는 장 여사를 보았다.

"왜요. 속이 안 좋아?"

"아니요. 입덧이 좋아졌나 봐요. 반찬도 많이 먹었어요."

"듣던 중 반가운 소식이네."

장 여사가 사과를 앞에 놓고 맞은편에 앉았다. 새콤달콤한 사과를 먹는데 거실에서 반짝이고 있는 커다란 트리가 보였다. 하룻밤을 길 위에서 보내는 바람에 깜빡 잊고 있었는데 오늘은 크리스마스이브였다.

"여사님, 몇 시에 출발하세요?"

"이거 치워 놓고 가야지."

선우는 그 말을 듣고 방으로 향했다. 며칠 전 장 여사가 생각나서 사 두었던 화장품 세트를 서랍에서 꺼냈다.

"크리스마스 선물로 사 봤는데, 마음에 드실지 모르겠어요."

식탁으로 돌아와 장 여사에게 포장된 물건을 건넸다. 장 여사의 눈이 커다래지는데 괜히 쑥스러웠다.

"뭘 이런 걸. 잘 쓸게요."

"여긴 제가 치울게요. 먼저 가 보세요."

"됐어. 치울 게 뭐 얼마나 된다고."

선우는 손을 젓는 장 여사를 따라다니며 그릇도 옮기고 반찬도 정리를 했다.

"나 없는 동안 여기서 꺼내 먹어요. 제일 위에 반찬. 그다음에 국하고 김치, 샐러드 있고, 아래엔 과일. 데워 먹기만 해요."

"네."

"입맛 없으면 시켜 먹거나 숙소 동에 인터폰을 하거나 하고."

"네. 잘 챙겨서 먹을게요."

선우는 대답하며 웃었다. 하룻밤 외출에 냉장고 가득 음식을 채워 놓은 장 여사에게 고맙고, 미안했다.

"다녀오세요."

본관으로 건너가는 장 여사에게 인사를 한 뒤, 선우는 눈을 비볐다. 따뜻한 물에 샤워를 하고 배불리 밥을 먹어서 그런지 노곤함이 밀려왔다.

방으로 돌아온 선우는 커튼을 닫고 스탠드를 작게 켰다. 포근한 침대 속으로 들어갈 땐 눈꺼풀이 반쯤 감긴 상태였다. 베개를 베고 누웠더니 꽃병의 꽃이 바뀐 것이 보였다. 장미와 소국, 리시안셔스와 이름 모를 푸른 잎이 깜빡이는 눈꺼풀 사이로 보였다.

'미안.'

입술을 떼며 남자가 했던 말이 생각난다. 그 바로 전에 애틋하다는 듯 그녀의 뺨을 감싸 쥐었던 것도.

생각하지 말자.

선우는 고개를 저었다. 하루 종일 혼자 지내야 할 테니 한숨 자고 일어나면 태교 인형을 만들자. 시간이 남으면 손 싸개도 만들고.

선우는 그 생각을 마지막으로 눈을 감았다. 꿈이 없는 잠을 자고 싶었다.

문도는 손에 부드러운 크림색 천을 쥐고 잠이 든 선우를 바라보았다. 어둠이 내린 거실에 반짝반짝 트리가 빛났고, 소파에 앉아서 아이 옷을 만들던 여자는 잠이 들어 있었다.

달칵.

주방의 불을 켠 문도는 냉장고를 열었다. 장 여사가 미리 만들어 놓은 음식들이 보였다. 육수를 부어 끓이기만 하면 되는 유부전골을 꺼내고 칸칸이 담아 놓은 밑반찬도 꺼냈다. 수저 한 벌을 식탁에 올려놓고 밥솥에 있는 밥을 떴다. 끓고 있는 전골의 불을 내리고 식탁 위에 올려놓는데 뒤에서 소리가 들려왔다.

"오신 줄 몰랐어요. 잠깐 졸았는데, 시간이 벌써…….."

핸드폰을 본 선우는 다시 고개를 돌려 밖을 바라보았다. 흰 눈이 다시 날리기 시작한 정원이 어두워서 밤인 줄 알았는데, 아직 7시밖에 되지 않았다.

"잘 자고 있길래 안 깨웠어. 먹고 그냥 둬. 치우는 건 내가 나중에 한꺼번에 할 테니까."

선우는 눈을 깜빡였다. 물컵에 물을 따르는 남자의 앞에 차려 놓은 음식들이 보였다.

"아니에요. 저는 알아서 먹을게요. 전무님 드세요."

"먹어. 난 이따 먹을 테니까."

돌아 나온 문도가 말했다. 벗어 두었던 모직 재킷을 팔에 걸고 2층으로 올라간다. 홀로 다이닝 룸에 남은 선우는 남자가 차려 놓은 식탁 위의 음식을 잠시 내려다보았다.

밖에는 다시금 눈이 내린다. 반짝이는 트리가 거실을 밝히는데,

식탁 위에는 1인분의 식사만이 차려져 있었다. 코트를 벗어 덮어 주었던 모습이 떠올랐다. 밤새도록 괜찮다고 말을 해 주었던 모습과 마주치지 않을 테니 편히 밥을 먹으라고 했던 모습도.

선우는 길게 숨을 내쉬었다. 아이를 지우라는 말은 지울 수 없는 상처로 남았지만, 언제까지 남자를 미워하고 원망하며 지낼 수는 없었다.

아이를 혼자 키우고 싶어서 도망을 치려 했던 자신에게도 문제는 있었다. 서문도가 자신을 억지로 별채까지 끌고 오긴 했지만 가능한 잘해 주려 노력을 하는 것도 이제는 알겠다.

어쨌든 아이로 연결된 사이였다. 아이가 자라는 동안엔 잠깐씩이나마 얼굴을 마주해야 할 일들이 있을 거였다. 그렇다면 더는 이렇게 지내서는 안 되겠다는 생각이 들었다. 뾰족한 마음을 가지고 있는 건 아이에게도 좋지 않을 테니.

선우는 서랍을 열고 수저 한 벌을 더 꺼냈다. 밥그릇을 꺼내 밥을 푸고 앞접시도 하나 더 놓았다. 그렇게 차려 놓은 상을 물끄러미 바라보다 핸드폰을 들었다. 숨을 크게 마신 뒤 서문도의 번호를 찾아 전화를 걸었다.

"괜찮으시면 식사 같이해요."

미워하는 마음 같은 거, 원망하는 마음 같은 거, 이제는 그만 삼켜 버리기로 한다. 아직 응어리진 어떤 부분들은 시간이 흐르면 사라질 테고.

저밀 듯 욱신거리는 마음도 언젠가는 삼켜지겠지. 그렇기를 바라며 선우는 계단을 내려오는 남자의 모습을 바라보았다.

46. 크리스마스 선물

선우는 유부 전골을 한 국자 떠서 앞접시에 담았다. 전골을 각자의 그릇에 담고 각자 알아서 먹는, 같은 자리에 앉아 있을 뿐인 식사가 이어졌다. 달그락거리는 수저 소리를 배경음 삼아 절반 정도 밥을 먹었을 때, 문도가 물컵에 물을 따르며 말했다.

"이제는 나랑 같이 먹어도 괜찮은 건가."

샐러드를 집던 선우는 물을 마시는 문도를 바라보았다.

"입덧이 많이 좋아졌어요. 전처럼 속이 뒤집히진 않아요."

"잘됐네. 많이 먹어."

고개를 끄덕이며 문도가 말했다. 담담해 보이는 얼굴 아래로 옅게 깔린 피곤이 보였다. 길 위에서 밤을 새고 한숨도 못 잔 채로 출근했으니 아무리 체력이 좋은 사람이라도 피곤할 터였다.

선우는 다시 수저를 드는 문도를 보며 망설였다. 고맙다는 말을 하고 싶지만 오랫동안 남자를 미워하고 원망해서 그런지 쉽게 입이 떨어지지 않았다.

"저……."

선우의 목소리에 문도가 눈을 들었다. 선우는 입술을 깨물다가 결심을 했다. 조금 더 성숙한 어른이 되어 보자고.

"어제 일은 고마웠어요."

문도가 미세하게 얼굴을 찡그렸다. 무슨 소리를 들은 건가 싶은 표정이었다.

"전무님 덕분에 편히 있었고, 많이 당황하지 않을 수 있었어요. 감사합니다."

그 소리에 문도가 한 번 더 눈썹을 찡그리더니 말했다.

"뭐가 고마운데."

"아……. 그냥 다요."

조금 당황한 선우는 말을 덧붙였다.

"혼자 병원에 갔다가 택시 탔으면, 훨씬 힘들었을 거니까요."

병원에 혼자 갔다가 택시를 탔더라면. 그 택시가 눈길에 멈췄는데 하혈을 했더라면. 상상만으로도 아찔했다. 겁을 잔뜩 먹어 패닉에 빠졌던 걸 흔들어 깨워 준 것도, 불편하지 않게 보살펴 준 것도 눈앞에 있는 남자였다.

"잊었나 본데 네 배 속에 있는 애는 내 아이야."

조금 뻐딱한 듯한 남자의 목소리에 선우는 입술만 깨물었다. 이러려고 한 말은 아니었는데.

"내 새끼 내가 챙기는 게 뭐가 고마워."

"알아요. 전무님 아이인 거."

잊지 않았다. 그걸 어떻게 잊을까. 매 순간 실감하며 살고 있다. 낯선 음식이 먹고 싶을 때마다, 이 공간에 머무는 모든 순간마다, 그리고 남자의 얼굴을 마주할 때마다.

"알면 그만 고마워해."

그렇게 말을 하고 뭔가가 못마땅하다는 듯 미간을 찌푸린 문도가 엷게 한숨을 쉬었다. 그리고 선우에게 다시 말했다.

"그러니까 내 말은……. 무슨 일이 생기면 내게 먼저 연락을 해. 그래도 돼. 그게 당연한 거야. 내 아이니까."

나름 풀어서 설명을 하려는 것을 알겠다. 서문도에게 이선우는 그냥 이선우가 아니라 자신의 아이를 가진 여자이고, 그러므로 신경을 쓰는 게 당연하다는 말이다. 전이라면 그것조차 거부하려 했겠지만 이제는 굳이 그러고 싶지 않았다. 지난 일들은 묻어두고 그냥 담백하기를 바란다.

"네. 그럴게요. 앞으론 아이 관련해서 생기는 일들은 먼저 연락을 드릴게요."

그 말에 문도가 미간을 손끝으로 매만지다가 되었다는 듯 한숨을 쉰다.

"그래. 그래 주면 좋겠어. 그리고 이건."

문도가 주머니에서 무언가를 꺼내 테이블 위에 올려놓았다. 자동차의 스마트 키였다.

"차고에 뒀으니까 필요할 때 써. 주는 건 아니니까 부담 갖지 말고."

선우가 키를 가만히 바라보기만 하자 문도는 성급히 한마디를 덧붙였다.

"색깔이나 스타일이 마음에 안 들면 바꿔 줄 테니까."

선우는 그 말에 피식 웃었다. 주는 건 아닌데 마음에 안 들면 바꿔 준다니. 예전부터 생각했지만 서문도는 이상하게 다정한 사람이었다.

못된 말은 가차 없이 하면서 자꾸 뭘 주겠다고. 예전에도 그랬었다. 너는 그런 여자라고 했으면서 목걸이를 주고, 팔찌를 주고, 밥도 사 주고, 수박도 사 줬었다.

"그럴 필요는 없어요. 잘 쓸게요."

웃으며 대답을 하는 선우를 문도가 물끄러미 바라보았다. 그러다 올려놓은 키를 선우 앞으로 밀어 주며 말했다.

"너무 멀리 가지는 마."

피곤에 잠긴 것 같은 눈동자가 선우를 오래 보았다. 밥을 먹던 것도 잊었는지 그렇게 한참 선우만 보고 있어, 기분이 이상해지려 했다. 그래서 선우는 숟가락을 들어 밥을 떴다. 그리고 일부러 아무렇지 않은 목소리로 말을 했다.

"실은 아까 잠깐 박소영 씨 생각이 났어요."

스마트 키 뒷면의 로고가 박소영이 처음 받았던 국산 차의 로고였다. 문도는 순간 속으로 욕을 씹었다. 기사 딸린 차는 극구 거부를 하니 무리하지 않는 선에서 편히 다니라고 고른 차일 뿐이다.

그나마 부담되지 않을 가격으로, 혹시 모를 일을 대비해 눈길에서 안전할 사륜구동으로 고르느라 고른 건데 하필 같은 브랜드일 게 무언가.

"그런 의미로 주는 게 아니라."

"알아요. 그냥 생각이 났어요. 미국 가셨다고 들었는데 잘 지내고 계시겠죠?"

선우가 그런 뜻 아닌 것 잘 안다는 표정으로 말했다. 다행이라는 생각을 하며 문도는 대답했다.

"여기보단 낫겠지."

잠시 침묵이 흘렀다. 같이 있는 게 아무래도 어색하고 힘이 드는지 선우가 입술을 다물고 주위를 둘러보았다. 그러다 어색함을 깨 보려는 듯 다시 말을 했다.

"유라 씨 생각도 났어요. 나갈 때마다 운전시켰던 것도."

"제 손으로 하면 될 것도 남 시켜 먹는 건 일등이지."

"아니에요. 유라 씨 면허 없었어요."

금시초문이었다. 문도는 눈썹을 살짝 들었다.

"필기에서 다섯 번인가 떨어져서 포기했대요. 상식으로 풀면 된다고 해서 상식으로 풀었는데 점수 미달이었다고요."

그 말을 하면서 선우가 웃었다. 눈이 반달처럼 되는 진짜 미소를 보는 게 너무 오랜만이라 문도는 눈을 뗄 수가 없었다. 꿈속에서조차 이선우는 억지로 만들어 낸 것처럼 웃었는데, 실제의 이선우는 저렇게 웃는다. 별처럼 반짝여, 눈이 부시게.

"고모님답네."

"생각이 많이 나요. 고생도 많이 했지만 마지막엔 그래도 나름 재밌었거든요."

서유라와 이선우가 거실에서 소곤소곤 이야기를 나눴던 모습이 기억난다. 그 망나니 같았던 서유라가 선우 앞에서는 까르르 웃음을 터트렸던 것도. 마지막에는 이선우 어디 갔느냐며 울면서 찾았던 것이 어제 일처럼 선명했다.

"나도 그래."

서로가 서로를 보는 사이 잠시 침묵이 흘렀다. 문도는 담담히 입을 열었다.

"유감이야. 서유라가 죽은 것도, 서유라 사건으로 네 동생이 그렇게 되었던 것도."

한 번도 선우에게 이민우에 대해서 이야기해 준 적이 없었다. 그날의 진실을 전부 알고 있으면서, 이민우에 대해선 알려 줄 생각을 하지 않았다. 선우가 그렇게나 진실을 찾아 헤매는 것을 알면서도 말해 주지 않았다.

"그날."

말을 하고 선우를 보았다. 눈빛으로 그날이 언제인지 알아들은 선우가 입술을 맞물었다.

"아버지한테 전화가 왔었어. 새벽 4시를 조금 넘겨서, 서유라에게 가 보라고. 사고를 친 것 같다고."

선우의 눈동자가 흔들린다. 그날의 진실을 알아야 할 권리가 있다면, 내가 아닌 너겠지. 문도는 차분하게 이야기를 이었다.

"변호사를 대동하고 클럽엘 갔어. 문을 열었을 때 젊은 남자 둘이 누워 있는 걸 봤고, 죽은 것도 확인을 했어."

청바지를 입었던 남자와 검은색 슬랙스를 입었던 남자. 일이 더럽게 돌아갈 수도 있겠다고 예감을 했던 그때.

"바닥에는 겉으로 보이는 상처는 없었던 김영재와 머리에 상처가 난 네 동생이 있었지. 이미 죽은 상태였고, 현장에는 정신이 나간 서유라와 최지상이 있었어."

선우의 얼굴이 창백해져 갔다.

"약에 취한 서유라가 횡설수설 거짓말을 했고. 그러거나 말거나 나와는 상관없는 일이라 생각했어. 조금이라도 얽히는 게 싫었거든."

일이 꼬이든 말든 관여하고 싶지 않았다. 서유라의 일은 서유라의 일일 뿐, 그에게까지 얽혀서는 안 되는 일이라고 생각했다. 그래서 최소한의 처리만 하고 현장을 나왔다.

"내가 먼저 나오고, 그다음으로 최지상이 나왔고. 서유라는 변호사 대동하고 경찰서로 갔지. 경찰 조사 받고 나오는 서유라를 기다렸다가 재활 병원에 보내 버렸어. 내 할 일은 거기가 끝이라 생각했지."

선우는 애써 침착히 이야기를 듣는 듯 보였지만 눈가가 붉어져 있었다. 돌아보면 이선우를 울게만 했었다. 흐르는 눈물을 닦아 준 적은 거의 없이.

"미안해. 그때 네 동생을 그렇게 두고 와서."

문도의 사과를 들은 선우의 눈에서 한줄기 눈물이 흘러내렸다. 문도는 잠시 사이를 띄웠다가 다시 입을 열었다.

"그것 때문에 네가 여기까지 와서 힘든 시간을 보내야 했던 것도, 미안하게 생각해."

태엽을 감아 시간을 되돌린다면 그 자리에 남았을까. 서유라의 거짓말을 비웃으며 사실 그대로를 조사하라고 경찰에게 말했을까. 네가 힘든 일을 겪지 않게 하기 위해, 너를 만나지 않는 길을 선택했을까.

이선우를 보내고 나서 생각을 해 보았다.

진짜 미안한 건 따로 있었다. 이 모든 사실을 알고 있었다 해도, 시간을 되돌릴 수 있다고 해도, 자신은 같은 선택을 반복할 거였다. 이선우로 하여금 그 모든 고통을 다시 겪게 하고, 몇 번이고 트레이너를 구하여 이선우가 이 집으로 들어오는 날을 기다릴 거였다.

"아니에요. 다 지난 일이고."

선우가 눈물을 닦으며 말했다.

"이제라도 사실대로 알려 주셔서 감사해요. 미안하다고 해 주신 것도요."

자꾸 나오는 눈물이 민망한지 몇 번 더 손으로 밀어내고는 입술을 깨물며 문도를 보았다. 후, 작게 숨을 내쉬어 진정하려고 노력한 뒤에 입을 다시 열었다.

"많은 일들이 있었지만……. 다 지나갔고, 전무님 덕분에 민우의 진실도 밝혀졌고요. 그래서……. 이제 그만 잊으려고요."

잊으려 한다는 말이 반갑지 않은 건 왜일까. 애써 만든 미소를 보이는 게 그리 기쁘지 않은 건 무엇 때문일까.

"솔직히 며칠 전까지 전무님 원망했었는데, 이젠 아니에요. 아이 건강하게 낳아서 잘 키우는 것만 생각할래요. 그러니까 전무님도 마음 쓰지 않으셨으면 해요."

더는 외면하지도, 미워하지도 않겠다고 선우가 말했다. 분노도 거두고 원망도 거둔 너와 다시 시작할 수 있을까.

"그래. 아이 건강히 낳는 것부터 생각해."

문도의 말에 선우가 빙그레 웃었다. 만들어진 것 같은 미소였지만, 그래도 자신을 보고 다시 웃어 준다는 것이 좋았다.

여기부터 다시.

부서진 벽돌을 쌓던 미친놈처럼 하나씩 새로 시간을 쌓아 가면. 그러다 보면 언젠가는 너도 활짝 웃겠지. 문도는 그렇게 생각하며 마주 미소를 지어 주었다.

크림색 실을 손가락에 감고 코바늘을 돌린다.

한 코를 뜨고, 다시 거기에 한 코를 연결해서 이어 가다 보면 한 줄이 생기고, 그 위로 다시 한 줄이 생겼다. 그렇게 몇 줄을 뜨던 선우의 손이 천천히 느려지다가 어느 순간 멈추었다.

'미안해. 그때 네 동생을 두고 와서.'

서문도가 사과를 했다.

그런 일은 없을 거라 생각했는데, 먼저 그날의 이야기를 꺼내어 있었던 일에 대해 알려 주었다. 그리고 민우를 두고 와서 미안하다고 했다. 더불어 선우에게도 미안하게 생각한다고도.

'그것 때문에 네가 여기까지 와서 힘든 시간을 보내야 했던 것도, 미안하게 생각해.'

뒤늦게 어딘가 이상한 말이라는 생각이 들었다. 어째서 지난 시간에 대해 미안하다고 하는 건가. 처음부터 다 알면서도 작정하고 가지고 논 거면서.

힘든 시간을 보란 듯이 안겨 준 장본인이면서, 마치 본인이 의도한 잘못이 아니라는 듯이 말을 할 수 있나. 처음부터 되짚어 생각을 하면 그렇게 기막힐 수가 없는데.

서문도는 그녀가 간절한 것을 알면서 고양이가 쥐를 가지고 놀듯이 물었다 놓기를 반복했었다. 전부 알고 있었으면서 잠자리를 하고 싶다고 올라온 그녀를 안았다.

몇 번의 거절로 밀어내는 시늉을 하다가 결국은 서슴없이 옷을 벗겼다. 카드를 내밀어 수치심을 주었고, 그 뒤로도 돈을 노린 여자 취급을 하며 비웃었다. 그렇게 죽지 않을 만큼 물었다가, 살짝 풀어 긴장을 놓게 했다가, 다시 아프게 물면서 제대로 가지고 놀았다.

그래도 거기까진 이해해 보려 노력할 수 있었다. 끈질기게 달려들어 같이 자자고 하는 여자를 마다하는 게 귀찮아졌을 수도 있고, 잠시 흥미가 일었을 수도 있으니.

어떻게 그럴 수 있나 싶은 건 선우의 절실한 마음을 시험했다는 거였다. 중간중간 마치 네가 어디까지 절실할 수 있는지 시험이라도 하는 것처럼, 몇 번이나 그만두라고, 눈에 보이지 말라고, 해고를 하겠다고.

그때마다 곁에 머물게 해 달라고 빌었던 일들이 새삼스럽게 생각나 선우는 숨을 깊이 쉬었다. 마음을 다스리려 노력한 뒤 몇 코를 더 뜨다가 다시 멈추고 입술을 깨물었다.

생각하면 할수록 정말 나쁜 사람이었다.

스스로 옷을 벗게 했고, 환한 불빛 아래서 다리를 벌리게 했다. 그걸로도 모자라 좋아한다 말하라 했고, 애원하며 매달리라 했었다. 잠자리를 가졌던 숱하게 많은 밤이, 사실은 남자가 의도적으로 숨통을 쥐었다 놓으며 놀았던 시간이라 생각하면 삽시간에 목이 뻣뻣해지곤 했다.

그뿐일까.

그러는 사이사이 뼈가 녹을 정도로 다정하기도 했었다. 진심으로 선우를 좋아하는 것처럼, 진짜 연애를 하고 있는 것처럼 행동해서 결국엔 마음까지 주게 만든 사람이었다. 그런데, 별채에서 힘든 시간을 보내야 했던 것에 대해 미안하게 생각한다고?

사과가 잘못되지 않았나.

네 사정을 다 알았으면서 그런 식으로 가지고 놀아서 미안하다고 해야 하는 거 아닌가. 민우를 두고 온 건 미안하고, 내게 그런 짓을 한 건 미안하지 않은 걸까.

우르르 마음이 끓어올라 선우는 손에 있는 크림색의 모자를 움켜쥐었다. 그러다 눈을 꾹 감고 깊이 숨을 쉬었다. 전부 잊겠다고 말한 지 몇 시간도 지나지 않았다. 원망하는 마음, 이제는 없으니 마음 쓰지 말라고 먼저 화해의 말을 건넸었다. 그러니 나를 가지고 놀았던 건 미안하지도 않냐는 질문은……. 이제 와서 하기엔 너무 늦었다.

그래도 너무 잔인하지 않나. 이민우의 누나인 것을 속이고 들어왔다는 게, 그 오랜 시간을 가지고 놀 정도로 잘못한 일일까. 바닥까지 던져질 정도로 잘못한 일일까.

왜 내게 그런 짓까지 했을까.

자비가 없는 사람이라는 건 알고 있었다. 최지상의 사건을 터트릴 때만 보아도 그랬고, 그녀를 잘라 내던 순간에도 머뭇거림은 없었다. 거기까진 정말 나쁜 사람이라는 생각으로 납득할 수 있었다. 이해를 할 수 없는 건…….

얼어붙은 그녀를 체온으로 녹여 주었을 때였다. 이렇게 죽는 것도 나쁘지 않겠다는 뜻 모를 말을 해 놓고, 입을 맞추었을 때였다.

이해할 수 없는 건 또 있었다.

정말 모두 다 거짓이었냐고, 나를 기만하기 위해 말했던 거냐고 붙잡고서 물어보고 싶은 순간들.

'네가 너무 좋아.'

선우는 지그시 눈을 감았다. 아픈 감정이 뻐근하게 목을 넘어갔다.

'좋아서 미칠 것 같아.'

심장이 아프게 조여들었다. 애써 생각하지 않으려 했던 밤의 일이다. 등 뒤로 스며들었던 그 밤의 목소리는 아무리 지워 내려 해도 지워지지 않았다. 지워지지 않는 건 그뿐이 아니다.

'미친놈이라고 생각하고 들어.'

이유 없이 마음이 아팠던 말.

'아무 데도 가지 말고, 나랑 있어.'

왜 그런 말까지 해 가며 나를 속였을까. 그렇게까지 나를 치밀하게 속였어야 했을까. 정말 속인 게 맞을까. 만약에, 아주 만약에…….
나를 속인 게 아니었다면. 그런 거라면.

선우는 거기서 멈추었다.

앞으로 뻗어 가려는 생각을 억지로 닫았다. 다시 찾아와 아이를 지우라 했던 남자였다. 싸구려 여자 취급을 하며 너를 어떻게 믿겠냐고 했었다. 그때의 서문도는 예전보다 더 잔인했었다.

선우는 고개를 세게 저었다. 생각하지 말자. 그 시간들은 모두 지났고, 잊기로 마음을 먹었으니 잊어야 했다. 아이를 위해서라도 그래야 했다.

숨을 가다듬고 다시 뜨개를 뜨려고 아래를 내려다보았다가 힘없이 웃었다. 부지런히 떴던 마지막 몇 줄의 코바느질이 엉망이었다. 중간 몇 코를 빠트리며 건너뛴 부분들이 마치 자신의 마음을 보는 듯했다. 연결되지 않는 어떤 지점들이 구멍처럼 뚫려 있어 엉망인.

선우는 쓸쓸한 미소를 지었다.

어떤 부분들은 구멍이 난 채로 남겨 두는 것도 현명한 일이지 않을까. 지난 시간에 연연하고 싶지 않았다. 아이와 함께 새로 맞이해야 하는 앞으로의 날들에만 집중하고 싶었다.

묻어 두면 되는 일이다. 굳이 물어보지 않으면 될 일. 선우는 엉망으로 떠진 실을 풀어 다시 뜨기 시작했다.

크리스마스는 고요히 지나갔다. 병원에서 괜찮다고는 했지만 아직 불안한 마음이 가시지 않은 선우는 주로 침실에서 시간을 보냈다.

점심은 다이닝 룸에서 문도와 마주치게 되는 바람에 함께 식사를 했고, 저녁 시간은 선우가 쪽잠을 자면서 자연스럽게 지나갔다.

그리고 그다음 날 아침, 새벽같이 깨어난 선우가 방에서 손뜨개를 마저 하다가 따뜻한 우유라도 마실까 싶어 주방으로 나섰을 때였다.

"선우 씨, 일찍 일어났네?"

휴가를 마치고 돌아온 장 여사가 주방으로 들어왔다.

"잘 다녀오셨어요?"

"잘 다녀왔어요. 아침으로 프렌치토스트를 해 왔는데, 지금 차려 줄까? 아직 따뜻한데."

안 그래도 빈속이 쓰려 우유로 달래려던 참이었다. 선우는 웃으면서 고개를 끄덕였다.

"네. 안 그래도 배고팠어요."

"그럼 앉아 있어요. 차리기만 하면 되니까."

"네. 저 차 한 잔 타려는데, 여사님도 드실래요?"

"응. 나는 믹스 커피로 부탁해요."

선우는 무선 주전자에 물을 받아 버튼을 눌렀다. 머그잔 두 개를 꺼내어 하나는 루이보스 티를 넣어 놓고, 하나에는 믹스 커피를 준비해 놓았다. 끓는 물을 차례대로 부은 뒤 테이블 위에 올려놓으니 장 여사가 프렌치토스트와 편으로 썬 딸기와 바나나를 담은 접시를 선우의 앞에 차려 주었다.

"맛있겠어요."

선우는 프렌치토스트 위로 메이플 시럽을 뿌렸다. 칼로 잘라 한 입 넣으니 부드럽고 달콤한 맛이 입안 가득 퍼졌다.

"잘 먹으니깐 만드는 보람이 있어."

장 여사가 커피를 한 입 마시며 말했다.

"네. 저도 입덧 그쳐서 좋아요."

"먹고 싶은 거 있으면 개의치 말고 말해요."

"네."

대답하며 선우가 웃는데 다이닝 룸으로 성큼 들어오는 사람이 있었다.

"여사님. 아침 안 먹어요."

출근 준비를 마친 서문도가 다이닝 룸으로 들어오며 말했다. 안으로 들어오던 남자와 눈이 마주치는 순간, 선우의 입가에 걸렸던 미소는 천천히 내려왔다. 선우가 앉아 있을 줄 몰랐다는 듯 문도의 한쪽 눈썹이 살짝 올라갔다가 내려왔다.

"전무님, 안녕히 주무셨어요."

마음을 가다듬은 선우는 먼저 차분하게 인사를 건넸다. 오래전 일개 고용인에 지나지 않았을 때처럼 지내볼 생각이었다.

처음 별채에 들어와서 서유라에게 온통 정신이 팔려 있었을 때, 서문도라는 남자는 선우에게 존재하지만 존재하지 않는 사람이었다. 남자가 부르면 간단히 보고를 하면 되었고, 오가다 마주치면 인사를 건네면 됐었다. 할 이야기는 덤덤히 했었고, 같은 공간에 있다고 해서 딱히 신경을 쓰지도 않았었다. 앞으로도 그 정도의 관계가 되었으면 한다.

선우의 인사가 뜻밖이었는지, 문도가 선우를 새삼스럽게 바라보았다. 인사를 건넨 선우는 시선을 내려 다시 포크를 들고 딸기를 입에 넣었다.

"아침 안 드신다고요?"

아일랜드 쪽에 서서 커피를 마시던 장 여사가 문도에게 확인하며 물었다. 문도는 장 여사를 한 번, 선우를 한 번 보고 다시 대답을 했다.

"아니. 먹을 건데요."

문도는 마치 처음부터 먹을 생각이었던 것처럼 의자를 빼고 태연하게 자리에 앉았다.

"지금 여기서 먹는다고요?"

평소 눈치가 착착이었던 장 여사가 한 번 더 확인을 한다. 이선우가 불편해하니 먹지 말고 나가거나 본관으로 건너가라는 뜻이겠지.

"아직 말 안 했나 보네."

문도는 딸기를 씹고 있는 선우를 보며 말했다. 뭐를요? 라고 묻는 듯이 선우의 눈이 들렸다.

"나랑 같이 있어도 괜찮다는 말."

'그 말을 왜 굳이?'라는 표정을 짓고 있는 선우를 보고 피식 웃은 문도는 장 여사에게 말했다.

"입덧 좋아졌대요. 앞으로 식사는 별채에서 할 거니까 같이 준비해 주세요."

'같이'라는 부분에서 꿀꺽, 선우가 딸기를 씹다 말고 목으로 넘겼다. 당황해서 딸기만 삼켜 버린 선우를 감상하듯이 바라보다가 문도는 한마디를 덧붙였다.

"그래야 여사님이 편하지."

장 여사가 언제부터 자기 신경 썼냐는 듯한 표정을 지으며 문도를 보았다.

"내가 원래 여사님 많이 생각하잖아요."

태평하게 말한 문도는 속눈썹만 깜빡이고 있는 선우를 보았다. 하나씩 다시. 이선우와 다시 시작하는 첫날이었다.

47. 킹스베리

마감 시간을 앞둔 백화점 식품 매장은 분주했다. 통로엔 팔도 음식 팝업 스토어가 늘어서 있고, 판매 직원은 마감 시간이라며 묶음 세일을 외쳤다.

문도는 복잡한 통로를 비집으며 식품관 안쪽으로 걸음을 옮겼다. 연말이라 그런지, 마감 시간이 30분밖에 남지 않았는데도 식품관 안은 번잡스럽기 그지없었다.

평생 내려올 일이 없었던 백화점 식품관에 들른 이유는 딸기를 사기 위해서였다. 아침 식사를 하던 이선우가 바나나를 전부 남기고 딸기만 골라 먹었던 게 생각나서.

장 여사에게 딸기를 좀 더 사 놓으라 말해도 되고, 퀵을 통해 회사로 배달을 시켜도 되지만, 직접 사 들고 가고 싶었다.

먹음직스러운 쿠키, 김이 폴폴 나는 따끈한 옥수수 술빵, 양념이 잘 코팅된 닭강정이 방해하는 길을 지나 목적지를 향해 흔들림 없이 걸었다.

"어서 오세요, 고객님."

식품관 안쪽으로 들어가자 직원이 친절히 인사하며 문도에게
카트를 내어 주었다.

"괜찮습니다."

딸기만 한 팩 사면 되는지라 카트는 필요 없었다. 카트를 사양
하고 성큼 매장 안으로 들어선 문도는 몇 걸음 지나지 않아 걸음
을 멈추었다.

딸기의 산맥이 그곳에 있었다.

멈춰 서서 장대한 딸기 산맥을 바라보는 그를 향해 장 여사와
비슷하게 생긴 중년의 직원이 웃으며 다가왔다.

"어제까지 한 팩에 1만5천 원 하던 딸기가 특별 행사로 두 팩에
2만5천 원. 그런데 마감 세일이라 두 팩에 2만 원에 드려요. 하나
드릴까요?"

"맛은 어떤가요?"

"맛있죠. 백화점에 들어오는 딸기는 특상품이라서 달고 맛있어
요. 농장 직송으로 오늘 아침에 받아서 신선하고요."

고개를 끄덕인 문도는 매대에 올라와 있는 딸기를 신중하게 훑
어보았다. 색이 빨갛고 모양은 가지런한 걸로 골라 손에 들었다.

"맛있게 드세요."

직원의 인사를 들으며 걸음을 옮기려는데, 큼지막하게 한 알씩
따로 포장이 되어 있는 딸기가 보였다. 뭐지. 이게 더 비싸고 좋아
보이는데?

"킹스베리예요."

다시 다가온 직원이 문도가 들고 있는 건 설향이고, 보고 있는 건 킹스베리라고 설명을 했다. 복숭아향이 나며 과즙이 풍부한 딸기의 왕이라고.

"이게 더 좋은 거라는 거죠?"

"그렇게들 보긴 하는데 맛이 조금씩 다르다고 보시면 돼요. 포도도 캠벨이 있고 샤인머스캣이 있는 것처럼요."

맛도 다르다 이거지. 문도는 신중한 눈으로 킹스베리도 골랐다. 이제 세 팩이 된 딸기를 손에 드는데 옆 매대에 희끄무레한 딸기가 있었다. 저건 또 뭐야.

"이건 만년설 딸기. 핑크 딸기예요. 고 옆엔 금실, 고 옆엔 죽향. 고 옆엔 장희. 다들 특상품이고요."

아니, 씨발 뭐가 이렇게 많아.

장 여사가 내주는 딸기를 집어 먹기만 했지 직접 사 본 일이 없었다. 문도가 망연한 눈으로 딸기 페스티벌이라 이름 붙여진 딸기 산맥을 바라보는데 직원이 물었다.

"선물하시게요?"

선물이라고 해야 하나.

"선물까지는 아닌데, 임신을 해서 사다 주려고요."

"아내분이 임신하셨나 봐요. 축하드려요."

낯선 사람에게서 '아내'라는 말을 듣는데 기분이 이상했다. 이선우와 부부가 된다면. 남편이 되고 아내가 된다면. 상상만으로도 심장이 저릿거렸다.

"첫째 아기예요?"

"네."

첫째 아기. 그 말이 마음에 짙게 와닿는다. 둘째, 셋째로 이어질 것만 같은 느낌을 준다.

"너무 좋으시겠네. 어떻게 종류별로 하나씩 담아 드려 볼까요? 너무 많으려나?"

"아니요. 종류별로 두 팩씩 담아 주세요."

심플하게 한 팩만 들고 갈 계획은 망가졌지만 상관없었다. 기분도 좋은데 양으로 승부를 보는 것도 괜찮을 것 같다. 집에 사람도 많은데 딸기 열 팩 정도, 누가 먹어도 먹게 되겠지.

"예쁜 애들로 골라 드려야겠네."

마지막까지 마음에 드는 말만 하는 직원이었다.

똑똑.

손뜨개 모자의 마무리 작업을 하던 선우는 노크 소리에 고개를 들었다. 왠지 조금 전까지 같이 있다가 이제 막 본관으로 건너간 장 여사일 것 같지 않았다.

"네."

선우가 나갈 때까지 문밖에서는 대답이 없었다. 평소의 퇴근 시간보다 이른 시간이라 설마 하는 마음이 들었지만, 아마도 서문도일 것 같다는 생각을 하며 문을 열었다.

"……."

문을 열자 우뚝 서 있는 서문도가 보였다. 그리고 문밖으로 딸기 냄새가 진동을 했다.

"무슨……. 일로…….."

당황스러워 인사를 하는 것도 잊었다. 선우는 남자가 들고 있는 커다란 쇼핑백을 바라보았다.

"퇴근했다고 알려 주려고."

아니. 그걸 왜 알려 줘.

이제껏 나가든 들어오든 서로 신경 쓰지 않았었다. 있는 듯 없는 듯 지내는 게 암묵적인 룰이라 생각했기에 많이 당황스러웠다. 어쨌든 대답은 해야겠지. 선우는 대충 대답을 골랐다.

"네. 수고하셨어요."

"딸기도 사 왔어."

말 안 해도 알겠다. 딸기 농장에서 온 것처럼 냄새를 풀풀 풍기고 있으니.

"네."

"많이 사 왔으니까 실컷 먹어."

"네. 감사합니다. 여사님께 말씀드릴게요."

문도는 이만 가 주면 좋겠다는 의미를 담아 말을 하는 선우를 내려다보았다. 베이지색 니트 원피스를 입고 느슨하게 머리를 묶고 있는 이선우는 부드럽고 따뜻해 보였다. 반짝이는 눈동자와 붉은색의 입술을 조금 더 보고 싶다는 생각을 한다.

"씻어 줄게. 나와서 먹어."

선우가 잠시 곤란한 표정을 지었다. 그리곤 망설이다가 그에게 말했다.

"실은 저녁에 많이 먹었어요. 사다 주신 건 내일 먹을게요."

그러니 이만 가 줄래요. 표정으로 말하며 선우가 문을 잡았다. 사실 사 온 걸 보고 기뻐할 거라 생각하지는 않았다. 형식적인 대답만 할 거라는 것도 어느 정도는 예상을 했다. 그래도 맛있게 먹기만 하면 된다는 마음이었다.

"사 온 사람 성의를 생각해서 한 입만 먹지?"

문도가 퉁명스럽게 말했다. 그래, 그럼, 하고 성격 좋은 척 쉽게 돌아서는 방법도 있다는 걸 안다. 머리론 그게 되는데 입으로 그게 안 됐다. 마음은 더욱 그렇고.

선우의 표정이 심란해지는 것이 보였다. 뒤를 돌아 뜨개 뜨던 것을 보더니 한숨을 삼켰다. 딸기 한 알 먹는 게 한숨까지 삼켜야 하는 일이라니.

"나와."

문도는 쇼핑백을 들고 주방으로 향했다. 플라스틱 팩을 하나씩 꺼내 올려놓았다. 모두 꺼내 놓으니 열두 팩이다. 조용히 따라 나온 선우가 다이닝 룸에 앉았다. 이쪽으로는 시선도 주지 않고서 핸드폰만 들여다본다.

뭐가 비싸고 맛이 어떻고 했던 이야기를 들었는데 가물거렸다. 문도는 종류별로 한 팩씩 뜯어 한 알씩 꺼냈다. 각기 다른 품종의 여섯 알을 찬물에 흔들어 씻은 뒤 접시를 꺼내 올려놓았다. 섞어 놓으니 저 커다란 게 킹스베리라는 것만 알겠다.

"먹어 봐."

앉아 있는 선우의 앞에 내려놓으며 말을 하는데 너무 명령조인가 싶다. 전에는 어떻게 말을 했더라. 천만 원 가까이 하는 목걸이를 선물할 땐 아무렇지 않았는데, 이깟 딸기가 뭐라고 말투까지 신경이 쓰이나.

"잘 먹을게요."

"제일 큰 게 킹스베리고, 품종이 다 다른데."

왜 이딴 설명을 하고 있는가. 자괴감이 드는 순간 선우가 고개를 들었다.

"나머진 기억 안 나."

다소 시니컬하게 나온 목소리에 선우가 아주 살짝 웃었다. 입술을 깨물어 금방 지우긴 했지만 분명 웃었다.

"웃으니까 좋네."

문도의 말에 선우는 반응하지 않았다. 옆에 놓아준 포크를 들어 딸기를 찍을 뿐이다. 피식 웃은 문도는 제일 큰 딸기를 선우가 한 입 베어 무는 모습을 바라보았다.

한 입, 또 한 입. 사라지는 딸기를 바라보다 문도가 불쑥 말했다.

"너만 괜찮으면……."

딸기를 먹던 선우가 눈을 들어 문도를 보았다.

"결혼하는 건 어때."

충동 반, 결심 반으로 건넨 말에 선우가 멈칫했다. 그러더니 무슨 말을 들은 건지 믿을 수 없다는 표정으로 그를 보았다.

"네?"

"결혼 말이야."

선우가 이 무슨 말도 안 되는 소리냐는 표정으로 그를 보았다. 나쁠 것 없지 않나. 아이에겐 안정된 환경이 필요하고, 부모가 따로 사는 것보다 한집에서 부부로 지내는 게 정서적으로도 좋을 거였다. 이선우는 어머니와 장 여사와도 잘 지내고, 혼자 아이를 낳고 싶어 할 정도로 가족을 원했으니까. 그러니까.

갖은 구실을 가져다 붙이는데 선우가 눈썹을 찌푸리며 물었다.

"전무님이랑, 제가요?"

도무지 상상할 수 없는 그림이라는 듯 선우가 미간을 한 번 더 찌푸렸다. 아니, 애까지 가진 상태에서 결혼을 생각해 보자는 게 뭐 그렇게 못 할 말이라고.

"그럼 누가 따로 있나?"

비딱하게 나오는 문도의 목소리에 선우는 잠시 할 말을 잃었다. 아닌 밤중에 날벼락이 내린대도 이것보단 덜 황당할 것 같았다. 어떻게 저런 말을 하지.

"왜…… 아니…… 아니요."

포크를 내려놓은 선우는 한 번 더 인상을 썼다. 너만 괜찮으면 결혼하는 건 어떠냐니. 지금 누굴 적선하는 건가. 네가 원한다면 하겠다는 듯한 저 태도는 뭐지.

"아니요, 전무님."

한 공간에 있는 것만으로도 마음이 복잡해지는데 결혼이라고.

"그러실 필요 없어요."

하루 몇 분, 마주하는 것만으로 마음이 너울을 탔다. 방금도 그랬다. 제멋대로 딸기를 사 오고 제멋대로 먹으라 하고. 평소 하지도 않던 일을 해서 사람 마음을 불편하게 만들어 놓고는.

"아이를 위해서는, 안정적인 가정 환경이 나을 테니까."

"아니요. 그게 어떻게 안정적일 수가 있어요."

어이없고 화가 나서 선우의 목소리가 저절로 높아졌다. 직원이 있을 때처럼 건조하게 대하겠다는 아침의 다짐이 무색해지는 순간이었다.

"안정적이지 않을 건 또 뭐야."

안정적이지 않을 건 또 뭐냐고? 지금 이게 말이라고 하는 소리일까? 당신이 내게 어떤 일을 했었는지 잊었어?

"잊으려고 노력하고 있지만, 전무님은 제게 너무 큰 상처를 주셨어요. 다시 찾아오셔선 아이를 지우라 하셨고, 빼앗아 가겠다고도 하셨고요. 그 모든 일들을 잊을 수 있을지 모르겠는데, 어쨌든 잊으려 노력하는 거. 그것만 해도 힘들고 벅찬데."

치밀어 오르는 감정을 삼키려는 듯 선우가 잠시 입을 다물고 숨을 깊이 쉬었다. 파르르 떨리는 눈동자와 꽉 쥐고 있는 주먹이 얼마나 화가 났는지를 보여 주고 있었다.

"아이를 위해서 제가 할 수 있는 건 아이에게 아빠 자리를 빼앗지 않는 거. 미워하고 싫어하는 모습을 보여 주지 않는 거. 그게 최선이에요. 그러니까 전무님도 그러실 필요 없어요. 애정 없는 결혼 생활이 아이에게 좋을 리 없잖아요."

"아이 때문이 아니라면. 그러면, 생각해 볼래?"

문도는 다시금 눈을 좁혀 뜨는 선우를 바라보았다. 이선우를 위해서, 아이를 위해서, 구질구질한 이유를 가져다 붙였지만 그저 명분에 불과했다. 처음부터 끝까지 원하는 건 하나였으니까.

"나는 이선우 좋아해."

48. 알았잖아

　이선우가 눈살을 찌푸렸다. 자신이 제대로 들은 게 맞나, 저 미친놈이 무슨 말을 하는 거지, 라는 표정으로 그를 보았다. 그리고 믿을 수 없다는 듯한 표정으로 물었다.

　"지금 뭐라고 하셨어요?"

　문도는 선우의 벙찐 표정을 바라보았다. 최악이겠지. 미친놈처럼 보일 것을 안다. 그래도 진심이다. 내내 그거 하나였다.

　금방이라도 흩어질 것 같은 모습으로 밤의 테라스에서 안개 같은 춤을 추었을 때부터, 딸기를 사 왔으니 나와서 한 입이라도 먹어 보라 억지로 앉혀 놓은 지금까지.

　삶은 온통 이선우였다.

　그러니 이제는 그냥 말을 해야겠다. 미친놈으로 보이든 정신 나간 놈으로 보이든 그건 이선우 사정이고. 나는 내내 너였어.

　"나는 이선우 좋아한다고."

선우의 눈살이 더 깊이 찌푸려졌다. 이게 무슨 말도 안 되는 소리냐는 표정이다.

"전무님이, 저를요."

선우는 어이없어서 웃었다. 어떻게 이런 말을 할 수 있는지 이해가 되지 않았다. 결혼을 하자는 말을 들었을 땐 황당했는데, 좋아한다는 말을 듣고 나니 불쾌해졌다.

"장난이 심하시네요."

장난이어야 했다. 제정신으로 할 수 있는 말이 아니니까. 그냥 던진 못된 농담 같은 말. 이선우 황당하라고 생각 없이 하는 그런 말. 그런 거라고 여길 테다.

"딸기 잘 먹었습니다. 이만 들어갈게요."

선우는 자리에서 일어났다. 이딴 싸구려 농담에 어울려 줄 기분이 아니었다.

"진심인데."

일어선 선우에게 문도가 말했다. 피식 웃고 있지만 예의 그 눈빛이었다. 단단하고 뜨거운, 직선으로 꽂혀 속까지 파고드는 눈빛. 사람 숨통을 움켜쥐는 것 같은 그 눈빛.

"아니요."

당신은 진심이 아니야. 선우는 단호히 말했다. 그럴 수는 없는 거다.

"좋아하는 사람한테 어떻게 그런 짓을 해요."

일어서 있는 선우의 눈빛이 싸늘했다. 충동적으로 뱉었으나 진심이었던 문도의 마음은 심한 장난으로, 혹은 거짓으로 판명이 난다. 문도는 자신의 마음을 싸늘히 조소하는 선우를 응시하다가 입을 열었다.

"나는 해."

제대로 들은 건가 의심을 하며 선우가 눈을 찌푸렸다.

"그 시간을 수백 번 다시 돌려도 나는 다시 똑같이 해."

너에게 빠져들지 않으려 기를 쓰고 버틸 거고, 그럼에도 불구하고 속절없이 빠져들겠지.

그랬기에 네 마음이 전부 거짓이었다는 것에 분노할 거고, 소용돌이치는 분노 속에서도 결국은 너를 사랑할 거야.

혀끝을 맴도는 말들이 튀어나올까 봐 문도는 어금니를 꽉 물었다. 좋게 받아 줄 거란 예상은 하지 않았다. 그렇다고 구걸하듯 사랑을 구하고 싶지도 않았다. 어차피 미친놈인 거, 그냥 계속 미친놈이고 말지.

"원래 그런 새끼잖아. 내가."

비틀린 그의 말에 선우가 어이없다는 듯이 입을 벌렸다.

"애정 없는 결혼 생활이 안정적이지 않아서 싫다고 했었나?"

문도는 비스듬히 의자에 기댔던 몸을 일으켰다. 차마 말로는 못 하고 눈으로만 욕을 하고 있는 이선우의 앞으로 성큼 걸었다. 올려다보는 선우의 눈빛에 애정이라고는 한 톨도 보이지 않았다.

"난 이미 널 좋아하고 있으니, 너만 날 좋아하면 되겠네."

태연히 말하자 선우가 미간을 와락 찌푸렸다.

"그게 무슨……."

"그렇잖아. 너만 날 좋아하면 애정이 충만한 가정이 될 거 아니야."

"지금 무슨 말씀을 하고 계신지는 알고 있으신 거죠?"

너무 돌아 버린 이야기였는지 선우가 문도를 아픈 사람 보듯 보고 있었다.

"응."

"저보고, 전무님을 좋아하라고요."

"처음도 아니잖아. 나 좋아하는 거."

기막히다는 표정으로 선우가 문도를 보았다.

"그러니 다시 좋아해 봐. 아이를 위해서 그 정도는 할 수 있잖아."

하. 선우의 입에서 기막힌 소리가 터져 나왔다. 날카롭게 쏘아보는 눈동자를 기꺼이 마주 보며 문도는 말했다.

"너만 날 좋아하면, 그러면 돼."

어떤 마음으로 하고 있는 말인지 너는 모르겠지. 그래도 괜찮아. 미친놈 보듯 보아도 좋고, 화가 난 눈동자를 나를 노려봐도 좋아. 다 좋으니까, 내 곁에서 내 아이를 낳고 내 옆에서 나를 좋아해 줘. 네게 상처를 준 나쁜 놈이라도 사랑해 줘.

"미쳤군요."

"지극히 정상이야."

문도는 담담히 말했다. 못 볼 꼴을 보았다는 듯 선우가 뒤로 획 돌아섰다. 울분에 찬 주먹을 꽉 쥐고 성큼성큼 걸어서 게스트 룸으로 들어갔다.

이선우 없는 다이닝 룸에 딸기 냄새만이 진동을 하고 있었다.

방문을 닫은 선우는 들썩이며 숨을 마셨다.

나만 자기를 좋아하면 된다고? 아이를 위해 결혼을 하자고?

제정신이면 그런 말은 할 수 없는 거다. 자신을 어떻게 여기까지 끌고 왔는지 까맣게 잊어버린 걸까. 어떻게 그럴 수가 있을까.

울고 매달리며 아이를 키우게만 해 달라고 부탁을 할 때 그렇게 매정히 굴었으면서, 지우라 했으면서, 이제는 결혼을 하자고.

'나는 이선우 좋아해.'

아니. 그럴 리 없다.

좋아한다면, 이렇게 아프게 만들지는 않아야 했다.

좋아한다면, 지난 일들에 대해 사과부터 했어야 했다.

좋아한다면, 아이로 협박하고 겁을 주었던 것에 대해 미안하다고 말을 했어야 했다.

그리고 다른 무엇보다.

선우는 울컥 솟아오르는 울분을 삼키려 노력했다. 아무리 삼켜 넘기려고 애를 써도 넘어가지지 않는 말이 있었다. 들었던 말을 하나하나 생각할수록 어떻게 그럴 수 있나 손이 떨려 왔다.

선우는 벌컥 문을 다시 열었다. 쏴아, 물소리가 들리는 주방으로 성큼성큼 걸어가 개수대 앞에 서 있는 문도에게 물었다.

"어떻게 그런 말을 할 수 있어요?"

무슨 말이냐는 듯 문도가 선우를 보았다.

"다시 그렇게 한다고요?"

따져 묻는 선우를 보는 문도의 눈이 순간 가늘어졌다. 그러다 물을 잠그며 대답을 한다.

"응."

"제게 했던 짓을, 다시 똑같이요?"

"그래."

"그게 지금 제게 할 말이에요? 어떻게 그런!"

선우의 목소리가 높아졌다. 되짚어 생각할수록 화가 치밀어 오르는 말이었다. 다시 시간을 되돌려도 같은 짓을 할 거라고? 그게 지금 만신창이가 되어 버린 사람 앞에서 할 말인가. 어떻게든 추슬러 보려고 노력하는 사람에게 할 말인가.

"똑같이 한다고요."

기가 막혀 왔다. 선우는 문도를 노려보았다. 사람 같지 않았다. 사람이라면 이럴 수 없는 거다. 어떻게 그런 말을 해. 내게 무슨 짓을 했는지 전부 잊었어?

"그래. 나는 다시 해."

그 말에 선우는 숨이 뜨거워지는 것을 느꼈다. 묵묵히 자신을 보고 있는 남자의 시선이 그동안 쌓아 왔던 마음에 기어이 불을 질렀다.

"억울하게 죽은 동생 일에 대해 알아보려고 들어온 사람을, 처음부터 누군지 알았으면서, 왜 속이고 들어왔는지 알았으면서……."

빨갛게 달아오른 시야에 불티가 후룩후룩 날렸다. 열이 오른 눈가에 뜨거운 눈물이 고여 드는 것을 느끼며 선우는 말을 이었다.

"불러서 네가 누군지 알고 있다고 말을 하는 대신에, 왜 여기에 들어왔느냐고 물어보는 대신에, 같이 잠을 잔다고요? 내가 누군지 다 알았는데도?"

"자자고 쳐들어온 건 너야."

"알고 있었잖아!"

선우는 바락 소리를 질렀다. 새빨갛게 달아오른 눈에서 눈물이 흘러내렸다.

그때 당신, 전부 알고 있었잖아.

"그만하라고 했어야죠! 내가 정신 나간 여자처럼 몇 번 보지도 않은 남자와 자고 싶다고 올라갔을 때 말을 해 줬어야지! 너 누군지 다 아니까 그만하고 나가라고! 이런다고 바뀌는 거 하나도 없을 거라고 말을 해 줬어야지!"

그게 정상 아닐까.

선우는 주룩주룩 흘러내리는 눈물을 거칠게 닦아 냈다. 그런데 다시 만나게 된다 해도 내게 그 짓을 또 하겠다고?

"엎드려 죽어 있던 애 누나가 올라와서 자고 싶다고, 안아 달라고, 몇 번이나 그렇게 올라오면요, 나 같으면요. 나 같으면 이러지 말라고 할 거예요."

몇 번이나 되돌려 생각을 해 봤었다.

왜 그랬을까. 이력을 속여 저택에 들어간 게 그렇게까지 잘못을 한 일이었던가. 왜 그렇게 잔인하게 가지고 놀았을까. 아무리 생각해도 이해를 할 수 없었다.

"무슨 일인지 말을 해 보라고 할 거고, 억울한 이야기 들어나 볼 거예요. 핸드폰 내줄 마음 없었으면, 사정은 알겠지만 그만하고 나가라고 할 거야. 그게 정상이지!"

처음이었다.

그 밤의 막막함을, 두려움을, 낯설었던 고통과 산산이 부서지는 경험을 당신이 알까. 낯설기만 했던 남자의 몸을 받아들이며 아픈 신음조차 내지 못했던 그 마음을 당신이 알까.

"어떻게 그렇게 말을 해요? 어떻게 똑같이 나한테 다시 그렇게 할 거라고 말을 할 수 있어요? 다시 돌아가도, 내가 누군지 알았는데도, 같이 잘 거라고요?"

이해해 보려 노력했었다. 그래 잘 수도 있지. 매번 올라와서 자자고 매달리는데, 남자니까 그럴 수 있겠지.

머리로 아무리 생각을 해도 마음으로는 납득할 수 없었다. 아무리 그래도 그렇지, 어떻게 서유라의 일로 죽은 아이의 누나인 걸 아는데 그럴 수 있나.

그래도 꾸역꾸역 이해하려 했다. 그 순간 욕망에 취했나 보다. 재밌어 보였나 보다. 쉬워 보였나 보다. 그렇게 억지로 넘길 수 있었다. 정말로 상처가 되었던 건 그다음의 일이었다.

"그럼 그렇게 자고 나서 다시 해고할 거예요? 서유라 말리다가 다쳤다는, 그런 말도 안 되는 이유로 해고해 놓고, 다시 만나 달라고, 좋아한다고, 엎드려서 애원하게 만들 거예요?"

문도는 낮게 가라앉은 눈빛을 하고 있을 뿐, 그녀의 말에 대답을 하지 않았다. 선우는 울먹이는 목소리로 문도에게 물었다.

"나한테 왜 그랬어요? 그때 유라 씨가 난동 피웠을 때 그냥 자르지. 왜 다시 시작하자고 했어요? 왜 나를 좋아한다고 했어요? 왜 나한테 다시 희망을 줬어요? 대체 왜!"

남자가 돌아왔던 밤을 기억했다. 민우의 물건들을 모두 모아 마트에서 가져온 라면 박스 안에 넣었다. 얼마 되지도 않은 물건이 담긴 박스를 테이프로 봉해 창고에 넣었다. 그러고 나서 민우와 같이 살았던 집에서 남자와 몸을 섞었다. 좋아한다고, 기다렸다고 몇 번이나 남자의 목을 안고 속삭이며.

"다시 말하지만, 매달렸던 건 너야."

빨갛게 달아오른 눈으로 눈물을 흘리고 있는 선우를 응시하며 문도가 말했다. 낮게 눌린 목소리였다.

"나는."

무언가를 삼켜 내려는 듯 문도의 목울대가 느리게 내려갔다 올라왔다.

"나는 몇 번이나, 그만두려고."

돌아보면 온통 끊어 내려 애썼던 기억뿐이다. 흩어지는 안개 같은 춤을 본 이후로 늘 그랬다.

공연장에 있어야 하실 분이 왜 여기 있느냐 후려치고, 차를 들고 올라오는 여자를 비웃었다. 마음이 깊어지겠다 싶을 땐 올라오지 말라 하며 멀리했고, 더는 안 되겠다 싶을 때는 해고까지 했다.

사정을 모르는 이선우의 눈에는 어찌 보일지 알고 있지만, 그러니 이런 말 따위 말도 안 되는 변명처럼 들리겠지만.

"나라고 쉬웠던 건 아니야. 몇 번이나 그만두려 할 때마다, 네가."

하아. 선우의 눈에서 뜨거운 눈물이 흘러내렸다.

"그만두려 했던 거라고요? 그럼 다시 시작하자고 하지 말았어야죠! 내가 아무리 매달려도 미안하지만 넌 그냥 해고라고!"

"그때 네가 전화해서 좋아한다는 말만 안 했어도!"

마음이 솟구치는 순간 문도는 숨을 끊어 쉬었다. 울렁이는 마음을 가라앉히려 애쓰며 이를 물고 말했다.

"나는 안 돌아왔어. 좋아한다고, 바라는 거 아무것도 없다고, 옆에 있게만 해 달라고 매달린 건 너야."

"내가 매달릴 거 당신은 알았잖아!"

선우는 그런 문도를 노려보며 말했다. 그게 가장 화가 나는 부분이었다. 절실한 거 알았으면서, 한 번도 아니고 두 번이나 절실함을 이용해 사랑을 말하게 한 것.

"내가 그만둘 수 없는 거 알았잖아! 내가, 어떻게든 그거 하나 바라보고 있는 거 다 알았잖아. 매달릴 거, 당신은 알았잖아! 왜 다시 시작했어요? 왜 나한테 그렇게까지 잔인했어요? 왜, 내가 당신을!"

울컥 심장이 터지며 피가 흘러나오는 기분이었다. 선우는 찢어질 듯 아픈 심장을 손으로 눌렀다.

"그냥 가지고만 놀지. 즐기고 말지. 왜 내게 다정했어요? 왜 진심인 것처럼 굴어서, 그 마음에 깜빡 속게 했어요? 왜 내 진심까지 가져가서 그렇게 무참하게 찢어 놨어요?"

알알이 맺혀 있던 마음들이 터져 나왔다.

"서유라가 죽었고, 민우의 일이 밝혀지는데, 나는 당신 생각을 했어요. 그게 다 거짓이었나. 정말 내가 그렇게 잘못을 했나. 왜 내게 다정했을까. 왜 나를 버렸을까. 내가 정말 그렇게 잘못을 했나. 왜……. 내가 당신을 좋아하게 만들어서."

생각하면 마음이 뒤집히는 이유였다. 왜 이렇게까지 했을까. 민

우의 일이 밝혀지는데 나는 왜 자꾸 당신 생각을 할까. 그러면 안
되는데.

"그만둘 수 있었잖아요. 당신은 얼마든지 그만둘 수 있었잖아!
어느 정도 가지고 놀았으면 버려도 됐잖아! 대체 왜 내게 다시 시
작하자고 했어!"

"그땐 이미 병신처럼 널 좋아하고 있었으니까. 네 전화 한 통에
흔들릴 만큼! 그만큼!"

억눌린 목소리가 튀어나와 문도는 힘껏 주먹을 쥐었다. 선우가
기막혀하며 웃었다. 눈물을 흘리며 허무하게 웃는다.

"좋아했다고요? 그래서 돌아왔다고요? 그걸 나보고 믿으라
고요?"

"그래."

문도는 꽉 누른 목소리로 답했다. 그 이유가 아니면 무엇이 있
단 말인가.

이선우가 매달렸다. 고작 전화 한 통이었는데 뿌리칠 수 없었
다. 이미 눈깔이 돌아서 환장하게 좋아하고 있었으니까.

"다시 시작하면서 나는 네가 좋다고 분명히 말했어."

그 밤의 기억이 생생했다. 죽어도 무릎 꿇고 싶지 않았던 그 감정
앞에 처음으로 솔직했던 날이다. 뜨겁고 좁았던 이선우의 안에 몸
을 묻고서 차오르는 감정을 이기지 못하고 말했었다. 네가 좋다고.
그때 이선우가 흘렸던 눈물의 방향까지도 정확하게 기억을 한다.

"아니."

선우가 단호하게 고개를 저었다.

"정말 좋아했으면 거기서 멈추라고 했을 거예요. 네가 누군지 알고 있다고 말을 했을 거야. 그래서 잘랐던 거라고, 그러니까 그만하라고. 나를 조금이라도 생각했더라면!"

"널 생각할 여유 따위가 어디 있어!"

결국 문도는 욕설을 씹어 뱉었다.

"아슬아슬하게 떼어 내면 매달리고, 다시 떼어 내면 매달리는데! 환장하게 예쁜 네가 나를 그렇게 좋아한다는데! 곁에만 있고 싶다는데! 어떤 병신이 거기서 그만하자고 해!"

"그래서, 밤마다 좋아한다고 말하라고 했어요? 보고 싶었다고 말하라고 했어? 그 말 들을 때 기분이 어땠어요? 좋았어요?"

울음에 젖은 선우의 목소리는 떨리고 있었다. 온통 눈물로 얼룩진 얼굴에 다시 한번 눈물이 흘러내렸다.

"그래! 좋았어! 네가 좋아 미치겠어서 말하라 했어! 백 번이고 천 번이고 듣고 또 듣고 싶어서 그랬어!"

그때는 이선우가 누구였는지 몰랐어도 듣고 싶었다. 이선우가 누군지 알게 된 이후에는 그거라도 듣고 싶었다. 어차피 전부 다 거짓인 줄 알았어도……. 그래도.

"네가 누군지 알았어도 나는! 나를 좋아한다는 네 말이 다 거짓인 걸 알았어도!"

씨발. 문도는 욕을 삼켰다. 누군들 시작하고 싶어서 시작한 줄 아나. 빠지고 싶지 않았던 감정에 빠져든 건 이선우가 아니라 서문도였다.

이 등신 같은 새끼는 이선우가 누군지 알면서도 말하라고 했었다. 거짓된 고백이라도 듣고 싶어서. 그거라도 들어야 살 것 같아서. 그래서 그랬다.

"내가 그날 뭘 했는지 알아요? 마트에 가서 박스를 가져왔어. 당신이 온다고 해서 민우 방 치우려고. 들키면 안 되니까, 우리 민우가 쓰던 물건을 라면 박스에 담아서 창고에 넣었어요."

흘러내리는 눈물을 닦을 생각도 하지 않고 선우가 기막히다는 듯 웃으며 말했다.

"그 밤에 내가 당신한테 뭐랬는 줄 알아요? 많이 기다렸다고. 좋아한다고. 당신 목에 매달려서…… 몇 번이나. 몇 번이나. 피 같은 내 동생은 박스에 넣어 두고서!"

붉게 달아오른 선우의 눈에서 떨어지는 눈물이 핏물처럼 보였다.

너는 매일 피를 흘리는 마음으로 살았겠지. 나도 같았다면 이해를 할까. 매일 마음이 뜯기는 기분으로 살았던 나를 너는 알기나 할까.

문도는 선우를 보며 짓씹듯이 말했다.

"그렇게 피 같은 동생이라면! 죽고 못 사는 동생이라면! 너야말로 왜 내게 말을 안 했지? 그 긴 시간 내 밑에서 좋아한다고 헐떡일 시간에 찾아와서 물어봤어야지! 내 동생 아냐고, 내가 이민우 누나라고, 핸드폰 가지고 있냐고 한 번이라도 물어봤어야지!"

어쩌면 기다렸던 것도 같다. 이선우가 먼저 말을 꺼내 주기를. 자신이 못 견디게 이선우를 좋아하고 있을 때, 그 좋아하는 마음을 이용해 주기를.

눈물을 흘리며 물어봤더라면, 아니, 눈물까지도 필요 없었다. 사실은 내가 이민우라는 남자애 누나인데, 이러이러한 일로 여기까지 왔다고 말만 해 주었어도 다시 생각을 해 보았을 거였다.

그런데 너는 끝끝내 핸드폰을 가지고 도망칠 생각을 했지. 너한테 빠져서 허우적거리고 있는 나 따위는 안중에도 없었어.

"물어봤으면 당신이 들어줬을까요? 민우 핸드폰, 순순히 내줬을까?"

"아니."

문도는 두 번 생각하지도 않고 말했다. 선우가 허탈하게 웃었다.

"그걸 줬으면 넌 도망을 쳤겠지. 뒤도 돌아보지 않고 나부터 버렸겠지. 뭐 대단한 배신이라도 당한 것처럼 말하는데, 넌 어차피 나 버릴 생각이었잖아. 아니야?"

이 웃기지도 않는 비극이 어디에서 시작되었는지를 알고 있다. 언제나 너를 못 놓아서 끙끙거렸던 건 나 혼자였어. 넌 한 번도 내가 간절한 적 없었지.

"넌 날 그다지 좋아하지도 않았어."

스스로 인정하는 순간 마음이 조각조각 깨어졌다. 문도는 문득 웃음이 나와 입술을 씹었다. 언제나 기울어져 있던 마음이었다. 놓아야 하는 걸 알면서도 놓지 못하고 애를 끓이는 동안 이선우는 단 한 번도 서문도를 우선으로 생각한 적이 없었다.

"기왕 말이 나온 김에, 핸드폰을 찾은 네가 어떻게 했을지 내가 말해 줄까?"

밤마다 품을 빠져나가 서랍을 뒤지는 선우의 소리를 들을 때 생각했었다. 내가 저 서랍 안에 네 동생의 핸드폰을 넣어 두면 어떻게 될까. 너는 그걸 가지고 도망을 갈까. 우리는 정말로 그렇게 끝이 날까.

"너는 나 따윈 안중에도 없이 그거 하나 들고 도둑처럼 빠져나갔겠지. 미안하다는 말 같은 건 할 생각도 없이, 그 어떤 연락도 할 생각도 없이, 평생 나를 보지 않을 생각으로, 네 그 피 같은 동생의 대단한 핸드폰을 들고서!"

씹어 뱉은 말이 진실이었다.

이선우에게 서문도는 그깟 핸드폰만도 못했다. 죽어 버린 동생, 그 동생의 핸드폰, 그다음이 서문도였다. 지금도 그랬다. 아이만 있으면 꺼져 주겠다고. 사라져 주겠다고. 영원히, 내 앞에서 사라져 주겠다고.

나는 껍데기만 남은 너라도 붙잡으려 악을 쓰는데, 너는 그 말이 그렇게 쉽게 나오지.

"너는 늘 날 떠날 생각만 했잖아! 이선우한테 서문도는 차 한 잔 들고 올라와 꼬시면 넘어가 주는, 밤마다 속여 먹어도 되는, 실컷 이용만 하다가 버려도 되는 그런 병신 같은 새끼 아니었어?"

"그래서, 내가 당신을 버릴 사람이라서 그랬다고요? 핸드폰 찾으면 떠날 사람이라서 그랬다고요? 내 동생은 억울하게 죽었고, 나는 그 동생 핸드폰 찾겠다고 여기저기 부딪히고 상처가 났는데, 고작 핸드폰 가지고 떠날 사람이라서. 그래서 나를 그렇게 끝까지 밀어붙였다고요?"

이해를 할 수 없다는 표정으로 선우는 문도를 보았다. 그러다 눈썹이 일그러지도록 문도를 노려보았다. 오늘처럼 남자가 미운 날이 없었다. 밉고, 원망스럽고, 야속해서 다시금 뿌옇게 눈물이 차올랐다.

"당신은 알았잖아. 내가 왜 거길 들어갔는지 처음부터 알았잖아. 그거 찾겠다고 아등바등 쫓아다니는 거 알고 있었잖아."

욱신욱신 아파 오는 마음에 선우는 눈을 꾹 감았다 떴다. 눈물이 아프게 삼켜졌다.

"나는 매일 벼랑 끝에 서 있는 기분이었어요. 매일 당신이 나를 밀어낼까 봐. 쫓아낼까 봐. 어느 날 갑자기 나가라고 할까 봐. 하루하루가 칼날 위에 서 있는 거 같았는데."

그런 날들 속에서도 남자를 좋아했었다. 빙그레 웃어 주는 미소에 가슴이 뛰었고, 몰래 하는 입맞춤에 발끝이 녹았다.

"그런 내가 당신을 좋아하지 않았다고 해서 그렇게 나쁘게 굴었던 거예요?"

이 남자는 자신이 틀렸다는 걸 알까. 눈물은 자꾸만 차올랐다.

내가 얼마나 당신을 좋아했는지, 얼마만큼 마음을 기댔었는지 당신은 모르는구나. 당신에게 안겼던 그 밤들이 내겐 유일한 온기였는데. 내게 남겨진 기억 중에서 가장 빛나는 시간이었는데. 그것마저도 부서져 버린 게 마음이 너무 아파.

"내가 왜 민우 핸드폰에 대해 안 물어봤는지 알아요?"

선우는 자꾸 흘러나오는 눈물을 밀어내며 말했다. 목소리가 떨려서 나왔지만 가능한 침착하게 말하고 싶었다.

"여기 오기 전에 많이 속았어요. 민우 이야기를 알고 있다고 해서 만나 보면 돈을 달라는 사람들이 많았어요. 한번 만나 보자는 남자들도 있었어요."

그 막막했던 시간을 생각하며 선우는 눈물을 닦았다.

"통장에 있는 돈이 바닥날 때까지 속는 줄 알면서 또 속았어요. 만나 주면 말해 주려나, 별것도 아닌데 한번 만나 줄걸 그랬나. 그 생각을 했던 날도 많았어요."

혼자 버텨 냈어야 했던 숱한 밤이 있었다. 진실 따위 알아내려 버둥거리지 말고 그냥 살까. 경찰이 말한 대로 그대로 믿으며 그냥 살아 버릴까. 더 깊이 파고들지 말고 이젠 그냥 세상이 내린 민우에 대한 평가를 받아들여야 하나.

그런 날만 있었을까.

죽고 싶었던 날도 많았다. 혼자 남겨진 세상은 너무 외로워서. 너무 힘들어서. 너무 허망해서. 가족들의 곁으로 가고 싶었던 날이, 죽으면 모든 것이 편해질 것만 같아 눈을 감고 싶었던 날이 숱하게 많았었다.

그래도 마지막 한 발자국만 더 가 보자고 생각했었다. 여기까지만 하고 그만두자고. 민우를 위해서, 마지막으로 한 번만 더 남은 전부를 걸어 보자고.

그런 결심으로 은정에게 부탁해서 지원서를 넣었다.

"여기까지 왔을 때 나는 이미 만신창이여서. 그래서."

서문도의 눈이 일그러지는 것이 보였다. 눈물은 흘리고 있지 않지만 마치 우는 것처럼 보이는 얼굴이었다.

"나는 당신에게만큼은, 절대로……."

눈물은 아프게 삼켜졌다.

"속고 싶지 않았어요."

믿지 않으면 속지도 않는다. 그래서 남자에게 묻지 않았다. 내 동생 핸드폰 그거 당신이 가지고 있느냐고. 내가 이민우 누나인데, 혹시 돌려줄 수 있느냐고.

그 질문을 하는 순간 아니라 대답을 할 테니까. 없다고, 이 집에서 나가라고 할 테니까. 그래서 속지 않고 속이려 했다.

당신은 그리 좋은 사람이 아닐 테니까. 어떻게든 연관이 되어 있는 사람이니까, 믿으면 안 된다고. 핸드폰을 찾으려면 그래서는 안 된다고. 몇 번이나 다짐하고 또 다짐을 했었다.

당신에게만큼은 속고 싶지 않아서, 상처받고 싶지 않아서, 실망하고 싶지 않아서. 그래서.

웃음이 나왔다.

바보 같은 이선우는 그래 놓고 다시 속았다. 자신을 웃으며 보았던 다정한 눈동자에, 애틋하게 닿았다 떨어지는 입술에 다시 속았다. 자신을 제일 아프게 할 사람인 줄도 모르고 그 옆에서 마음을 녹였다. 함께할 시간이 닳아 가는 게 아까워 밤마다 2층에 올라갔었다.

그거 알아? 나는 지금 이 순간에도 당신 때문에 마음이 어지럽고 아파. 얼굴만 마주해도 그래. 같은 공간에만 있어도 그래.

내게 그렇게 못되게 군 남자인데도, 나를 바닥까지 떨어트려 버린 남자인데도. 나는 당신 마음이 거짓이었다는 것에만 화가 너무나. 이런 내가 너무 싫어.

"이런 제게 결혼을 하자고요. 저를 좋아한다고요. 아니요. 전무님."

이제는 그만 끝을 내고 싶었다. 선우는 눈물을 훔쳐 내고 말했다.

"전무님은 저를 좋아한 게 아니라 그냥 속여 먹기 좋았던 여자가 재밌었던 거예요. 가지고 노는 게 재밌다가 어느 날엔 불쌍했을 수도, 그러다 좋아졌을 수도 있겠죠."

그래. 그 정도였겠지. 위에서 내려다보며 재밌어하다가 좋아했을 수도 있겠지. 내가 당신을 속이면서도 좋아했던 것처럼, 당신도 나를 가지고 놀다가 좋아했을 수도 있을 거야.

"그런데 전무님이 좋아했던 여자는 이선우가 아니에요. 전부 거짓으로 만들어진 그림자 같은 거예요. 아무것도 아닌 여자를, 좋아한다고 착각했던 거예요. 그러니까⋯⋯. 우리 이제 그만해요."

자신에 대한 마음이 남았을지도 모른다는 기대를 내려놓기로 했다. 그때 그 눈 속에서의 입맞춤은 무슨 의미였을까. 정말 나를 속인 게 맞을까. 내내 마음 깊은 곳에 품고 있었던 의문 역시 내려놓고 싶었다.

선우는 세종에 내려가야겠다는 생각을 했다. 여기서 더 머무는 건 아무런 의미가 없었다. 더는 이 남자를 견딜 수 없었다.

"장 여사님 오시는 대로 저는 세종으로 내려갈게요. 아이는⋯⋯."

아이를 키우는 일에 대해선 나중에 다시 상의를 해 보자는 말을 하려던 찰나였다. 그때까지 말없이 선우를 바라보던 문도가 느리게 입을 열었다.

"내가 가지고 논 게 아니라면."

무슨 말인지. 선우는 미간을 좁히며 문도를 보았다.

"내가 가지고 논 게 아니라면. 등신처럼 속는 줄도 모르고 속았던 거라면."

그게 무슨…….

"온통 거짓으로 만들어진 그림자 같은 여자라도 좋다고 껴안고 있었던 거라면. 진짜 네가 아닌 허상인 줄 알면서도 놓지 못해서 그랬던 거라면. 그럼 내 마음은 진심이 될까?"

선우는 가늘게 뜬 눈으로 문도를 바라보았다. 도무지 알 수 없는 소리를 하는 남자의 눈빛은 어둡게 가라앉아 있었다.

"내가 그림자를 좋아했던 거라고."

문도는 자조적인 웃음을 피식 흘리며 말했다.

"아무리 너라도. 선우야, 내 마음을 함부로 말하지 마."

붉게 충혈된 눈으로 말한 남자가 천천히 몸을 돌렸다. 등을 돌린 문도가 2층으로 올라가는 모습을 선우는 멍하니 바라보았다.

49. 잘못했으니까

쾅, 하고 2층의 문이 닫히는 소리가 들렸다. 그 소리에 선우는 움찔 몸을 떨었다.

'내가 가지고 논 게 아니라면.'

남자의 마지막 말이 이상했다. 무슨 뜻일까.

생각을 가다듬어 보고 싶은데 머리가 뿌옇게 흐렸다. 무슨 말을 들은 건지 잘 이해가 되지 않았다. 그럼에도 가슴이 이상하게 아파 왔다.

'등신처럼 속는 줄도 모르고 속았던 거라면.'

천천히 다시.

다시 생각을 해 봐야겠다고 마음을 먹고 식탁 의자에 앉으려는데 테이블 위에 놓인 딸기가 보였다. 하얀 접시 위에 빨갛게 익은 딸기가 여섯 알이다. 하나는 먹다가 남은 커다란 딸기였고, 나머지는 손도 대지 않아 싱싱한 모습을 뽐내고 있는 다섯 개의 각기

다른 품종의 딸기였다.

'제일 큰 게 킹스베리고, 품종이 다 다른데. 나머진 기억 안 나.'

설마.

아니겠지.

아닐 거야.

내가 누군지 처음부터 알고 있었다는 말, 그 말이 맞는 걸 거야.

아니라 생각을 하는데도, 딸기밭을 훔쳐 온 것처럼 딸기를 들고 왔던 남자의 모습이 떠오르며 눈가가 시큰거리기 시작했다.

'미안해. 그때 네 동생을 그렇게 두고 와서.'

아니야.

'그것 때문에 네가 여기까지 와서 힘든 시간을 보내야 했던 것도, 미안하게 생각해.'

아니야. 그럴 리 없잖아. 그런 사람 아니잖아. 처음부터 알고 있었던 사람이잖아. 내가 누군지 알면서도 실컷 가지고 놀다가 벼랑 끝에서 밀어 버렸던 사람이잖아.

'아무 데도 가지 말고, 나랑 있어.'

아니야. 아니어야 해. 어떻게…….

'네가 너무 좋아. 좋아서 미칠 것 같아.'

이제까지 풀리지 않았던 의문이 있었다.

자꾸만 마음을 맴도는 그 말들은 무슨 의미였을까. 왜 그런 말을 했나. 그렇게까지 나를 철저하게 속이고 싶었던 걸까.

도무지 풀리지 않아 어느 순간부터 마음의 빗장을 닫아걸었다. 해석하지 말자고. 의미를 두지 말자고. 모두 다, 나를 기만하기 위한 말일 뿐이었다고.

지금도 그러고 싶은데, 생각은 자꾸만 남자가 흘린 한마디의 말로 모여들었다. 만약 가지고 논 게 아니라면. 등신처럼 속는 줄도 모르고 속았던 거라면. 그 말이 사실이라면…….

선우는 질끈 눈을 감았다.

만약에, 가지고 논 게 아니라면.

만약에, 몰랐던 거라면.

내가 나인 줄, 당신은 전혀 몰랐던 거라면.

이민우의 누나인 이선우가 아닌, 서유라의 트레이너인 이선우를 정말로 좋아했던 거라면.

정말로 좋아서, 도무지 놓아지지 않아 다시 시작하자고 했던 거라면. 그래서 원칙을 깨고 고용인과의 연애를 시작했던 거라면.

선우는 고개를 저었다.

말도 안 돼. 그럴 리가 없어. 처음부터 알고 속인 거라고 했었잖아. 감히 이력을 위조하고 신분을 속여 핸드폰을 찾으려 했기에, 내게 그렇게 나쁘게 굴었던 거라고 했었잖아.

어디까지 절박해질 수 있나. 몇 번이나 애원할 수 있나 지켜본 거였잖아. 내 마음까지 가져간 다음, 멍청한 나를 비웃으며 단숨에 산산조각을 내어 버린 사람이잖아.

그런 사람이었잖아. 당신은.

매일 밤, 민우의 핸드폰을 찾아 뒤지는 것을 알았으면서 그 모습을 비웃으며 지켜보고 있었던 사람이잖아.

'좋아한다고, 사랑한다고, 내 옆에 있고 싶다고 한 번 더 말해

봐. 혹시 알아? 내가 전부 다 넘겨줄지.'

마지막 남자의 목소리가 생각나는 순간 명치끝이 아프게 조여
들었다. 뿌옇게 차오르는 눈물 사이로 어느 여름밤, 남자의 얼굴
이 보였다.

'왜 이렇게 예뻐?'

눈물이 툭, 발등 위로 떨어졌다.

'나는 이선우 좋아해.'

숨이 쉬어지지 않는다. 커다란 회오리가 선우를 삼켜 버린 것만
같았다. 남자가 보란 듯 하나씩 터트렸던 진실들이, 온 국민이 들
었던 민우의 목소리가, 검찰에 출두하며 카메라를 바라보았던 남
자의 메말랐던 얼굴이 두서없이 밀려왔다.

아니야. 그럴 리 없어. 당신이 다 거짓말한 거지.

선우는 자꾸만 흘러내리는 눈물을 닦으며 몸을 돌렸다. 확인을
해야 했다. 이게 다 거짓말이라는, 전부 속인 거라는 확인을.

계단을 빠르게 올라간 선우는 커다란 중문 앞에 섰다. 황동색
손잡이를 꽉 움켜쥐고 힘껏 밀었다. 아무도 없는 거실을 지나 안
으로 들어갔다.

반쯤 열려 있는 마스터 룸의 문을 밀자 침대에 우두커니 앉아
있는 남자의 모습이 보였다. 그늘진 눈과 마주치는 순간 눈가가
시큰거리며 눈물이 다시 고여 들었다.

"내가 민우 누나인 거, 처음부터 알았던 거 맞죠?"

문도는 대답을 하지 않았다. 눈물 때문에 시야가 흐렸지만. 선
우는 남자를 똑바로 보려 애쓰며 말했다.

"처음부터라고, 그랬잖아. 당신이 그날, 나한테 그랬잖아. 처음부터 알았다고…….."

이상한 게 너무 많았다. 아무리 이해를 하려고 노력했어도 이해할 수 없는 일들이 너무 많았다. 순간순간마다 왜 그렇게 가슴 저린 눈으로 봤을까. 왜 수시로 입을 맞추었을까. 왜 한 번씩 알 수 없는 눈으로 이상한 말을 했을까.

아무리 나쁜 사람이라도 그렇지. 정말 그런 짓까지 계획적으로 했을까. 그렇게 나쁜 사람이 왜 민우의 일은 전부 다 밝혔을까. 마치 들으라는 것처럼 유가족에게 미안하다는 말을 했을까.

"언제부터 알았어요? 내가 민우 누나인 거, 당신 언제부터 알았어?"

눈물 때문에 앞이 잘 보이지 않았지만 선우는 한 발 다가가며 물었다.

"말하면, 뭐가 달라져?"

남자의 목소리는 낮게 가라앉아 있었다. 선우는 울컥 흘러나온 눈물을 손으로 밀어내며 말했다.

"말해요, 빨리."

그늘이 깊게 드리워진 눈으로 그녀를 볼 뿐, 서문도는 입을 딱 닫고 있었다.

"말해. 처음부터였다고. 나 속인 거라고, 빨리 말해요."

이제는 정말 뭐가 뭔지 모르겠는데, 자꾸 눈물이 나왔다. 남자가 인정했으면 한다. 진심인 적 없었다고. 네가 짐작하는 게 틀렸다고. 널 처음부터 갖고 놀았던 거라고.

당신 그런 사람이었잖아. 그런 사람이라고 내게 말했잖아. 그렇게 말하면서 날 쫓아냈잖아. 그런데 이제 와서 아니라고 하면.

"맞아. 처음부터야. 처음부터 알아서 작정하고 지켜봤어. 재밌어서 가지고 놀았고, 더는 흥미 없어져서 버렸어. 이제 됐어?"

차갑게 말하는 남자를 믿을 수 없었다. 믿을 수 없어서 한 발 더 앞으로 걸었다. 다시 한 발 더 가까이 다가가 우두커니 앉은 남자를 내려다보았다. 눈물에 번져 보이는 남자는 딱딱하게 굳어 있었다.

"언제……. 알았어요?"

선우는 떨리는 목소리로 물었다.

"말했잖아. 처음부터라고."

단조롭게 말하는 목소리에 선우는 고개를 저었다.

"말해요. 언제부터 알았어요?"

빤히 그녀를 올려다보는 남자의 눈동자에 억눌린 감정이 일렁이고 있었다. 끝끝내 답을 하지 않으려고 입을 닫고 있는 남자를 보는데 장 여사가 했던 말이 생각났다.

'성격이 원래 청개구리야. 하지 말라면 더 하는데, 내버려 두면 알아서 수그러들어요.'

알고 싶지 않은데, 저절로 알아졌다. 전부 내가 먼저였어. 당신은 모르고 있었는데 내가 먼저…….

더는 부정할 수 없는 진실을 깨닫는 순간 눈물이 주르륵 흘러내렸다.

"처음부터라고요. 그게 정말인 거죠? 두 번은 묻지 않을 거예요. 그게 정말이면 나는, 당신 다시는 안 볼 거야."

말해요. 말해 줘요. 내게 한마디만. 흘러내리는 눈물을 닦아 내며 선우는 말했다.

"마지막으로 물어요. 언제부터 알았어요?"

남자의 눈동자가 무감하게 깜빡였다. 한 번, 두 번. 그렇게 그녀를 보던 남자가 천천히 입을 열었다.

"처음부터라고 했어."

하. 선우의 입에서 울음 섞인 웃음이 터져 나왔다. 이제야 남자를 알 것 같다. 한 번 아니라 한 건 끝끝내 아닌 거지. 인정 같은 거 못 하는 거지. 그래, 그렇다면 나도 그래.

"그래요? 알았어요. 그럼 이제 우린 다시 볼 일 없어요."

선우는 그 말을 끝으로 마스터 룸을 나왔다. 눈물은 바보처럼 자꾸만 흘러나오고 있었다.

이러고 있는 나도 미친놈이지.

문도는 어둠 속에서 헛웃음을 웃었다. 그깟 진실이 뭐라고 마지막까지 움켜쥐고서 되도 않는 자존심을 부리는 건지. 기막힌 웃음이 나왔지만 삐딱해진 마음은 쉽사리 풀리지 않았다. 그래서 고집스럽게 앉아 있었다. 상처받은 마음이 빳빳하게 일어서서 도무지 눌러지지 않았다.

두 번 다시 보지 않겠다는 말이 너는 왜 그렇게 쉬워. 왜 매번 나만 마음을 졸여. 나는 너밖에 없는데, 왜 너는 늘 다른 게 우선이야.

진저리 나는 짝사랑이었다.

언제나 다른 무언가를 간절히 바라는 여자의 등을 돌려세우고,

다시 돌려세우며 나를 좀 보아 달라고. 다른 거 말고 나를 원해 달라고. 한 번은 네게 내가 전부였으면 좋겠다고.

그에게는 너무 쉬운 일이었는데 이선우에게는 아니었다. 핸드폰보다도, 아직 태어나지도 않은 아이보다도, 이제는 그 빌어먹을 거짓말보다도 아래에 있었다. 단 한 번도 이선우의 선택에 그가 우선시되지 않았다. 그게 상처가 되었다.

그때도 그랬다. 마지막 날, 마지막 밤에도.

마지막의 마지막까지 이선우가 그러지 않았으면 했다. 모르는 척 눈을 감고 그의 품에 있었으면 했다. 낡은 이민우의 핸드폰 대신, 단 하루만이라도 더 그의 품에 남는 걸 선택하길 바랐다.

서로를 품에 안고서 눈을 감았던 마지막 순간만큼은 망설여 주기를, 주저하기를, 단 하루만이라도 진실을 외면하고 그를 선택하길 바랐다. 어둠 속에서 눈을 감고서 그것만을 바랐다.

마지막이 될 걸 알면서 망설임 없이 자신의 품을 빠져나가는 이선우가 미웠다. 그래. 미웠다는 게 제일 정확한 말일 거다.

기어이 저걸 가지고 가겠지. 인사도 없이 영영 가겠지. 내일 다시 올 것처럼 굴어 놓고 안개처럼 흩어지겠지. 네가 좋아 죽을 것 같은 나는 씹다 버린 껌처럼 버려두고서.

처음부터 알았던 게 아니라는 말.

그 말을 하면 된다는 걸 안다. 모든 걸 뒤집겠지. 그럼에도 그 말만은 나오지 않았다. 깊이 숨을 내쉰 문도는 천천히 몸을 일으켰다. 이렇게 선우를 내버려 둘 수는 없었다. 다시 이야기를 해야지.

문도는 마스터 룸을 나와 중문을 열었다. 계단을 내려와 거실을 건넜다. 낮게 한숨을 쉬며 선우의 방문을 여는데 인기척이 없었다. 순간 불안한 마음에 불이 켜진 방을 빠르게 훑었다. 선우는 없었지만 협탁 위에는 뜨다 만 뜨개가 있었다. 읽던 책이 테이블 위에 있고 스탠드의 불빛도 켜져 있었다. 그런데도 목 뒤가 저릿거렸다.

"이선우."

설마 하는 마음부터 들었다. 정말 나를 떠났다. 두 번 다시 보지 않겠다는 말이 진짜였나. 아무리 그래도 그렇지. 어떻게 이렇게 쉽게 나를, 또.

마음에 화르르 불이 붙으려는 순간이었다. 어디선가 흐느끼는 소리가 들려왔다. 문도는 소리를 따라 고개를 돌렸다. 게스트 룸 옆의 드레스 룸이 보였다.

손잡이를 잡는데 마음이 목 끝까지 울렁이며 차올랐다. 문도는 눈을 꾹 감았다 뜨며 문을 열었다. 불이 환히 켜진 방에는 문이 열린 옷장이 있었다. 엉망으로 흩어진 옷과 활짝 열린 트렁크.

그리고 이선우.

열려 있는 가방을 붙잡고 펑펑 눈물을 쏟고 있는 선우가 보였다.

"가려고?"

활짝 열려 있는 가방을 보는 순간 눈이 끓었다. 자존심 같은 게 무슨 소용일까 생각했던 것은 어느새 잊고서 비딱한 마음부터 튀어나왔다.

"왜 그러고 있어. 갈 거면……."

돌아보지 말고 가라는 말을 하려 하는데 그 말이 나오지 않았다. 여기까지 왔는데 숙여지지도, 그렇다고 뻗대지지도 않았다.

무엇을 바라는지도 모르겠다는 생각을 한다. 나는 대체 널 붙들고 뭘 하고 있는 걸까. 그걸 알 수 없어 문가에 기대어 까맣게 죽은 눈으로 선우를 바라볼 뿐이다.

"내가……"

선우는 울먹이며 문도를 노려보았다. 고여 든 눈물은 금세 길을 그리며 뺨으로 흘러내렸다. 눈물이 흐르고, 또다시 흘러내리는 동안 선우는 문도를 힘껏 노려보았다. 마지막까지 고집을 부리고 있는 바보 같은 남자를.

"내가 어떻게 가요."

가려고 했었다. 끝까지 상처만 주는 남자 따위 보란 듯이 남겨 놓고서 가려고 했었다. 두 번 다시 돌아보지 않으려 했는데 그럴 수 없었다.

"이렇게 엉망진창인 당신을 두고 내가 어떻게 가."

울음이 터진 선우는 두 손에 얼굴을 묻었다.

거짓이라 생각했던, 그래서 너무나 상처가 되었던 그 시간들이 사실은 진짜였다고. 심장을 욱신거리게 했던 순간들이 사실은 다 진짜였다고. 어떻게 그럴 수가 있어. 내가 얼마나 원망을 했는데. 내가 얼마나 당신을 미워했는데.

"그냥 말해 줘요. 거짓말이라도 좋으니까, 처음부터 안 거 아니었다고. 그거 다 진짜였다고, 그냥 그렇게 말해 줘."

그 말 한마디면 가지 않을게. 언제부터 알았는지 말하지 않아도 괜찮아. 모르는 척 그냥 당신 옆에 있을게. 제발, 한마디만 해 줘요.

문도는 눈을 감았다 떴다.

울고 있는 이선우가 보였다. 마음이 아팠다. 왜 이러고 있는지도 사실 잘 모르겠다. 이선우가 남았다는 것만, 그를 두고 가지 않았다는 것만 생각난다.

절대 돌이키지 않으려 했다. 모두가 무엇을 잃어야 공평하다고 생각했기에. 그때의 그 결심으로 서유라는 목숨을, 아버지는 회장 자리를 잃었다. 이선우는 서문도를, 서문도는 이선우를 잃었다. 돌아가지 않겠노라 결심하며 그가 선택한 길이었다. 그러니 그 말만은 번복하지 않겠노라 결심을 했었는데.

이제는 아무 생각이 들지 않았다. 머리는 뿌옇게 흐려지고 마음은 곤죽이 되었다. 다 모르겠고. 이젠 그냥⋯⋯.

"응."

대답을 하는데 목이 멘 소리가 나왔다.

"거짓말이야."

눈을 뜨고 있는데 시야가 흐렸다. 흐린 시야 속에서도 이선우는 또렷하게 보였다. 사실 나는 다 필요 없었지. 너만 있으면 됐었어.

"처음부터 알았다는 말, 그거 거짓말이었어."

선우는 눈물이 글썽거리는 눈으로 문도를 바라보았다. 금방이라도 무너질 것 같은 남자가 보였다. 위태롭게 버티고 있는 남자를 바라보며 선우는 이거면 되었다고 생각을 했다.

처음부터 끝까지 온 마음으로 그녀를 사랑했으면서 마지막까지 무릎 꿇지 않으려는 남자가 서문도였다. 그 한끝이 남자를 지탱하고 있었다는 것을 이제는 알겠다.

그러니 이렇게라도 인정해 주었으면 되었다. 그의 마지막 한끝을 무너뜨리고 싶지 않았다. 당신이 거짓말을 한 걸로 해요. 솔직하지 않아도 괜찮아. 내가 다 알아 버렸는걸. 그러니 더는 묻지 않을게.

"알았어요."

선우는 떨리는 목소리로 대답을 했다. 정말 괜찮다고 생각을 하는데 자꾸 눈물이 났다. 웃어야 하는데, 다 괜찮다고 말을 해 줘야 하는데.

"말해 줘서 고마워요."

애써 웃는 선우의 얼굴이 온통 눈물이다. 심장이 지끈거리며 아파 와 문도는 숨을 삼켰다. 이상하지. 우는 건 이선우인데 문도의 시야가 뿌옇게 번지고 있었다.

이게 뭐라고 말을 못 하고 있나. 거짓말이라도 해 달라고 간절하게 말을 하는데. 그거라도 괜찮다고 웃으며 우는데. 네가 바라는 건 고작 그 정도인데, 그깟 결심이 뭐라고 나는 너를 또 울리고 있을까.

마음에 뜨거운 바람이 불었다.

폐허가 된 자리에서 벽돌을 쌓고 또 쌓았던 미친놈이 생각난다. 그 벽은 한 번도 제대로 쌓인 적이 없었다. 아슬아슬하게 올라간 벽돌은 한 줄기 바람에도 허물어졌다. 새로 벽돌을 놓는 작은 손길에도 우르르 무너지곤 했었다.

이미 부서진 사랑 따위 아무리 노력을 해도 헛짓거리일 뿐이라는 걸 알려 주는 꿈인 줄 알았는데…… 반은 맞고 반은 틀렸다. 진실을 가려 놓은 상태로는 아무리 공들여 쌓아도 무너질 수밖에 없다는 걸 그 미친놈이 보여 주고 있던 거였다.

상처만 남은 너에게 다시 시작을 하자고. 아무것도 알려 주지 않으면서 나를 다시 사랑해 달라고.

너를 제일 아프게 했던 말은 나의 아집으로 덮어 두고서 그걸 사랑이라고 하고 있었으니, 매번 허물어질 수밖에.

문도는 천천히 눈을 감았다 떴다. 선우를 아프게만 하는 거짓말 따위 이제 그만 내려놓기로 한다.

"처음 호텔 갔던 날 기억해?"

대답을 하기도 전에 그날의 일들이 선우의 머리를 스쳤다. 만둣 국을 사 줬던 것. 민우에 대해 물어보았던 것. 그때의 풍경, 대낮의 호텔과 무자비했던 정사.

"그때 알았어."

이 말이 뭐라고 그렇게 나오지 않았는지, 뱉어 놓은 지금에서야 이유를 알 것 같다. 마지막까지 지키고 싶었던 그 알량한 자존심 의 실체가 이제야 보였다.

한 번쯤은.

한 번쯤은 선우가 자신의 마음을 헤아려 줬으면 했다. 이렇게 삐딱하게 굴어도, 아이를 지우라는 독한 말로 데려와 살았어도, 제일 밑바닥에 깔린 마음은 알아주었으면 했다.

사실은 너를 처음부터 속인 게 아니라는 그 말을 하지 않아도, 그래도 곁에 있어 주기를. 너에게도 내가 놓아지지 않는 무언가가 되기를.

한 번쯤은 다른 무엇이 아닌 나를 선택해 주기를. 끝끝내 고집 을 꺾지 못하는 이기적인 새끼이지만, 그래도 이 마음이 사랑이라 는 것만은 알아주기를.

그걸 기어이 받아 낸 지금에서야, 한 번 더 너를 울리고 난 다음에서야 인정하는 나는 정말 개새끼지만.

"잘못했어."

문도는 울고 있는 선우에게로 걸어갔다. 눈물이 흐르고 있는 선우의 뺨으로 천천히 팔을 뻗었다. 주르륵 흘러내린 선우의 눈물이 문도의 손등 위를 흘렀다. 마음이 욱신거리며 아파 왔다.

이제야 깨닫는다.

전부 그의 욕심이었다. 온전히 이선우를 갖고 싶었던 욕심. 이선우가 오로지 자신만을 봐주길 바라는 욕심. 이선우의 희망이 될 수 없어 절망이 되기를 선택했던 어리석은 욕심.

"내가 다 잘못했으니까. 그러니까……."

선우의 눈물을 밀어내는 문도의 손이 가늘게 떨리고 있었다. 이게 뭐라고 그렇게 어려웠을까. 사실은 늘, 네 눈물부터 닦아 주고 싶었는데. 널 위해 무엇이든 해 주고 싶었는데.

"내 옆에 있어 줘."

뭉쳐진 핏덩어리 같은 말이 울컥이며 올라왔다.

"미워해도 좋고, 싫어해도 좋으니까. 그냥……. 옆에만 있어 줘."

사랑해 달라는 말조차 염치가 없다는 걸 안다. 위태로운 이선우를 가장 가혹하게 몰아붙였던 건 다른 누구도 아닌 자신이었으므로.

"그거면 돼."

문도는 떨리는 손으로 선우의 눈물을 밀어냈다.

"나는 너만 있으면 돼."

그것 하나만 바라고 여기까지 왔다. 이선우에게 상처 내는 짓도 서슴지 않아 하면서. 그렇게는 절대 이루어질 수 없는 일이었는데, 왜 그렇게 어리석었을까.

"두 번은 못 보내. 내가…… 더는 못 하겠어."

눈물 가득한 눈으로 문도를 보던 선우가 어엉, 서러운 울음을 터트렸다. 문도는 울고 있는 선우를 품으로 당겨 안았다. 선우가 그를 밀어내며 고개를 젓는다.

"싫어……. 저리 가요. 왜 그런 말을 해서. 내가 얼마나……."

울음 섞인 목소리가 문도의 가슴 위로 번졌다. 문도는 밀어내는 선우를 힘주어 안았다.

"싫어. 당신 같은 사람 정말……. 어흑."

문도의 품에 안겨 선우는 한참 울었다. 그동안의 시간들이 눈물로 흘러내리며 문도의 옷깃을 적셨다. 한참을 울던 선우가 천천히 고개를 들었다. 눈물로 얼룩진 얼굴이 가슴 아리게 예뻤다. 그 얼굴에서 시선을 떼지 못하고 있는데, 선우가 입술을 달싹였다.

"미안해요."

문도의 눈시울이 꿈틀거렸다. 선우의 눈에서 눈물이 주룩 흘렀다.

"미안해요. 내가……. 당신을 속여서……. 정말 너무 미안해요."

문도는 울먹이는 선우를 힘껏 안았다. 질끈 감은 눈꺼풀 사이로 뜨거운 눈물이 흘러내렸다.

이선우였다.

온 힘을 다했어도 놓을 수 없었던, 밀어낼 수 없었던, 사실은 늘 이렇게 힘껏 안아 주고 싶었던, 이선우였다.

50. 영원히

"아무 생각하지 말고 자."

침대에 누운 선우에게 시트를 덮어 준 문도가 말했다. 눈물에 눈이 퉁퉁 부은 선우는 얕게 고개를 끄덕였다. 울지 말아야지. 그렇게 생각하는데도 눈물이 다시 흘러나왔다.

"그만 울고."

문도가 선우의 머리카락을 넘겨 주며 말했다. 알겠다고 고개를 끄덕이는데도 눈물이 흘러나왔다.

"쉬어. 불 꺼 줄게."

선우는 다시 고개를 끄덕였다. 튼튼이를 생각해서라도 울지 말자고 생각을 하는데도 눈물은 그치지 않았다. 숨을 쉬는 것처럼 눈물이 흘렀다. 그래도 애써 웃었다.

몇 번이나 머리카락을 쓸어 주었던 남자가 달칵, 불을 끄고서 문을 닫고 나갔다. 남자가 멀어질 만큼의 시간을 기다린 선우는 시트를 머리까지 올리고 숨을 죽여 울었다.

왜 이렇게 눈물이 흐르는지는 선우도 정확하게 알 수 없었다. 너무 많은 감정들이 뒤섞인 시간들이었어서 그랬을까. 남자에 대한 미안함이었을까. 편할 대로 생각하고 미워했던 자신에 대한 후회였을까.

눈물의 이유는…….

무엇보다.

다른 무엇보다.

달칵. 다시 문을 열고 들어온 문도가 그럴 줄 알았다는 듯 선우가 뒤집어쓰고 있는 시트를 내렸다. 이거 봐. 이럴 줄 알았다니까. 옅게 한숨 쉬며 말하는 남자와 어둠 속에서 눈이 마주치는 순간 선우는 두 손으로 눈을 가렸다.

"어어엉."

그 오랜 시간을 버텨 왔던 이 남자 때문이었다. 자신이 끝없이 원망하며 미워하고 있는 동안에도, 마지막 순간까지도 그녀를 위해 움직여 주었던. 그토록 절실히 바랐던 진실을 온 세상에 밝혀 주었던, 이 남자 때문에.

"이럴 줄 알았지."

몸을 숙인 남자가 선우를 안았다. 울음을 우는 선우를 안고서 침대에 누웠다. 정수리 위에 턱을 괴고 토닥토닥 등을 쓸었다.

"미안해요."

선우는 울먹이며 말했다. 정말 미안해요. 내가, 정말 많이 미안해요.

선우가 말을 할 때마다 문도가 고개를 끄덕였다. 알겠다고. 다 알고 있다고. 그러니 괜찮다고.

그런 문도의 품에 안겨 한참을 다시 운 선우는 토닥이는 손길에 잠깐잠깐 눈을 감았다. 그러다 퉁퉁 부은 눈을 들어 문도를 올려다보았다. 눈물이 다시 고여 들었다.

"왜……. 왜 말 안 했어요?"

처음부터 안 것이 아니었다는 말. 그 말 한마디면 이 모든 오해는 풀리는 거였는데.

"뭐를?"

"처음부터 안 게 아니라는 말."

그 말에 문도가 조금 복잡한 표정으로 웃었다. 눈물이 고여 있는 선우의 눈시울을 손으로 닦아 주며 음, 하고 말을 골랐다.

"설명하자면 복잡한데."

선우는 어떻게 말을 꺼내야 할지 생각을 하고 있는 문도를 보며 다음 말을 기다렸다.

"첫째는, 그 말에 네가 아프기를 바랐었고."

잠깐 눈을 감았다 뜬 문도는 선우의 머리카락을 가만히 넘겨 주며 말을 이었다.

"둘째는, 나 역시 돌이킬 수 없는 강을 건너고 싶었고."

돌아오지 못하는 강을 건너갔어야만 했었다. 마음이 약해지는 일이 없게. 너를 잃은 힘으로 끝까지 밀어붙일 수 있게. 그래야만 네게 진실을 전해 줄 수 있을 테니.

"세 번째로는, 이번 일로 아버지는 회장 자리를 잃었고, 서유라

는 목숨을 잃었지. 나 역시 무엇인가를 잃어야 공평하다고 생각했
어. 내게 가장 소중한 것을."

스스로에게 내린 형벌이었다. 이선우를 잃는 것. 예전으로 돌아
가지 못하는 것. 오해 속에서 살아가도록 내버려 두는 것.

"마지막으로는, 사실을 알면 미안한 마음에 내게 약해질 거 같
아서. 그래서 하기 싫었고."

미안한 마음에 그를 받아 주는 것은 바라지 않았다. 미치도록
증오하는 놈이어도, 도무지 용서할 수 없는 나쁜 놈이어도 사랑하
기를, 그럴 수밖에 없기를 바랐다.

"사실은 그냥 다 핑계야. 내가 못나서 그런 거지."

피식 웃으며 말하자 선우가 다시 주룩 눈물을 흘렸다.

"그만 울고 자. 너무 많이 울면 아이한테 안 좋아."

문도는 통통 부은 선우의 눈을 감겨 주었다. 품에 안고서 등을 다
독였다. 눈을 감고서도 눈물을 흘리던 선우가 어느 순간 잠이 들었다.

문도는 그 옆에 누워 잠이 든 선우의 얼굴을 바라보다 눈을 감
았다. 그렇게 폭풍이 휘몰아치는 것 같았던 밤이 지나고 있었다.

눈을 떴을 때 선우의 잠든 얼굴이 보였다. 동이 트는 시간인지
방에는 뿌옇게 빛이 스며들고 있었다. 새벽의 고요한 공기 속에서
문도는 선우를 오래 바라보았다. 꿈일지도 모르겠다는 생각을 했
다. 꿈이라면 깨고 싶지 않다는 생각도.

어린 이선우의 얼굴을 하나씩 눈으로 쓸어 보았다.

동그란 이마. 부어 있는 눈. 길게 내려온 속눈썹. 예쁘게 뻗은 자

그마한 코와 선홍색의 입술.

한참 동안 그 모습을 바라보다 문도는 조심스럽게 몸을 일으켰다. 두 뼘 정도 열려 있는 커튼을 치고 조용히 문을 닫았다. 복도를 지나 거실로 나오는데 주방에서 부스럭거리는 소리가 들려왔다.

"아니, 뭔 딸기를 이렇게 많이 사 왔대? 이걸 누가 다 먹는다고."

장 여사가 한숨을 쉬며 냉장고 안을 보고 있었다.

"이선우도 먹고, 나도 먹고. 어머니랑 여사님도 드시고."

"깜짝이야."

문도의 목소리에 장 여사가 화들짝 놀라 뒤를 보며 말했다.

"전무님이 왜 거기서 나와요?"

장 여사가 의심스러운 눈으로 문도를 보았다.

"나올 만하니까 나오죠."

"선우 씨는요?"

"잠들었어요. 일어날 때까지 깨우지 마세요."

흐음. 장 여사가 문도를 지그시 바라보았다. 문도는 별다른 말없이 커피 머신의 버튼을 눌렀다. 뜨겁고 진한 커피를 한잔해야겠다. 폭풍 같은 밤이 지났어도 출근은 해야 하니까.

"전무님부터 드셔야겠네."

장 여사가 깨끗이 씻은 딸기를 문도의 앞에 놓아 주었다. 뜨거운 커피를 한 모금 마신 문도는 딸기를 바라보다 피식 웃었다.

"어제 딸기 몇 알 씻어 주고서 청혼을 했는데."

장 여사가 잉? 하는 표정으로 문도를 돌아보았다.

"뭘 했다고요?"

"청혼을 했다고요."

"뭘, 줬다고요?"

"딸기."

뻔뻔한 문도의 대답에 장 여사의 눈썹이 기묘하게 찌그러졌다. 내 손으로 키운 놈이 어떻게 저럴 수 있지, 라는 의문을 담은 표정이었다.

"딸기, 이거, 딸기만 달랑 주고서?"

"그래서 그런지 까였어요."

허, 장 여사가 기막히다는 듯 한숨을 토했다. 싱긋 웃은 문도는 빨간 딸기를 집어 한 입 베어 물었다. 품종은 알 수 없었지만 달콤하고 상큼했다.

"아니, 딸기만 한 다이아를 줘도 까일 판에. 무슨 배짱으로 딸기만 줬대."

"그러게. 그 생각을 못 했네."

맞는 말만 하는 장 여사라는 생각을 하며 문도는 남은 딸기를 입에 넣었다. 장 여사가 조금 기막히다는 표정으로 문도를 보았다.

"이게 다 여사님 때문이야."

"뭐가요."

"여사님이 날 이렇게 키워서, 이선우만 고생했잖아요."

어이없어하는 장 여사에게 빙그레 웃어 준 뒤 문도는 자리에서 일어났다.

"출근할게요. 선우 일어나면 잘 좀 챙겨 줘요. 어제 많이 울었거든."

어련히 알아서 잘하겠냐는 눈빛을 보내는 장 여사를 뒤로하고 문도는 2층으로 향했다. 거실의 창으로 아침 햇살이 길게 들어오고 있었다. 새로운 날의 시작이었다.

선우는 코트를 입고 소파에 앉았다. 핸드백을 옆에 두고 핸드폰을 꺼냈다.

　4시까지 갈게. 기다리고 있어.

서문도에게서 온 메시지였다. 오늘은 병원 예약일. 대성통곡을 하고 난 이후로 단둘이 오랜 시간을 보낸 적은 없었는데, 피할 수 없는 날이 와 버렸다.

후.

핸드폰의 시간은 이제 3시 50분. 어색한 마음에 선우는 한숨을 쉬었다. 둘이서 차를 타고 병원까지 가야 한다고 생각하니 벌써부터 가슴이 답답했다.

이걸 무슨 마음이라고 해야 할지 모르겠는데, 그날 이후로 서문도를 대하기가 힘들어졌다. 미안하고, 어색하고, 어떻게 해야 할지 잘 모르겠고. 무슨 말을 해야 할지도 모르겠다. 차라리 병원에서 만나자고 할걸 그랬나. 그렇게 메시지를 보내고 싶은 마음이 굴뚝이었는데 차마 그러지 못했다.

두 사람 사이에 있었던 일이 사실은 자신이 알고 있었던 것과 정반대였단다. 그녀를 속인 것도, 거짓말을 한 것도 한참 나중의 일이었다고. 입장이 반대로 뒤집힌 가운데에서도 남자는 담담하기만 했다. 어떻게 저럴 수 있을까 싶을 정도로.

서문도는 아침마다 같이 식사를 할 때면 한 번씩 이야기를 건네어 왔다. 늦은 저녁, 퇴근을 해서 잠깐 방에 들러 간식거리를 놓아두었다. 물어보는 말들에 어색하게 답을 하면 피식 웃기도 했다.

그래서 가끔은 그날 서문도의 붉었던 눈시울이 진짜였을까, 생각을 하게 된다. 흔들림 없이 담담히 생활을 하는 남자는 전과 같아서 그 밤의 일은 감쪽같이 없어진 것만 같았다.

주차장

핸드폰이 울리며 메시지가 왔다. 짧은 세 글자에 선우는 자리에서 일어났다. 코트를 털고 핸드백을 들었다. 후우, 깊게 숨을 쉬고 엘리베이터를 탔다.

"타."

서문도는 새 차 앞에 서 있었다. 크리스마스에 키를 받았지만 한 번도 이용하지 않았던 차였다. 조수석 문을 열어 준 문도가 보닛을 돌아 늘 타 왔던 차를 타는 것처럼 자연스럽게 올라탔다.

묵직하게 굴러가는 SUV는 금세 도로로 진입했다. 병원까지는 30분 남짓이 걸린다. 도로의 소음이 차단된 차 안에 부드러운 침묵이 흘렀다.

숨이라도 크게 쉬었다가는 온통 그 소리만 들릴 것 같아 선우는 고개를 돌려 차창 밖을 바라보았다. 앙상한 나뭇가지만 남은 가로수를 보다가 엷은 하늘색에 길게 누워 있는 구름을 바라보는데 문도가 말을 걸어왔다.

"점심은 맛있는 거 먹었어?"

"아……. 네. 샌드위치 먹었어요."

삶은 계란을 마요네즈에 으깬 에그 샌드위치를 해 먹었다. 입덧이 줄어든 이후에 뜨개질 말고도 간단한 요리를 조금씩 배우는 중이다. 나중에라도 아이의 이유식은 만들 줄 알아야 할 것 같아서.

다시 정적이 흘렀다. 반짝이는 강물 위를 달리는 동안 선우는 핸드백을 움켜쥐었다. 무슨 말이라도 해야 할 것 같은데, 어떤 말을 해야 할지 가늠이 되지 않았다.

"요리 배운다며."

어색해서 힘든 건 선우 혼자였는지 대교를 다 건너갈 때쯤 문도가 다시 말을 걸어왔다.

"네. 나중에……."

말을 하려다가 입을 다물었다. 쓸데없는 이야기가 될 것 같아서였다.

"나중에?"

"나중에 아이 이유식 해 주려고요."

미움과 원망이 사라진 자리에는 헝클어진 실타래 같은 마음이 남았다. 일단은 그냥 지내보기로 마음을 먹었지만, 자연스럽게 행동하는 건 쉽지가 않았다. 선우는 스쳐 가는 풍경을 보며 가만히 입술을 깨물었다.

"이선우 산모님. 3번 진료실 앞에서 대기해 주세요."

간호사의 안내에 선우는 3번 진료실 앞으로 향했다. 대기석에는 앞 순번의 산모와 남편들이 조르륵 앉아 있었다. 끝에서 두 번째 자리에 앉자, 말없이 뒤를 따르던 문도가 선우의 옆자리에 앉았다.

"전에 말이야."

이름이 불리기를 기다리며 앉아 있는데, 묵묵히 앉아 있던 문도가 입을 열었다. 선우는 고개를 들어 문도를 보았다.

"살면서 누굴 부러워해 본 적 없었는데, 처음으로 저 사람들이 부러웠어."

선우는 문도의 시선을 따라 고개를 돌렸다. 문도가 바라보는 곳에는 자리에 앉은 부부들이 있었다. 배가 부른 아내와 그 앞을 지키고 있는 남편.

"이선우는 내가 옆에만 앉아도 피하는데, 우리 사이에는 떨렁 태어나지도 않은 애 하나만 있는데, 저 사람들은 결혼을 했겠지. 같이 밥을 먹고 같이 잠을 자고 그러겠지. 뭐 그런 생각들이 들어서."

복도에는 이런저런 소리들이 많이 들렸는데, 선우의 귀에는 문도의 목소리만 선명하게 들렸다.

"아이 지우라고 해서 미안해."

어……. 선우는 멍하니 문도를 바라보았다.

"솔직히 말하면 기뻤어. 네가 내 아이를 가져서."

선우는 붉어진 눈시울로 고개를 저으며 말했다.

"아니에요, 사과하지 않으셔도 괜찮아요. 진심 아니었던 거 알았으니까."

"아이를 이용하면 널 다시 데려올 수 있겠다 싶었지. 태어나지도 않은 내 새끼가 이렇게 효도를 하는구나 싶었고."

문도는 피식 웃었다. 말없이 스커트만 움켜쥐는 선우의 모습이 보였다. 며칠 전 곪은 상처들이 터졌을 때는 아이 생각까지 할 겨를이 없었는데, 여기 이렇게 와 보니 새삼 아이의 존재가 크게 느껴졌다.

이선우에게 이 아이가 간절했던 만큼, 문도 역시 그랬다는 걸 알려 주고 싶었다. 물론 의도와 목적이 좀 비뚤어지긴 했지만, 그에게도 소중한 존재였다. 선우의 품에 있기에 더더욱.

"아이는 내게도 축복이었다는 걸 말해 주고 싶었어."

아직 갈 길이 멀지만 이것만큼은 먼저 말해 주고 싶었다. 선우가 아이를 품고 있는 동안 그늘진 마음은 갖지 않기를 바랐기에.

"시작은 좀 이상했지만, 좋은 아빠가 될게."

딸기만 한 다이아 반지도 사야 하고, 제대로 청혼도 해야 해서 좋은 남편이 되고 싶다는 말은 아직 할 수 없었다. 병원 대기실 복도에 앉아서 하고 싶지 않기도 했고.

눈시울이 붉어진 선우가 애써 미소를 지으며 그를 보았다.

"고마워요. 그렇게 말해 줘서……. 정말로 고마워요."

미소를 짓고 있는 선우의 얼굴이 마음을 시큰거리게 했다. 이선우가 소중하게 여기는 것을 소중히 여기면 되는 거였는데. 간절히 바라는 것들을 가져다주기만 하면 되는 일이었는데. 정말로 쉬운 길을 두고 멀리도 돌아왔다는 생각을 한다.

"이선우 산모님, 들어오세요."

문도는 자리에서 일어나 선우에게 손을 내밀었다. 망설이던 선우가 조심스럽게 그의 손을 잡았다. 진료실까지 가는 복도가 길었으면 좋겠다고 생각을 하며 문도는 힘주어 선우의 손을 잡았다.

출근 준비를 마친 문도는 아래층으로 내려갔다. 계단을 반쯤 내려갔을 때부터 고소한 버터 냄새와 함께 따뜻한 수프 냄새가 풍겨왔다. 조곤조곤 이야기를 나누는 목소리도 들려온다.

"일찍 내려오시네요."

샐러드를 식탁으로 옮기던 장 여사가 문도를 보고 먼저 알은체를 했다. 그 말에 선우가 뒤를 돌아 그를 보았다. 그리고 웃으며 인사를 했다.

"전무님, 안녕히 주무셨어요."

극적인 화해를 한 지 열흘이 넘게 지났는데 왜 아직까지 전무님인 건지. 아이를 낳고도 전무님, 전무님 할 건지. 태어난 애가 아빠라는 말 대신 전무님이라고 하면 어쩌려고 그러는 건지. 그딴 호칭으로 불러 놓고 뭘 그렇게 예쁘게 웃는 건지.

이선우에게 하고 싶은 말들이 목 끝에 걸려서 금방이라도 튀어나갈 것 같았지만 문도는 빙그레 웃는 얼굴로 꿀꺽 삼켰다.

"좋은 아침입니다."

식탁에 앉자 장 여사와 음식을 나르던 선우가 문도에게 물었다.

"전무님, 커피 내려 드릴까요?"

고개를 끄덕이니 선우가 커피 머신으로 향했다. 무선 주전자에서 물이 끓는 소리가 들렸고, 뒤를 이어 향긋한 커피 냄새가 다이닝 룸까지 흘러왔다.

"여기요."

가까이 다가온 선우가 그의 앞에 머그잔을 내려놓았다. 문도는 잠시 숨을 멈추었다가 선우가 물러난 뒤에 얕게 뱉었다. 그랬는데도 선우가 남겨 놓은 잔향이 코로 스며들어 머리가 어지러웠다.

"오늘은 뭐 할 거야?"

머그잔을 들어 커피 한 모금을 넘기며 일부러 태연하게 물어보았다. 문도의 앞자리에 앉은 선우가 머그잔에 담겨 있던 티백을 꺼내며 답을 했다.

"오전에는 교수님 잠깐 만나 뵐 거고요, 오후에는 이모 병원 오시는 날이라고 해서 차 한잔 같이 마시려고요."

이선우는 주말에 세종에 다녀왔다. 대학원 갈 준비도 할 생각이란다. 그런 소소한 이야기들을 듣는 게 좋은 날이 있었다. 며칠 전까지는 분명 그랬었다.

선우가 국화꽃 냄새가 물씬 풍기는 티백을 작은 그릇 위에 꺼내 놓았다. 카모마일이다. 카페인이 없다며 2층에 들고 올라왔던, 그리하여 그에게는 야릇한 기억으로 각인이 되어 버린 차. 왜 저걸 아침부터 마시나.

"샐러드는 선우 씨가 만들었어요. 한번 잡숴 봐요. 전 이만 건너 갑니다."

눈을 좁혀 카모마일 차를 바라보고 있는데 장 여사가 티타월에 손을 닦으며 말했다. 그 말을 들은 선우가 부끄러운 듯 고개를 숙였다. 얼굴이 조금 붉어진 것도 같다.

문도는 풀 몇 쪼가리에 조각난 과일과 소스가 올라간 샐러드를 쳐다보았다. 이걸 요리라 부를 수 있을까 잠시 고민은 되었지만 어쨌든 메뉴 중 하나이니 요리겠지.

문도는 포크를 들어 풀과 과일소스를 한 번에 찍었다. 입에 넣고 씹는데 선우의 얼굴이 더 빨개졌다. 눈 둘 곳을 몰라서 숟가락만 움켜쥐고 있는 선우를 보는데, 덩달아 열이 오른다. 샐러드가 원래 이렇게 더운 음식이었던가 싶다.

"맛있네."

문도의 말에 선우는 목까지 붉어졌다. 저 목에 입술을 대었던 적이 전생인가 싶을 정도로 멀었다. 순하고 부드러운 냄새가 나는 하얀 목덜미를 보다가 문도는 젠장, 속으로 소리를 삼키며 휙 눈을 돌렸다.

빌어먹을 반지는 대체 언제 오는 건지.

사이즈 때문에 본사로 주문을 넣어야 해서 아무리 빨리해도 시간이 걸린단다. 제대로 된 프러포즈부터 하고 천천히 시작을 하려 했는데 매일이 고문이었다.

"저는……. 과일만 잘랐어요. 소스만 섞고."

선우는 화끈거리는 얼굴로 말했다. 샐러드용 야채들은 전부 통에 손질되어 있었다. 인터넷에 나온 레시피대로 소스를 섞은 뒤, 장 여사가 깨끗이 씻어 놓은 청포도와 딸기를 조각으로 자른 게 선우가 한 일이었다.

"그게 제일 어려운 거지."

남자가 아무렇지도 않게 말을 하니 더 민망했다. 장 여사님은 왜 내가 다 만들었다는 것처럼 말을 했을까. 선우가 화끈거리는 얼굴을 뺨으로 누르는데 문도가 일어서며 재킷을 들었다.

"이만 출근할게. 잘 먹었어."

일어서는 남자의 뒤로 깨끗하게 비워진 샐러드 접시가 보였다. 그게 뭐라고 마음이 일렁이는 건지. 선우는 덤덤한 인사를 전하며 나가는 문도의 등을 보고 작게 숨을 내쉬었다.

"잘 먹으니까 좋다. 선우야, 이것도 먹어 봐. 맛있다."

카페에 앉은 미숙이 선우의 앞에 케이크를 밀어 주며 말했다.

"네. 이모도 드세요."

선우가 웃으며 답을 하자 미숙이 물끄러미 선우를 보았다. 바라보는 눈망울 속에 애틋한 감정이 담겨 있는 것이 보여 선우는 가만히 웃었다.

지난 주말, 새해 인사를 겸해서 세종에 내려갔다 왔었다. 제주도가 아닌 서울에서 지내고 있었다고 사실대로 이야기를 하고, 거짓말을 해서 죄송하다고도 했다. 잘 지내고 있으니 걱정은 마시라고.

"계속 서울에 있을 거니? 세종 집은 정리를 해야 할까?"

미숙의 말에 선우는 마시고 있던 꿀차를 가만히 손으로 쥐었다.

옆에 있어만 달라고 했던 남자의 말이 기억난다. 너만 있으면 된다는 말도.

"아직 어떻게 해야 할지 잘 모르겠어요. 천천히 생각해 볼게요."

그 뒤로 이렇다 할 이야기 없이 담백하게 지내는 중이었다. 처음엔 얼굴을 보기가 힘들고 어색하더니 이제는 조용한 일상에 차차 적응이 되어 가고 있었다.

먼저 인사를 하는 것도, 물어보는 말에 대답을 하는 것도 전처럼 어색하지는 않았다. 차분히 이야기를 건네는 서문도가 조금씩 편해지는 것도 같았다.

앞으로 어떻게 해야 하는 걸까, 문득 한 번씩 떠오를 때가 있지만 아직은 생각하고 싶지 않았다. 이제야 잠잠해진 일상이었다. 아주 작은 돌이라도 던지고 싶지 않았다.

"실은 말이야."

말을 꺼낸 미숙이 창문 너머 도로를 잠시 바라보았다. 그러다 피식 웃으며 말을 이었다.

"서문도 그 사람이 우리 집에 왔었어."

선우는 반짝 고개를 들었다. 미숙이 커피를 한 모금 마시고는 다시 한번 기막히다는 듯 웃었다.

"너 제주도 간다고 하고 떠난 며칠 뒤에 그이가 우리 집에 와서 실은 네가 서울에 있다는 거야."

미숙은 크게 눈을 뜨고 있는 선우를 보았다. 제주도에 간다고 했던 선우가 며칠간 연락이 되지 않아 걱정을 하고 있을 때 남자가 찾아왔다. 커다란 꽃바구니와 한우를 든 서문도가 뻔뻔히도 집에 들어와 미숙에게 말했다.

'선우 제가 데리고 있습니다.'

애를 말도 없이 데려가 놓고 뭘 그렇게 당당히 말을 하는지 어이없어 싸늘히 쳐다보고만 있는데, 그 눈빛을 고스란히 받아 내며 서문도가 말했었다.

'계속 데리고 있을 생각입니다.'

아이까지 가진 선우와 결혼할 생각이라는 말도 아닌, 그저 데리고만 있겠다는 미덥지 않은 말을 하는데도 이게 지금 뭐 하는 짓이냐는 말이 나오질 않았다. 이 사람은 선우를 절대 놓지 않겠구나, 그 생각만 들었다.

"잘 지내고 있으니까 걱정하지 말라고 하면서 이만한 꽃바구니랑 한우 선물 세트를 주고 가더라고."

그러면서 자신이 왔다 갔다는 이야기는 하지 말라고 했었다. 선우에게 알리지 말아 달라고.

"내가 왜 이런 걸 받냐고 도로 가져가라 그랬거든. 내가 네 엄마도 아닌데 이런 걸 왜 나한테 주냐고 그랬더니, 다녀왔다고 하더라. 거기다 뭘 두면 네가 알 것 같아서 인사만 먼저 드렸다고."

선우의 눈동자가 가늘게 흔들렸다. 실은 그때 미숙은 서문도라는 남자에게 어느 정도 마음이 풀렸다. 선우 모르게 납골당에 먼저 다녀올 정도라면, 조금은 믿어 봐도 되지 않을까.

"이모는 너만 행복하면 돼. 너만 잘 살면, 그러면 돼. 그러니까 그 사람이 조금이라도 마음에 안 들면, 다시 내려와. 뺑 차고 내려와서 이모랑 살아."

믿는 건 믿는 거고, 해야 할 말은 해야지. 미숙은 선우의 손을 꼭 잡고서 말했다. 세간의 기준으로 보기에는 선우의 조건들이 훨씬 기운다고 생각할 수 있지만 미숙에게 선우는 눈에 넣어도 아프지 않을 조카였다. 서도 그룹이고 뭐고 선우에게 댈 게 아니었다.

"네가 뭐가 부족하니. 요즘은 애 낳고도 얼마든지 새 사람 만날 수 있어. 그런 거 흠도 아니야. 그 사람이 아주 조금이라도 널 아프게 하면, 정말 손톱만큼이라도 아프게 하면, 뻥 차고서 내려와 버려. 이모가 빗자루 들고 쫓아내 줄게."

미숙이 마지막 말을 하며 빨대를 휘둘렀다. 자신을 위해 주는 마음이 고마워서 선우는 고개를 끄덕이며 대답했다.

"그럴게요. 조금이라도 아프게 하면 꼭 내려갈게요."

선우의 대답에 미숙이 꼭, 이라며 손을 단단히 잡았다. 선우는 지금 이 시간들이 오래오래 이어지기를 바랐다. 아픔도 슬픔도 없는 잔잔한 물결 같은 날들이 이대로 이어지기를.

지금은 그거면 충분하다고, 선우는 생각했다.

전화가 온 건 미숙을 터미널에 내려 주고 집으로 돌아와 막 주차장에 차를 세웠을 때였다. 액정에는 서문도 전무님, 여섯 글자가 떠 있었다. 선우는 시동도 끄지 못한 상태로 전화를 받았다.

"네, 전무님."

— 저녁 사 줄까?

앞뒤 다 떼고 대뜸 물어 오는 질문에 대답이 금방 나오지 않았다.

— 약속 있어?

"아, 아니요. 저는 시간 괜찮아요."

—6시에 차 보낼 테니까 나와.

그렇게 전화는 끊어졌다. 선우는 잠시 멍하니 앉아 있다가 시동을 끄고 차에서 내렸다. 주차장을 지나 엘리베이터로 가는데 언젠가 남자가 보내온 차를 타고 데이트를 갔던 기억이 났다.

청연에서 짜장면과 탕수육을 먹고, 덜 갈린 얼음이 씹혔던 팥빙수도 먹었던 날.

그런 날들을 되짚어 생각을 해 보면 목 끝까지 물이 찰랑거리는 기분이 들었다. 넘칠 것 같은 어떤 감정이 테두리의 끝까지 차오르는 느낌.

돌아보면 술에 잔뜩 취해 가지 말라고 했던 밤도, 세종까지 걸어서 왔다고 농담을 했던 날도, 아무 데도 가지 말라고 했던 날 역시 그녀가 속인 것을 알고 있었을 때였다. 좋아한다는 그녀의 고백이 사실은 전부 거짓인 것을 알고 있었던 때, 남자는 선우를 힘껏 안았었다.

후우.

선우는 가만히 숨을 골랐다. 그러다 이마를 짚으며 조금 곤란한 듯이 웃었다. 잔잔한 물결 같은 날들이 이어지기를 바랐지만, 정작 그러지 못하는 건 이선우였다.

차분하고 담담하게 남자를 대하고 싶은데, 아무래도 그건 많이 어려운 일일 것만 같다. 목 끝까지 차오른 마음이 너무 많이 일렁거리고 있었다.

짙은 네이비색의 세단이 회전 교차로를 돌았다. 뒷좌석에 앉은 선우의 눈에 키가 큰 한 남자가 보였다. 호텔 앞을 오가는 프런트맨과 이용객들 중 유난히도 눈에 띄는 남자는 선우가 타고 있는 차를 묵묵히 바라보고 있었다.

차는 천천히 남자의 앞에 멈추어 섰고, 서문도는 한 발짝 앞으로 나와 뒷좌석의 문을 열었다. 선우가 앉은 자리에 찬바람이 들어오며 남자가 가진 특유의 싸늘하고도 청량한 냄새가 밀려들었다.

"늦지 않게 왔네."

바람에 머리칼을 날리며 남자를 보는데, 선우는 목이 막혀 오는 기분이었다. 무슨 말을 해야 하는지 생각이 잘 나지 않아 차에서 내린 다음에야 입을 열 수 있었다.

"오래 기다리셨어요?"

"아니."

그 뒤로 말이 끊겼다. 묘하게 어색한 공기가 두 사람 사이를 흘렀다.

"청연 가려고 하는데 괜찮아?"

문도는 단정한 베이지색의 코트를 입고 있는 선우에게 물었다. 어디에서 만나자고 할까, 무엇을 먹을까 생각 끝에 고른 장소였다.

일전에 선우가 짜장면과 탕수육을 맛있게 잘 먹었던 기억도 났고, 이선우와 가족들의 추억이 담겨 있는 곳이기도 했다. 프러포즈를 하기에는 소박하지만 의미가 있을 거라 생각을 했다.

"네. 괜찮아요."

문도는 출입문으로 향하며 선우를 안쪽으로 에스코트했다. 나란히 걸어 2층으로 올라가는 계단을 밟았다. 입구에서 안내를 하던 직원이 문도를 보고 바로 안쪽의 룸으로 안내를 했다. 열어 준 미닫이문 안쪽으로 들어가니 찻잔과 밑반찬이 미리 세팅이 되어 있었다.

"주문하신 음식 준비되는 대로 내어 드리겠습니다."

직원이 나긋한 목소리로 말하고 미닫이문을 닫으며 물러갔다. 밀폐된 공간에 단둘이 남게 된 것도 어색한데, 맞은편에 앉은 문도가 선우에게서 시선을 떼지 않아 더욱 눈 둘 곳이 없었다.

적막 속에서 선우가 괜스레 찻잔을 만지작거리니 문도가 주전자를 들어 따뜻한 차를 따라 주었다. 졸졸졸, 향이 좋은 차가 찻잔에 담기며 따끈한 김이 올라왔다. 선우는 재스민차를 한 모금 마시며 창밖의 풍경으로 눈을 돌렸다.

"짜장면이랑 탕수육 시켰는데, 다른 거 먹고 싶은 거 있으면 주문해."

산책로가 있는 커다란 정원을 보고 있는 선우에게 문도가 말했다. 선우는 고개를 저었다.

"저도 그게 좋아요."

다시 대화가 끊겼다. 문도가 차를 한 모금 마신 후 선우를 본다. 살짝 스친 시선에도 숨이 막혀 왔다. 왜 이렇게 긴장이 되는지.

선우는 다시 창밖으로 눈을 돌렸다. 정원을 보고 있는데, 아무것도 눈에 들어오지 않았다. 남자의 시선이 자신을 향해 있는 것만이 느껴질 뿐이다.

이러다 먹기도 전에 체하는 건 아닐까.

그 생각을 할 때 노크 소리가 들리고 문이 열렸다. 음식이 테이블에 놓이고 서빙 그릇도 각자의 앞에 놓였다.

"먹어 봐."

"네, 잘 먹겠습니다. 전무님도 드세요."

그 말에 문도가 탕수육을 덜어 주다 말고 선우를 보았다. 젓가락을 들고 있는 선우를 보며 묻는다.

"내가 어려워?"

"네?"

"낮추지 말라고, 내가."

거기까지 말한 다음 입술을 씹으며 얕게 한숨을 쉬었다. 뭔가 마음에 들지 않는다는 표정이다. 선우는 괜히 잘못한 느낌에 들고 있던 젓가락을 내려놓았다.

"너한테 나는 어떤 사람이야?"

그건…….

선우는 뭐라 대답할 수 없었다. 서문도는 자신에게 어떤 사람인지 따로 생각해 본 일이 없었다. 가슴을 터질 것처럼 만드는, 목 끝까지 차오른 어떤 감정을 일으키는 사람이라는 것만 알 뿐이다.

"전무님은, 전무님이시고."

거기에서 문도의 눈썹이 약하게 꿈틀거렸다.

"또……. 집주인이시고."

한 번 더 꿈틀.

"튼튼이 아빠……이기도 하고요."

다시 꿈틀.

"그게 다야?"

애써 뭔가를 참는 표정으로 문도가 물었다. 그게 다는 아니다. 그건 사실 아주 일부분이었다. 하지만 말할 수 없었다. 당신이 하루 종일 내 마음을 흔들고 있다고, 그래서 순간순간 멀리 도망을 치고 싶을 때가 있다고 어떻게 말을 할까.

선우가 말을 잇지 못하고 있으니 문도가 옅게 한숨을 쉬었다. 답답한지 타이도 아래로 살짝 내렸다. 뭔가 마음에 들지 않는다는 표정으로 뚫어져라 선우를 본다. 시선을 돌리고 싶어도 돌릴 수 없을 정도로 강한 눈빛이었다.

"마음에 안 드네."

툭 내뱉는 말에 선우는 입술만 달싹이다가 말았다. 저녁 사 준다더니 짜장면을 비비지도 못하게 만들고 있다.

"이게 뭐라고 긴장이 돼선."

하…….

문도는 손바닥으로 얼굴을 쓸어내렸다. 굳어 있는 선우를 보니 스스로에게 짜증이 난다. 좋은 분위기에서 제대로 프러포즈를 하려고 했는데 뭐가 이렇게 잘 안 되는 건지.

살면서 쉽지 않은 일은 많았다. 치열한 협상이 오가는 자리에도 있어 봤고, 결정 하나에 수천억이 오갔던 적도 많았다. 머리털이 쭈뼛 서는 악재도 수없이 겪어 보았지만 스스로가 뜻대로 컨트롤 되지 않았던 적은 없었다. 오직 이선우 앞에서만 이렇게 엉망이다. 이 망친 분위기를 어찌 회복하나. 문도가 입술만 씹는데 선우가 조심스레 입을 열었다.

"그리고 또⋯⋯. 전무님은 제게 너무 고마운 분이세요."

눈을 드니 선우가 긴장한 얼굴로 말을 잇는다.

"민우 일, 예전부터 감사드리고 싶었어요. 그러실 필요까지 없었다는 거 알아요. 저를 위해서 해 주신 거 이젠 알아요. 그래서⋯⋯ 감사를 드리고 싶었어요."

꼭 이러지.

문도는 단정히 앉아 있는 선우를 보았다. 너는 어설프기 짝이 없으면서 어느 순간 의지가 굳은 눈을 하고서 나를 똑바로 봐. 수십 번을 넘어지면서도 절대로 포기하지 않는 네가 너무 좋았어.

"고맙다는 말, 별로야."

분위기 있는 프러포즈는 틀려먹었다. 문도는 매너 있는 멋진 남자가 되는 걸 포기하기로 했다. 어차피 그런 새끼도 아니었거니와, 이선우 앞에서는 늘 어딘가 제어 장치가 고장 나는 기분이어서.

"전무님이라고 부르는 것도 듣기 싫어. 꼬박꼬박 존댓말 하면 밀어내는 거 같아서 기분 더럽고."

문도는 준비해 두었던 반지 케이스를 꺼냈다.

별것 아닌 일이라 생각해 왔다. 적당한 자리에서 적당한 말로 적당히 웃으며 할 수 있을 줄 알았다. 자신의 아이까지 가진 선우였고, 화해도 했으니까 결혼하자는 말이 쉽게 나올 줄 알았는데, 붉은색의 케이스를 식탁 위에 올려놓는 순간 마음이 팽팽해진다.

"시간이 없어서 이것밖에 준비를 못 했어. 더 큰 걸로 사고 싶었는데, 그건 주문하면 너무 오래 걸려서. 내년에 더 크고 좋은 걸로 사 줄 테니까."

5캐럿이 넘어가면 특별 주문이 들어가야 한다고 했다. 기존의 링에는 5캐럿까지가 최대라고. 링부터 시작해서 개인 맞춤 제작을 하려면 훨씬 오래 걸린다고.

문도는 멍하니 자신을 보고 있는 선우의 앞에서 반지 케이스를 열었다. 작은 다이아를 촘촘하게 두른 물방울 모양의 커다란 다이아 반지가 불빛 아래서 반짝였다. 선우가 당황한 눈으로 반지를 보았다.

문도의 눈에 식탁 위에서 식어 가는 짜장면이 보였다. 아직 한 점도 먹지 못한 탕수육도 보이고. 가족들과의 추억 어린 장소라고 골라 놓고는 그럴싸한 멘트 한마디를 못 하고 있는 스스로가 한심해지지만.

"결혼해 줘. 네 옆자리를 내게 줘. 평생 너와 함께할 수 있게 해 줘."

선우의 눈망울이 흔들렸다. 뭐라 답을 하지 못하고 흔들리는 눈동자로 문도를 보고 있었다. 문도는 잠깐 숨을 고른 뒤 말했다.

"선우야, 나는 네가 나를 당연하게 여겼으면 좋겠어."

같이 있는 게 당연한 사람이 되고 싶었다. 퇴근을 하면 당연히 안아 볼 수 있는 사이. 한 침대를 쓰는 게 당연한 사이. 입맞춤이 특별하지 않은 사이. 서로가 서로를 갖는 게 너무나 당연해서 떨어지는 게 이상한 그런 사이.

문도의 말을 마지막으로 룸에는 정적이 흘렀다. 아직도 당황한 것 같은 선우가 반지를 보고, 문도를 보고, 다시 반지를 보았다. 그리고는 입술을 깨물며 눈을 내리떴다.

그렇게 몇 초가 지나고 또다시 그만큼의 시간이 지나 이러다 가슴이 터져 죽는 게 아닌가 싶을 때 선우가 입을 열었다.

"저는……. 여기까지 너무 숨 가쁘게 와서……. 저희가 이렇게 지낼 수 있다는 것만 해도 얼떨떨하고……. 그래서 이제부터 천천히 서로를 알아가야겠구나, 그렇게 생각했거든요."

선우는 눈앞의 남자를 바라보았다. 굳은 표정으로 자신의 대답을 기다리고 있는 남자의 모습이 보였다.

"많이 갑작스러운 이야기라, 당황이 되어서요."

싫다는 말이 아니었다. 다만 이렇게 갑자기 답을 하기에는 너무 커다란 문제였다.

"시간을 주시면 생각을 해 보고 답을 드려도 괜찮을까요?"

문도는 조심스러운 얼굴로 자신을 보는 선우를 물끄러미 바라보았다. 너에게 나는 아직 불편하고 먼 사람인 걸까. 그 생각에 마음이 답답해졌지만, 성질 급한 자신이 너무 서두르는 것이기도 했으니.

"그래, 그럼. 천천히 생각해 봐. 기다리고 있을게."

네. 선우가 대답하며 고개를 끄덕였다. 문도는 반지 케이스를 다시 집어넣었다.

선우가 앞접시에 놓인 탕수육을 집었다. 체하지나 않으면 다행이겠네. 문도는 속으로 한숨을 쉬며 식은 짜장면을 들어 올렸다.

선우는 생각을 했다.

짜장면을 먹으면서, 남자의 차를 타고서 집에 돌아오면서, 방에 돌아와 멍하니 앉아서, 샤워를 하고 머리를 말리면서도.

내내 생각을 했지만 사실 아무 생각도 하지 않은 것과 같았다.

결혼.

멍하니 그 단어 하나만을 생각했을 뿐이니까.

결혼을 한다는 건.

거기에서 생각이 막혔다. 두 사람이 겪어 온 일이 그렇게나 많은데. 심지어 지금은 배 속에 아이도 있는 상황인데도 결혼이라는 말은 어딘가 멍해졌다.

머리를 말린 선우는 거울을 바라보았다. 어딘가 멍한 얼굴의 자신이 보였고, 그 뒤로 언젠가부터 익숙해진 게스트 룸의 풍경이 보였다.

선우는 천천히 뒤를 돌았다.

아기 침대와 침대가 보였다. 옷장과 소파가. 가습기와 공기 청정기가. 발이 시리지 말라고 깔아 준 러그와 꼬박꼬박 배달되는 꽃다발까지.

전부 서문도의 마음이었다.

이 방의 인테리어 시안을 두고서 까탈스럽지 않았던 남자가 두 번이나 퇴짜를 놓았다고 장 여사가 말한 적이 있었다.

나는 이 사람을 잃고 살 수 있나.

내게 이 사람이 아닌 다른 사람이 있을 수가 있을까.

문득 그 생각을 하니 답이 나왔다. 선명하고도 또렷한 결론이었다.

보글보글 물이 끓었다.

선우는 수납장을 열고 각종 차가 담긴 틴 케이스를 꺼냈다. 몇 번이나 타서 들고 올라간 일이 있어서 그런지 카모마일 티백이 제일 먼저 눈에 들어왔다.

이건 좀 아니겠지?

그래도 청혼에 대한 답을 하러 가는 건데, 자고 싶다며 들고 올라갔던 기억이 가득한 차를 다시 들고 올라가는 건 아닌 것 같아 뒤적거려 루이보스를 골랐다.

두 개의 머그잔에 티백을 담고 뜨거운 물을 부었다. 오래 생각해 볼 것처럼 이야기해 놓고 당장 오늘 밤에 올라가 대답을 하기가 민망했지만 오래 끌고 싶지 않았다.

후우.

맨손으로 올라가기가 어색해 차를 우렸는데, 이건 또 이것대로 민망한 일이긴 했다. 그래도 오늘을 넘기기는 싫으니까. 쟁반을 들고 2층으로 올라간 선우는 똑똑 중문을 두드렸다.

"네."

안쪽에서 들려오는 목소리에 선우는 잠깐 목을 가다듬었다.

"전무님, 잠깐 시간 괜찮으세요?"

안쪽에서 쿠당, 무언가 떨어지는 소리가 들렸다. 그러다 이내 벌컥 문이 열렸다.

"괜찮아. 괜찮은데."

문도의 시선이 선우가 들고 있는 쟁반으로 내려갔다.

"지금, 차를 들고 올라온 거야?"

선우는 고개를 끄덕이며 대답했다.

"시간 괜찮으시면 답을 드리고 싶어서요."

물끄러미 차를 내려다보던 문도가 뒤늦게 말을 했다.

"들어와."

선우는 어색한 기분으로 오랜만에 문도의 공간에 발을 디뎠다.

선우가 어색하게 자리에 앉는 사이, 문도는 티백을 노려보고 있었다.

아니, 씨발. 카모마일이 아니잖아.

"루이보스 티예요."

문도의 마음을 읽었는지 선우가 찻잔을 들어 그의 앞으로 내려놓으며 말했다.

루이보스라니. 세상엔 왜 이렇게 다양한 차가 존재하는가. 그리고 대체 루이보스는 무슨 뜻으로 들고 올라온 걸까. 왜 카모마일이 아닌 걸까. 설마 거절인가.

청혼에 대한 답을 듣지 못한 상태라 그런지 머리가 핑핑 돌았다. 괜찮은 척, 기다리겠다고 답은 했지만 마음은 바짝 타고 있었다. 거절을 당하면 어쩌나 괜히 서둘렀나 후회를 하는 중이었었다.

천천히 할걸. 선우가 그를 편하게 생각한 그다음에, 그때 할걸. 애도 가진 여자가 어디 가는 것도 아닌데, 뭐가 급하다고 저질러 버렸나.

"그래서, 답은?"

그 와중에도 성격은 급해서 튀어나오는 말은 이따위였다.

"아, 네."

선우는 무릎 위에 놓인 두 손을 맞잡았다. 청혼을 하는 것도 아닌, 청혼에 대한 대답일 뿐인데도 긴장이 되었다.

"제 대답은요."

선우는 말을 하며 문도를 보았다. 어딘가 초조해 보이는 남자는 처음이었다. 그래서 웃음이 나왔다.

"뭘 웃어."

짧은 말에 다시 웃음이 나온다. 당신이라는 사람도 긴장을 하는구나 싶어서. 선우는 눈앞의 남자를 가만히 바라보았다.

누구도 이 사람을 대신할 수 없었다.

결혼은 조금 갑작스러운 일이긴 했지만, 한 가지는 알았다. 자신이 그리는 미래에 서문도가 있었다. 아주 당연하게.

누군가 자신의 옆자리를 채워 준다면 그 사람은 당연히 서문도였다. 다른 사람은 상상할 수 없었다. 그리고 무엇보다 문도의 옆자리에 자신이 아닌 다른 누군가가 있을 거라 생각하면 심장이 뚝 떨어지는 기분이었다.

"제가 전무님에 비해서 많이 부족하고 그럴 건데, 그래도 괜찮으시다면."

선우는 문도의 눈을 마주했다.

저 눈빛이 자신을 향해 있는 게 좋았다. 언제나 흔들림 없이 직선으로 자신을 보는 게 좋았다. 누구와도 나눠 갖고 싶지 않았고, 언제나 자신의 모습만을 비춰 줬으면 했다.

"네. 그럴게요. 제 옆에 있어 주세요."

선우의 말을 들은 문도가 아무 말을 하지 않았다. 그저 물끄러미 선우를 볼 뿐이었다.

대답이 너무 늦었나. 이제는 마음이 바뀐 걸까.

선우가 괜히 초조해지려 할 때, 문도가 입을 열었다.

"생각 잘해. 지금 아니면 못 무르니까. 정말 나랑 결혼할 거야?"

네, 하고 대답을 해야 하는데 한 번만 더 확인받고 싶었다. 당신이 정말로 나를 많이 원하고 있는지. 그 마음이 어느 정도인지.

"지금은 무를 수 있는 거예요?"

"아니."

인상을 쓰며 단칼에 답을 하는 남자의 모습에 왜 안심이 되는 것인지. 이제는 조금 알 것 같다. 이 남자의 협박은 사실은 애원에 가까웠다는 걸. 선우가 연하게 미소를 짓자 문도가 마른침을 넘기고 물었다.

"정말 나랑 결혼할 거야?"

"네."

"내 옆에 있어 줄 거야?"

"네."

"영원히, 내 옆에 있을 거야?"

"네."

영원.

그 무거운 단어 앞에서 선우는 고개를 끄덕였다. 당신의 영원한 시간을 내가 가졌으면 좋겠어. 당신의 옆에 내가, 내 옆에 당신이. 서로의 옆에 있는 게 당연한 사이가 되고 싶어.

선우의 대답을 들은 문도가 자리에서 일어났다. 뭘 하려는가 올려다보는 사이, 진열장 서랍을 열어 반지 케이스를 꺼냈다. 다시 소파로 돌아온 문도가 선우의 손을 당겨 자신의 손 위에 올려놓는다. 네 번째 손가락이 들리고 눈부신 빛을 발하는 반지가 천천히 손가락을 통과했다. 왠지 모르게 울컥이는 마음에 선우는 고개를 떨궜다.

천천히 끼워지는 반지의 알이 너무 크다는 생각을 한다. 감당하기 버겁게 크고 눈부시게 빛이 났다. 꼭 남자의 마음 같았다.

반지가 끼워진 손을 문도가 들어 올렸다. 반짝이는 반지는 알의 무게를 이기지 못해 반쯤 옆으로 돌아가 있었다. 눈이 부시게 아름다웠지만 너무 귀한 거였다.

"너무 커서 평소에 끼기는 힘들 것 같아요."

선우가 작게 말하자 문도가 선우의 손가락에 깍지를 끼며 말했다.

"커플링은 같이 가서 골라. 네 마음에 드는 걸로."

고개를 끄덕인 선우는 커플링은 자신이 사 주어야겠다고 생각했다. 남자의 손가락에도 자신의 마음을 남겨 놓고 싶었다. 매일 보면서 그녀의 생각을 할 수 있게.

"선우야."

문도가 선우의 이름을 불렀다. 너무 가까워 차마 눈을 들 수 없었다. 민망한 마음에 고개를 조금 더 숙이는데 턱 아래에 남자의 손가락이 닿는다. 고개를 들게 만든 남자가 선우를 보며 찡그리는 듯한 표정으로 웃었다. 그러다 탁한 목소리로 말했다.

"내가 더럽게 오래 참아서, 부드럽게는 못 할 거 같아."

그 말을 끝으로 남자가 고개를 숙였다. 입술이 닿았다가 잠시 떨어졌다. 숨결이 스치는 거리에서 서로를 보는데 심장은 쿵쿵 뛰고 마음은 터질 것만 같았다.

남자의 낮은 탄식 소리와 함께 포개어진 입술은 이내 빨려 들어가며 삼켜졌다. 아프도록 달콤한 입맞춤이었다.

51. 다시, 봄

연두색 잔디 위로 스프링클러가 돌아간다. 안개 같은 물방울이 멀리 퍼지며 마당에는 작은 무지개들이 생겨났다.

"선우 씨, 오렌지 주스 괜찮아요?"

거실에 앉아 두꺼운 책을 읽으며 졸고 있던 선우는 천천히 고개를 들었다. 졸음 가득한 눈에 초록 잔디가 보였다.

"선우 씨."

장 여사의 목소리에 선우는 퍼뜩 뒤를 돌았다.

"아, 네. 마실게요."

주섬주섬 책을 치우며 말했다. 아직 이른 봄이지만, 선우는 10월에 있을 대학원 시험을 준비하는 중이었다. 실기 전공에서 이론 전공으로 바꾸는 거라 시험부터 막막했다. 아이가 태어나면 준비를 할 수 없을 것 같아 낳기 전에 부지런히 해 두려는데 도통 진도는 나가지 않고, 자꾸 졸음만 왔다.

"우리 튼튼이는 배 속에서부터 공부를 하네요."

장 여사가 주스를 내려놓으며 말했다. 선우는 멋쩍게 웃었다.

"맨날 졸기만 하는걸요."

선우는 제법 부푼 배에 손을 올리며 말했다. 6개월이 되니 숨은 자주 차오르고 화장실도 자주 가게 되었다. 밤에 자주 깨다 보니 낮에는 조는 게 일이었다. 책을 읽겠다고 앉으면 한 시간도 되지 않아 어김없이 졸음이 찾아왔다.

"아까 병원 갔다가 올라오는데, 양지에는 벚꽃이 벌써 피었더라고요. 목련도 얼마나 탐스러운지. 이제 정말 봄이야. 그거 보는데 선우 씨 처음 왔을 때 생각이 났어요. 참 잘도 견딘다 생각했는데."

선우는 연하게 미소를 지었다.

작년 이 무렵, 매일 숙소 동에서 별채로 건너오며 바라보았던 정원의 꽃들이 기억난다. 커다랬던 목련꽃, 흩날렸던 벚꽃, 하얀 눈송이 같았던 이팝나무의 꽃, 가지를 늘어뜨렸던 개나리와 색색의 철쭉.

한 치 앞이 보이지 않았던 그때의 날들은 아주 먼일 같기도 하고, 바로 어제의 일 같기도 했다. 아직도 어디선가 '선우야!' 하고 부르는 유라의 목소리가 들릴 것 같은 때가 있고, 마스터 룸에서 눈을 떠서 곁에 누운 남자의 얼굴을 보는 것이 생경할 때가 있었다.

물벼락을 맞았던 1년 전의 이선우에게, 1년 뒤의 너는 아이를 손꼽아 기다리고 있고, 그 아이의 아빠는 서문도이며, 심지어 결혼을 약속한 사이라고 말을 하면 어떤 표정을 지을까.

너무 허무맹랑한 이야기라 웃지도 않을 것 같다. 차라리 외계인을 보았다고 하는 말이 더 믿음이 간다고 생각하겠지.

"아. 여사님, 튼튼이 움직여요."

선우는 짧은 소리를 내며 배 위로 손을 올렸다. 아이가 움직이는 것이 느껴졌다. 기지개를 켜는 것처럼 발로 어딘가를 쭉 밀었다. 엄마 나 여기 있어, 꿈이 아니야. 여기 내가 있어요, 라고 말을 하는 것만 같다.

"우리 도련님은 어찌 그리 전무님을 쏙 닮았대요? 붕어빵이 따로 없어."

초음파 몇 번을 봐도 신기하다며 장 여사가 말했다. 선우도 웃으며 말했다.

"코랑 입은 정말 닮았어요."

문도를 쏙 빼닮은 튼튼이는 아들이었다. 눈을 감고 있는 초음파 사진 속의 튼튼이는 정말이지 문도를 완전히 복사해서 붙여 놓은 수준이었다.

"오늘 저녁이면 전무님 오시겠네. 많이 기다렸죠?"

장 여사의 말에 선우는 살짝 얼굴을 붉혔다. 아니라고 말을 하고 싶지만 일주일간 중국으로 출장을 간 문도를 손꼽아 기다리는 중이다.

프러포즈까지 받았으니 서로를 천천히 알아가면 되겠다고 생각을 했는데, 서문도는 밤마다 선우의 방을 찾아왔다. 대뜸 들어와선 자신의 방이 너무 크다고 했다. 그러더니 혼자서는 잠이 오지 않는다고 했다.

그다음엔 손만 잡고 자겠다고 했고, 입만 맞추고 가겠다고 했다. 그다음엔 아무 짓도 하지 않고 안고만 자겠다고 했었다. 약속이 지켜지는 날은 한 번도 없었다.

잠을 청할 때가 되면 문도는 항상 선우를 안아 주었다. 어떤 날은 뒤에서 안아 점점 동그래지는 선우의 배를 가만히 감싸 주기도 했고, 또 어떤 날은 목덜미에 입을 맞추며 코를 비비기도 했다.

중간중간 잠에서 깬 선우가 화장실에 다녀오면 다시 안아서 등을 다독여 주었다. 그럴 때면 세상의 모든 불행과 슬픔이 멀어지는 기분이 들었다. 어떤 것도 선우를 감싸고 있는 남자를 넘어올 수 없을 것만 같아, 다시 스르륵 잠이 들곤 했었다.

"며칠 잠을 못 잤다고 눈이 퀭하네요. 책은 그만 보고 들어가서 한숨 자요."

이제는 문도가 없을 때면 선우가 잠을 잘 못 잔다는 걸 장 여사도 아는 것 같았다. 선우는 멋쩍게 웃으며 고개를 끄덕였다. 장 여사의 말대로 잠깐 누워서 눈을 붙이는 게 나을 것 같았다. 기다리는 시간이 조금이라도 줄어들 수 있도록.

김포공항 게이트를 빠져나왔을 땐 깜깜한 밤이었다. 문도는 손목에 걸린 시계를 보았다. 10시 20분. 집에 도착하면 빨라도 11시.

자고 있으려나.

문도는 성큼성큼 걸었다. 베이징에 있었던 일주일이 70일 같았다. 선우를 보지 못하는 하루는 열흘처럼 길었다. 일에 방해가 될 것 같아 저녁에 한 번씩만 통화를 했더니 더 그랬다.

'저는 잘 지내요.'

저녁의 통화조차 길지 않았다. 선우는 말을 많이 하는 스타일이 아니었고, 그 역시 핸드폰을 붙잡고 늘어지는 성격이 아니었기 때문이다.

잘 있으면 됐지. 밥 잘 먹었으면 됐지. 잘 잤으면 된 거지. 그런 생각으로 전화를 끊으면 한동안 아무것도 할 수 없었다. 이선우가 보고 싶어서.

바깥으로 나오니 대기하고 있던 차가 보였다. 기사에게 인사를 한 뒤 뒷좌석에 앉은 문도는 핸드폰을 꺼냈다. 도착했다고, 금방 갈 거라고 메시지를 보내려다가 다시 덮었다.

너는 나를 기다리고 있을까.

그 생각을 하며 빠르게 스쳐 가는 가로등을 바라보았다. 기다리지 않고 푹 잤으면 좋겠다고 생각했고, 딱 그 마음의 크기만큼 잠들지 않은 채로 자신을 기다렸으면 좋겠다고 생각을 한다. 계절이 바뀌었는데도 아직도 이 모양이었다.

일주일간 그가 선우를 보고 싶어 했던 것만큼, 그래서 전화를 오래 할 수도 없었던 것만큼 선우도 자신을 많이 기다리고 있었으면 좋겠다. 자신이 돌아오기를 손꼽아 기다리고 있었으면 좋겠다. 그렇게 생각하며 문도는 눈을 감았다. 눈을 뜨면 집이었으면 좋겠다고 생각하며.

주차장 엘리베이터에 오른 문도는 묵묵히 앞을 보았다. 금세 1층에 도착한 엘리베이터는 딩, 하는 소리를 내며 멈춰 섰다. 무심코 앞을 보는데 열리는 문틈 사이에 눈에 익은 사람의 모습이 비쳤다.

"전무님?"

선우였다. 엘리베이터 앞에 서 있는 선우를 보는 것만으로 눈앞이 환해지는 기분이다. 문도는 한 발 앞으로 나가며 피식 웃었다. 또 전무님이지.

"이름을 서전무라고 할걸 그랬어. 그냥 개명을 할까?"

아직도 그의 이름을 잘 부르지 못하는 선우가 웃었다. 반달이 된 눈이 예뻤다.

"서전무 전무님, 어때?"

"아뇨, 그건. 좀."

선우가 웃음을 물고서 고개를 저었다. 문도는 웃고 있는 선우의 얼굴을 감싸며 고개를 숙였다. 작게 숨을 마시는 부드러운 입술을 안으로 깊이 당겨 물었다. 포개진 입술 사이로 선우의 향기가 물씬 밀려들었다.

밀려드는 문도 때문에 뒤로 걸음을 걷게 된 선우의 등이 벽에 닿았다. 왜 입맞춤을 하면 할수록 이선우는 더 달아지는 걸까. 문도는 얕은 신음 소리가 흘러나올 때까지 선우의 숨을 흩뜨리고 또 흩뜨렸다.

"어떻게 알고 나왔어?"

문도는 살짝 입술을 떼고 물었다. 선우의 맑은 눈동자가 문도를 보았다. 눈을 뗄 수가 없었다.

"엘리베이터 움직이는 소리가 들렸어요."

선우는 그렇게만 말했다. 방문을 열어 놓고 기다렸다는 말은 하지 않았다. 언제 올까 시계를 계속 보았다는 말도, 한 번씩 복도에 나와 서성였다는 말도 하지 않았다.

"늦었는데 그냥 자지."

선우는 그냥 웃기만 했다. 눈을 내리깔고 머리카락을 쓸어 넘겨 주는 문도를 보는데 마음이 너무 크게 일렁였다. 당신이 없어서 잠을 잘 수가 없었다는 말도 할 수 없었다. 많이 기다렸다는 말도 목 언저리에 얹혀서 뱉어지지 않았다.

"아직 잠이 안 와서요. 그래서, 그냥."

선우는 말을 하다가 잠시 멈추었다. 자신을 내려다보고 있는 남자의 눈동자가 아름다웠다. 내리뜬 속눈썹과 쭉 뻗은 콧날이, 붉은 입술과 살짝 흘러내린 머리카락이 가슴을 욱신거리게 만들었다.

"사실은."

선우는 다시 말을 멈췄다. 목에 걸린 이름을 말하고 싶은데 생각하는 것만으로 마음이 울렁거렸다. 문도가 말없이 바라보고 있어서 더 그랬다. 그래도 말하고 싶었다.

"서……문도 씨 기다리느라."

거기까지 말하는데 얼굴에 열이 올랐다. 뺨이 붉어진 선우를 보며 문도가 말했다.

"얼마나."

짙어진 눈동자가 보인다. 빨려 들어갈 것만 같은 눈동자를 하고서 남자가 물었다.

"얼마나 기다렸는데?"

"많이 기다렸어요."

고개를 숙이며 문도가 한 번 더 물었다.

"얼마큼 많이?"

"아주 많이……."

대답을 끝으로 선우의 입술이 삼켜졌다. 입술에서 목으로, 목에서 어깨로. 남자의 짙은 숨이 어지럽게 옮겨 다녔다.

"데리고 다닐 수도 없고."

옅은 한숨과 함께 이마에 입을 맞춘 문도가 선우를 꼭 안았다. 선우의 목덜미에 얼굴을 묻고 크게 숨을 쉰다. 간지러워 움찔거리니 살짝 깨물기도 했다. 한참 그렇게 있다가 조금 만족스럽다는 얼굴로 고개를 들었다.

"출장 선물."

문도가 주머니에서 작은 상자를 꺼냈다. 선우는 망설이는 표정으로 문도를 보았다. 석 달간 받은 선물이 화장대 서랍을 가득 채웠는데 남자는 아직도 모자란다는 듯 자꾸만 뭔가를 사다 주었다.

"쓸어 오려다가 참았어. 주머니 무거워질까 봐."

"너무 많아요. 저는 반지 하나 해 드렸는데."

달칵, 상자를 열었더니 심플한 진주 귀걸이가 보였다. 옅은 핑크빛이 도는 진주알이 조명 아래서 우아하게 빛났다.

"넌 다른 거 해 주면 돼."

뭘 해 줘야 하나. 선우는 고개를 들어 문도를 보았다. 목걸이가 늘어나고 시계와 귀걸이가 늘어날 때마다 문도는 하나씩 요구를 했다. 이름으로 불러 봐. 뽀뽀해 봐. 타이 풀어 줘 봐. 단추 하나만 풀어 봐.

이번엔 또 뭐를 말하려나 바라보는데 문도가 말했다.

"이제 그만 날 잡자. 언제까지 각방 쓰는 척할 거야. 아침 되면 같이 나오면서."

대체 누구 보라고 연기를 하는 거냐는 말에 선우가 웃음을 터트렸다.

"이제 그만 결혼해. 보고 싶어서 죽는 줄 알았어."

문도는 웃고 있는 선우의 입술에 다시 한번 입을 맞추며 말했다. 아침이 되기 전에 대답을 들을 생각이었다.

52. 사랑한다는 말을 하기 전에

제일 먼저 혼인 신고를 했다.

그다음으로는 선우의 부모님과 민우가 있는 납골당에 다녀왔다. 부모님의 기일에도, 민우의 기일에도 함께 다녀왔지만 이번엔 혼인 신고서를 들고 갔다. 서유라가 있는 운주사에도 함께 다녀왔다. 절을 한 바퀴 빙 둘러보고 서유라의 이름으로 초를 켰다.

그리고 4월의 마지막 주말에 조촐한 결혼식이 있었다. 결혼식이라 부를 것까지도 없는 문도의 직계 가족과 선우의 이모네가 모여 식사를 하는 자리였다.

선우 씨 출발했어요.

30분 전, 장 여사로부터 메시지를 받은 문도는 마당이 넓은 한정식집 앞에서 차가 도착하기를 기다렸다. 얼마 지나지 않아 검은색 세단이 언덕을 올라왔다.

"많이 기다렸어요? 길이 조금 막혔어요."

차에서 내리며 선우가 말했다. 문도는 잠시 말을 잊었다. 반짝이는 눈동자와 투명한 뺨, 장밋빛 입술에 심장이 아래로 내려앉는 기분이 들었기 때문이었다.

"그만 예뻐지라고 말했을 텐데."

선우가 민망하다는 듯 웃었다. 아이를 가져 배가 봉긋하게 나왔어도 이선우는 눈이 부시게 아름다웠다.

"어머님은 벌써 오셨죠? 이모네는 거의 다 와 간대요."

"조금 전에. 아, 들어가면 아버지가 있을 거야."

선우는 살짝 놀라 문도를 올려다보았다.

"인사만 해."

문도는 대수롭지 않게 말했다. 집을 나간 아버지를 부른 건 문도의 생각이었다. 우현희 역시 반대하지 않았다. 전해 듣기로 송주연은 버리고 혼자 지낸다는데 그거야 서중호가 알아서 할 일이고, 부른 목적은 따로 있었다.

"어머니, 선우 왔어요."

문도는 선우를 안쪽의 사랑채로 에스코트하며 말했다. 별관처럼 따로 지어진 곳에 단정한 한복을 입은 종업원들이 오가며 상을 차리고 있었다.

"여사님이 고집부리시더니, 정말 예쁘네. 추운데 이쪽으로 들어와."

선우는 우현희에게 고개 숙여 인사를 했다. 회사 일에 파묻혀

사는 우현희를 보는 건 한 달에 한두 번 정도였다. 그나마도 아침 식사를 같이 먹는 정도였다.

그녀는 대체로 담담히 선우를 대하곤 했지만 출장을 다녀오면 꼭 선물을 전해 주었고, 부모님의 기일과 민우의 기일을 잊지 않고 챙겨 주었다. 우현희의 옆에는 서중호가 서 있었다. 문도를 흘 깃 본 서중호는 갑자기 입술을 끌어당기며 환하게 웃었다.

"허허. 이거 참. 문도가 날 닮아서 아주 눈이 높아. 이선우 씨라고 했었나. 새 식구가 된 걸 환영해요. 임신도 축하하고. 우리……."

"튼튼이."

문도의 말에 서중호가 얼른 가져다 붙였다.

"그래그래. 우리 튼튼이가 아주 복덩이야. 암, 그렇고말고. 시어 른이라 어려워 말고 편히 생각해요."

가식적인 미소를 한껏 보인 뒤 서중호는 징글맞다는 표정으로 문도를 보았다. 이제 됐냐? 그렇게 물어보는 듯한 눈빛에 문도는 빙그레 미소를 지었다.

"선우를 환영해 주시니 저도 좋네요. 식사나 하고 가세요."

미간을 꿈틀거린 서중호는 이내 다시 활짝 웃었다.

"그래. 그래야지. 이렇게 좋은 날 밥 한 끼는 같이 해야지. 자자, 들어들 갑시다."

서중호가 먼저 신을 벗으며 안으로 들어갔다. 문도는 툇마루에 살짝 걸터앉은 선우에게 물었다.

"이모님 오실 때까지 기다릴까?"

"네."

툇마루에 나란히 걸터앉은 문도는 선우의 손을 잡았다. 정갈한 정원의 담을 따라 심어진 벚나무에 꽃이 활짝 핀 것이 보였다.

"날씨가 좋네."

"네. 다행이에요."

문도는 대답을 하는 선우의 손을 들어 손등에 입을 맞추었다. 선우가 고개를 돌려 문도를 보았다.

"잘할게."

선우가 발그레 뺨을 붉혔다. 대문을 넘어오는 선우의 이모와 이모부가 보였다. 선우야, 미숙이 부르는 소리에 선우가 활짝 웃는다. 꽃이 피어 아름다운 봄날이었다.

싱그러운 초록색이 세상을 물들이고 담장마다 붉은 장미가 피었다. 금빛 물살 같은 햇볕이 넘실거리는 어느 오후에, 문도는 굳은 표정으로 수술실 앞에 서 있었다.

"전무님, 커피 좀 드릴까요?"

"됐어요."

선우의 힘든 신음 소리를 들었던 게 방금 전이다. 커피가 넘어갈 리가.

"여사님은 선우가 저러고 있는데, 커피가 넘어가요?"

"애 낳는 게 다 힘들죠. 목숨 걸고 낳는 거야. 부회장님도 전무님 낳을 때 죽다 살았어요. 부회장님 그때 응급 수술 하셨죠?"

"그랬죠. 너무 많이 찢어져서."

우현희의 말에 문도의 얼굴이 희게 질렸다. 눈빛은 더욱 심각해지고 미간에 팬 골은 더 깊어졌다. 누가 보면 굉장히, 아주 많이, 몹시 짜증이 난 것처럼 보이는 표정이었다.

쓸데없이 참을성이 많은 이선우는 진통이 심해지고 나서야 그를 불렀다. 도착을 했을 땐 이미 땀을 뻘뻘 흘리며 신음을 하고 있을 때였다. 서둘러 병원으로 왔는데 통증에 비해 자궁은 많이 열리지 않은 편이었다. 식은땀을 흘려 가며 고통을 참는 선우를 보는데 마음이 바짝바짝 타들어 갔다.

무통 주사도 때가 돼야 놔 줄 수 있다는 말에 생으로 앓는 선우를 보다 유도 분만을 결정했다. 유도 분만을 하면 다 되는 줄 알았는데 이번엔 아이가 잘 내려오지 않는단다. 의사는 제왕 절개를 권했고, 문도는 망설임 없이 동의를 했다.

젠장, 이럴 줄 알았으면 그때 피임을 했지.

이렇게 생으로 사람을 피 말리는 짓인 줄 알았으면 죽어도 피임을 했을 거다. 임신이 다시 만날 빌미를 만들어 주긴 했지만, 아이가 아니었어도 그는 선우를 다시 찾아왔을 거였다. 아기를 가졌다고 좋아할 게 아니었어.

마음은 바짝바짝 타들어 가는데 뒤에서는 태평하게 그때 수혈을 몇 팩을 받았느니, 회복이 더뎠느니 등줄기가 섬뜩해지는 이야기를 하고 있었다.

"선우 이모님은 오고 계시지?"

"네."

문도의 짧은 대답에 장 여사가 괜찮을 거라는 표정으로 말을 했다.

"제일 좋은 병원에, 제일 실력 좋다는 교수님이 집도하는데 너무 걱정 마세요."

"걱정 안 해요."

대답했지만 믿지 않는 눈치였다. 상관없었다. 문도의 온 신경은 분만실 안쪽의 선우를 향해 뻗어 있었다.

미련한 이선우.

식은땀 줄줄 흘려 가며 끙끙 앓으면서도 괜찮다는 말만 했었다. 자기는 괜찮으니까 너무 걱정하지 말라고.

꼼짝도 하지 못한 채 피를 말려 가며 기다리는데 안쪽에서 아이 울음소리가 들렸다. 분만실 바깥에 있는 전광판에 선우의 이름이 뜨고 그 아래에 팡파르가 터지는 화면과 함께 왕자님이라는 글씨가 보였다.

"낳았나 보네요."

장 여사가 벌떡 일어나며 앞으로 나왔다. 초조한 마음으로 기다리는데 문이 열리며 아이를 안은 간호사가 나왔다.

"우리 왕자님, 어쩜 이렇게……. 전무님일까. 아주 판박이네."

장 여사의 목소리를 들으며 문도는 아이를 확인했다. 발가락 열 개, 손가락 열 개. 머리숱이 많고 눈썹은 찌푸린 코가 오뚝한 아이.

울지도 않으며 뭐가 못마땅하다는 듯한 표정으로 눈을 깜빡이던 아이가 하품을 했다. 반달처럼 휘어지는 눈이 선우와 닮았다. 문도는 자신도 모르게 미소를 짓고 말았다.

선우는 천천히 눈을 떴다. 열리는 시야 속에 남자의 얼굴이 보였다. 흔들림 없는 시선으로 그녀를 보고 있는 남자가 보였다.

"전무님."

"정신 못 차렸지."

툭 던지는 말을 듣는데 피식 웃음이 나왔다.

"고생 많았어."

문도가 선우의 머리를 쓸어 넘겨 주었다. 헝클어진 모습조차 눈이 부시게 아름다운 자신의 남편이 보인다. 언젠가부터 선우의 세상이 되어 버린 사람. 선우는 희미하게 웃으며 문도를 바라보다가 마른 입술을 뗐다.

"튼튼이는요?"

"튼튼해."

그 말에 다시 선우가 웃었다. 문도도 피식 웃었다.

"접종도 하고 목욕도 해야 한대. 병실로 올라가면 어머니랑 장 여사님이 아이 데리고 올라오실 거야."

선우는 고개를 끄덕였다. 수면 마취를 하느라 아이가 태어나는 순간을 지켜보지 못한 게 아쉽긴 했지만 아이가 건강하게 나왔으면 그걸로 괜찮았다.

"아이가 문도 씨 많이 닮았죠?"

"아니. 너 닮았어."

"어디가요?"

"눈에 넣어도 안 아프게 생긴 거."

선우는 다시 웃었다. 마취가 전부 풀리지는 않았는지 몸에 감각도 뚜렷하지 않았고, 목도 말랐다. 진통은 진통대로 겪어서 그런지 기운도 없었다.

"잠깐 유라 씨 봤어요."

선우의 말에 머리카락을 넘겨 주던 문도가 눈썹을 들었다. 수면 마취가 시작되고 하얗게 빛이 바래 갈 때 잠깐 목소리 같은 걸 들었다. 누나, 하는 민우의 목소리와 이선우! 하는 유라의 목소리. 그리고 샐쭉 웃는 표정도 잠깐 본 것 같았다.

"아이 봤으면 좋아했을까요?"

"질투했겠지."

어쨌든 민우를 죽음에 이르도록 방치한 사람인데, 마음이 물러서 그런가 이상하게 밉지 않았다. 다음 생이라는 것이 있다면 유라가 사랑을 많이 받을 수 있는 집에서 태어났으면 좋겠다고 생각을 한다.

"아이 이름은 골랐어?"

문도가 선우에게 물었다. 얼마 전 운주사 큰스님께 아이 이름을 부탁했었다. 모두들 선우가 정하는 대로 부르겠다고 해서, 여러 개의 이름을 놓고 선우 혼자 열심히 고민을 했었다.

"규원. 서규원이요. 마음에 들어요?"

"마음에 들어. 나도 하고 싶었던 이름이 있었는데."

"뭔데요?"

"전무. 서전무."

그래야 네가 다시는 날 그렇게 안 부르지. 뒤끝이 긴 문도가 말하자 선우가 한 번 더 웃음을 터트렸다. 티끌 없이 웃고 있는 선우를 보며 문도도 미소를 지었다.

웃음이 사그라든 자리에 고요한 눈빛만이 남았다. 서로를 바라보며 한참을 그렇게 있었다. 세상의 모든 것들이 뒤로 물러나며 두 사람만 남았다. 지금 이 순간, 할 수 있는 말은 하나뿐이었다.

"사랑해요."

선우는 내내 목 끝에서 찰랑거렸던 말을 소리 내어 말했다. 뜻밖의 고백이었는지 문도의 눈동자가 흔들렸다. 잠시 말없이 선우만 깊게 응시하던 문도가 천천히 입을 열었다.

"사랑한다는 말을 하기 전에, 약속부터 할게."

무슨 말을 하려는 걸까. 선우는 문도를 바라보았다.

"먼저 죽지 않을게. 마지막까지 네 곁을 지켜 줄게."

아……. 선우의 눈이 크게 떠졌다. 눈시울이 붉어지며 순식간에 눈물이 고여 들었다. 언제나 소망했던 일이다. 혼자 남겨지지 않는 일.

"사랑해. 선우야."

눈물을 닦아 주며 문도가 고개를 숙였다. 이마에 닿는 따뜻한 입술을 느끼며 선우는 눈을 감았다. 바람조차 부드러운 6월의 어느 날이었다.

외전 1. 98일

9월의 어느 오후, 송정태 팀장은 이제 막 세팅을 마친 회의실에 앉았다.

딩동.

어디선가 메시지 알림음이 들려와 정태는 주머니를 더듬어 핸드폰을 꺼냈다. 아무런 메시지도 떠 있지 않았다. 내가 아닌가, 생각을 하는데 맞은편 자리에 앉은 문도가 핸드폰을 꺼냈다.

무표정하던 서 전무가 피식 웃는다. 그러더니 뭐라고 메시지를 적는다. 핸드폰을 쥐고 있는 길쭉한 손가락에는 심플한 모양의 반지가 반짝이고 있다.

어지간히 좋은가 보네.

서 전무는 한창 연애 중인 듯했다. 연애 중이라고 확신하지 못하는 이유는 팀원들 중 누구도 서 전무에게 감히 대놓고 물어볼 수 없었기 때문이다.

올해 초, 서문도 전무가 네 번째 손가락에 반지를 끼고 나타났다. 그러더니 한 번씩 핸드폰을 꺼내 보며 피식피식 웃기도 했다. 전에 없던 일이라 팀원들 모두가 들썩였다.

'한 번도 이런 적 없었지 않아요? 저렇게 대놓고 반지 끼고 다니는 걸 보면 결혼할 생각인가? 팀장님은 뭐 아시는 거 없어요?'

전략본부1팀과 2팀의 팀원들이 돌아가며 정태에게 물었다. 그나마 그가 제일 가까이에서 서문도 전무를 보좌하고 있기 때문이었다. 그러면 뭐 하나. 아는 게 하나도 없는데.

수행 비서를 두지 않은 서문도 전무의 사생활은 알려진 바가 거의 없었다. 가끔 대내협력실 명규진 실장이 왔다 갔다 하긴 했는데, 그 사람이야 워낙 입이 무거운 사람이고.

그러는 사이 누군가는 서 전무가 어떤 여자와 통화하는 목소리를 들었다고 했다. 귀가 녹을 정도로 다정했다고. 또 누군가는 백화점에서 서문도를 보았단다. 어떤 여자와 함께 쇼핑 중이었는데 여자에게서 한시도 눈을 떼지 않았다고 했다.

목격담에 의하면 한 쌍의 선남선녀였단다. 연예인이 아닐까 싶을 정도로 예뻤다고도 했다. 재벌집 딸이라는 이야기, 정치인의 딸이라는 이야기, 여자의 정체에 대해서도 의견이 분분했다.

약혼이라느니 결혼이라느니 이렇다 할 소식은 들려오지 않은 채로 여기저기 헛소문 같은 목격담만 분분한 가운데 반년이 흘렀고, 이제는 팀원들도 흥미를 잃었다. 하루도 빠지지 않고 반지를 끼고 있는 모습에 무탈하게 연애 중인가 보다 짐작만 할 뿐이었다.

메시지를 다 썼는지 다시 핸드폰을 책상에 내려놓는 서문도가 보였다. 입가에는 은은한 미소가 걸려 있었다. 아직 다른 팀원들은 모이지 않았다. 단둘뿐인 회의실, 그간 잘 참아 왔던 정태는 그만 충동적으로 서문도 전무에게 묻고 말았다.

"뭐 좋은 소식이라도 있으신가 봐요?"

그 말에 문도가 눈을 들어 정태를 보았다. 가만히 바라보는 눈빛에 살짝 오금이 저려 왔다. 선을 넘는 질문이었다. 잠깐의 반성 타임을 갖는데 문도가 별일 아니라는 듯이 말했다.

"애가 뒤집기를 해서요."

"아, 네."

애가 뒤집기를 했구……, 응?

"네?"

"아직 백일도 안 됐는데 그걸 하네."

문도가 다시 한번 피식 웃으며 핸드폰을 내려다보았다. 쓱— 올라가는 입꼬리에서 묘하게 뿌듯한 표정이 보였다.

"아, 조카분이……?"

아니다. 정태의 머릿속에 서도 그룹 가계도가 순식간에 그려졌다. 서문도는 외동이다. 그럼 오촌 조카인가. 그도 아닐 거다. 사촌의 애가 뒤집기를 했다고 뿌듯해할 성격도 아니고, 무엇보다 사촌들과 대놓고 사이가 좋지 않았다.

본인 아이인가? 결혼 소식은 없었는데? 같은 재벌집 여식이었다면 분명 기사에 떴을 텐데. 그럼 정말 연예인인가? 그래서 애부터 낳았나? 집안 반대가 있어서?

송정태의 머리가 복잡해질 때였다. 혼란스러운 표정으로 자신을 바라보고 있는 정태를 두고서 문도는 태연히 커피를 한 모금 마셨다.

죽은 이민우와 선우의 관계에 대해 아는 사람은 명 실장을 제외하면 양가의 가족과 장 여사뿐이었다. 아버지야 본인이 저지른 일이 있는 데다 이해관계가 얽혀 있는 한 발설할 일은 없었고, 어머니와 장 여사는 말할 것도 없었다.

회장의 사망. 최지상의 살인 사건과 서유라와의 동반 자살. 그룹 전체를 휘감았던 문도의 검찰 출두와 부회장의 사과. 그 뒤를 이어 바로 자신의 결혼과 출산 소식이 나가면 세간의 주목을 받기에 딱 좋았다.

아무리 보호를 한다 해도 선우의 신상에 대해 파헤쳐 보는 놈들이 있을 거고, 최지상 사건과 연관된 것을 알아낼 수도 있었다. 그래서 선우와의 결혼과 규원의 출산은 회사는 물론이고 친척들에게도 알리지 않았다. 쓸데없이 입방아에 오르는 일 따위 없게 하기 위해서였다.

몇 안 되는 친척들에게는 조만간 다가올 회장의 기일에나 알려 줄 생각이었다. 서문도가 평범한 집 여자와 연애를 하다 아이를 가졌고, 일반인인 여자를 보호하려 혼인 신고만 하고 산다고. 그의 성질이 지랄맞은 건 그들이 더 잘 알고 있을 테니 그저 유난 떤다고 생각을 하겠지.

"조카는 아니고, 제 아입니다."

"어……. 그럼…… 결혼……. 언제……. 어……."

"번거로워서 혼인 신고만 했습니다. 송 팀장님만 알고 계세요."

허극. 송 팀장의 눈이 커다랗게 떠지는 것을 보며 문도는 빙그레 웃었다. 최측근 참모들은 알고 있었다더라. 그렇게 이야기가 만들어지겠지.

먼 훗날 혹시라도 누군가 이민우와 이선우에 대해 알게 되는 날이 온다면, 그때엔 유가족을 만나러 갔던 서문도가 죽은 이민우 누나에게 한눈에 반했다는 이야기를 들려줄 생각이다. 죽자고 쫓아다녀서 기어이 결혼까지 했다는 이야기를.

그것만큼은 어쨌든 사실이니까.

저녁을 먹고 나면 선우는 할 일이 많았다. 아이 목욕을 시켜야 했고, 구석구석 로션도 발라 줘야 했다. 새 기저귀를 채워 주고 보송한 내복을 입히고 나면 금방 밤이 되었다.

"아구, 잘하네. 우리 도련님은 어쩜 이렇게 잘도 뒤집을까."

장 여사의 목소리에 분유를 타고 있던 선우는 뒤를 돌았다. 방금 전까지 똑바로 누워 있던 규원이가 매트 위에 엎드린 채로 고개를 들고서 선우를 보고 있었다. 선우의 입가에 자동으로 미소가 걸렸다.

"규원이 또 뒤집었어? 이제 진짜 잘하네? 잠깐만 기다려. 엄마가 맘마 줄게."

말을 알아듣는 건지, 그냥 웃는 건지 규원이가 방긋거리며 웃었다. 음마, 음마― 하는 옹알이 소리를 듣는 선우의 입가에는 미소가 떠나지 않았다.

"그렇게 기를 쓰더니 이틀 만에 뒤집네요. 어쩜 저런 것까지 전무님이랑 똑같을까. 정말 유전자 어디 안 간다니까."

아이의 옆에서 내복과 손수건을 개던 장 여사가 말했다. 어제오늘, 이틀간 시터 아주머니가 휴가를 낸 날이라 장 여사가 조금 늦게까지 남아 선우를 도와주고 있었다.

"문도 씨도 아기 때 저랬어요?"

"말도 마요."

규원이를 낳은 지 3개월. 선우는 장 여사를 통해 가끔씩 문도의 어린 시절 이야기를 듣곤 했다.

"될 때까지 하는 게 똑같아. 이제 조금 더 커 봐요. 잘 안 되면 인상 쓰면서 짜증낼걸?"

특유의 찌푸린 표정이 생각나 선우는 살짝 웃었다.

"여섯 살 때였나. 유치원 친구가 자전거를 탄다는 거야. 그래서 보조 바퀴 달린 걸로 사 줬더니 그거 떼라고, 자기는 그냥 탈 거라고. 기사 양반이 뒤를 잡아 줬는데 몇 번 해 보더니 잡지 말래. 넘어지게 냅두래. 다쳐도 된대. 그러더니 기어이 혼자서 타더라구요."

장 여사를 통해 듣는 이야기 속의 서문도는 고집이 세고 지는 것을 싫어했다. 지저분한 것도 싫어했고, 마음먹으면 어떻게든 해내고야 말았다.

규원이가 정말 그런 문도를 많이 닮아서 빨리 뒤집은 건지, 그냥 발달이 조금 빠른 건지는 알 수 없었지만, 기왕이면 그를 닮은 거였으면 좋겠다는 생각을 한다.

"그래도 어버이날에 카네이션 만들 땐 꼭 내 것도 만들어서 달아 주고 그랬어요."

마지막 장 여사의 목소리에서 애정이 느껴졌다. 젖병을 들고 거실로 나온 선우는 엎드려 끙끙대는 규원이를 안아 들었다. 품에 폭 안기는 아기에게서 포근한 아기 냄새가 난다. 선우는 아이 머리에 코를 대고서 숨을 크게 마셨다. 아이의 냄새만으로도 행복이 머리끝까지 차오르는 기분이었다.

"우리 규원이, 맘마 먹을까? 배고팠지?"

마, 마, 연신 옹알이를 하는 규원이를 편히 안고 젖병을 물려 주었다.

"아까 오후에 문도 씨한테 규원이 뒤집기 영상을 보내 줬거든요."

"뭐래요?"

"저래서 언제 걷냐고요."

장 여사가 어이없다는 듯이 웃었다. 선우도 말을 하며 웃어 버렸다. 문도가 보내온 답은 '저래서 어느 천 년에 걸어?'였다.

"우리 도련님 잘도 먹네. 잠도 잘 자고, 분유도 잘 먹고. 뒤집기도 잘 하고. 아주 그냥 못 하는 게 없어."

장 여사가 애정 가득한 얼굴로 규원을 보며 말했다. 선우는 구구절절 동감했지만 유난스러워 보일까 봐 맞장구는 치지 못하고 그냥 웃기만 했다.

"이제 그만 들어가세요. 많이 늦었어요."

"좀 더 있어도 되는데 괜찮겠어요?"

"오늘은 제가 재우고 싶어요."

선우의 말에 장 여사가 알겠다는 듯 고개를 끄덕였다. 출산하고

100일도 되지 않았으니 아직은 조리 기간이라며 다들 쉬라고 했지만 그게 잘 되지 않았다. 힘닿는 한 자신이 직접 분유도 먹이고 싶고, 목욕도 시키고 싶고, 안아서 재우고 싶었다.

대학원 입학 전까지는 가능한 많은 시간을 규원이와 함께하고 싶은데 주변에서는 몸부터 생각하라며 자꾸만 쉬라고 했다. 그래서 오늘처럼 시터 아주머니가 쉬는 날이 선우에게는 아이를 실컷 안아 볼 수 있는 기회였다.

"우리 도련님, 내일 또 봐요."

장 여사가 인사를 하고는 숙소 동으로 건너갔다. 얼마 지나지 않아 분유를 다 먹어 가는 규원의 눈이 가물거리기 시작했다.

"규원이 이제 코 잘까? 엄마랑 같이 코 잘까?"

선우는 일어나 아이의 등을 토닥였다. 그응, 하는 트림 소리가 귀여워서 웃음이 나왔다. 포근한 아기 냄새. 따뜻하고 말랑말랑한 살. 가물가물 감기는 눈. 선우는 행복하다고 생각을 한다.

품에서 고이 잠든 규원을 안고 선우는 1층의 침실로 향했다. 가만가만 아기 침대에 내려놓고 그 옆의 큰 침대에 누웠다. 모로 누워서 고롱고롱 잠이 든 아이의 얼굴을 바라보았다. 보고 있어도 또 보고 싶다는 말이 무엇인지 아이를 낳고서 알았다. 잠을 아껴서라도 눈에 가득 담고 싶었다.

그렇게 얼마를 지났을까. 잠이 든 줄도 모르게 자고 있는데 누군가 머리를 쓸어 주며 이마에 입맞춤을 했다.

"나 왔어."

잠결에 눈을 뜨자 어둑한 시야에 문도의 얼굴이 보였다. 눈이 마주치는 순간 가볍게 웃어 주는 남자를 보는데 마음에 찰랑찰랑 물결이 일었다.

"더 자. 씻고 올게."

선우의 볼을 어루만진 문도가 말했다. 선우는 다시 이마에 입을 맞추고 일어나려는 남자의 목을 안았다. 싸늘하고 청량한 냄새가 난다. 아이의 냄새와는 또 다른 행복의 냄새.

"이거는 반칙이고."

선우는 문도의 말에 눈을 감고 웃었다.

"잠시만 이렇게……."

임신 말기부터 조리 기간인 지금까지 도를 닦는 심정으로 참고 있다는 문도가 끙 소리를 내더니 침대로 올라와 선우를 안아 주었다.

"규원이 뒤집는 거 보여 주고 싶었는데. 진짜 잘해요. 천잰가 봐."

작게 속삭이는 선우의 말에 문도가 낮게 웃었다. 남편을 기다리는 이유이기도 했다. 남들에게는 차마 못 하는 유난스러운 말들을 마음껏 할 수 있는 유일한 상대라서.

"우리 튼튼이 너무 예뻐. 정말 너무 예뻐요. 정말 정말 너무너무 예뻐요."

"응. 예뻐."

만족스럽게 웃은 선우는 등을 다독여 주는 남편의 품에서 다시 눈을 감았다.

"정말 너무 예뻐요."

"그렇게 예뻐?"

"눈에 넣어도 안 아플 거 같아."

"아파."

단칼에 아프다고 말하는 문도의 목소리에 선우는 웃었다. 다시 가물가물 잠이 밀려왔다.

"정말 너무 예뻐요……."

졸음에 겨운 목소리로 선우가 말했다. 문도가 나도 좀 예뻐해 보라는 말을 하려는 찰나였다.

"문도 씨 닮아서 그런 것 같아……. 너무 좋아요."

이거야말로 반칙이었다. 잠시 헛웃음을 웃은 문도는 잠이 든 선우의 정수리에 입을 맞추었다. 나는 네가 그만큼 예쁘다는 말은 다음에, 더 이상 도를 닦지 않아도 될 때 해 주기로 했다. 밤이 깊어 가고 있었다.

조부의 제사는 큰집에서 치르기로 했다.

서용호는 받은 것도 없는데 제사는 무슨 제사냐며 어깃장을 놓았지만 이런저런 이야기 끝에 받아들이기로 한 모양이었다. 이야기라기보다는 서중호의 일방적인 압력에 불과했겠지만, 속사정까지는 알 필요 없으니 신경 쓰지 않았다.

평소보다 이른 퇴근을 한 문도는 진열장을 열었다. 가지런히 놓인 타이 중에서 검은색 타이를 골랐다. 메고 있던 청색 계열의 타이를 풀고 새 타이를 둘렀다.

"정말 같이 안 가도 되는 거예요?"

선우가 걱정이 되는지 문가에 서서 문도에게 물었다. 혼자 갈 거니까 신경 쓰지 말고 시험 준비나 잘하라고 했는데, 아무래도 마음이 쓰이나 보다.

"혼자가 편해."

결혼을 했고, 아이를 낳았다. 혼자 가서 두 마디 하면 끝날 일이다. 굳이 선우를 데려가 불편함을 감수하게 할 생각은 없었다. 그깟 친척이 뭐라고.

"그래도 큰집에서 뭐라 하시지 않을까요?"

문도는 가볍게 웃었다. 그래서 안 데려가는 이유도 없지 않았다. 큰집에서야 당연히 뭐라고 하겠지. 그럼 성질대로 되받아치게 될 거고 분위기는 싸늘해질 텐데, 그야 익숙한 일이지만 선우는 잔뜩 긴장을 할 거였다.

"욕먹는 게 전문이라."

걱정하지 말라는 뜻으로 한 이야기인데 선우의 표정이 좋지 않았다.

"왜?"

"그냥……. 마음이 안 좋아서요."

"내가 욕먹는 게 싫어?"

선우가 고개를 끄덕였다. 걱정을 담은 눈과 속상해하는 표정에 갈비뼈 사이가 뻐근하게 벌어지는 느낌이 들었다. 그래서 말하지 못했다. 욕 처먹는 것도 전문이고, 그 몇 배로 되돌려 주는 것도 일상이라는 말을.

"이리 와."

느슨하게 머리를 묶고 있는 선우는 다음 달에 있을 대학원 입시 준비에 여념이 없었다. 하염없이 아이만 바라보고 있을 줄 알았더니, 은근히 독한 구석이 있는 선우는 출퇴근을 하듯이 시간을 정해 2층으로 올라와 공부를 했다. 정해진 시간이 끝난 뒤에는 후다닥 아래로 내려가 규원을 물고 빠느라 정신이 없었지만, 2층에 있는 동안은 아래층에 내려가는 일이 없었다.

문도는 자신의 앞으로 다가온 선우를 가볍게 안았다. 선우의 냄새를 맡을 수 있을 정도만. 마음의 위안을 얻을 정도로만. 부족하고 부족했지만 거기서 멈췄다. 100일까지 참겠다는 헛소리를 왜 해서는. 이제라도 무를까 생각을 하는데, 선우가 가만히 몸을 기대 왔다.

이러면 곤란한데. 그렇게 생각하면서도 문도는 선우를 마주 안았다. 정수리에 턱을 얹고서 가만히 눈을 감았다. 마음에 따스한 바람이 불어왔다.

선우가 회복이 될 때까지 기다리느라 뒤집어쓰게 된 100일의 굴레는 제법 마음에 드는 부작용이 있었다. 가벼운 입맞춤, 다정한 포옹이 의도치 않게 선우의 마음을 녹인 듯했다. 한 번씩은 먼저 안기는 일도 있었고, 한참 동안 문도의 품에 안겨 깊이 숨을 쉬는 일도 종종 있었다.

"다녀올게. 공부 열심히 하고."

문도의 말에 선우가 고개를 끄덕였다. 고개를 들어 그를 올려다보는 선우의 눈에는 아직도 옅은 걱정이 묻어 있었다. 온전히 그를 담고 있는 눈동자에 참을 수 없는 기분이 들어 문도는 고개를 내렸다.

그랬지. 내가 이걸 바랐었지.

문도는 선우의 부드러운 입술을 헤집으며 생각했다. 네 마음에 내가 꽉 찬 게 보고 싶어서 전쟁 같은 시간을 지나왔어. 네 눈빛 하나를 얻으려고.

벌어진 선우의 입술에서 달콤한 맛이 났다. 문도는 선우의 얼굴을 쥐고 조금 더 깊이 입술을 맞물었다. 발뒤꿈치를 들어 올린 선우가 문도의 옷깃을 틀어쥐었다. 문도는 선우의 말캉한 안쪽 살을 한껏 헤집으며 숨을 모두 빼앗았다.

"이러고 가면 진짜 욕먹겠는데."

가까스로 입술을 뗀 문도가 말했다. 아플 정도로 부풀어 오른 하체를 느낀 선우의 얼굴이 빨개졌다.

"시간이 더럽게 안 가."

100일까지는 이제 닷새가 남았다. 이제는 괜찮을 것도 같은데. 기왕 여기까지 참아 왔으니 5일만 더 참아 보기로 한다.

그나저나 이쯤 되면 '노벨 인내 상'을 받아야 할 수준 아닌가. 문도는 피식 웃으며 엄지로 선우의 입술을 닦아 주었다. 풀리지 않는 갈증이 남아 있긴 해도 짙어지는 입맞춤에 달뜬 숨을 쉬는 선우를 보는 건 나쁘지 않았다.

조금 더 원한다는 듯 자신의 목을 안으며 몸을 붙여 오는 것도 좋았고, 아쉬워하며 빈손만 움켜쥐는 것도 좋았다. 100일이 선우에게도 간절함을 주었으면 좋겠다고 생각을 하며 문도는 선우의 머리카락을 넘겨 주었다.

"다녀올게."

"네."

이제는 정말 출발을 해야 하는 시간이었다. 문도는 선우의 이마
에 입술을 꾹 누른 뒤 검은색 재킷을 챙겼다.

결혼 기사는 3일 뒤에 터졌다.

회장의 제사 자리에 가서 결혼해서 애가 있다는 폭탄 발언을 했
을 때부터 예견되어 있던 일이기는 했다. 그래도 한 일주일은 걸릴
줄 알았는데, 큰아버지의 조급한 성미에 어지간히 나불댔나 보다.

'뭐 이딴 경우 없는 새끼가 다 있어.'

평범한 집 사람이라 조용히 혼인 신고만 했다. 시끄러워지는 건
원치 않는다. 몸조리 중이라 바깥바람 쐬면 안 되어서 데려오지
않았다. 그렇게 말을 하니 서용호가 기함하며 한 말이었다.

문도는 그 뒤로도 몇 마디를 더 얹었다.

앞으로도 따로 자리 마련해서 인사시킬 생각 없으니 기대하지
말라. 어쩌다 보게 된다면 웃으며 환영해 주기를 바란다. 과도한
관심은 사양이다. 그 정도로 요약할 수 있겠다.

서도 케미컬 전략본부문장 서문도 전무의 결혼 소식이 전해
져. 상대는 일반인으로 추정…… 비밀리에 혼인 신고……

서문도 전무는 우현희 현(現) 서도 그룹 부회장과 고(故) 서
명구 회장의 차남 서중호……

이것도 기사라고.

쓸 말이 어지간히 없었는지 문도의 신상 명세를 더 길게 적은
걸 보며 실소를 했다. 창 닫힘 버튼을 누르려는데 그 아래로 링크
된 기사가 보였다.

재벌 3세의 신부는 누구?

지랄을 한다.

무슨 헛소리를 하려나 싶어 눌러 본 기사에는 대학 동문이었던
유력 정치인의 딸과 어머니와 함께 공연을 보러 갔었던 유명 피아
니스트, 플로리스트로 활약 중인 식품 업계의 막내딸 등이 언급되
어 있었다. 문도의 사진은 물론 여자들의 사진도 동그랗게 박아
가며 그들 중 하나일 거라는 뉘앙스를 짙게 풍기고 있다.

헛다리짚기는.

피식 웃은 문도는 화면을 내렸다. 소스가 어디서 흘렀는지 너무
뻔했다. 서창도 수준이 이렇지. 별일 아니라는 생각에 문도는 화
면 창을 내리며 노트북을 닫았다.

선우는 오랜만에 우현희와 저녁 식사를 했다. 오랜만에 일찍 들
어온 기념으로 둘이서 저녁을 같이 먹자고 해서 본관으로 건너온

참이었다.

"규원이 백일은 상차림만 할 거라고 했다며?"

"네. 떡이랑 과일 놓고 사진만 찍으려고요."

직원들에게 돌릴 백설기를 넉넉히 주문해 두었고, 상에 올릴 과일과 예쁘게 꾸밀 꽃을 예약해 두었다.

"저……. 어머님."

그리고 또 계획한 게 하나 있었다.

"응."

"괜찮으시면 가족사진을 찍고 싶은데, 어떠세요?"

전부터 생각해 두었던 거였다. 우현희와 장 여사, 문도와 규원까지. 규원의 기념일마다 가족사진을 찍었으면 좋겠다고.

"나야 좋지."

흔쾌한 대답에 선우는 미소를 지었다. 식사를 이어 가는데 현희가 물었다.

"조심해 달라고 특별히 부탁까지 했는데 결국 기사가 났네."

아.

선우는 어색하게 미소를 지었다. 결혼 기사가 난 것은 벌써 알고 있었다. 제사에 다녀온 문도가 조만간 알려질 수도 있다고 예고를 하기도 했었고.

"괜찮니?"

"네. 괜찮아요."

문도나 현희가 무엇을 배려하고 있는지 잘 알았다. 평범한 시작은 아니었으니까. 선우가 도마 위에 오르는 일이 없게 하기 위해 보호를 해 주는 것은 잘 알고 있었다. 감사하고, 고마운 일이다.

낮에 나온 기사엔 선우의 신상이나 아이에 대한 이야기는 없었다. 서도 그룹의 서문도가 비밀리에 결혼을 했다, 그 정도로 요약되는 내용이었다. 그것도 언론사 한 귀퉁이에 올라온 짧은 기사였다. 그러니 괜찮아야 했다.

"그래. 넌 건강 회복하는 것만 신경 쓰고. 대학원 준비는 잘 되어 가니? 시험이 언제였더라?"

"다음 달이에요. 실기에서 이론으로 전공을 바꾸는 거라 어렵긴 한데, 재미있어요."

예술 경영 쪽에도 일가견이 있는 우현희였기에 대화는 주로 그쪽으로 흘러갔다. 우현희는 신기할 정도로 아이보다는 선우의 꿈이나 비전에 대해 관심을 기울여 주었다. 이 역시 감사하고 고마운 일이었다.

저녁을 먹고 별채로 돌아오니 시터 아주머니가 규원이 방금 전 저녁 수유를 마치고 잠이 들었다고 알려 준 뒤, 다시 아기방으로 들어갔다.

선우는 은은한 조명이 켜진 거실 소파에 조용히 앉았다. 바퀴가 달린 트레이에 가지런히 정리된 아이 손수건을 손으로 쓸어 보고 아이 냄새가 가득한 곰돌이 인형도 품에 안아 보았다.

괜찮아야 하는데.

많은 배려를 받고 있는 것을 알았다. 조용히 양가 가족만 모여 식사를 하는 것으로 결혼식을 대신하고 싶다고 말을 했을 때도, 모유 양이 적어서 두 달 만에 수유를 그만두어야 했을 때도, 아이

를 키우며 대학원 준비를 병행하겠다고 했을 때도 모두가 선우의
선택을 존중해 주었다.

그런데…….

낮에 보았던 기사가 머리를 떠나지 않았다. 한낱 자극적인 가십
기사인 것을 알아도, 그래도 이상한 열등감이 들었다. 저 사람들
이었으면 숨어서 결혼하는 일은 없었겠지. 과하게 보호를 하지도
않았겠지. 당연하게 친척들 모임에 참석해서 인사를 했겠지.

서문도는 자신이 아닌 다른 사람을 만났더라면 어깨를 펴고서
당당히 축하를 받았을 것이다. 조심해야 할 필요도 없었을 거고,
혼인 신고만 하는 일도 없었을 거다.

내가 당신을 초라하게 만든 건 아닐까.

못난 생각은 그뿐이 아니었다. 저 중에 실제로 사귄 사람이 있
었을까. 늘 저렇게 화려한 사람들을 만나며 살았을까. 그 사람들에
게도 다정했을까. 마음을 주었을까. 입을 맞추고 몸을 안았을까.

바보 같은 생각인 걸 알았다. 문도가 경험이 많다는 건 처음부
터 알았다. 자신을 가볍게 가지고 놀기를 바란 적도 있었고, 한낱
스쳤던 여자처럼 되기를 원했던 적도 있었다.

그러니 이제 와 서운해서는 안 되는 것을 안다. 게다가 남편은
아침저녁으로 그녀를 다정히 안아 주었다. 잠이 들 때까지 등을
다독여 주었고, 몸조리가 우선이라며 100일까지 참아 본다고도
했다.

시어머니는 그녀를 아이의 엄마라기보다는 이선우라는 인간
자체로 존중을 해 주고 있고, 장 여사는 친정엄마처럼 그녀를 돌

보았다. 넘치도록 사랑을 받고 있는 걸 아는데도. 그런데도······.

자꾸 마음이 복잡해지려 했다. 자신이 한없이 작아지는 느낌도 들었다. 이유 없이 속이 상하려 했고, 못난 생각들이 자꾸만 들었다. 이게 산후 우울증인가. 마음이 마음대로 되지 않았다.

선우가 한숨을 쉴 때였다. 엘리베이터 소리가 울렸다. 고개를 드니 엘리베이터에서 내린 문도가 보였다.

"왔어요?"

선우는 복잡한 마음을 감추고 애써 웃었다.

"잘 지냈어?"

문도의 질문에 선우는 고개를 끄덕였다. 문도는 화장실로 향해 손부터 씻었다. 아기방에 먼저 들러 자고 있는 규원을 들여다보고 다시 밖으로 나왔다.

"규원이는 오늘도 잘 뒤집었고?"

"네."

소파 옆자리에 앉는 문도에게 대답을 하고서 선우는 괜히 다른 이야기를 덧붙였다.

"백설기를 많이 주문했어요. 직원분들이랑 나눠서 먹으려고요. 백일엔 간단히 상만 차려서 사진만 찍으려고 해요. 그리고 어머님이랑 저녁 먹으면서 얘기한 건데, 가족사진도 찍고 싶어요."

거기까지 말하자 문도가 가볍게 웃었다. 그러고는 손을 뻗어 선우의 얼굴을 감싸 쥐었다. 부딪혀 오는 입술이 녹을 정도로 달콤했다. 순식간에 아랫배가 조여들고 발끝이 오므라드는데, 그게 갑자기 서러워졌다.

당신은 왜 이런 걸 잘해. 왜 이렇게 능숙해.

선우는 한 번 더 고개를 틀어 입술을 머금으려 하는 문도를 밀어냈다. 의아한 듯 눈썹을 들어 올리는 문도에게 괜히 다른 핑계를 댔다.

"아주머니 나오실지도 모르잖아요."

"안 나와."

"나와요."

"나오면 멈출게."

볼을 감싸 쥔 문도가 다시 한번 선우를 당겼다. 선우는 고개를 돌려서 입술을 피하며 문도를 밀어냈다.

"불안해서 싫어요."

제법 단호하게 밀어냈다고 생각했는데 문도가 웃고 있었다.

"안 불안하면 괜찮고?"

아. 왜 말을 그렇게 했을까. 내키지 않는다고 할걸. 선우가 잠깐 후회하는 사이 문도가 선우의 손을 잡아끌었다. 어어, 하는 사이 2층까지 올라왔다. 이상한 건 끌려가면서도 뿌리칠 생각은 그다지 들지 않는다는 거였다.

피곤하다고 하거나, 쉬고 싶다고 하면 순순히 놓아주는 걸 알면서 그 말은 하지 않았다. 밀어내고 싶은데 같이 있고 싶은 마음이라니. 스스로 생각해도 모순이었다.

달칵.

중문을 닫은 뒤 문도가 아예 잠금장치를 걸었다. 이제 됐냐는 표정을 짓고는 선우의 입술을 베어 물었다. 내리뜬 눈에 명치가 저릿거렸다. 왜 이 남자는 눈빛만으로 사람 마음을 조일까.

그런 생각을 하는 사이 문도가 능숙하게 혀를 감아 왔다. 야릇하게 비벼지는 느낌에 선우의 몸이 기다렸다는 듯이 반응을 했다. 아랫배가 조여들고 발바닥이 간질거렸다. 생각이 흐릿하게 뭉개지며 몸이 녹는 것만 같았다. 온몸이 저릿거렸고 그와 조금 더 가까워지고 싶어 갈증이 났다.

선우는 문도의 셔츠를 쥐었다. 안에서 무언가가 자글자글 끓어올라 옷깃을 비틀며 열기 어린 숨을 뱉었다. 더 하고 싶어. 그 생각을 하는데 문도가 입술을 맞댄 채로 가볍게 웃었다.

평소라면 아무렇지 않았을 텐데 오늘은 갑자기 얼굴이 뜨거워졌다. 방금 전까지 내키지 않는다고 생각해 놓고 너무 쉽게 달아올라 버린 게 창피했다.

자신은 순식간에 무너지는데, 이런 순간에도 웃을 수 있는 남자의 여유가 얄밉기도 했다. 혼자만 취해 있었다는 수치심이 드는 순간, 선우는 자신도 모르게 말해 버렸다.

"그만할래요."

"응."

말은 그렇게 하면서 문도가 다시 입술을 물어 왔다. 선우는 다시 말했다.

"그만……할래요."

고개를 돌리며 입술을 피하자 문도가 살짝 굳었다.

"진짜 그만하자고?"

"네. 그만해요."

선우의 대답에 문도가 눈을 가늘게 뜨더니 되물었다.

"왜?"

차마 당신에게 과거 경험이 있다는 것 때문에 마음이 상한다고 말을 할 수 없었다. 결혼 기사에 휘둘리는 건 어른스럽지 못한 태도라는 걸 잘 알았다. 몰랐던 것도 아닌데 새삼스럽게 왜 이렇게 속이 상할까. 정말 산후 우울증인가보다. 선우는 시간을 좀 가져야겠다고 생각을 했다.

"그냥요. 공부도 해야 하고, 피곤하기도 해서……."

그 말에 문도가 선우를 빤히 보았다. 속을 꿰뚫어 보는 것만 같은 눈동자가 선우를 살폈다. 유치한 속내는 들키고 싶지 않아 선우는 문도의 시선을 피하며 말했다.

"어차피 끝까지 할 건 아니었잖아요."

100일까지 기다려 준다고 했었다. 사실은 그것도 조금 서운해지려던 참이었다. 자신은 키스만 해도 정신이 없고 기분이 이상해지는데 남편은 잘만 멈췄다.

농도가 짙어진 입맞춤을 하다가 이마에 입을 맞추며 물러날 때면 아쉬움에 빈 주먹을 움켜쥐어야 했다. 붙잡고 더 해 달라 요구할 뻔뻔함은 없어서 시간이 흘러 어서 100일이 되기만을 기다리고 있었는데.

"무슨 일 있어?"

문도가 물었다. 선우는 문도를 바라보았다. 다른 사람과도 이렇게 했었어요? 그 여자들 중에서 실제로 만났던 사람이 있었어요? 물어보고 싶은 말들이 목 끝에서 울렁거렸지만 힘겹게 삼켰다.

"아뇨. 없어요. 그냥 좀…… 피곤해서요."

이쯤에서 혼자만의 공간으로 도망치고 싶었다. 가서 잘 다스려야지. 유치하고 옹졸한 속마음 같은 거 들키고 싶지 않았다. 시간이 지나고 호르몬이 가라앉아서 아무렇지 않아질 때쯤 다시 마주하고 싶었다.

"왜 나를 피하는 것 같지? 왜……."

눈도 마주치지 않아? 마음이 서늘해진 문도는 선우를 다시 들여다보았다. 입술 끝만 물고 있는 선우가 제대로 눈을 맞춰 오지 않았다. 웃어 주지도 않고, 가만히 기대 오지도 않았다.

"그런 거 아니에요. 그냥……."

문도는 말을 하는 선우의 팔을 당겼다. 품으로 당겨 안은 뒤 얼굴을 쥐고 입술을 부딪쳤다. 아, 하는 소리가 터져 나오는 것을 들으며 혀를 넣었다.

입을 맞추며 내리뜬 눈으로 선우의 얼굴을 보았다. 당황한 선우가 가만히 있었다. 그래도 계속했다. 선우가 눈을 질끈 감는다. 경직된 상태로 그를 견뎌 내더니 더는 못 하겠는지 손을 들어 그의 가슴을 밀었다.

"그만하자고 했잖아요. 싫어요."

문도는 뻣뻣하게 굳었다. 지금 무슨 말을 들은 건가.

"싫어?"

선우가 아무런 대답을 하지 않아서 한 번 더 물었다.

"방금 싫다고 그랬어?"

문도가 믿지 못하겠다는 표정으로 물었다. 그 순간 선우는 충동을 참지 못하고 고개를 끄덕였다. 싫어요. 그 대답을 눈으로 하면서. 사실이기도 했다. 다른 여자에게도 같은 행동을 했을 거라 생각하면 싫어서 뒷목이 뻣뻣하게 굳었으니까.

"네. 싫어요. 그러니까 그만해요."

문도의 표정이 삽시간에 얼어붙었다. 충격을 받은 눈동자가 가늘게 흔들렸다. 뭔가 말을 하려다 말고 다시 눈썹을 일그러트리며 선우를 보았다. 이상한 일이다. 할 말을 잃은 문도를 보니 한 번 더 쐐기를 박고 싶은 유치한 마음이 들었다.

"당분간 따로 자고 싶어요."

문도가 그대로 굳어지는 것을 보며 선우는 돌아섰다. 유치하고 옹졸한 행동이라는 것을 알지만 마음이 다스려지지 않았다. 이 이상한 기분이 가라앉을 때까지 당분간 따로 지내는 게 나을 것 같다는 핑계를 대며 선우는 서재로 향했다.

문도는 멍하니 열려 있는 중문을 바라보았다. 건너편 서재의 문이 보였다. 못 믿겠다는 듯 인상을 썼다가, 뒷목을 쥐었다. 그러다 다시 눈을 찌푸리며 선우가 들어간 서재의 문을 바라보았다.

싫다고? 내가 만지는 게 싫어?

어안이 벙벙하다 못해 한 대 맞은 듯한 기분이었다. 뭘 했기에 싫다고 하나. 하고 싶은 건 하나도 못 했는데.

고지가 이틀 남았다. 100일을 참아 보겠다고 약속하고서 정말 가뭄에 물을 한 방울씩 받아 마시는 수준으로 가벼운 스킨십만 하고 살았다. 그것조차 못 하면 정말 목이 타 죽을 것 같아서, 참는 게 힘들어도 이 정도로 만족하며 98일을 버텼는데.

당분간 따로 자고 싶다고?

다른 건 몰라도 잠자리만큼은 한 번도 따로 한 일이 없었다. 수유를 하느라 짧게 짧게 끊어서 잠을 자야만 했을 때도 선우는 문도 옆에 누웠다.

단순히 입을 맞추는 게 싫은 게 아닌 듯했다. 눈을 피하고, 고개를 돌리고, 대놓고 싫다고 말할 정도면. 그런 거면…….

설마 내가…… 싫은 건가?

그렇게 생각하자 덜컹 심장이 내려앉았다. 갑자기 생각이 끊어지며 머리가 깜깜해졌다. 문도는 두 손으로 머리를 쥐었다. 멍하니 충격을 받은 표정으로 있다가 벌떡 자리에서 일어났다. 서재 앞으로 걸어가 노크도 없이 문을 열었다.

"싫어?"

책상에 앉은 선우가 고개를 들었다. 문도는 한 번 더 물었다.

"내가 싫어졌어?"

그 말에 선우가 입술을 깨물었다. 진짜 싫어진 건가. 땅이 꺼지는 듯한 느낌에 문도는 마른침을 넘겼다.

"아주머니가 나올지도 모르는데 키스해서 그래?"

짐작되는 건 그것밖에 없었다. 너무 배려가 없었나. 내 생각만 했나. 전에도 받아 주었으니까 별생각이 없었던 건데.

"그래서 그래? 내가 조심성 없게 굴어서?"

복잡한 표정으로 문도를 보던 선우가 고개를 저었다.

"아니요. 그런 거 아니니까 신경 쓰지 마요."

신경을 어떻게 안 써. 내가 지금…….

"내가…… 뭘…… 어떻게……. 아니, 잠깐만."

말문이 막힌 문도는 후우, 숨을 내쉬었다.

"내가 너한테 잘못한 게 있어?"

"아뇨. 그런 거 없으니까. 그냥……."

문도에게 혼자 마음 추스르게 내버려 두라는 말을 하고 싶었다. 그러면 더 이상하게 생각을 하겠지. 당혹스러워하는 문도를 바라보다 선우는 어렵게 마음을 먹었다. 유치한 밑바닥까지는 보여 줄 수 없지만, 어느 정도 설명은 해 주는 게 맞는 것 같았다.

"잠깐 앉으실래요?"

선우의 말에 문도가 표정을 더 구겼다.

"왜 또 말을 높여. 사람 불안하게."

초조한 표정으로 문도가 머리를 쓸어 넘겼다. 기사를 보고 속이 쓰렸던 만큼 문도 역시 마음이 닳았으면 좋겠다고 생각했지만, 막상 그런 모습을 보니 마음이 좋지만은 않았다.

"사실은……. 아까 낮에 결혼 기사 난 거 봤어요. 그리고 다른 기사도 봤어요. 누구랑 결혼했을지 추측하면서 다른 분들 사진을 올려놓은 기사요."

이 사람은 잘못한 게 없잖아. 내 문제니까 그냥 잘 설명해서 마음이 조금 안 좋았다고만, 그렇게만 말하면 돼.

"그거 보는데 마음이 이상했어요. 제가 좀 초라해진 느낌도 있었고, 다 지난 일인 거 아는데 괜히 신경도 쓰이고, 그래서 그냥. 그냥……."

잘 말할 수 있을 줄 알았는데, 잘 되지 않았다. 목소리가 떨려 나와 선우는 잠시 말을 멈추었다. 선우는 애써 미소를 지으며 어렵게 말을 이었다.

"산후 우울증이 오는 시기라 그런가 봐요. 이쯤엔 다 마음이 싱숭생숭하대요. 괜히 짜증도 나고 우울해지기도 한다니까. 그래서…… 그런 거니까 너무 신경 쓰시지 마시고……."

문도는 애써 웃고 있는 선우를 보았다. 두 번이나 '시'자를 넣어 가며 말을 높였다. 이선우가 거리를 벌리고 있다. 뭔가 많이 잘못되었다는 직감이 들었다. 그게 뭔지는 몰라도 이렇게 넘어갈 수는 없었다.

"숨기지 마. 왜 이러는 건지 제대로 말을 해. 내가 싫어진 거야?"

"아니에요. 그런 거 아니니까."

"그럼 왜 그래. 하기 싫은 거 억지로 참았던 거야? 당분간 따로 자자는 말은 왜……."

씨발, 이럴 땐 어떻게 해야 하는 거야. 이유도 없이 싫어진 거라면 어떡하나. 아무런 잘못도 없는데 그냥 싫어진 거면. 문도는 초조하고 답답한 마음에 애꿎은 머리만 쓸어 넘겼다. 한숨을 깊이 쉰 뒤에 다시 한번 선우에게 말했다.

"말을 해야 내가."

선우가 잠시 문도를 보더니 한숨을 쉬고 대답을 했다.

"아까 말했잖아요. 기사 봤다고. 마음이 별로 안 좋았다고. 호르몬 때문에 우울증이 오는 시기인 것 같다고요. 그냥 시간을 좀 주면."

"시간이 왜 필요해. 어제까지 아무렇지 않았는데, 기사 난 걸로 이러는 거라고?"

"……."

"우울증 핑계 대지 말고, 결혼 기사 핑계 대지 말고, 안 괜찮으면
서 괜찮은 척도 하지 마. 말을 해. 그래야 내가 뭐라도 해 볼 거 아
니야. 네가 날 싫어하지 않게 하려면 뭘 어떻게 해야 하는지……."

그 말에 선우가 한숨을 쉬었다. 문도의 심장이 덜컹 내려앉는다.

"싫은 거 아니에요. 그런 거 아니니까 그냥 날 좀 내버려 두면……."

"널 어떻게 내버려 둬. 내가 그게 될 것 같아?"

"……."

"말해. 밀어내는 이유가 뭔지. 내가…… 싫어?"

선우가 뭐라 말을 하려다 고개를 저으며 꾹 눌린 목소리로 대답
했다.

"싫은 게 아니라고 했잖아요……. 지금은……. 뭐라고 말을 못
하겠어서 그런 거니까."

"말해 줘. 그게 뭐든 나한테 숨기지 마."

그 말에 선우가 입술을 깨물며 문도를 바라보았다. 감정을 꽉 눌
러 담은 눈으로 그를 보다 하얗게 입술을 맞물기를 여러 번. 팽팽
해진 공기에 숨이 막힐 때쯤 선우가 떨리는 목소리로 입을 열었다.

"당신은……. 다른 사람 많이 만나 봤죠?"

생각지도 못했던 질문에 문도는 말문이 막혔다. 그러니까 지금
밀어내는 이유가 저것인가. 다른 사람을 만난 경험이 있다는 거?
이제껏 가만히 있다가 갑자기?

선우가 흔들리는 눈으로 그를 보더니 울먹이지 않으려 노력

하며 말했다.

"다른 사람이랑도 나한테 하는 것처럼 했어요? 그 사람들이랑 입 맞추고, 안고 그랬어요? 나 말고…… 다른 사람이랑…… 많이…… 그랬어요?"

문도가 뭐라 말해야 할지 모르겠는 표정으로 선우를 보았다. 선우의 눈시울이 붉어지고 있었다.

선우는 눈가에 고여 드는 눈물을 손으로 밀어냈다. 이래서 말하기 싫었는데. 유치한 바닥 같은 거 보여 주기 싫었는데.

"알아요, 나도. 이런 내가 유치한 거. 그러니까 내가…… 시간을 달라고 했잖아요. 내버려 두면 알아서…… 마음 다스리고, 그러고서……."

자꾸만 목소리가 떨려 왔다. 담담히 이야기하고 싶었는데 잘 되지 않았다. 남편이 과거에 다른 여자에게도 웃어 줬다고 생각하면 마음이 생으로 뜯기는 것 같았다.

그 사람들에게도 다정하게 속삭였을까. 내게 하듯이 부드럽게 입을 맞추었을까. 세상에서 가장 소중한 사람이라는 듯이 바라보았을까.

이전의 일들은 현재의 그들과 아무런 상관이 없다는 것쯤은 선우도 잘 알고 있었다. 연애에 능숙하다는 것을 몰랐던 것도 아니고, 잘못된 일이 아니라는 것도 알고 있었다. 머리로는 잘 알겠는데 그냥 싫었다. 이런 마음 꺼내기 싫었는데, 왜 자꾸 말을 하라고 해.

선우는 할 말을 잃은 듯 굳어 버린 문도를 원망스러운 눈으로 바라보았다. 오래전 일들이 뒤죽박죽으로 머릿속에 떠올랐다.

키스를 더럽게 못 한다고 했던 것. 당황스러워하는 자신을 웃긴다는 듯 바라보며 행위를 능숙하게 이끌었던 것. 처음도 아니면서 뭘 그렇게 떠냐고 했던 것. 새록새록 떠오르는 기억에 억울한 눈물이 흘렀다.

"당신은 왜 다른 사람이 있었어요? 나는 없는데. 나는 다 당신이 처음이었는데, 왜 당신은 아니에요?"

이 유치한 말을 소리 내어 하고 있는 자신이 기막혔지만 차오른 말들이 삼켜지지 않았다. 왜 이렇게 마음이 어려지고 유치해지는지. 왜 이런 마음은 조절도 되지 않는 건지. 왜 눈앞의 남편이 하염없이 미운 건지.

"나도 많이 해 볼걸 그랬어."

나도 연애를 해 볼걸. 당신 만나기 전에 다른 사람 만나 볼걸. 그랬더라면 이제 와서 이렇게 유치하게 질투하지는 않았을 텐데. 조금 더 성숙하게 대할 수 있었을 텐데.

결국 선우는 두 손에 얼굴을 묻어 버렸다. 서러운 마음이 감춰지지 않았다.

책상 앞에 앉은 선우에게 다가간 문도는 쉽게 말을 잇지 못했다. 이렇게 복잡미묘한 감정은 처음이기 때문이었다.

당황스러운데 좋았다. 미안한데 기뻤다. 어이가 없으면서도 귀여웠다. 이선우가 질투를 하다니. 그것도 헛소리만 가득한 기사 몇 줄에, 속이 상해서 만지는 것도 싫다고 하다니. 명치가 저릿저릿했다.

평소의 선우는 먼저 애정 표현을 하는 일이 없었다. 아이를 낳은 후, 그때 딱 한 번을 제외하고는 소리 내서 사랑한다는 말을 하지도 않았다. 이제야 가끔 한 번씩 다가와 가만히 안겨 오는 정도였다.

그런 이선우가 질투를 하다니. 꿈인가.

문도는 무릎을 굽혔다. 선우의 의자를 돌려 자신과 마주 보게 한 뒤 얼굴을 가리고 있는 손을 걷어 냈다. 선우가 고개를 저으며 문도를 밀어냈다. 걷어 내면 밀고, 다시 걷어 내면 밀어내기를 여러 번.

문도는 작은 손을 힘주어 잡아 단호히 아래로 내렸다. 그리고 고개를 기울여 선우를 마주 보았다. 눈물이 그렁그렁한 눈이 가슴 저리게 예뻐서 자신도 모르게 미소가 나왔다.

"지금 웃었어요?"

선우가 눈썹을 일그러뜨리며 물었다. 그러더니 그렁그렁 눈물을 달고서 문도에게 화를 냈다.

"어떻게 웃을 수가 있어요? 나는 이렇게 속이 상한데 당신은 이게 웃겨요?"

"안 웃었어."

"웃었잖아. 어엉."

선우의 서러운 울음소리가 높아졌다.

"그건 그냥 네가 너무 예쁘니까."

이 무슨 말도 안 되는 소리인가. 문도를 노려본 선우의 얼굴이 다시 일그러졌다. 눈물이 자꾸 쏟아졌다. 제어 장치가 고장 난 것 같았다. 어른스러운 태도고 뭐고 다 필요 없어진다.

"말해 봐요. 다른 여자들한테도 나한테 하는 것처럼 했어요? 그 여자들한테도 웃어 주고, 사랑한다고 속삭이고 그랬어?"

물어보면서도 답 없는 질문이라는 걸 선우도 알았다. 만약 문도가 그렇다고 대답하면 억장이 무너질 것이고, 아니라고 대답하면 믿지 않을 거였다.

그래도 뭔가를 확인받고 싶은 마음뿐이다. 이성은 사라지고 감정만 남은 사람이 된 것만 같았다. 내가 뭘 바라는 건지 모르겠어. 선우는 그 생각을 하며 울먹였다.

"나 말고 다른 사람한테도 사랑한다고……. 흑."

"맹세하는데, 그 기사에 나온 여자들이랑 아무 일 없었어."

문도는 선우의 얼굴을 양손으로 쥐고 말했다. 주르륵 흘러내리는 눈물에 왜 이렇게 가슴이 벅차오르는지. 세상을 다 가진 것 같은 기분이라고 말을 하면 너는 화를 낼까.

"한 명은 대학 동문이고, 한 명은 인사나 했나? 마지막은 아버지가 만나 봤으면 좋겠다고 말만 했던 사람인데 만난 적도 없어."

선우가 믿기지 않는다는 표정으로 문도를 보았다. 일단 여기까진 사실이다. 그리고 앞으로 하는 말도 전부, 진짜다. 지금 이 순간부터 그렇게 만들 거니까.

"나도 네가 다 처음이야."

선우가 이번엔 정말 믿지 못하겠다는 눈으로 문도를 보았다.

"진짜야. 전부 다 이선우가 처음이야."

선우의 마음을 달래 줄 수만 있다면 거짓말 따위 어렵지 않았다. 양심의 가책 같은 건 단 1그램도 없었다. 지금부터는 이게 진실이 될 테니까.

"내가 아무리 뭘 몰라도……. 당신이 처음이 아닌 건 알아요. 어떤 사람이 처음부터 그렇게 잘해. 얼마나 많이 해 봤으면 그렇게 능숙하게, 그런 짓을 막."

뒷말을 잇지 못하는 선우에게 문도는 뻔뻔한 표정으로 말했다.

"난 뭐든 잘해."

"거짓말. 다른 사람 있었잖아요. 당신이 나한테 하는 것처럼 다른 사람 만졌다고 생각하면……. 너무 싫어. 정말 너무 싫어."

선우의 눈에 그렁그렁 눈물이 차올랐다.

"없었다니까."

문도는 단호하게 말하며 선우의 눈물을 닦아 주었다.

"나 어떡해요. 정말 너무 싫어. 어어어."

선우가 통곡을 하듯이 몸을 오그리며 울었다. 문도는 그런 선우를 품으로 당겨 안았다. 이런 이선우는 처음이라, 좋아서 죽을 것만 같았다. 싫다고 밀어내는 선우를 꼭 안고서 울고 있는 얼굴을 눈에 꼭꼭 담았다. 확인받고 싶어서 굳이 한 번 더 물어보았다.

"그렇게 싫어?"

"너무…… 싫어."

"뭐가 그렇게 싫어. 나도 다 처음이었다는데."

"거짓말이잖아……."

"전부 다 네가 처음이야. 못 믿겠으면 여사님한테 물어보던가."

문도의 말에 선우가 눈썹을 씰룩거렸다.

"그걸 왜 장 여사님한테 물어봐요. 어엉⋯⋯."

기막혀 우는 선우를 문도는 다시 힘주어 안았다. CCTV를 설치할걸 그랬다는 생각이 든다. 그랬더라면 오늘을 기록해 두었다가 매일매일 돌려 볼 수 있을 텐데.

"너무 억울해⋯⋯. 왜 나만 이래⋯⋯."

과거가 없어 억울하다는 말을 하며 선우가 울었다. 문도는 선우의 머리를 감싸안으며 가만히 다독였다.

그 밤이 선우에게는 처음이었다는 걸 나중에야 알았다. 이상하다는 생각은 했었다. 어설픈 여자는 굳은 몸으로 끙끙대는데, 그게 전부 다 연기일 거라 냉소하며 선우를 안았다.

처음인 척, 순진한 척을 한다고 그렇게 믿어 의심치 않았고, 또 그렇게 믿고 싶기도 했었다. 너는 누구에게나 쉬운 여자일 거라고. 이런 식으로 유혹을 해 오는 네가 순진할 리는 없다고. 그러니 한 번쯤 마음 내키는 대로 해도 괜찮을 거라고.

얼마간은 허접한 여자한테 넘어간 자신을 향한 경멸도 섞여 있었다. 순진한 척 대놓고 몸으로 유혹을 하는 여자에게 끌려선 결국은 일을 치른다고 생각했었다. 마음을 전부 찢어 놓는 사랑이 될 줄도 모르고서.

"나도⋯⋯. 나도 많이 만나 볼걸 그랬어. 다른 남자랑 당신이랑 했던 짓 먼저 다 해 볼걸. 그랬으면 이런 일로 울고 그러지 않았을 건데⋯⋯. 으흑."

이 무슨 심장 떨어지는 소리인가. 생각만으로도 피가 바짝 말랐다.

"그건 안 돼."

문도는 순간 인상을 쓰며 선우에게 말했다.

"절대 안 돼."

과거라도 허락할 수 없었다. 이게 허락이 필요한 문제냐고 누군가가 따지고 든다면 닥치라고 할 테다.

"나도 잘할 수 있었어요. 나도 다른 남자들 많이 만나 봤으면 키스도 잘할 수 있었고, 당신이랑 하는 거 그런 거 다……. 연습 많이 했으면, 나도 하나도 안 떨고."

"나랑 그렇게 많이 했는데 안 느는 걸 보면, 넌 그냥 소질이 없어. 그러니까 연습할 생각은 꿈도 꾸지 마."

선우가 어이없다는 얼굴로 문도를 보았다.

"나도 다 네가 처음이니까 너무 억울하게 생각 말고."

문도는 뻔뻔하게 말하며 선우의 눈물을 밀어냈다. 눈을 맞추고 한참을 바라보다 입을 열었다.

"너밖에 없었어. 그렇게 미친놈처럼 굴었던 것도, 정신 놓고 헤맸던 것도……. 네가 처음이었어. 내 마음이 내 뜻대로 되지 않았던 것도, 그래도 미치게 좋았던 것도 전부 다 네가 처음이야."

돌아보면 왜 그랬었나 싶은 일들이 많았다. 제정신이 아니었던 것 같기도 했다. 다시 그 시간으로 돌아간다면 조금 더 잘할 수 있을까 생각해 보면 그래도 그건 아닐 것 같다.

똑같이 어리석은 짓을 저지르고, 똑같이 후회할 일들을 만들겠지. 아프게 하고, 울게 하고, 상처를 줄 거였다. 그리고 그 대가로 그만큼의, 어쩌면 그보다 더 큰 상처를 입을 거였다. 뜻대로 제어할 수 있는 마음이었으면 여기까지 오지도 않았을 테니.

"나도 많이 서툴렀던 거 알잖아. 연애를 잘했던 놈이면 그렇게 미친 새끼처럼 헤매고 다녔겠어?"

그 말에 선우의 눈동자가 흔들렸다. 미친 새끼처럼 굴었던 게 맞긴 한가 보다.

"네가 너무 좋아서, 그런 감정은 처음이라서, 나도 사랑이 처음이라서. 그래서 그랬던 거 알잖아."

마음이 약한 이선우는 벌써 그 말에 흔들리고 있었다.

"정말…… 내가 다 처음이에요?"

"응."

문도는 한 점 부끄럼 없는 얼굴로 뻔뻔히 말했다.

"진짜?"

"진짜."

믿지 않을 것을 안다. 그래 놓고 믿어 주리라는 것도 알았다. 그러니 그가 해야 할 일은 하나뿐이었다.

"다 네가 처음이야."

눈 가리고 아웅이라도 좋으니 듣고 싶어 하는 말을 해 주는 것.

물기 어린 눈동자가 문도를 본다. 문도는 고개를 기울여 선우의 입술을 살포시 포갰다. 선우가 천천히 눈을 감았다. 눈물 맛이 나는 입술이 달았다. 파르르 떨리고 있는 선우의 속눈썹이 마음을 일렁이게 했다. 문도는 선우의 목덜미를 감싸며 고개를 틀어 입술을 깊게 베어 물었다. 선우가 셔츠를 움켜쥐는 것이 느껴졌다. 거듭 입술을 물고서 안쪽 깊은 곳까지 혀를 넣었다. 뿌리째 감고서 빨아들였다. 안쪽을 훑고 다시 깊게 혀를 얽었다. 할딱거리는 숨까지 전부 가져오는데도 갈증이 일었다.

꽃잎을 으깨어 쥐고 싶었던 충동을 생각했다. 아프도록 움켜쥐고 싶었지. 부드럽고 연한 살을 탐할수록 충동은 거세어졌다. 아프게 깨물고 거칠게 벌려 마음껏 넣고 싶었다. 흐느끼는 신음 소리를 들으며 정신없이 파고들고 싶었다. 붉게 흐드러진 선우를 안고 또 안아 마침내는 더는 못 하겠다고 울먹이는 소리를 듣고 싶었다.

100일을 견디겠다 했었던가. 내가 미쳤지.

"하아……."

문도는 가까스로 입술을 뗐다. 지금 멈추지 않으면 폭주를 할 것만 같았다. 천천히 뜨이는 선우의 눈동자를 보는데 이대로 밀어붙이고만 싶었다.

"싫었어?"

나오는 목소리 끝이 갈라져 있었다. 선우가 고개를 저었다. 그거면 됐다. 문도는 애써 그렇게 생각했다. 이틀. 환장할 이틀만 참으면.

눈을 꾹 감고서 깊게 숨을 쉬는데 무언가 부드러운 것이 입술에 닿았다. 문도는 번쩍 눈을 떴다. 겹쳐진 입술 사이로 선우의 작은 혀가 밀려들었다.

문도는 욕설을 삼키며 선우의 혀를 그대로 빨아들였다. 엉망으로 뒤섞이며 신음 소리가 절로 튀어나왔다. 몸을 도는 피가 뜨겁다 못해 끓는 것 같았을 때, 선우가 입술을 살짝 뗐다. 뭔가 할 말이 있는 얼굴로 그를 보더니 그의 목을 꽉 안았다. 작은 얼굴을 그의 목덜미에 파묻은 채로 조그맣게 속삭였다.

"참는 거 너무 힘들어요. 그냥 하고 싶어."

선우의 한마디 말에 머리가 펑 하고 터지는 것 같았다. 웃음이 새어 나온다. 대체 무엇을 위한 98일이었나. 문도는 그대로 선우를 안아 들었다.

100일 따위 개나 주라지.

어떻게 마스터 룸까지 왔는지 기억이 없었다. 몸이 허공에 떴고, 떨어지지 않으려 남편을 꼭 안았던 것만 기억났다. 장소가 바뀌는 줄도 몰랐고, 침대에 등을 대고 누운 줄도 몰랐다. 입술을 겹치고 있는 남자 외에는 아무것도 중요하지 않았다.

선우는 문도의 머리카락 사이로 손가락을 넣으며 몸을 가까이 붙였다. 휘감아 오는 혀를 기꺼이 마주 대었고, 입술이 잠깐씩 떨어질 때면 제가 먼저 찾아가 다시 머금기도 했다. 키스만으로 열이 오르고 숨이 찼다. 발가락이 곱아들고 몸이 엉겨 붙었다.

"참는 게 힘들었어?"

입술을 뗀 문도가 선우의 얼굴을 눈으로 쓸면서 물었다. 잠깐 사이에도 흘러넘치는 마음을 어쩌지 못하고 가볍게 쪼듯이 입맞춤을 하며 다시 물었다.

"나랑 하고 싶어서?"

이젠 부끄러움도 없어졌나 보다. 선우는 순순히 고개를 끄덕였

174

다. 그리고 고개를 들어 문도에게 입을 맞추었다. 포개진 문도의 입술을 안으로 빨며 잘근 씹었다. 낮은 신음 소리를 흘린 문도가 선우의 허리를 바짝 안으며 상체를 일으켰다.

선우는 문도의 허벅지에 올라타 앉은 채로 입맞춤을 이어 갔다. 남자가 주는 모든 것을 받아 마시고 싶었다. 갈증이 나서 그러지 않고는 견딜 수가 없었다. 닿아 있어도 충분하지 않았고, 쾌감이 흘러넘쳐도 애가 타기만 했다.

"더……. 더 해 줘요."

낮게 웃는 남자의 소리가 좋았다. 머리카락을 넘겨 주는 커다란 손이, 애틋하게 두 뺨을 감싸 오는 따뜻한 온기가 좋았다. 숨 가쁘게 이어지는 입맞춤이 좋았다. 청량하고 깨끗한 체취가 좋고, 맞닿은 살의 느낌이 좋았다. 웃을 때면 비스듬히 올라가는 입꼬리도 좋고, 툭툭 던지는 시니컬한 농담들이 좋았다. 다정히 머리카락을 넘겨 주는 손길이 좋았고, 사랑이 듬뿍 담긴 눈동자가 좋았다. 부서지지 않는 단단함이 좋았고, 소년 같은 미소가 좋았다.

맞붙은 입술 사이로 뜨거운 숨이 흘렀다. 옷이 벗겨지고 셔츠가 던져졌다. 갈급하게 달려드는 남자의 입맞춤이 거칠어 아픈 신음 소리가 나왔다.

"아……!"

터지는 신음에 입술을 떼려는 문도의 목을 선우가 감싸 안았다. 잠시도 떨어지고 싶지 않았다.

"멈추지 말아요. 계속해 줘."

미치겠네. 남자의 중얼거림과 함께 입술이 다시 포개어졌다. 몸이 뒤로 넘어가며 문도가 선우를 타고 올랐다. 눈을 감은 선우는 깊게 들어오는 문도의 혀를 받았다.

어지럽게 닿았던 입술은 느리게 떨어졌다. 떨리는 숨을 뱉으며 선우는 문도를 마주 보았다. 이마 위로 흐트러진 머리카락조차 아름다웠다. 곧게 뻗은 콧날과 긴 유선형의 눈을 바라보다 충동적으로 말했다.

"내 거예요."

가늘게 흔들리는 남자의 눈을 보며 선우는 손을 뻗었다. 아치형의 눈썹을 손가락으로 쓸면서 말했다.

"눈도, 코도, 입도. 다 내 거야."

누구와도 나누고 싶지 않아. 당신 몸도 마음도 전부 다 내 거야.

그 마음이 걷잡을 수 없이 뻗어 나왔다. 선우는 두 손을 활짝 벌려 문도의 얼굴을 감싸며 말했다.

"그러니까 당신은 나만 보고, 나만 생각하고, 나만 좋아해야 해."

살면서 이런 원초적인 소유욕을 느껴 본 적은 한 번도 없었다. 낯설고도 강렬한 감정이었지만 놀랍지 않았다. 언젠가부터 너무나 당연했기에.

"당신은 내 거니까."

하……. 지끈지끈한 전율이 문도의 몸을 관통했다. 사랑한다는 말을 들었을 때조차 이렇지는 않았다. 어쩌지 못하는 감정의 파도가 밀려와 문도는 선우의 입술을 베어 물며 뒷머리를 그러쥐었다.

"빨리."

선우는 애원하듯 말했다. 아파도 좋으니 어서 하나가 되고 싶었다. 버겁게 전부를 채워 주었으면 좋겠다. 견딜 수 없는 괴로움이었고 애가 타는 목마름이었다. 온몸이 남자를 향한 욕심으로 터질 것 같았다.

허리가 들리고 속옷이 내려갔다. 다리가 벌어지며 뜨거운 것이 닿았다. 선우는 숨을 삼키며 남자의 목을 안았다. 마침내 하나가 되는 순간, 선우는 탄성을 지르며 허리를 비틀었다.

"이렇게 하고 싶었어?"

이를 악문 목소리로 문도가 물었다. 선우는 고개를 끄덕였다. 아파도 좋았다. 아파서 좋았다. 버겁도록 자신의 안에 들어온 것이 좋았고, 끝까지 닿아 있는 것이 좋았다.

"응. 이렇게……. 당신이랑……."

뜨거운 웃음을 삼킨 문도가 허리를 물렸다가 단숨에 다시 진입을 했다. 선우는 신음을 터트리며 문도의 목을 안았다. 아플 정도로 난폭해지는 키스를 받아 내며 눈을 감았다.

당신이 나만 보고 나만 생각했으면 좋겠어. 지난 일들은 어쩔 수 없다 해도 앞으로는 전부 나였으면 좋겠어.

사랑이 이렇게 다양한 색깔일 줄 전에는 몰랐다. 눈이 멀 것 같은 질투심을 느낀 것도 처음이고, 끓어오르는 욕심을 갖게 된 것도 처음이다. 누군가를 생각하며 통증을 느껴 본 적도 없었고, 서러워 울어 본 적도 없었다. 잃을까 봐 불안해 본 적도 없었고, 갖고 싶어 욕심부린 적도 없었다. 전부 다 눈앞의 남자가 처음이었다. 서문도가 이선우의 처음이며 전부였다.

멀고 먼 과거에도 질투가 났다. 자신밖에 모른다는 걸 알아도 부족했다. 더 많이 원했으면 좋겠고, 더 많이 안아 주었으면 좋겠다. 언제 이렇게 이 남자를 좋아하게 되었을까. 선우는 남자의 목을 거듭 안았다. 닿아 있는데도 더 닿고 싶은 마음이 가득했다.

남자가 밀려올 때마다 세상이 밀려났다. 시간도 공간도 저만치 물러나며 오로지 이선우와 서문도만이 존재했다. 당신은 내 거야. 선우는 문도의 입술을 베어 물며 생각했다. 빛의 조각들이 춤을 추며 머리 위로 쏟아져 내렸다.

100일을 이틀 남긴 밤의 일이었다.

99일로 넘어가는 자정에 선우는 벌거벗은 몸으로 문도의 품에 안겨 있었다. 뒤의 남자가 나른한 한숨을 쉬며 가슴을 부드럽게 쥐는데 몸 곳곳에서 아릿한 아픔이 일었다.

움직일 기운도 없어 쌕쌕 숨만 쉬는데 엉망이 된 방 안의 풍경이 보였다. 여기저기 벗어 던진 옷, 저만치 밀려난 침대 시트, 바닥에 아무렇게나 흩어진 콘돔의 포장지들.

서서히 정신이 돌아오는데 눈을 질끈 감고만 싶어진다. 아아. 내가 대체 무슨 말을 한 걸까. 뒤늦게 자괴감이 밀려들었다. 눈을 질끈 감고 어떻게든 잊어 보려는데, 퍼뜩 아이 생각이 났다.

규원이.

잘 자는지 확인해야 하는데 까맣게 잊고 있었다. 선우는 벌떡 몸을 일으키려 했지만 그럴 수 없었다. 칡넝쿨처럼 몸에 감긴 팔이 꼼짝하지 않았기에.

"규원이 보고 올게요."

"잘 있겠지."

문도가 대답하며 선우의 허리를 한 번 더 당겨 안았다.

"그래도."

"괜히 잘 자는 애 깨우지 말고 그냥 있어."

목소리에 웃음기가 섞인 것 같은 건 착각일까. 선우는 어떻게든 이 상황에서 벗어나 보고자 팔을 꿈틀대며 말했다.

"그러면 잠깐……. 옷이라도."

"옷을 왜 입어. 참느라 힘들었을 텐데, 몇 번 더 해야지."

그 말에 선우는 흠칫 놀라 뒤를 돌아보았다. 문도가 웃음 머금은 얼굴로 선우에게 말했다.

"내가 누구 거라고?"

아아. 선우의 얼굴이 빨갛게 달아올랐다. 문도에게서 벗어나려 버둥거리는데 벗어나기는커녕 아래로 끌려 들어가 문도의 몸에 갇히게 되었다.

"선우 너 때문에 공든 탑 무너졌는데. 어떡할래."

"그게 왜……."

나 때문이냐는 말을 차마 하지 못하겠다. 못 참겠다고 했던 것도 자신이었고, 더 해 달라고 졸랐던 것도 자신이었던 것이 너무 선명히 생각나서.

"너 때문이지. 사람 새끼 돼 보겠다고 몇 달을 참았는데 선우 네가 작정하고 나를."

작정하고라니. 선우는 당황해서 고개를 저었다.

"작정한 게 아니라, 그냥……."

"작정한 거잖아. 쑥하고 마늘만 처먹던 나한테 진수성찬 차려 놓고 먹어 보라 한 거 아니야."

"아니. 그게 아니라."

내가 왜 그랬을까. 뒤늦게 진한 후회가 밀려들었다.

"다음부터 참기 힘들면 그냥 말을 해. 어차피 사람 되긴 글렀으니까, 기왕 이렇게 된 거 짐승처럼 밤새."

선우는 팔을 들어 문도의 입을 틀어막았다.

"산후 우울증이 와서 그래요. 호르몬이……."

입이 가려진 문도의 눈이 웃음으로 가늘게 휘었다. 초라한 변명을 하던 선우의 얼굴이 붉어졌다. 강렬했던 소유욕이 사라진 자리에는 낯 뜨거움만이 남았다. 내가 왜 그랬을까.

산후 우울증이 와서 그런 거야. 감정의 기복이 심해지고 짜증이 많이 난다고 책에도 쓰여 있었어. 선우는 애써 그렇게 생각을 했다. 그런 선우의 팔을 떼며 문도가 팔목에도, 팔꿈치 안쪽에도 입을 맞추더니 눈썹을 올리며 물었다.

"한 번 더?"

아니요, 아니. 괜찮아요. 선우의 대답에도 아랑곳하지 않고 문도가 고개를 아래로 내렸다. 가끔은 웃음소리가, 또 가끔은 새된 비명 소리가 들려오던 마스터 룸이 조용해진 건 새벽이 되었을 때였다.

팀원들에게 커피와 백설기를 돌리는 것으로 문도는 아이의 백일을 기념했다. 전무님은 이런 거 안 하실 줄 알았다는 송 팀장의 말에 피식 웃으며 그러게요, 라고 말하고 평소보다 조금 이른 퇴근을 했다.

집에 도착하니 회사에서 보았던 백설기가 또 보였다. 테이블 위에도, 주방에도, 선물용으로 포장된 쇼핑백 안에도 들어 있었다.

"애 이리 줘 봐."

선우에게서 규원을 받은 문도는 아이를 높이 들었다. 높이 올라가는 걸 좋아하는 규원이 까르륵 웃었다. 반달처럼 휘어지는 눈을 보며 문도는 미소를 지었다. 그 모습을 보던 선우도 웃었다.

"사진은 저녁 먹고 찍기로 했어요."

"응."

"아버님만 괜찮다 하시면 같이 찍는 건 어때요?"

백일이지 않냐며 연락해 온 서중호도 저녁 식사에 불렀다. 물먹고 내려앉은 사람이긴 하지만 여전히 그룹을 지배하는 영향력은 적지 않았다. 적으로 돌릴 생각은 없었다.

"규원이한테는 그래도 할아버지니까."

"그래. 난 괜찮아. 아버지도 아마 괜찮다 하실 거야."

가족이 없는 선우의 마음을 알았다. 아이에게는 단단한 울타리를 만들어 주고 싶을 거였다.

"그리고 여사님도……."

"우리끼리 한 번 찍고, 어머니 아버지랑 같이 찍고, 장 여사님이랑도 한 번 더 찍어. 세종 내려가면 거기서도 한 번 더 찍고."

마음이 놓인다는 듯 웃는 선우를 보는데 많은 순간들을 기록하고 싶다는 생각이 들었다. 문도는 규원을 한쪽 팔로 안고 다른 팔로 선우를 당겨 안으며 말했다.

"우리 둘이서만도 찍어."

매년, 선우와 둘이서만 사진을 찍어 두어야겠다고 생각을 한다. 먼 훗날 돌아보았을 때 생이 전부 이선우로 가득했으면 좋겠다.

"건너갈까?"

"네."

문도가 선우의 이마에 입을 맞추었다. 임신을 하고서 아이를 혼자 키우겠다고 결심했던 것이 엊그제 같은데 언제 이렇게 시간이 흘렀을까. 선우는 새삼스러운 눈으로 문도와 규원을 바라보았다.

비스듬히 웃으며 머리카락을 넘겨 주는 남편이 있고, 그 품에는 남편과 똑같이 생긴 아들이 안겨 있었다. 하루하루가 행복하고 소중해서 시간이 가는 것이 아까운 날들.

"고마워요."

그때 나를 잡아 줘서. 혼자 두지 않아서.

"뭐가."

피식 웃은 문도가 선우의 손을 잡았다. 남편의 손을 맞잡으며 선우는 말했다.

"그냥 다, 고마워요."

선우의 말에 문도가 가볍게 웃었다. 손을 잡고 본관으로 향하는 길을 걸었다. 가족들과 식사를 할 시간이었다.

외전 2. 이상한 기분

음마. 으음마.

열려 있는 방문 너머로 규원의 목소리가 들려왔다. 조용히 침대를 내려온 문도는 넓었던 드레스 룸을 반으로 줄여서 만든 아이방으로 향했다.

역시나 열려 있는 문의 안쪽으로 들어가니 단을 낮추어 놓은 아기 침대의 안전 가드를 붙잡고 서 있는 규원이 보였다. 문도는 새벽같이 일어난 자신의 아들을 보며 피식 웃었다.

"빠, 으빠. 어!"

문도를 본 규원이 한 손을 들고 주먹을 쥐었다 펴며 문도를 불렀다. 평소 1층의 아기방에서 재우는 규원이었지만, 시터 아주머니가 쉬는 토요일 밤에는 2층에서 재웠다.

"잘 잤어?"

연신 팔을 뻗으며 안으라 말하는 규원을 웃으며 가만히 내려다

보기만 하자 이번엔 가드를 흔들어 댄다. 나가고 싶다 이거지.

"이어, 어, 이."

"말을 해. 말을."

"음마. 으음, 마."

나를 꺼내라. 엄마에게 데려다 달라. 문도는 의사 표현 하나는 확실하게 하는 자신의 아들을 번쩍 안았다. 나가는 줄 알았던지 규원이 손가락으로 문을 가리켰다.

"음마, 어이, 어."

규원이 정확하게 마스터 룸을 가리켰다. 넘어지거나 다쳐도 어지간한 일로는 울지 않는 규원은 선우에게만은 어리광도 많고 웃음도 많았다. 그런 것까지 닮을 수 있는 건가 신기할 정도였다.

"안 돼. 엄마 더 자야 해."

대학원 수업에 조교 업무로 바쁜 선우는 토요일인 어제도 교수를 따라 부산까지 당일치기로 다녀왔다. 입학 전만 해도 적응을 잘할 수 있을까 걱정을 했던 것이 무색할 정도로 바쁜 날들을 보내고 있었다.

규원을 안고 1층으로 내려온 문도는 냉장고 문을 열었다. 마, 빠아, 규원이 소리를 내어 말하며 냉장고 안쪽을 가리켰다.

"밥."

"무우."

"물."

"이유."

"우유."

짧은 가르침을 마친 뒤 규원을 바닥에 내려놓고 우유를 꺼내 컵에 따랐다. 끙차 일어선 규원이 까치발로 서서 조리대 위를 올려다보려 했다. 전자레인지에 컵을 넣고 우유를 미지근하게 데우는데 딸랑, 주방 뒷문이 열리는 소리가 들려왔다.

문도보다 먼저 고개를 돌린 규원이 아직은 기우뚱한 걸음으로 뒷문으로 향했다. 넘어질 듯 말듯 빠르게 달려가다 한 번 철푸덕 넘어진 규원이 흠칫 뒤를 돌아 문도를 보았다.

"일어나. 안 죽어."

규원이 그럴 줄 알았다는 듯 바닥을 짚고 다시 일어났다. 아빠는 달래 주지 않는다는 걸 알아서인지 울지도 않는다. 다시 뒤뚱거리는 빠른 걸음을 걸어 뒷문으로 향한다.

"아구, 우리 도련님. 벌써 일어났쪄용? 일찍 깼쪄용? 아구, 우리 도련님이 벌써 일어났구나아."

혀가 반으로 짧아진 장 여사의 목소리가 들려왔다. 피식 웃은 문도는 빨대 컵에 미지근한 우유를 담았다. 다이닝 룸 쪽으로 나가니 장 여사가 규원의 손을 잡고 걷고 있었다.

"하나, 둘. 하나, 둘. 아구, 우리 도련님 잘도 걷네."

"여사님 혀는 언제 다시 길어질까요."

"글쎄요. 우리 도련님 다 크면 그때나 길어질까요? 그럴까요? 아구, 잘하네."

규원을 키우면서 알게 되었는데, 장 여사는 상당히 뻔뻔한 면모가 있었다. 아무렇지 않게 혀 짧은 소리를 내었고, 다시 아무렇지 않게 정상인처럼 말을 했다.

장 여사의 말에 따르면 아이 키우는 집에선 다들 그런단다. 아직 돌도 안 된 애를 어른 대하듯 하는 문도가 이상한 거라 했지만, 모두의 혀가 짧아진 이 집에서 한 명쯤은 제대로 말을 하는 어른이 있어야 하지 않겠나.

문도는 규원을 안아 유아용 식탁 의자에 앉힌 뒤 빨대 컵을 내려놓았다. 이유, 하고 규원이 말을 하자 장 여사가 박수를 친다. 규원이 흡족한 표정을 지으며 빨대 컵을 들었다. 그러더니 으으, 말을 하며 장 여사에게 먼저 내밀었다.

"할미 먼저 먹으라고요? 아구, 고마워라. 맛있게 먹을게요. 냠냠. 냠냠."

장 여사가 우유를 마시는 시늉을 한다. 규원은 박수를 치며 좋아했다. 뭐만 하면 옆에서 잘한다고 박수를 쳐 대니, 애도 배운 모양이다. 이건 뭐 밥만 잘 먹고 똥만 잘 싸도 칭찬에 칭찬을 받으니 살맛이 안 날 수가.

우유 마시는 흉내를 마친 장 여사가 빨대 컵을 규원에게 돌려주며 문도에게 말했다.

"아직 이른데 규원이 두고 올라가서 더 누우세요. 피곤하실 텐데."

"잠이야 뭐. 죽어서 자면 되는 건데요."

"아니. 전무님 말고 사모님."

장 여사가 사모님이라 부르는 사람은 선우뿐이다. 선우는 질색을 하며 그러지 말라 했지만, 직업 정신이 철저한 장 여사가 들어줄 리 없었다.

"사모님 더 자게 옆에 가서 누워요. 전무님 없으면 깨잖아. 피곤할 텐데 더 자야죠. 공부하랴 애 보랴 얼마나 힘들겠어요."

이렇게 서열이 밀리나. 문도가 눈썹을 들어 장 여사를 보았지만 장 여사는 어깨를 으쓱하기만 했다.

"모처럼 쉬는 일요일이니까 푹 쉬세요. 우리 도련님은 할머니랑 놀면 되지요. 그렇지요?"

모처럼 쉬는 주말.

문도는 그 말에 고개를 돌려 정원을 바라보았다. 아침이 밝아 오는 정원에는 싱그러운 초록이 가득이었다. 봄이 한창인데 문도는 회사 일로, 선우는 학교 일로 바빠 제대로 된 데이트 한번 한 적이 없었다.

"그럼 사양 않고 올라가요."

"아침은 차려 놓을 테니 편할 때 드세요. 규원이 데리고 본관으로 건너가 있을 테니까. 부회장님도 규원이 보고 싶어 하시고."

"그럼 아침 차리지 마세요. 선우 좀 더 재웠다가 나가서 데이트나 하게."

"그르시든가."

쿨하게 대답을 한 장 여사가 우유를 먹고 있는 규원의 한쪽 손을 붙잡고 쎄쎄쎄를 하듯 흔들어 대며 말했다.

"이 할미는 우리 도련님 맘마를 만들어야지요? 오늘은 무슨 맘마를 해 줄까. 소고기 근대 죽을 먹을까요, 닭고기 야채 죽을 먹을까요?"

규원이 눈을 접어 가며 몇 개 나지도 않은 이를 보이며 웃는다. 장 여사의 얼굴에도 웃음꽃이 활짝 피었다.

저렇게 좋을까.

문도는 사이좋은 두 사람을 두고 뒤를 돌아섰다. 방해꾼은 사라졌으니 이제는 아내를 독차지할 시간이었다.

2층으로 올라온 문도는 태블릿 패드를 집어 들고 침대에 기대 앉았다. 선우가 깨어나길 기다리며 송 팀장이 보내온 자료들을 훑어보았다.

한참 자료를 체크하다가 문득 눈을 들었다. 옆자리에는 선우가 고요히 잠이 들어 있고, 창문을 가려 놓은 블라인드 틈새로 5월의 햇살이 비스듬히 들어오고 있었다. 행복을 그려 놓은 한 폭의 그림 같다는 생각을 한다.

이선우가 있는 풍경.

그걸 원했던 것 같다. 시선이 닿는 곳에 늘 선우가 있기를. 삶의 구석구석마다 이선우가 존재하기를.

가끔 선우를 만나지 않았더라면 어땠을까, 생각을 해 볼 때가 있다. 서유라가 최지상을 만나지 않았더라면. 그날 밤 이민우가 죽지 않았더라면.

선우가 다치지 않고 춤을 계속 추었더라면. 부모님이 살아 계셔서 힘겨운 삶을 살지 않아도 되었더라면. 그래서 그 어느 접점도 생기지 않아 만나지 않은 채로 평행선을 그리며 살았더라면.

무서운 것 없이 살았을 거란 생각을 한다. 잃을까 봐 두려운 것도 없고, 간절히 가지고 싶은 것도 없으니 세상이 우스워 앞만 보며 성큼성큼 걸었겠지. 그런 삶을 싫어하지 않았으니 나름대로 불만 없이 살았을 거다.

다만.

햇빛이 부드럽게 비추는 5월의 아침 풍경에 행복하다고 생각할 일이 없었을 테고. 눈에 넣어도 아프지 않을 서규원도 없었을 테지. 문도는 고이 잠든 선우를 바라보다가 언젠가 북악산의 녹음을 배경으로 어머니와 나누었던 대화를 떠올렸다.

살면서 가장 최우선인 것. 삶의 방향을 결정하는 것. 제일 앞선 것. 그게 무엇이냐는 질문에 어렵지 않게 대답을 했었다.

나는 내가 제일 중요하다고.

틀린 답은 아니었다. 스스로 존재해야만 나머지가 있을 테니. 그때까지는 분명 그랬었다. 내가 원하는 것. 내가 하고자 하는 것. 내가 욕망하는 것. 그것들이 삶의 방향을 결정했고, 그 결정들을 후회한 적은 없었다.

잠이 든 선우를 물끄러미 바라보던 문도는 손을 들어 선우의 머리카락을 넘겨 주었다. 부드럽게 감기는 머리카락을 예쁜 귀에 꽂아 주고 귓바퀴의 연한 살을 만지작거렸다.

그 동작에 선우가 천천히 눈을 떴다. 부드러운 갈색의 눈동자를 마주하며 문도는 다시 그 질문을 받는다면 어떤 답을 할까, 생각을 한다.

"규원이는요?"

눈을 뜨자마자 아이부터 찾는 이선우지만.

"여사님이 데려갔어."

"깨우지 그랬어요."

선우가 눈을 비비며 말했다. 문도는 태블릿을 협탁에 내려놓고 침대에 팔을 괴고 누웠다.

"너 푹 재우래. 공부도 하고 애도 보고 힘들다고."

그 말에 선우가 민망한 표정을 지었다.

"여사님은 가끔…… 너무 과하게 저를 생각해 주세요."

가끔이 아니라 자주 과했다. 그래도 그게 좋다는 생각을 한다. 부모님이 안 계신 선우에게는 그런 유난이 필요할 테니.

"내 생각도 좀 해 달라고 해. 도련님 자리에서 밀려나서 서럽다고."

선우가 웃었다. 문도는 이선우의 눈이 반달이 되는 순간을 사랑했다. 선우가 웃으면 환한 빛이 가득 차오르는 기분이었다. 반짝이는 눈동자가 자신을 향할 때면 세상 무엇도 부럽지 않았다. 전에는 알지 못했던 감정들이다.

싱거운 말에도 잘 웃는 이선우는 알까. 다시 그 질문을 받으면 내 대답은 네가 될 거라는 걸. 한 치의 의심도 없이, 나는 이선우가 제일 중요하다고 답을 할 거라는 걸.

"꼭 전할게요."

웃으며 말을 하는 선우를 당겨 코를 깨물었다. 고개를 비틀며 선우가 웃는다. 문도는 달콤하고 부드러운 냄새가 나는 선우를 품에 가두었다.

"나가서 브런치도 먹고 드라이브도 할 생각이었는데."

그런데요? 눈으로 물어 오는 선우를 보며 문도는 웃었다. 아무래도 외출은 조금 늦게 해야 할 것 같다는 생각을 하며 고개를 내려 입술을 포갰다.

완벽했던 오전이라고 할 수 있었다.

느릿하게 즐겼던 아침의 정사가 그랬고, 이어진 샤워 역시 더할
나위 없이 좋았다. 아침에 헤어져 밤에 만났던 주중에는 없었던
여유였다.

점심이 다 되어서야 외출 준비를 했다. 문도는 등이 벌어진 원
피스의 지퍼를 올려 주며 선우의 목덜미에 입맞춤을 했고, 선우가
셔츠의 단추를 잠가 줄 때도 수시로 입을 맞추었다.

날씨는 또 얼마나 좋은지. 온통 초록인 거리에 꽃이 아름답게
피었고, 하늘은 구름 한 점 없이 파랬다. 열린 차창으로 부드러운
바람이 불어왔고, 나뭇잎을 통과한 햇살이 길 위에서 반짝였다.

"여기 와 본 적 있어요?"

선우가 고른 레스토랑은 예술의전당 안에 있는 이탈리안 레스
토랑이었다. 오가며 학교 사람들과 음식을 먹을 때마다 문도의 생
각을 했다고 한다. 언젠가 같이 와서 먹으면 좋겠다고.

"아니."

기억이 잘 나지 않아 아니라고 답했다. 어디 가서 뭘 먹었는지
기억하는 타입도 아니었고, 설혹 들렀다 해도 아니라고 해 주는
게 맞을 거 같아서.

"지금 가면 제일 좋아요. 음악 분수도 볼 수 있고, 야외 테라스
에 꽃도 많이 피어서 앉아만 있어도 좋거든요."

주차를 하고 올라가는 길도 좋았다. 다녔던 학교부터 국립 발레

단까지. 선우에게 익숙한 공간이라 그런지 걸음이 편안해 보였다. 문도에게 이곳저곳을 소개하며 살짝 긴장하는 모습도 귀여웠다.

야외석 한쪽에 자리를 잡고 앉아 커피와 브런치를 시켰다. 공연을 보러 나온 사람들, 가족끼리 산책을 하는 사람들, 분수 옆에서 장난을 치는 아이들을 보며 천천히 식사를 했다.

"규원이도 데려오면 좋아할 텐데. 다음엔 같이 와요."

유모차를 밀고 지나가는 한 가족을 보며 선우가 말했다. 그렇게 해도 좋긴 하겠지. 음식이 코로 들어가는지 입으로 들어가는지 모르고 먹겠지만.

"서규원 생각 그만하고 먹어."

문도는 감자튀김을 선우의 입에 밀어 주었다. 바람이 불어서 선우의 머리카락이 살랑이는 것도 좋고, 따뜻한 커피를 마시며 조용히 밖을 보는 선우를 바라보는 것도 좋았다.

돌이켜보면 다시 만난 후로 둘만의 시간을 가진 적이 거의 없었다. 임신을 한 선우여서 늘 배 속의 아이를 생각해야 했고, 혼인 신고를 한 뒤에도 신혼여행을 따로 가지 않았다. 호텔에서 짧게 주말을 지냈을 뿐이다. 아이를 낳고 나서야 말할 것도 없고.

선우의 종강에 맞춰 휴가를 써 볼까. 규원을 두고 둘이서만 일주일 정도 늦은 신혼여행을 가는 건 어떨지. 그 생각을 하며 분수대의 솟아오르는 물줄기를 바라볼 때였다.

"어, 누나!"

분수 근처를 지나던 훤칠한 남자가 손을 흔들며 이쪽을 바라보았다. 대수롭지 않게 보는데 선우가 웃으며 손을 흔들었다.

소년 같은 얼굴과 그에 반대되는 꽉 짜인 골격. 5월의 나무처럼 싱싱해 보이는 청년이 활짝 웃으며 선우를 향해 달려온다. 문도는 멀리서부터 뛰어오고 있는 남자를 미동도 없이 바라보았다.

"현웅이라고, 같이 학부 수업 듣는 동생이에요. 잠깐 인사만 하고 올게요."

선우가 간단히 설명을 하더니 자리에서 일어났다. 걸어 나가는 발걸음에 반가움이 담겨 있었다. 완벽했던 일요일 오전에 금이 가는 소리가 들려왔다.

이 기분은 뭘까.

문도는 5월의 햇살 아래에서 인사를 나누는 남녀를 표정 없이 바라보았다. 푸른 하늘, 신록의 정원, 춤추는 분수대. 부드러운 미소를 짓고 있는 이선우와 앳된 얼굴의 미청년.

춤을 추는 사람들이라 그런지 묘하게 어딘가 닮았다. 길고 곧은 목 같은 것이. 손짓을 하는 팔의 움직임 같은 것이. 반짝이는 배경과 어우러진 두 사람이 마치 영화의 한 장면 같다고 생각을 한다.

그때 선우가 그가 있는 쪽을 돌아보았다. 뭐라고 남자에게 이야기를 하니 남자가 꾸벅 그를 향해 고개를 숙였다. 문도는 가볍게 고개를 까딱여 인사를 받아 주었다.

남자는 이내 선우를 향해 뭐라 이야기를 하더니 인사를 하며 뒤를 돌았다. 선우도 손을 흔들며 남자에게 인사를 하고는 다시 그가 있는 자리를 향해 걸음을 걷기 시작했다.

돌아선 선우의 얼굴에는 옅은 미소가 남아 있었고, 그 미소는 선우가 다시 자리에 앉을 때까지 여전히 입가에 남아 있었다.

"연습하러 왔대요. 실기시험이 코앞이라 다들 연습 중인가 봐요."

"많이 친한가 봐?"

문도는 남자의 백팩에 달린 요란한 장식품들이 햇빛에 반짝이며 멀어지는 것을 바라보며 물었다.

"이론 수업 같이 듣는데 성격이 좋아요. 조교 누나라고 챙겨 주기도 하고, 대선배님이라고 놀리기도 하고요."

순순히 대답을 하는 선우의 얼굴은 맑기만 했다. 꼬아서 볼 관계가 아니라는 건 문도도 알았다. 이제 갓 스무 살이 되었을까 싶은 새파란 어린애였고, 선우 역시 학교 후배나 한참 어린 동생을 대하는 듯한 표정을 지었으니까.

"학교생활이 재밌겠네."

문도는 태연히 웃으며 말했다. 선우가 그렇다는 듯 고개를 살짝 끄덕이며 대답했다.

"학기 초보다는 많이 편해졌어요. 도움도 많이 받고요."

멀지 않은 곳에 강의동이 보였다. 건너편 오페라하우스도 보였다. 선우의 세상이다.

그에게 회사 생활이 있듯이 선우에게도 학교생활이 있다는 것쯤은 잘 알고 있다. 그에게 팀원들이 있듯이 선우에게도 동기들과 선후배가 있을 거고, 그가 회사에서 많은 시간을 보내는 것처럼 선우 역시 학교에서 하루 중 많은 시간을 그들과 함께 보낼 거였다.

당연한 일이라 생각하는데도, 뭔가 보지 말았어야 할 것을 본 기분이었다. 이선우가 다른 남자에게 선선히 웃어 주었다. 반가워 눈을 반짝였고, 잘 가라 손을 흔들며 이름을 불러 주었다. 그 장면이 이상하게 마음에 남는다. 아무리 어리다고 해도 남자여서 그런 건가.

"너무 친하게 지내지는 마. 질투 나니까."

농담인 줄 알았는지 선우는 가볍게 웃기만 했다. 문도도 별 의미 없는 말이었다는 듯 피식 웃어 주었다.

"이만 일어날까?"

별것도 아닌 일에 속이 뒤집히는 옹졸한 새끼가 되어선 안 되지. 그렇게 생각하며 문도는 선우의 손을 잡았다. 선우가 선선히 자리에서 일어나며 말했다.

"다음엔 규원이랑 같이 와요. 분수 보여 주면 좋아할 거 같아."

"봐서."

심드렁하게 대답해도 선우는 같이 와 줄 것을 믿어 의심치 않는 얼굴로 그를 보며 웃었다. 그 눈동자 안에 담긴 애정과 신뢰가 슬쩍 비틀리려던 기분을 달래 주었다.

이거면 됐지. 뭘 더 바라나.

자리를 나서는 문도의 눈에 강의동이 보였다. 우뚝 서 있는 커다란 건물이 왜인지 눈에 밟혔다.

집으로 돌아오니 아무도 없을 줄 알았던 별채에서 껄껄 웃음소리가 들렸다. 목청이 좋아 크게 울리는 익숙한 목소리. 아버지였다. 문도는 저도 모르게 미간을 찌푸렸다.

"아버님 오셨나 봐요."

선우가 서둘러 복도를 걸었다. 아니나 다를까. 장난감이 가득한 거실 매트에 서중호가 앉아 있었다. 실내복을 입고서 소파를 짚고 있는 규원의 모습도 보였다.

음마— 규원이 반가워 활짝 웃으며 선우를 향해 달려왔다. 규원을 안으며 아버님 오셨어요, 예의 차려 인사를 하는 선우의 뒷모습을 보며 후회를 했다.

바로 호텔로 가서 물고 빨았어야 하는데.

새파랗게 어린놈한테 선우가 한번 웃어 줬다고 바로 호텔로 직행해서 애정을 확인하는 옹졸한 놈은 되고 싶지 않아 집으로 방향을 돌렸다.

시터 아주머니는 8시나 되어야 올 테고, 그전까지는 장 여사도, 규원도 본관에 있어 집이 비어 있을 거라는 계산이 되어 집으로 온 건데, 후회가 된다.

"어, 그래. 지나다 우리 규원이 생각에 잠깐 들렀는데. 괜찮지?"

"네. 편하게 오세요."

당연히 괜찮다고 말을 할 수밖에 없는 선우에게 물어보며 중호가 쓱 문도를 돌아보았다. 문도는 까딱 고개를 숙인 뒤 뒤를 돌아 다과를 준비하고 있는 장 여사를 보았다. 장 여사가 어깨를 으쓱하고 만다.

"애가 아주 똑똑해. 아까는 글쎄 나한테 바나나를 주지 뭐냐. 규원이가 이 할애비 먹어 보라고 입에 넣어 주고 그랬지? 박수도 쳐 주고, 반짝반짝도 하고. 허허허."

선우에게 찰싹 달라붙은 규원이 응, 응, 대답을 했다. 딸랑이를 흔들며 규원과 놀아 주려는 서중호를 빤히 바라보자 고개를 슬쩍 돌린다. 하여간 너구리 같은 영감이라 생각하며 문도는 물컵을 꺼냈다.

"왜 왔대요?"

"규원이 보고 싶어 오셨대요. 선물을 한 보따리 사 오셨더라구."

핑계는. 지난 규원이 백일에 어머니가 손자가 보고 싶으면 언제든 와도 좋다고 슬쩍 줄을 푼 뒤로 한 번씩 나타나 앉아 있다 가곤 했다.

"어머니는요?"

"아까 잠깐 같이 있다가 본관 건너가셨죠."

고개를 끄덕인 문도는 찬물을 받아 한 컵 마셨다. 그사이 장 여사가 쿠키며 과일을 담은 쟁반을 소파 테이블 위에 올려놓았다.

"빠아. 으, 빠."

선우의 목에 들러붙은 규원이 문도를 가리키며 말했다. 말도 잘하네, 중호가 장단을 맞추며 박수를 쳤다. 의기양양한 표정을 짓는 규원을 선우가 웃으며 보았다.

과일을 내려놓는 장 여사와도 뭐라 이야기를 나누며 규원의 등을 토닥이는 선우를 보는데 아까의 그 기분이 다시 들었다. 단단하다고 생각했던 바닥에 실금이 가는 것 같은 느낌. 문도는 묘하게 기분이 이상해지는 그 느낌을 내리누르며 서중호에게 말했다.

"조만간 어머니랑 셋이 식사 같이하시죠."

복귀 문제를 의논하고 싶어 찾아오는 걸 서로가 다 알고 있다. 누가 먼저 꺼내느냐가 문제였을 뿐. 손주 핑계 대며 뻔질나게 드나들기 전에 대충 갈무리를 해 둘 생각이다.

"그럴까?"

입꼬리 올라가게 웃은 서중호는 몇 분 더 앉아 규원의 재롱을 보다가 자리에서 일어섰다.

"우리 며느님, 다음에 또 만나요. 우리 강아지도 또 보고."

"네. 아버님. 살펴 가세요."

선우가 서중호를 배웅했다. 안고 있는 규원에게 할아버지 빠빠이, 라고 말을 하자 규원이 손을 들어 옆으로 흔들었다. 돌아선 선우가 규원을 보며 다정하게 웃는데, 여전히 기분이 이상했다. 굳이 말하자면 웃고 있는 이선우가 낯선 느낌? 지금 보고 있는 선우가 정말 이선우인가 하는 그런…….

이 기분은 뭘까.

문도는 물끄러미 선우를 바라보았다.

밤의 봄바람은 부드럽고 따뜻했다. 문도는 창가의 윈도우 시트에 앉아 창문 사이로 불어오는 바람을 맞으며 맥주를 마셨다. 밤이 되어서야 2층으로 씻으러 올라온 선우를 기다리는 중이다. 한 캔을 거의 다 마셔 갈 때쯤 안쪽 욕실의 문이 열리고 편안한 옷을 입은 선우가 말간 얼굴로 나왔다.

문을 열고 나오던 선우는 깜빡했다는 듯 화장대 앞에 서서 로션을 발랐다. 문도는 남은 맥주를 마시고 일어서며 말했다.

"왜 이렇게 늦었어."

"그러게요. 별거 안 했는데 벌써 시간이 이렇게 돼 버렸어요."

아기가 쓰는 순한 로션을 손에도 바르며 선우가 답했다.

"별거 안 하긴."

문도는 선우에게 다가가며 말했다. 바쁜 주중에는 시간을 많이 낼 수 없는 선우는 주말만이라도 가능한 많은 시간을 아이와 보내려 하는 편이었다.

낮잠을 재우고 이유식을 만들고, 만든 이유식을 먹이고 목욕도 시켰다. 구석구석 로션을 발라 주며 마사지도 해 주고 부드러운 목소리로 노래를 불러 주기도 했다.

그뿐일까. 한 번씩 너무 예쁘다는 듯 꼭 안고서 볼을 비비고 낱말 카드를 넘겨 가며 사물의 이름을 알려 주기도 했다. 필받은 규원이 끝없이 가져오는 그림책을 매번 새것처럼 읽어 주기도 했다.

"다른 엄마들은 매일 하는 일인걸요."

머리끈을 들어 대충 말린 머리를 묶으며 선우가 말했다. 익숙한 모습이었다. 선우는 아이를 재우는 밤이면 머리카락이 아이를 찌르지 않게 하나로 묶고, 부드러운 면 티를 입었다. 순한 로션을 바르고 아이가 잡아 뜯을 수 있는 귀걸이와 목걸이는 모두 뺐냈다.

문도가 익히 아는 이선우가 맞는데. 대체 기분이 왜 이런 건지. 정말 그 새파란 애새끼한테 질투라도 하는 건가. 장난 반 심술 반으로 문도는 선우의 머리에 묶인 끈을 손가락으로 끌어 내렸다. 스르륵 흩어지는 머리카락 사이로 손을 찔러 넣으며 눈을 동그랗게 뜨는 선우에게로 고개를 기울였다. 아이 냄새와 비슷한 로션 향을 맡으며 입술을 찾아 물었다.

"아……."

순식간에 혀를 빼앗긴 선우는 파르르 눈을 감았다. 진득하게 얽었다가 점막을 싹싹 훑어가는 움직임이 야릇했다. 깊게 들어온 혀에서 어느 여름밤을 연상하게 하는 쌉싸름한 맥주맛이 났다.

"잠깐……."

선우가 고개를 비틀었지만 이내 문도가 따라붙었다. 다시금 삼켜지는 입술 사이로 선우는 간신히 말을 했다.

"규원이……."

"규원이 뭐."

짓궂은 웃음을 웃으며 문도는 선우의 입술 사이를 파고들었다. 재워야 한다는 말을 하지 못한 선우가 문도의 티셔츠를 움켜쥐었다.

얼마나 시간이 지났을까. 발갛게 부풀어 오른 입술을 문도가 천천히 놓아주었다. 호흡이 흐트러진 선우가 숨을 몰아쉬며 말했다.

"규원이……. 재우러 가야 해요."

"나는."

문도는 선우의 입술을 다시 물려고 고개를 내리며 말했다.

"나는 언제 재워 주는데?"

"비켜 봐요."

선우가 문도의 입술을 피하며 웃음을 터트렸다. 고개를 비트는 선우를 쫓아가 기어이 한 번 더 입맞춤을 했다. 밉지 않게 쏘아보는 선우의 입술을 엄지로 닦아 주며 말했다.

"같이 내려가."

"방해만 할 거면서."

"그러니까."

빙그레 웃는 문도를 보며 선우가 조금 어이없다는 표정을 지었다. 그러다 이내 웃으며 문도의 손을 잡았다.

"오늘은 진짜 방해하지 말아요."

"노력할게."

문도는 대답하며 선우의 목덜미에 한 번 더 입을 맞추었다. 오늘따라 선우의 살내음을 오래도록 마시고 싶은 기분이었다.

규원의 눈이 가물가물 감겼다. 팔을 베고 모로 누운 선우가 규원의 배를 가만가만 다독이는 모습을 보다가 문도는 입을 열었다.

"선우야."

아이를 바라보던 선우가 눈을 들었다. 매일 그의 삶을 채우고 있는 이선우의 얼굴 위로 다른 모습이 겹쳐졌다.

초록의 잎과 춤을 추듯 솟아오르던 물방울. 살랑이는 바람이 가득했던 그 순간의 이선우가 보인다. 부서지는 햇살 아래서 후배에게 반갑게 미소를 지었던 이선우가.

왜 기분이 이상했는지 알 것 같다.

그 장면에는 그가 존재하지 않았기 때문이다. 불행의 그늘이 드리우기 전, 삶이 비틀리기 이전의 이선우를 훔쳐본 기분이라서. 그가 없는데도 5월의 햇살처럼, 반짝이는 물방울처럼 웃고 있는 선우가 낯설었다. 어쩌면 그게 선우의 진짜 모습이었을 텐데도.

서문도 없이도, 이선우는 부족함 없이 행복했을 것 같았다. 어디서든 밝게 웃고 반짝이면서. 그게 기분을 이상하게 했다. 그러고 보니 그를 만나기 전의 선우에 대해 아는 게 별로 없었다. 이력

서와 보고서에 쓰여 있던 몇 줄의 기록이 전부였다.

"대학 생활은 어땠어?"

뜬금없는 질문이라 생각을 했는지 선우가 눈을 깜빡였다. 그러다 음, 하고 입을 열었다.

"그냥 평범했어요. 연습하고 공연하고. 시험도 보고요."

그가 몰랐던 선우의 지난 세월을 알고 싶다는 생각으로 시작한 대화였는데, 정작 튀어나오는 질문은 이런 거였다.

"연애는? 정말 아무도 안 사귀었어?"

그렇지. 내가 궁금한 게 이따위지. 선우에게 자신이 처음이라는 걸 알았지만 그래도 궁금했다. 그 시절의 이선우는 어떤 사람을 좋아했을지. 풋풋한 마음으로 좋아한 사람도 없었는지. 정말 데이트 한번 못 해 봤는지. 선우가 이제 알겠다는 듯 살짝 웃으며 대답을 했다.

"그럴 시간이 없었던 거 같아요. 주변이 거의 다 여자들이었기도 하고."

"너 좋아한다고 말한 남자가 하나도 없었다고?"

그 말에 선우가 잠시 입을 다물었다. 그렇지. 없을 리 없지. 묘하게 구겨지는 문도의 얼굴을 본 선우가 다시 말을 이었다.

"몇 사람 있긴 했는데 춤추는 것만으로도 벅차고, 아직 누굴 만날 생각이 없어서 거절했어요."

이선우가 거절이라니. 상상이 잘 되지 않았다. 친구로 지내요, 선후배로 지내요, 이러면서 애매하게 웃기나 했겠지.

"몇 명이나 있었는데?"

"별로⋯⋯. 그냥⋯⋯ 한두 명⋯⋯."

한두 명이 아니란 것에 손목을 걸 수 있었다. 그거야 뭐 그렇다 치고. 문도는 괜히 자고 있는 규원의 배를 토닥이며 아무렇지 않게 물었다.

"네가 좋아했던 사람은? 그런 사람도 없었어?"

순간 선우의 눈동자가 문도를 향했다. 그러더니 반 박자 늦게 대답을 했다.

"없었⋯⋯어요."

있었네. 속이 훅 베이는 느낌이었지만 문도는 웃었다.

"괜찮아. 솔직하게 말해도."

이 말을 후회하게 될 줄 모르고, 문도는 괜찮다는 표정을 지으며 웃었다. 스물일곱 살이 되도록 아무도 좋아하지 않았을 리 없으니 당연히 있었겠지. 그래 봤자 연애를 한 것도 아니고.

"없는 거랑 마찬가지예요. 그냥⋯⋯ 좋아했다기보다 멋있다고 생각했던 것뿐이라서."

음. 고개를 끄덕였지만 옷자락에 불이 붙는 느낌이었다. 없으면 없는 거지. 없는 거랑 마찬가지라니. 게다가 멋있다고 생각을 했다고? 어떤 놈인데?

"선배?"

"아⋯⋯. 선배⋯⋯님이 맞긴 한데. 전공이 달라서⋯⋯. 원래 현대 무용이 강렬해서 시선을 확 잡아끄는 게 있거든요. 몸을 쓰는 게 다르기도 하고, 표현력도 다르고. 춤이 너무 멋있다고⋯⋯. 그냥 그 정도 생각만."

이선우는 진짜 연애 한번 안 해 본 게 틀림없었다. 문도는 속 쓰린 마음으로 이를 꾹 다물었다. 여기서 내공의 차이가 난다. 곧 죽어도 과거는 없다고 그렇게 말을 해 줬거늘 주섬주섬 멋있다느니, 시선이 갔다느니.

"그래서 밥 한 번 못 먹고, 데이트 한 번 못 하고 멀리서 보기만 했어?"

그 정도 마음이야 그래, 가질 수 있다고 생각하며 말하는데, 선우의 눈이 다시 한번 짧게 흔들렸다. 뭐야. 뭐가 있었어?

"밥을 한 번 먹기는 했어요. 어떻게 하다 보니까."

"어떻게 했는데?"

선우가 머뭇거렸다. 문도는 웃으며 말했다.

"괜찮아. 그냥 어쩌다 밥까지 먹게 됐는지 궁금해서 그래."

"합동 공연 문제로 연락이 와서."

"다 같이 밥 먹었어?"

"아뇨. 그냥 둘이……."

"아아. 그 새끼가 연락을 했구나아."

문도는 화사하게 웃었다.

"그래서, 밥만 먹었어?"

"어…… 그게……."

선우는 살짝 망설였다. 식사하며 공연 이야기나 하자고 해서 나갔는데 관심이 있다는 말을 들었다. 만나 보고 싶다고.

"밥만 먹은 게 아니네? 그 선배가 고백이라도 했어?"

문도의 목소리가 매끄러웠다. 선우는 느리게 고개를 끄덕였다.

사귄 것도 아니고 무슨 일이 있었던 것도 아닌데 이런 걸로 거짓말을 하는 건 좀 웃긴 것 같아서였다.

"고백까지는 아니고 관심 있다고. 만나 보고 싶다고 그랬는데, 부담스럽기도 하고……. 무대에서 멋있는 분이라 동경했던 거지, 그런 식으로 만나 보고 싶지는 않아서 거절했어요."

"아하."

문도는 웃으며 선우를 보았다. 내가 괜찮다, 괜찮다 하는 게 진짜 괜찮은 게 아닌데. 그걸 모르네?

"그래 놓고 나한테 너는 왜 처음이 아니냐고 울고불고했네?"

문도는 천천히 몸을 일으켰다. 쌔근쌔근 자고 있는 규원을 두어 번 다독인 뒤, 싱긋 웃으며 말했다.

"당분간 떨어져 있을까, 우리?"

무슨 말을 들은 건지 잘 이해가 되지 않는다는 표정으로 선우가 멍하니 문도를 보았다. 문도는 후, 한숨을 쉬며 다시 한번 선우를 향해 웃어 주고 침대에서 일어났다. 당황한 선우의 표정이 볼 만했다.

선우는 마스터 룸 앞에서 서성였다. 딱 닫힌 문 앞에서 손을 들어 노크를 하려다가 그대로 손을 내리기를 몇 번. 냉기 풀풀 어린 미소를 짓고 쌩하니 나가 버린 남편은 뭘 하고 있는지 안에서 기척도 없었다. 장난일 거라 생각하고 있긴 한데, 막상 문 앞에 서니 정말 화가 난 건가 싶어 괜히 긴장이 되었다.

왜 이렇게 된 거지?

어쩌다 대화가 이렇게 흘렀는지 정말 알다가도 모를 일이었다. 웃으며 살금살금 물어보는 바람에 뭐에 홀리기라도 한 것처럼 대답을 하고 말았다.

아니. 그렇다기보다 정말 별게 아니어서. 정말로 아무것도 아니어서 대답을 한 거였다. 사귄 것도 아니고 만난 것도 아니고, 그냥 관심 있다는 말을 들은 정도인데 그걸 굳이 감추는 것도 불편해서.

당분간 떨어져 있자는 말이 진짜일까?

농담이 아니면 어떡하나. 가슴이 답답해 후우, 한숨을 깊이 내쉰 선우는 애꿎은 문만 힐끔거렸다.

괜히 대답을 했어.

눈을 질끈 감았다가 다시 반짝 떴다. 뭐야. 괜찮다고, 솔직하게 말하라고 그런 건 본인이면서. 빙그레 웃었던 남편의 냉한 얼굴이 마음을 콕콕 쑤셨다. 그러게 왜 규원이 재운다는데 따라와서는 이상한 질문이나 하고.

남편의 탓을 하다가 다시 한숨을 쉬었다. 들어가서 왜 그러냐고, 진짜 아무 사이 아니었다고 말을 하려고 올라왔는데, 막상 닫힌 문 앞에 선 기분이 오묘했다. 막막하기도 하고, 서운하기도 하고.

자기는 더한 연애도 많이 했을 거면서.

진짜 괜히 얘기했어. 후. 길게 한숨을 내쉰 선우는 손을 올렸다. 똑똑, 문을 두드렸지만 아무런 대답이 없었다. 망설이다 손잡이를 잡아 천천히 돌리는데 긴장이 돼서 심장이 콩닥콩닥 뛰었다.

천천히 문이 열리며 불이 전부 꺼져 있는 방에 한 줄기 빛이 들었다. 불빛을 등진 선우는 한 발짝 안으로 들어갔다. 침대에 기대어 핸드폰을 보고 있는 문도의 모습이 보였다.

"저기……."

머뭇거리며 입을 여는데 문도가 무표정하게 눈을 들었다. 서늘한 눈동자와 마주치는 순간 마음이 훅 패는 기분이 들어 선우는 생각지도 않았던 말을 하고 말았다.

"베개 가지러 왔어요."

구겨지는 문도의 얼굴을 외면하며 선우는 베개를 움켜쥐었다. 이게 아닌데. 어쩐지 울고 싶은 기분으로 정말 베개만 가지고 방을 나와 버렸다.

문도는 어둠 속에서 어이없어 웃었다.

베개를 가져가?

반쯤 놀리려 한 말이었다. 그만큼 질투가 난다는 뜻으로, 와서 나 좀 달래 주라고. 그런데 그 말을 곧이곧대로 듣고 정말로 떨어져 있으려고 베개를 가지러 왔단 말인가. 그런 선우가 어이없기도 하고 웃기기도 했다.

"가긴 어딜 간다고."

핸드폰을 내려놓은 문도는 중얼거리며 침대에서 일어났다. 선우가 갈 곳은 뻔했다. 1층 규원이 자고 있는 방으로 갔겠지. 참나. 한 번 더 헛웃음 웃으며 문을 열었다. 성큼성큼 걸어 중문을 향해 가는데 왼쪽 시야에 뭔가가 걸렸다.

문도는 걸음을 멈추고 고개를 돌렸다. 베개를 끌어안고 있는 선우와 눈이 딱 마주쳤다. 멀리 가지도 못하고서 우두커니 소파에

앉아 있는 선우를 보는데 웃기기도 하고, 귀엽기도 하고, 마음이
아릿하기도 했다.

내가 진짜 가지가지 한다.

문도는 한숨을 쉬며 피식 웃었다. 뚜벅뚜벅 걸어 소파로 향하니
선우가 베개를 끌어안았다.

"여기서 잘 거야?"

"⋯⋯."

"이불 가져다줄까?"

선우가 입술만 맞다물 뿐 말을 하지 않았다. 뭐라 말을 하고는
싶은데 입이 잘 떨어지지 않는 것 같은 표정이었다.

"진짜 따로 잘 거야?"

문도는 풀썩 선우의 옆자리에 앉았다. 선우가 안쪽으로 피하며
거리를 벌렸다. 벌어진 거리만큼 문도는 다시 옆으로 자리를 옮겼
다. 등이 팔걸이까지 닿게 된 선우가 베개를 꽉 움켜쥐었다.

"방금 무슨 소리 못 들었어?"

무슨 소리? 라는 표정으로 그를 보는 선우에게 문도가 말했다.

"베개가 살려 달래. 그만 쥐어뜯으래. 아파 죽겠대."

피식 올라가려는 입꼬리를 선우가 당겨 물었다. 눈을 마주하고
서 가볍게 웃었더니 선우의 표정이 이상해졌다. 웃으려는 것 같더
니 웃지 못하고 울 것 같은 얼굴을 한다. 그러더니 얼굴을 베개 속
에 파묻는다.

"울어?"

선우가 고개를 저었다. 여전히 말도 없고 얼굴도 파묻은 채였다.

"네가 울면 어떡해. 울고 싶은 건 난데."

문도는 고개를 묻고 있는 선우에게로 손을 뻗었다. 파묻힌 얼굴 옆으로 머리카락을 넘겨 주자 선우의 어깨가 가늘게 떨려 왔다. 으으, 숨죽인 울음소리가 베개 사이로 흘러나왔다.

"규원이가 놀리겠어. 엄마 울보라고."

"아니……에요."

베개에 막혀 먹먹해진 목소리로 선우가 말했다.

"아니긴."

"아니야……."

"맞잖아. 지난번엔 왜 너만 처음이냐고 억울해서 울고. 오늘은……."

문도는 잠시 사이를 띄운 뒤 의아하다는 목소리로 말했다.

"오늘은 왜 우는 거야? 지금 속상한 사람이 누군데. 다른 남자 멋있다는 소리를 듣고, 내가 지금."

"그건 당신이……."

선우가 고개를 들고서 억울한 표정으로 문도를 본다. 눈물 젖은 눈동자가 예뻐 죽겠는 걸 보면 정말 답도 없는 새끼가 맞긴 했다.

"내가?"

"당신이……. 내가…… 괜찮냐고 물어보려고 하는데……. 장난인 줄 알았는데……. 당신이 나를…… 너무 차갑게 보니까……."

울먹울먹한 목소리로 선우가 말했다.

"그렇다고 이렇게 훅 베개를 가지고 나가? 왜 그러는 거냐고 물어보지도 않고?"

"그러게 왜 자꾸 물어봐요? 진짜 아무 사이도 아니었는데에. 으흑."

그 말에 문도는 웃었고, 선우는 울었다.

"그게 그렇게 서러워?"

볼을 감싸 눈물을 닦아 주며 물으니 선우가 젖은 눈을 들었다. 깊은 갈색의 눈동자가 문도의 눈을 바라본다. 많은 말을 하지 않는 선우의 마음이 보이는 곳. 문도는 부드럽게 웃었다.

"나한테는 당신밖에 없는데 그렇게 보니까……."

눈물이 툭 떨어졌다. 정말이지 닫힌 문 앞에 선 기분이었다. 서늘한 눈빛 한 번에 마음을 이렇게 다칠 수도 있는 건가.

뭐 그런 걸로 마음 상해하냐고, 내가 당신 없이 어떻게 자냐고, 진짜 별거 아니었다고 웃으며 말하려 했는데 그러기 전에 마음이 무너져 내렸다. 차디찬 눈빛 한 번에 순식간에 갈 곳 없는 미아가 되어 버린 기분이었다.

"왜 너한테 나밖에 없어. 나 말고도 한 트럭이던데. 규원이도 있고, 장 여사님도 있고, 어머니도 있고. 교수님에 동기들에 또 누구야, 아까 낮에 봤던 낯짝 반반한 그 새끼에."

음. 이렇게 말하고 보니 낮에 본 그 새끼한테 질투한 게 맞는 것 같기도 하고. 문도가 그렇게 생각할 때 선우가 훌쩍이며 말했다.

"그 사람들은 내 남편이 아니잖아요……."

"그런데 이렇게 쉽게 따로 자려고 했단 말이지? 베개를 가지러 왔다고? 어디 한번 해 봐라, 그거지?"

문도는 선우의 양 볼을 잡고서 얼굴을 쭉 당겼다. 뻐끔거리는 입술에 입을 맞추려 고개를 내리는데 선우가 뭐라 말을 했다.

"그게 아니…… 말이 잘 안 나와서……. 핸……."

웅얼거리는 입술을 삼키는데 뭔가 바닥에 툭 떨어졌다. 선우의 눈이 아래로 내려가는 것을 본 문도가 선우의 얼굴을 다시 잡아 돌렸다.

"핸드……."

"나 봐야지."

부드럽게 입술을 포개 오는 문도의 목을 선우가 안았다. 소파에 선우의 등이 닿고 그 위를 문도가 덮었다. 반짝 빛을 내는 핸드폰 속의 긴 메시지를 문도가 읽게 된 건 다음 날 아침이었다.

문도 씨, 마음이 상했다면 정말 미안해요. 아까는 말이 안 나와서 그냥 나와 버렸는데 이건 아닌 거 같아요. 정말 아무런 사이도 아니었어요. 좋아한 것도 아니고 정말 춤이 좋아서. 고백받은 건 사실인데 그 뒤로 따로 만난 적도 없고……. 그러니까 마음 풀고…… 같이 자요. 내가 더 잘

문도는 핸드폰을 켜고 장문의 문자를 보며 미소를 지었다. 몇 번을 봤는데도 읽을 때마다 새로웠다. 이선우는 진짜 연애 못 해 봤네. 뭘 이렇게 길게 써. 그냥 사랑한다고 하면 될걸.

이 문자를 실수로 보내 놓고 선우가 얼마나 당황을 했는지 모른다. 잔뜩 써 놓은 메시지가 입력창 안에 남아 있는 걸 지운답시고

손을 댔던 것 같은데, 잘못 눌렀는지 그에게로 바로 보내 버리고 말았다.

아침을 먹다 슝, 하고 메시지가 들어오는 소리에 핸드폰을 보는데 맞은편에 앉아 있던 선우가 급하게 일어나 잘못 보낸 거니 보지 말라고 했다. 손으로 가리려는 메시지를 확인하는데 어찌나 빨개진 얼굴을 하고 있던지.

피식피식 웃음을 흘리며 진정성이 듬뿍 담긴 선우의 문자를 읽고 있자니 앞에 앉아 커피를 마시던 송정태가 의아한 눈으로 문도를 보았다.

"커피 다 마셨으면 이동하죠."

문도는 쓱 메시지를 내리며 아무렇지 않게 말을 했다. 대전 연구소에 들러 임원 간담회에 참석을 했다가 올라가는 길이었다. 노곤하다는 송정태의 말에 잠깐 휴게소에 들러 커피 한잔을 하던 참이었다.

"으. 이대로 가면 5시에나 도착하겠네요."

송정태가 자리에서 일어나 몸을 풀며 말했다. 문도는 손목을 들어 시계를 보았다. 지금이 4시. 회사에 도착하면 5시.

"어제 야근도 오래 했는데, 오늘은 이대로 퇴근할까요?"

재킷을 들며 말을 하자 송정태의 눈썹이 크게 들렸다.

"진짜요? 농담 아니시고요?"

"진담입니다. 가다 들를 곳도 있어서."

테이블 위에 올려놓았던 호두과자를 집으며 말하자 송정태가 아, 하고 짧게 소리를 냈다.

"집으로 바로 가시게요?"

"아뇨. 학교에 좀 들를까 해요."

학교? 무슨 학교? 속으로 궁금해하는 정태를 두고 문도는 차를 향해 성큼 걷다가 다시 웃었다. 정말로 화가 났을까, 걱정하며 베개를 안고서 메시지를 썼을 선우를 생각하니 자꾸만 웃음이 나왔다.

평일 오후라 사람이 적어 조금 더 한적하다는 것을 제외하면 예술의전당의 풍경은 주말과 크게 다르지 않았다. 차를 세운 문도는 선우에게 메시지를 보내 놓고 천천히 걸었다. 녹색의 잎들이 바람에 흔들리며 머리 위로 그림자를 드리운다. 레스토랑까지 온 문도는 커피 두 잔을 시키고 야외석에 앉아 분수대를 바라보았다.

이 길을 매일같이 오갔을 이선우를 상상해 본다. 친구들과 수다를 떨었을 거고, 커피를 마시며 쉬기도 했을 거였다. 토슈즈와 레오타드를 가방에 넣고서 긴 머리를 찰랑이며 걸었을 거였다.

상상 속의 이선우와 닮은 여자가 길의 끝에 어른거렸다. 여러 명의 사람들과 함께 건물을 나온 여자는 같이 나온 사람들을 향해 손을 흔들며 뒷걸음질을 쳤다. 그렇게 인사를 마친 여자가 뒤를 돌아 이쪽을 바라보았다. 환하게 웃으며 타닥타닥 걸음을 빨리했다.

문도는 5월의 햇살을 가르며 걷는 여자를 바라보았다. 초록이 무성한 푸른 정원을 뒤로하며 그를 향해 걸어오는 여자의 머리카락이 찰랑거렸다. 문도는 자리에서 일어나 앞으로 몇 걸음을 걸었다.

"어떻게 왔어요?"

그의 앞에서 멈춰 선 선우가 물었다.

"걸어서."

웃음을 터트린 선우의 눈동자가 물방울처럼 반짝였다.

"저녁이나 같이 먹으려고."

"다시 회사에 가 봐야 해요?"

"아니."

선우와 함께 자리에 앉은 문도는 의자에 두었던 호두과자를 테이블에 올렸다.

"이건 뇌물."

"뇌물이요?"

"응. 이거 줄 테니까 말 좀 해 줘."

"뭘요?"

"내가 더 잘, 그다음에 뭐라고 쓰려고 했어?"

커피를 마시던 선우가 콜록, 사레에 걸려 기침을 했다. 티슈로 입을 닦고 밉지 않게 문도를 흘겨보고는 다시 커피를 마셨다. 호두과자도 꺼내서 문도 앞에 하나를 먼저 놓아 주는 모습을 보았다.

"선우야."

느리게 불어오는 바람을 맞으며 문도는 선우를 불렀다. 호두과자를 먹느라 볼이 볼록해진 선우가 눈을 들어 문도를 보았다.

"만약에 우리가 평범하게 만났으면. 부모님도 살아 계시고, 민우도 살아 있고, 너는 계속 춤을 추면서 네가 좋아하는 일을 하고 있었으면."

원래의 이선우였다면 나를 사랑했을까. 초록의 싱그러운 배경 속에서 환하게 웃는 너였다면, 불행을 몰랐던 너였다면, 그래도 내가 너의 전부였을까.

　"그래도 너는 나를 좋아했을까?"

　눈을 동그랗게 뜨는 선우의 머리카락이 바람에 부드럽게 흔들렸다. 그러다 장난스럽게 웃으며 대답을 한다.

　"음……. 피해 다녔을 거 같아요. 너무 세고 어려워서."

　아, 그래?

　낭만이 확 깨지려는 찰나 선우가 테이블 위에 올려놓은 문도의 손을 잡았다. 같은 모양의 반지를 낀 손이 하나로 포개어졌다. 선우가 부드럽게 웃더니 문도의 손에 깍지를 끼며 말했다.

　"그래도 좋아했을 거예요. 어떻게 안 좋아할 수 있겠어요."

　마지막 말은 좀 부끄러웠는지 얼굴이 살짝 붉어졌다. 문도가 피식 웃는데 선우가 물었다.

　"당신은요?"

　"뭘 물어. 한눈에 반했겠지."

　선우가 웃었다. 언제나처럼 문도의 시선을 빼앗는 아름다운 미소였다.

외전 3. If

여름의 평창은 온통 짙은 녹색이었다. 구불구불 휘어진 산길을 따라 달린 지 한 시간 남짓. 인가가 점점 멀어진다 싶더니 길 끝에 커다란 철문이 보였다.

"네, 바르는 모기약은 아침에 한 번 저녁에 한 번, 두 번만 발라주면 되고요. 네, 접종은 잘 했으니까 혹시 저녁에 열 오르는지 그것만 봐주시면 돼요. 네, 거의 다 온 것 같아요."

선우는 멀리 보이는 철문을 중년의 남자가 여는 모습을 바라보며 통화를 마쳤다. 운전대를 잡은 문도가 선우에게 말했다.

"시터 아주머니가 어련히 알아서 잘할까."

"모기 물린 데가 많이 부었어요. 혹시 약 너무 바르실까 봐. 스테로이드 들은 거라 자주 바르면 안 되거든요."

점점 가까워지는 커다란 문을 보다 선우가 이어 말했다.

"규원이도 데려올걸 그랬나 봐요."

아무래도 처음 오래 떨어지는 거라 그런지 불안한 모양이었다.

"여기 모기 많아."

"그래도……."

"그리고 이제 막 돌 지난 애 데려오면 그게 신혼여행이야?"

그랬다. 결혼하고 1년을 훌쩍 넘겨서야 둘만의 늦은 신혼여행을 떠나올 수 있었다. 선우의 방학, 규원의 돌, 문도의 휴가까지 맞추느라 날짜는 점점 밀려 7월 하고도 중반에 접어들고 있었다.

"바다를 건넜어야 하는 건데."

문도가 천천히 속력을 줄이며 말했다. 주어진 시간은 고작 일주일. 규원을 떼 놓고 가기 위해 문도는 해외를 골랐다. 비행도 지긋지긋하고 여행이라 해도 어차피 호텔과 그 근처가 될 게 뻔했지만, 그래도 신혼여행이니까.

행선지를 국내로 바꾸자고 한 건 선우였다. 프랑스, 영국, 스페인, 미국, 하와이, 몰디브, 기타 등등. 마음대로 골라잡으라 했지만 얼굴에 근심이 짙어지더니 꼭 해외로 가야겠느냐고 물었다.

규원이를 놓고 멀리 가고 싶지 않다는 말에 만인의 신혼여행지인 제주도를 물망에 올렸는데, 장 여사가 평창 별장 이야기를 꺼내는 바람에 뜬금없이 장소가 정해졌다.

"안녕하세요."

커다란 문 앞에서 차를 세운 문도는 직접 차에서 내려 관리인에게 인사를 건넸다. 선우도 내려 인사를 하고, 결혼을 축하한다는 덕담을 들으며 키를 건네받았다. 편히 쉬시라는 인사를 받고 다시 차에 올라타자 커다란 문이 닫혔다. 쭉 뻗은 숲길이 잠시 더 이어지더니 확 트인 정원과 깨끗한 흰색의 건물이 나왔다.

"수영장도 있네요?"

지붕이 기울어진 흰색의 이층집에 푸른 수영장. 그 뒤의 울창한 숲이 인상적이었다.

"뒤에는 황토방도 있어. 원한다면 불 때 줄게."

태양이 작열하는 7월이었다. 선우는 고개를 저었다. 문도는 주차장에 차를 세우고 트렁크를 내렸다. 선우가 와, 감탄을 하며 정원을 바라본다.

"짐 내릴 테니까 한 바퀴 둘러보고 있어."

"같이해요."

"몇 개나 된다고. 구경하고 있어."

문도의 말에 선우는 천천히 정원으로 나왔다. 물이 가득 찬 푸른 수영장이 보이고 넓은 잔디밭도 보였다. 데크 위로는 바비큐를 해 먹을 수 있는 곳도 보였다.

"선우야."

앞쪽의 데크를 둘러보는데 문도가 부르는 소리가 들렸다. 뒤를 도니 문도가 현관문을 열고 있었다. 선우는 문도를 따라 건물 안으로 들어갔다.

에어컨이 켜져 있어 시원한 실내는 거실과 주방이 있는 1층과 침실이 있는 2층으로 나뉘었다. 냉장고에는 식재료가 가득했고, 친절하게 준비해 놓은 밀키트 음식도 많이 보였다. 선우는 계단을 올라갔다. 욕실이 딸린 제일 큰 방에 짐을 풀고 베란다처럼 연결된 데크로 나섰다.

"와."

1층의 수영장과 정원이 그대로 내려다보이는 데크에는 티 테이블도 있고, 흔들 그네도 있었다. 무엇보다 앞으로 탁 터진 시야가 압도적이었다. 첩첩의 산을 발아래에 깔고 있는 느낌이었다.

"회장님이 해마다 오신 이유를 알 것 같아요."

"공기만 마셔도 건강해지는 것 같아?"

선우는 고개를 끄덕였다. 티 테이블에 앉아 황홀할 정도로 짙푸른 녹음을 바라보다 응? 하고 눈을 좁혀 떴다. 탁자 위를 무언가로 긁어서 쓴 글씨가 보였다.

씨발.

익숙한 욕설 옆으로 삐뚤삐뚤한 글씨가 쓰여 있었다. 선우는 그 옆의 흐릿한 글자를 손으로 더듬었다.

감옥이야, 서울 언제가ㅠㅠ 아아아악.

피식 웃음이 나오는 유라의 흔적이었다. 선우는 글씨를 가만히 쓸어 보았다. 보고 싶은 마음이 밀려온다. 마지막 인사도 없이 헤어졌던 게 아직도 미안했다.

"뭐 해?"

"그냥 구경했어요."

문도에게도 이야기해 줄까 하다가 모기가 많다고 투덜거렸던 유라의 목소리를 떠올리며 그냥 일어섰다. 유라와 둘이서만 간직하고 있는 추억 하나쯤은 있어도 좋을 테니까.

푸른 물살을 가르는 소리가 들려왔다. 파라솔 안에 앉은 선우는 저물어 가는 노을을 배경으로 수영을 하는 문도를 잠시 바라보다 메시지가 들어오는 소리에 다시 핸드폰을 보았다.

'규원아 할머니 안경 어디 있지?'

'함미. 함미 거.'

규원이 소파 테이블 위에 있는 돋보기안경을 집어 장 여사에게로 가져오는 장면을 찍은 거였다. 안경을 손에 꽉 쥐고 흔들며 걸어오는 규원을 장 여사가 호들갑스럽게 안아 주었다.

'아구, 우리 규원이가 함미 안경 찾아 줬네. 함미 거지?'

요즘 물건을 주인에게 찾아 주는 놀이에 푹 빠진 규원을 보며 웃고 있는데 화면 위에 길게 그림자가 드리웠다.

"뭘 그렇게 봐?"

"아, 여사님이 규원이 영상 보내 주셔서요."

물이 뚝뚝 떨어지는 머리를 쓸어 넘기며 문도가 고개를 숙였다. 쭉 뻗은 탄탄한 몸을 타고 물방울이 흘러내렸다. 소독약 냄새가 가까워지며 선우의 팔에 물기 묻은 몸이 닿았다. 옆에서 선우의 핸드폰 화면을 바라본 문도가 이게 뭐냐는 표정으로 말했다.

"가족방?"

"네. 어머님이랑 장 여사님이랑. 규원이 영상도 올리고 저녁 메뉴도 알려 주시고 그래요."

"나만 빼고 셋이 이러고 놀았어?"

문도가 화면에 손가락을 쓱 대며 말했다. 주르륵 올라가는 대화 창에는 주로 동영상이 많았다. 규원이가 말하는 영상, 낮잠 자는 영상, 스스로 숟가락질을 해서 밥 먹는 영상 등등.

"아……. 초……대를 할까요?"

뒤늦게 물어보는 선우를 보며 문도는 피식 웃었다. 그때 다시 한번 영상 메시지가 들어왔다. 선우가 손으로 누르자 반은 흘리면서도 내가, 를 외치며 혼자서 숟가락질을 하는 규원의 모습이 보였다.

"밥 먹나 봐요. 다 흘리는 거 봐. 그래도 진짜 끈기 있지 않아요? 너무 기특해요."

선우가 화면에서 시선을 떼지 못하는데 문도의 손이 핸드폰을 잡아 내렸다. 탁 소리가 나도록 테이블 위에 엎어 놓은 뒤 선우의 겨드랑이 사이에 팔을 넣는다.

"여기까지 와서 딴 사람이나 보고 있고."

꺄악, 소리를 지르는 선우를 번쩍 들고 문도가 성큼성큼 걸었다. 물속으로 던질 것처럼 몸을 들어 올리자 선우가 문도의 목을 바짝 안고 하지 말라며 웃음을 터트렸다.

"자꾸 다른 사람 볼 거야 안 볼 거야."

"규원이잖아요."

"내 새끼가 나는 아니잖아."

"안 볼게. 안 볼게요. 그러니까, 아앗!"

안 보겠다고 다급히 말했지만 소용없었다. 풍덩, 물속에 빠진 선우를 따라서 수영장 안으로 들어온 문도가 선우를 안아 들었다. 물이 줄줄 흐르는 선우를 웃으며 바라보다 손으로 물기를 밀어내며 말했다.

"나만 봐. 나만 생각하고."

웃으며 말을 하는 문도의 눈빛이 짙었다. 산 위로 노을이 지며 오렌지빛 햇살이 수영장 위로 춤을 추었다. 선우는 눈앞에 서 있는 남자가 무척이나 아름답다고 생각을 하며 대답했다.

"그럴게요."

문도가 비스듬히 고개를 숙였다. 선우는 물속에서 발끝을 들었다. 짙푸른 여름 산 위로 해가 저물고 있었다.

문도는 이것이 꿈인 것을 알았다.

방금 전까지 등에 땀이 끈끈히 배어 나올 정도로 선우를 가졌던 기억이 분명히 있었다. 그만하고 싶다고 울먹이는 걸 달래 가며 하다가 마지막에 맥없이 넘어가는 선우의 등을 쓸어 재웠던 것까지 기억이 난다.

아니었나.

차에서 내리자 세게 불어오는 바람에 기억이 흩어지려 했다. 뚜벅뚜벅 걸어 주차장을 나오자 탁 트인 광장이 나왔다. 낙엽이 저물어 가는 저녁 풍경이 눈에 보였다. 아트 센터로 올라가는 길, 플라타너스의 커다란 잎이 바닥에 뒹굴었고 트렌치코트를 입은 사람들이 눈에 띄었다.

여름이었는데.

계단을 오르며 점점 기억이 희미해졌다. 짙푸른 산과 넘실거리는 푸른 물이 어렴풋이 생각이 났다. 신혼여행이니까, 라고 말하며 거듭 어떤 여자의 안으로 파고들었던 것도 같은데.

야근이 며칠씩 이어지다 보니 피곤해서 잠시 차를 세우고 졸았던가. 졸며 꿈을 꾸었나.

방금 전까지 선명했던 여자의 얼굴이 흐릿했다. 평창의 별장과 비슷한 곳이었던 것 같은데, 여자를 굉장히 애틋한 마음으로 바라보았던 것 같기도 하고.

장면은 흐릿하게 뭉개지고 있지만 감정이며 풍경이 현실처럼 생생했던 기억이 난다. 하지만 호텔도 아니고 회장이 아끼는 별장에서 여자랑 뒹굴다니. 그럴 리 없지 않나. 게다가 그렇게 여자에게 흠뻑 빠진 적이 있기나 한가. 그런 자신은 상상도 되지 않았다.

일하느라 여자를 만난 지 오래되어 헛꿈을 꾸었나 보다. 문도는 피식 웃으며 회전문 안으로 들어갔다. 출입문을 열고 들어가니 로비에 서서 사람들과 담소를 나누고 있는 어머니가 보였다.

"늦을지도 모른다더니 시간에 딱 맞추어 왔네?"

"늦고 싶었는데, 오늘따라 신호가 잘 터지더라고요."

문도는 조금 심드렁한 얼굴로 말을 했다. 동명 제약 인수 합병을 시작으로 바이오 라인업을 준비 중이라 어지간해선 나오지 않으려 했었다.

국립 발레단 후원의 밤.

문도는 연회장 앞에 붙여진 커다란 현수막을 보며 현희에게 말했다.

"언제부터 발레단 후원을 하셨어요?"

"후원이야 매년 하지. 올해부터는 서도 금융에서도 협찬을 해볼까 싶은데."

"그런 건 큰집에서나 하는 줄 알았더니."

문도의 말에 현희가 가볍게 미소를 지었다. 영화제니 시상식이니 방송 연예 쪽 행사에는 빠지지 않는 서창도를 떠올린 문도는 무표정한 얼굴로 공연장 입구를 바라보았다.

"아는 얼굴 많이 보이네요."

씨엔 커뮤니케이션 의장이며 한성 부회장, 센서스 코리아 사장도 보이고 알 만한 배우들도 보였다. 식품 사업에 눈독을 들인 아버지가 한번 만나 보지 않겠냐고 권유를 했던 송원 식품 그룹의 셋째 딸도 보였다.

"아버지 아쉬우시겠네."

문도는 예쁘장하게 생긴 여자를 무감하게 바라보며 말했다. 원래라면 아버지가 이 자리에 참여해 어머니를 지극히 위하는 남편의 모습을 보였겠지만, 애석하게도 회장의 갑작스러운 호출이 있었다.

"10분 뒤 공연을 시작하니 자리에 착석해 주시면 감사하겠습니다."

샴페인 한 잔을 집어 드는데 직원이 다가와 부드러운 목소리로 사람들에게 알렸다.

"길지 않으니 얼굴만 비쳤다가 가."

문도는 고개를 끄덕이며 샴페인을 훌쩍 마셨다. 오늘이 어머니

생신이 아니었다면 얼굴이나 비추는 정도를 위해 이 자리까지 오지도 않았을 거였지만.

"생신 축하드려요, 어머니."

문도는 현희를 안쪽으로 에스코트하며 말했다.

입구에서 나누어 준 팸플릿에는 올 한 해 동안 국립 발레단이 공연했던 작품들이 적혀 있었다. 문도는 자리에 앉아 팸플릿을 눈으로 훑었다. 제목만 아는 유명한 작품들이 눈에 띄었다.

자리에 앉자 불이 꺼지고 무대에 조명이 들어왔다. 작품마다 10분 정도로 짧게 짧게 진행이 되었는데, 솔로로 나와 하이라이트 부분을 선보이거나 남녀 듀엣으로 나와 파드되를 추었고 국립 발레단 이은주 단장이 간단한 해설을 곁들였다.

이번에 세 번째던가. 네 번째였나.

문도는 감흥 없는 눈으로 무대를 바라보았다. 애프터 파티까지 어머니를 에스코트할 생각으로 참석을 하긴 했지만 원래 이런 쪽으로는 무감한 편이었다. 1년에 한두 번 임직원이라는 이유로 의무적으로 단체 관람을 해야 할 때나, 지금처럼 꼭 자리를 지켜야 할 때를 제외하고는 제 발로 공연장을 찾은 적이 없었다.

"이번 작품은 '라 실피드'입니다. 공기의 정령이라는 뜻인데요, 낭만 발레의 대표작이죠."

마이크를 든 단장이 부드러운 중저음의 목소리로 말을 했다. 그 뒤로도 작품의 역사와 의미에 대해 설명을 조금 더 이어 갔다. 관객석의 조명이 점점 어두워지고 무대의 조명이 점점 밝아지는 가운데 문도는 꿈속의 여자에 대해 잠깐 생각을 했다. 얼굴은 전혀 생각이 나지 않았고 실루엣조차 기억이 나지 않았는데 이상하게도 한 가지 감정만은 강렬하게 남아 있었다.

나를 봐.

목 끝까지 지글지글 끓는 감정으로 여자의 뺨을 쥐고서 입을 맞추었다. 다른 누구도 아닌 나를 봐. 그 무엇보다 나를, 오로지 나만을.

문도는 꿈이니까 가능한 거라 생각했다. 그런 강렬한 감정을 불러일으키는 존재가 있을 리 없으니. 가볍게 실소하며 눈을 감았다 뜰 때였다. 무대의 왼편에서 흰색의 튀튀를 입은 발레리나가 사뿐히 걸어 나왔다.

중력이 느껴지지 않는 가벼운 움직임에 시선이 제일 먼저 갔다. 그대로 허공을 날아 환영처럼 사라진다 해도 믿을 수 있을 정도로 무게감이 없었다. 여자가 사뿐사뿐 걸을 때마다 종아리까지 내려오는 새하얀 튀튀가 나풀거렸다.

이어 반대편에서 발레리노가 등장을 했다. 두 사람의 파드되가 이어지는 동안 여자는 파트너를 향해 내내 부드럽게 미소를 짓고 있었다. 그저 그뿐이었는데.

이상하게 시선을 뗄 수 없었다.

여자는 빛 속에서 혼자 존재하는 것 같았다. 손을 대면 흩어질 것만 같고 입김만 불어도 아스라이 사라질 것 같았다. 현실감이 느껴지지 않는달까. 공기의 정령이라는 제목이 잘 어울렸다.

문도는 손에 들린 팸플릿을 내려다보았다. 이선우. 여자의 이름을 읽은 문도는 다시 고개를 들어 무대를 보았다. 시선을 떼지 않은 채 빤히 무대를 바라보았다.

일곱 개의 짧은 공연이 모두 끝난 후에는 식사와 함께하는 애프터 파티가 있었다. 오랜만에 나온 자리라 그런 건지, 어머니의 옆자리라 그런 건지 사람들은 끊이지 않고 인사를 왔다.

"우 대표님은 자주 뵈었는데, 서 전무는 이런 자리에서 처음 보는 것 같네요?"

씨엔 커뮤니케이션 의장이 온화한 미소를 지으며 문도에게 말을 걸었다. 발레단 후원회장을 맡고 있다고 소개를 하며 대화를 이어 가는 걸 적당한 미소로 상대하는데, 한 무리의 사람들이 연회장으로 들어왔다.

"단원들 들어오네요."

공연을 했던 단원들이 줄지어 입장을 했다. 제일 마지막으로 들어온 여자에게 문도의 시선이 닿았다. 무대 화장을 지웠어도 한눈에 알아볼 수 있었다.

중년의 남자에게 웃으며 인사를 하는 여자의 눈동자가 반짝였다. 단조로운 회색의 모직 원피스와 동그란 진주 귀걸이. 반달처럼 휘어지는 눈매와 부드럽게 움직이는 산홋빛 입술.

문도는 손에 들고 있던 샴페인 잔을 들었다. 길고 섬세한 유리잔의 목을 쥐고서 남은 술을 천천히 마셨다. 잔 너머의 여자는 이제 교수처럼 보이는 어떤 여자에게 인사를 하고 있었다.

"대표님, 어려운 걸음 해 주셔서 감사드려요. 오늘은 부회장님이 안 보이시네요?"

어느새 다가온 단장이 우현희에게 인사를 건넸다.

"오늘은 아들이랑 동행했어요."

"너무 훤칠한 분이랑 같이 오셨는데요?"

이은주 단장이 웃으며 문도를 보았다. 문도는 짧게 고개를 숙이며 인사를 했다.

"서문도입니다."

"이은주예요. 대표님께 얘기는 많이 들었어요. 이렇게 잘생긴 분이실 줄은 몰랐지만."

단장이 뼈마디가 톡톡 불거진 손을 내밀었다. 악수를 하며 가볍게 미소를 짓는데 여자가 문도의 방향으로 고개를 돌렸다. 눈이 마주치는가 싶은 순간, 누군가를 향해 반가운 표정을 짓더니 이쪽을 향해 걸어오기 시작했다.

한 걸음, 두 걸음.

문도는 가까워지는 여자에게서 눈을 떼지 않았다. 문도의 시선을 눈치챈 여자의 표정이 조금 어색해진다. 미소가 지워진 차분한 얼굴로 그를 스치는 여자는 뒤쪽에 서 있던 단발머리의 여자를 향해 손을 작게 흔들었다.

"어, 선우 씨."

단장의 목소리에 여자가 멈칫 뒤를 돌았다.

"선우 씨는 후원의 밤 처음이지? 우 대표님께 인사드린 적 아직 없겠네?"

"네. 처음 봬요."

"인사드려요. 서도 금융 그룹 우현희 대표이사님이세요. 아드님이신 서도 케미컬 서문도 전무님. 이쪽은 이번에 드미솔리스트로 승급한 이선우 발레리나. 이번 신작으로 솔로 데뷔한 우리 발레단의 유망주예요."

여자의 시선이 단장의 안내에 따라 어머니에게 닿았다가 그에게 닿았다. 고요하고 깨끗한 눈동자가 그를 마주하더니 이내 다시 어머니에게 향했다.

"안녕하세요, 대표님. 이선우입니다."

차분한 목소리가 몸을 관통하는 기분이었다. 여자의 모든 것이 신경줄을 죽죽 그어 내리는 것 같아 문도는 미세하게 눈썹을 찌푸렸다.

애프터 파티가 한창인 연회장을 빠져나온 선우는 로비의 출입문을 향해 걸었다. 달아오른 얼굴도 식힐 겸, 어려운 사람들에게 인사를 해야 하는 자리도 잠시 피할 겸 바깥쪽에 위치한 널찍한 정원으로 향했다.

"이런 행사는 처음이라 힘들지?"

찬 바람에 옷깃을 여미며 멍하니 걷다가 들려오는 목소리에 고개를 퍼뜩 들었다. 선선하게 웃고 있는 남자는 학교 선배이기도 한 현대무용단의 영준이었다.

"아, 선배님."

"나는 무대보다 이런 행사가 더 힘들더라."

영준의 말에 선우는 희미하게 미소를 지었다. 영준의 말대로 공연보다 그 뒤로 이어지는 인사와 소개가 더 힘들었다. 이름도 잘 기억이 나지 않는 사람들에게 인사를 하고, 몇 마디지만 대화를 나누다 보니 긴장을 풀 수가 없었다.

"그래도 동기들도 있고, 선배들도 있고, 교수님도 계셔서 많이 어색하지는 않아요."

"학교 다닐 때가 좋아. 마음대로 살아도 됐는데. 월급받는 신세가 되니 신경 쓸 게 많네."

현대 무용을 전공한 영준은 춤으로도, 이력으로도 튀는 존재였다. 원래 고등학교 때까지는 한국 무용을 하다가 현대 무용으로 전공을 바꾼 것도 그렇고, 재학 중에 스트릿 댄스팀의 일원으로 활약했던 것도 그랬다.

"지난번 공연 왔었다며. 은정이가 얘기하더라."

"네. 은정 선배랑 인수 선배랑 같이 갔었어요."

"인사하지. 그랬으면 술 한잔 사 줬을 텐데. 그러고 보니 은정이도 왔던데, 봤어?"

"네. 아까 인사했어요."

졸업을 하고 편하게 살고 싶다며 학원을 차린 은정은 세상에 쉬운 일은 없다며 한참 토로를 했었다.

"나 좋다고 한참 따라다니더니, 인수랑 사귈 줄 누가 알았냐. 역시 남자는 얼굴인가."

영준이 농담을 하고서 먼저 크게 웃는다. 선우도 조금 어정쩡하게 웃었다.

"맞다. 너 목동 산다며."

"네."

"내 친구도 목동 사는데. 전지수라고 알아? 거기서 오래 살았는데."

선우는 고개를 가로저었다. 다시 적막이 흘렀다.

"그……. 이따 집에 같이 갈래? 내가 이번에 차를 뽑았는데, 가는 길에 내려 줄게."

"저도 차 가지고 와서요."

"아, 차 가지고 왔구나. 하루 여기 놓고 가면 주차비 많이 나오려나……."

그때 마침 전화벨이 크게 울렸다. 주머니를 더듬거린 영준이 손을 들어 양해를 구하며 전화를 받았다.

"네, PD님. 아……. 재촬영이요? 잠시만요, 시간이 어떻게 되는지 보고요."

미안한 표정으로 자리를 옮기며 전화를 받는 영준의 목소리가 멀어졌다. 선우는 크게 숨을 내쉬었다. 어색했던 대화가 끝이 나니 이제야 좀 마음이 편했다.

이제야 좀 쉬어 보려는데, 로비 출입문으로 교수님과 선배들이 나오는 게 보였다. 선우는 반대 방향으로 몸을 틀었다. 붙잡히면 다시 또 시작일 거였다.

건물 뒤편으로 가면 인적이 드문 곳이 있었던 기억이 난다. 긴 벤치도 있었고, 커피 자판기도 있었다. 조금만 더 있다가 들어가야지. 그 생각을 하며 모서리를 돌던 선우는 걸음을 우뚝 멈추었다.

"아. 죄송합니다."

코너를 돌자마자 사람이 있을 거라 생각을 하지 못했다. 선우는 한 걸음을 뒤로 물러나며 고개를 들었다. 벽에 기대어 담배를 물고 있던 남자가 선우를 본다.

"죄송할 것까지야. 부딪친 것도 아닌데요."

설핏 웃어 주는 얼굴이 친절한 듯 무심했다. 기억이 안 나는 사람이면 좋겠는데 선명하게 기억이 난다. 연회장에서 몇 번 눈이 마주쳤던 남자였다. 사람들 무리 속에서 유난히 눈에 띄었던, 서늘한 눈빛을 가진 남자.

선우는 실례했다는 의미로 가볍게 고개를 숙여 인사를 한 뒤 남자를 피해 걸음을 걸었다. 두어 걸음쯤 옮겼을 때 뒤에서 목소리가 들려왔다.

"라 실파드, 맞나요? 실피드였나."

선우는 걸음을 멈추었다. 뒤를 돌아보자 남자가 싱긋 웃는다.

"실피드예요. 라 실피드."

남자가 알겠다는 듯 고개를 끄덕였다. 라 실피드, 한 번 더 중얼거리는 목소리가 낮고 부드러웠다.

그리고는 갈 길 가라는 듯 손가락에 들려 있던 담배를 입으로 가져간다. 스치듯 눈이 마주치자 한 번 더 가볍게 웃어 준 남자는 이내 무심한 눈으로 정원 어딘가를 보았다.

서문도.

선우가 기억하는 남자의 이름이었다.

비가 많이 내리는 토요일 오후였다. 차에서 내린 문도는 키를 발레 요원에게 넘겼다. 짧은 시간에도 굵은 빗방울이 머리를 적셨다. 화려하기 그지없는 한성 호텔의 로비 라운지로 들어서자 특유의 따뜻한 불빛이 쏟아지듯 내려왔다. 문도는 왼편의 라운지 카페로 걸음을 옮겼다.

약속 시간은 5시.

20분 정도가 남아 창가에 자리를 잡고 앉아 커피를 먼저 한 잔시켰다. 피아노 선율과 뜨겁고 진한 커피. 안락한 소파와 비가 추적추적 내리고 있는 스산한 가을 정원. 그 풍경 위로 차분한 목소리가 들려왔다.

'이선우입니다.'

느리게 감았다 뜨는 눈꺼풀 사이로 여자의 잔상이 남는다. 부드럽게 미소 지었던 무대에서의 모습. 어머니에게 차분히 인사를 하던 모습. 건물의 모퉁이에서 마주쳤을 때 깜짝 놀라 걸음을 물리던 모습. 뒤를 돌아 실피드예요, 라고 말을 하던 모습.

일주일이 지나는 동안 그는 여자를 생각했다. 얼굴 한 번 본 것이 전부인, 이선우라는 이름의 여자를.

잠이 들기 전에, 아침에 눈을 떠 멍하니 천장을 바라보다가, 엘리베이터를 기다리는 순간순간에. 생각하지 않으려는데 생각났고, 떠올리지 않으려는데 떠올랐다.

처음 있는 일이었다.

누군가가 머릿속을 헝클이는 그 기분은 뭘까, 썩 유쾌하지 않았다. 의지를 배반한 무엇이 자신을 지배하는 느낌은 거슬리는 것을 넘어서 반감까지 들게 했다.

한 번 본 게 전부인 여자가 뭐라고.

커피를 반 잔 정도 마셔 갈 때쯤 핸드폰이 울렸다. 아버지였다.

"네."

— 약속 장소에는 잘 나갔나 확인차 전화했다. 바쁜데 마지못해 나가는 거라고 말해 뒀으니까 너무 부담 갖지는 말고.

"잘 나왔습니다. 걱정 마세요."

계획에도 없었던 만남을 허락한 이유도 어쩌면 그 반발심에서였을 거다. 몇 번 아버지 쪽에서 보채듯 이야기가 있었던 송원 식품의 셋째딸. 후원의 밤에 인사를 나누고 난 뒤 아버지에게 한 번 더 연락이 왔다고 했다.

거절을 하려다가 생각을 바꾸었다. 불쑥불쑥 떠올라 일상을 비트는 여자와 떠올릴 때만 생각을 할 수 있는 여자. 그가 누군가를 만나야 한다면, 단연코 후자였으니.

붉은색 신호등 앞에서 브레이크를 밟은 선우는 열심히 울리고 있는 핸드폰의 통화 버튼을 눌렀다. 스피커폰으로 돌려놓고 은정이 뭐라 말을 하기도 전에 먼저 급하게 이야기를 했다.

"선배. 저 거의 다 와 가요."

엄마가 10년이 넘게 타고 다니던 낡은 차는 블루투스 기능이 고장이 났다. 번거로워도 손을 뻗어 통화 버튼을 눌러야 했고, 상대방이 들을 수 있게 크게 이야기를 해야만 했다.

게다가 요즘은 한 번씩 시동이 제대로 걸리지 않았다. 긴급 출동 서비스를 불러 배터리 점프를 받고서 출발하느라 여유 있게 나왔는데도 약속 시간에 빠듯하게 도착할 듯했다.

"한 5분? 그 정도 걸릴 것 같아요."

— 아, 다 와가? 근데 있잖아. 나랑 인수는 오늘 못 갈 것 같아. 둘이 재밌게 놀아.

"네?"

— 영준이는 벌써 도착했다더라. 베이커리 쪽에서 기다리고 있대.

"그럼 식사는…….''

호텔 뷔페 초대권이 네 장이나 생겼다며 약속을 잡은 은정이었다. 주말엔 식구들과 집에서 쉬고 싶다고 말을 했는데도 막무가내였다. 날짜가 임박했고, 런치도 아니고 디너 표이고, 날리기엔 너무 아까운 거고, 이럴 때 아니면 언제 가 보겠느냐며.

— 흐흐. 영준이가 쏜대. 맛있게 먹어!

뭐라 말을 더 잇기 전에 전화가 끊겼다. 선우는 난감한 표정으로 앞을 보았다. 와이퍼가 부지런히 움직이는 앞 유리 너머로 호텔로 들어가는 길이 보였다.

집으로 다시 갈까. 단둘이 식사를 하는 건 부담스러운데, 어떻게 하지.

잠깐 고민을 하다가 선우는 이대로 식사를 하기로 했다. 영준이 도착하지 않았으면 모를까, 이미 도착해서 기다리고 있는데 사정이 생겼다며 돌아가는 건 예의가 아닌 것 같아서였다.

아래쪽 주차장 건물에 차를 세우고, 우산을 꺼냈다. 호텔로 올라가는 차량을 불러 주겠다고 직원이 말했지만 괜찮다 말을 하고 우산을 폈다.

투둑투둑 떨어지는 빗방울에 우산을 펴고 50미터쯤 되는 길을 걷기 시작했다. 야트막한 언덕으로 이어지는 길을 따라 걷다가 사람들이 오가는 입구에서 걸음을 멈추었다. 빗물이 흘러내리는 우산을 접은 뒤 뒤를 도는데 키가 큰 남자와 눈이 마주쳤다.

아.

선우는 자신도 모르게 걸음을 멈추었다. 아는 사이라고 하기도, 그렇다고 모르는 사이라고 하기도 어려운 남자와 시선이 얽히며 잠시 모든 것이 멈춰 섰다.

먼저 인사를 건네야겠다는 생각도 하지 못했다. 빗소리가 멀어지고 오가는 사람들의 모습이 흐려졌다. 그저 눈을 마주한 것뿐인데 남자와 선우, 두 사람만이 이 공간에 존재하는 것 같은 이상한 느낌이 들었다.

얼마나 그렇게 서로를 보고 서 있었을까. 알 수 없는 눈빛을 한 남자가 피식 웃었다. 그러더니 발목이 묶인 것처럼 멈추어 있는 선우를 향해 성큼 걸어왔다. 빛을 머금은 갈색의 눈동자 속으로 빨려 들어갈 것만 같다고 생각을 할 때였다.

"또 보네요. 이선우 씨."

남자의 목소리로 불리는 자신의 이름이 무척이나 낯설게 들려, 선우는 대답을 하지 못했다.

약속 시간을 30분 넘기고도 송원 식품의 셋째딸은 오지 않았다. 대신 낯선 번호로부터 전화가 한 통이 왔다. 네, 하고 전화를 받으니 어쩔 줄 몰라 하는 여자의 목소리가 들려왔다. 오늘의 약속 상대였다. 오는 길에 오토바이와 접촉 사고가 나서 늦어진다는 말을 전하며 죄송하다고 했다. 다음에 꼭 다시 뵙고 싶다고.

문도는 괘념치 말고 사고 처리를 잘하라고 친절히 이야기를 했다. 기회가 된다면 다음에 다시 연락을 드리겠노라고도 했다.

차라리 다행이라는 생각이 들었다. 신경이 쓰이는 어떤 여자 때문에 갑자기 방향을 틀어 예정에도 없던 만남을 가지려 했던 게 생각해 보면 우스운 일이기도 했으니.

간만에 일찍 들어가 잠이나 더 자야겠다고 생각하며 입구에 나와 차량이 내려오기를 기다리는데, 우산을 쓰고 걸어오고 있는 여자의 모습이 보였다.

환영인가.

몇 번씩 생각이 나더니 이제는 착각이 드는 건가 생각을 했지만 골프장에서나 볼 수 있는 커다란 검은색 우산을 쓰고서 천천히 걸어오는 여자는 환영일 수가 없었다.

이 기분을 뭐라고 해야 하나.

문도는 기막혀 웃었다. 머릿속에 들러붙어 있었던 여자의 모습에 파직파직 금이 간다. 상상은 실제에 현격히 미치지 못했다. 실제의 여자는 너무 생생해서 눈을 파고드는 기분이었다.

걸어오고 있는 여자에게서 눈을 뗄 수 없었다. 누군가 강제로 시선을 고정시켜 둔 것만 같았다. 눈만 뗄 수 없었을까. 손을 뻗고 싶었다. 목소리를 듣고 싶었다. 뺨을 쥐고서 입을 맞추고 싶었다. 그의 품에서 흐트러지는 모습도 보고 싶었고, 활짝 웃는 모습도,

엉엉 우는 모습도 보고 싶었다. 눈을 맞춘 채로 혀를 얽고 몸을 묻고 싶었다. 온통 자신의 것으로 하고 싶은 원초적인 충동이 바닥에서부터 솟구쳐 어이가 없었다.

뭘 안다고. 몇 번이나 봤다고.

스스로를 어이없어하며 문도는 아래에서부터 걸어오는 여자를 바라보았다. 아무것도 모르는 얼굴로 걸어 입구 안쪽으로 들어온 여자가 커다란 우산을 접는다. 빗물을 툭툭 털고서 뒤를 돌았고, 마침내 그와 마주친 깊은 갈색의 눈동자가 커다랗게 뜨였다.

눈이 마주하는 순간 알았다.

여자는 기어이 앓아야만 지나가는 열병 같은 존재가 될 거라는 걸. 끌리는 마음을 부정하면 할수록 징그럽게 생각날 거라는 것도.

이렇게 다시 만나서는 안 됐었는데.

피해 가기에는 늦어 버렸다는 생각을 하며 문도는 여자를 향해 성큼성큼 걸었다.

"또 보네요. 이선우 씨."

말을 건네자 잠시 대답이 없었다. 살짝 벌어진 도톰한 입술을 손끝으로 문질러 보고 싶다는 충동이 들어 헛웃음이 나올 때, 선우가 말했다.

"네. 안녕하세요. 전무님."

"잘 지냈어요? 일주일만이네요."

"네."

선우가 어색한 대답을 한 뒤 안쪽을 살폈다. 잘 지냈냐는 의례적인 질문조차 없었다. 안쪽을 살핀 뒤 머뭇거리며 그를 보았다.

문도는 다음 말을 어렵지 않게 예상했다.

선약이 있어서요, 이만 가 보겠습니다.

"선약이 있어서요."

"남자친구?"

무례한 질문에 이선우는 이렇다 저렇다 대답을 하지 않았다. 그런 걸 말해 줘야 할 필요조차 없다는 담담한 표정으로 그를 볼 뿐이다.

"그럼 이만 가 볼게요. 다음에 또 뵙겠습니다."

"목동에 오래 산 친구가 있는 그 남자인가."

걸음을 옮기려던 선우가 다시 그를 보았다. 이 남자가 왜 이러나. 여자의 눈동자에서 속마음이 읽혔다. 지금 이게 나만 이런 거야? 너는 내가 신경 쓰이지 않아? 물어보고 싶은 마음을 누르는데 선우가 대답을 한다.

"네."

"저녁 약속?"

"네."

"둘이서만?"

"네."

묻는 자신도 웃기고 대답하는 이선우도 웃겼다. 목소리를 더 듣고 싶다는 충동. 뭔가 반응을 보고 싶다는 충동. 몇 초라도 더 같이 있고 싶은 충동. 안쪽에 있을 멀건 흰죽 같은 놈에게 보내고 싶지 않은 충동. 그런 것들이 불쑥 목구멍을 치고 올라왔다.

"가지 말지?"

반 토막이 난 말과 선을 넘은 참견이 어이없다는 듯 선우가 문도를 보았다. 그가 왜 이러는지 모를 리는 없을 테고.

"가지 말고 나랑 먹어요. 밥이든 술이든 사 줄 테니까."

선우가 그를 물끄러미 바라보았다. 맑은 빛이 도는 고요한 눈동자가 호수 같다는 생각을 할 때였다.

"괜찮습니다. 살펴 가세요."

건조한 거절이었다. 여자에게 밥을 먹자 먼저 말을 한 것도, 다른 남자를 제치라 한 것도, 거절을 당한 것도 처음이지만 낯짝이 두꺼워서인지 창피하지도, 후회가 되지도 않았다.

"그래요. 살펴 가 볼게요."

담담히 말하자 선우가 이상한 사람을 보듯 그를 보고는 이내 고개를 돌렸다. 안쪽을 향해 흔들림 없이 걸어가는 선우의 뒷모습을 보며 문도도 안쪽으로 다시 걸음을 옮겼다. 밥보다는 술이 당기는 흐린 날이다.

어쩌다 이렇게 되었나.

선우는 난감한 얼굴로 운전대를 쥐었다. 안 그래도 능숙하지 않은 밤 운전인데, 취객을 둘이나 태우고서 낯선 동네를 헤매고 있었다.

"어, 선우야. 다음 블록에서 우회전해야 해. 내비 따라가면 한참 돌아가는데."

조수석에 앉은 영준이 길을 살피며 말했다. 조금 더 일찍 말을 해 주지. 선우는 차선을 세 개나 건너가야 하는 대로를 바라보며 연신 사이드 미러를 흘깃거렸다.

추적추적 비가 내리는 밤의 도로에 집중을 하려 했지만 젖은 도로에 반사된 불빛 때문에 차선도 잘 보이지 않았고 간격도 가늠하기가 어려웠다. 긴장해서 사이드 미러를 보며 간격을 살피는데, 뒷자리에 앉은 남자가 말했다.

"지금."

내내 별말이 없다가 아무렇지 않게 끼어들기 신호를 주는 남자의 목소리가 태연하기만 했다. 백미러로 남자를 흘깃 보느라 끼어들 타이밍을 놓쳤다. 좁아지는 차 간격에 선우는 핸들을 틀지 못하고 다시 직진을 했다.

끼어들기를 실패하고 나자 자신도 모르게 다시 백미러로 눈이 갔다. 남자의 탓이 아닌데 괜히 얄밉다. 눈이 마주치자 뒷자리 남자가 슬쩍 웃는다. 신경이 곤두선 선우는 입술을 깨물며 핸들을 꽉 쥐었다.

"어, 선우야. 우회전, 우회전 해야 하는데."

알아요, 나도.

선우는 그 말을 꾹 삼키며 다시 사이드 미러를 보았다. 차선 하나를 갈아탔지만, 신호가 코앞인데 우회전을 할 수 있는 마지막 차선까지는 아직도 두 번이나 더 끼어들기를 해야 했다. 뒷자리에 앉은 남자는 창문으로 옆을 쓱 보더니 이젠 틀렸다는 듯 시트에 등을 기대며 말했다.

"힘들 것 같으면 직진해요. 무리하지 말고."

하……. 진짜.

선우는 다시 한번 생각했다. 어쩌다 이렇게 되었나. 영준 선배까지만 태웠어야 하는데, 대체 왜 저 남자까지 태워다 준다고 말을 했을까. 새삼 후회되는 일이었다.

이 엉뚱한 동행의 시작은 라운지 바에서 이루어졌다.

영준에게 한 끼에 20만원 가까이하는 밥을 얻어먹기만 할 수는 없어 커피든 디저트든 사겠다고 했더니, 다음에 다시 만나 밥을 사 달라고 했다.

순간 멈칫했다. 영준이 자신에게 관심을 보이고 있다는 것을 알면서, 계속 꼬리에 꼬리를 물어 가는 식으로 계속 만나도 괜찮을는지.

생각 끝에 그냥 오늘 사겠다고 했다. 다음을 약속하는 건 아무래도 부담스러운 일이라서.

그랬더니 영준이 술을 한잔하고 싶다고 했다. 마침 하고 싶은 말도 있다며. 그 역시 부담스러운 일이었지만, 차라리 오늘 결론을 짓는 게 나을 것 같아 멀리 가지 않고 호텔 위층의 라운지 바로 향했다.

자리에 앉아 선우는 커피를 시키고, 영준이 병맥주를 시켰을 때만 해도 그럭저럭 괜찮았다. 어색하긴 해도 준비 중인 공연 이야기며 무용단 사람들 이야기를 하며 대화를 이어 갔으니까.

영준은 긴장한 듯 맥주를 마셨고, 정적이 자주 흘렀다. 딱히 할 말이 없어 어색하게 커피 잔을 보다 고개를 들었을 때였다. 창가 자리에 앉아 있던 남자와 눈이 마주쳤다.

또였다. 시간이 멎는 것 같은 기분. 주위가 사라지며 흐릿해지는 기분.

투명한 유리잔에 위스키를 마시고 있던 남자가 조금 나른하게 눈을 감았다 뜨며 그녀를 보았다. 잔을 쥐고 있는 길쭉한 손가락이 묘하게 관능적이었다.

그래도 그때까진 또 괜찮았다.

그냥 눈이 마주친 것뿐이라 생각했으니까. 남자가 자리에서 일어나 잔을 들었을 때만 해도 별생각이 없었다. 술잔을 들고서 선우와 영준이 앉은 자리로 다가오는 것을 보면서도 설마 했다.

설마.

그 설마는 현실이 되었다. 박영준 씨 맞으시죠? 남자는 자연스럽고 능숙하게 영준에게 인사를 했다. 무대를 인상 깊게 보았다며 명함도 내밀었다. 선우에게는 구면이라 더 반갑다 말하고는 자연스럽게 합석을 청했다.

얼렁뚱땅 이루어진 합석의 분위기는 뭐라 정의할 수 없었다. 영준은 어색하게 남자와 대화를 이어 갔고, 선우는 뭐라 할 말이 없어서 대체로 입을 다물고 있었다. 거기에서 뻔뻔할 정도로 편해 보이는 건 서문도라는 남자 혼자였다.

남자가 위스키를 한 잔 더 시키고, 영준도 엉겁결에 병맥주를 더 시키고, 대화는 부자연스럽게 이어지고. 그래, 그래도 거기까진 그나마 괜찮았다.

문제는 자리를 파한 뒤, 호텔 입구에 서서 내리는 비를 바라보며 나란히 섰을 때였다. 사람은 셋인데 우산은 선우가 들고 있는 것 하나뿐이었다.

주차장까지 걸어갈 생각이었던 선우는 난감했다. 혼자 우산을 쓰고 주차장까지 걸어가기도 뭐하고, 그렇다고 셋이 한 우산을 쓰는 것도 웃긴 것 같았다.

걸어가지 말고 그냥 호텔에서 제공하는 차를 타고 주차장까지 내려가면 되겠다 했는데, 생각해 보니 두 남자는 술을 마셨다. 당연히 대리를 불러 집에 가겠거니 싶어 인사를 하려는데 갑자기 영준이 결심을 굳힌 표정으로 선우에게 말을 했다.

"선우야, 나 집까지 태워 줄래?"

어…… 하고 멍하니 시선을 들어 올릴 때 남자와 눈이 마주쳤다. 날카로운 것 같기도 하고 부드러운 것 같기도 한, 이상하게 모순적인 눈동자를 보는데 괜히 의식이 되었다. 이 자리에 남자가 없었으면 미안하지만 운전이 서툴러서 안 된다고 말을 했을까.

"네…… 선배님. 데려다 드릴게요."

시선은 남자를 향해 있으면서 대답은 영준에게 했다. 미세하게 올라가는 남자의 눈썹과 이 상황이 웃긴다는 듯 슬쩍 비틀어 웃는 입매가 마음에 들지 않았다.

대리를 부르든 택시를 타든 알아서 가겠지.

그렇게 생각하며 남자에게 인사를 했다. 안녕히 가시라고. 남자도 별다른 이야기 없이 고개를 끄덕이며 선우에게 대답했다. 조심히 들어가라고. 영준에게도 다음에 또 보자며 매너 있게 인사를 건넨다.

서먹한 인사를 마치고 우산을 펼쳤다. 영준이 당연하다는 듯 우

산 안으로 들어오는데 이상하게도 걸음이 떼어지지 않았다. 옆의
영준은 부담스럽고, 뒤의 남자는 신경이 쓰였다.

선우는 잠시 멈춰 섰다. 머뭇거리다 고개를 돌려 뒤를 보았다.
내리는 빗줄기 사이로 우뚝 서 있는 남자가 보였다. 눈이 마주치
자 한쪽 입매를 끌어당기며 느리게도 웃는다.

선우는 망설이다 우산 밖으로 나왔다. 한 손으로 머리를 가리고
빗속을 걸어 남자에게 다가갔다. 왜 다시 왔냐는 듯 자신을 보는
남자에게 자신도 모르게 말해 버렸다.

"괜찮으시면 같이 타고 가실래요?"

이 상황이 재미있다는 듯 올라가는 남자의 입꼬리가 어쩐지 얄
미웠다. 괜히 물어봤다고 생각을 할 때, 부드러운 목소리가 들려
왔다.

"그래요, 그럼."

네가 부탁하니 마지못해 내가 들어준다는 듯한 태도였다. 아마
그때부터였을 거다. 상황이 웃기게 돌아가게 된 것이.

영준은 마포가 집이라 했고, 남자는 여의도에 산다고 했다. 동
선은 자연스럽게 남산 근처인 호텔에서 마포로, 마포에서 여의도
로, 여의도에서 선우가 사는 동네인 목동으로 짜여졌다.

"어, 선우야, 들어가. 오늘 태워 줘서 고맙고. 이따 연락할게."

영준이 비상 깜빡이를 켜고 아파트 입구에 차를 댄 선우에게 말
했다. 남자와도 의례적인 인사를 나눈 뒤 흘깃흘깃 뒤를 돌아보며
아파트 안으로 들어갔다.

후. 한숨을 돌린 선우는 다시 운전대를 잡았다. 차라리 나도 술을 마실걸. 어쩌다 이렇게 기사 노릇을 하고 있나 후회를 하며 뒷자리의 남자에게 물었다.

"여의도라고 하셨죠? 어디로 가면 될까요?"

핸드폰의 내비게이션을 켜고 목적지를 입력하려는데 답이 없었다. 선우는 고개를 돌려 남자를 바라보았다. 달칵달칵, 비상 깜빡이의 소리가 울려 퍼지는 가운데 선우와 시선을 마주한 남자가 느리게 대답을 한다.

"……63빌딩."

그 근처 어디쯤 사나 보다 생각을 한 선우는 의심 없이 내비게이션에 목적지를 설정했다. 거치대에 핸드폰을 거는데 뒤에서 피식 웃는 소리가 들려왔다.

"거짓말이고, 우리 집은 이태원인데."

그 말에 선우는 다시 뒤를 돌아보았다. 이태원이라니. 거긴 호텔 근처 아닌가. 장난을 하는 건가 싶은데 남자의 눈빛에 장난기는 찾아볼 수 없었다.

"집에는 알아서 갈 테니까, 우산이나 빌려줘요."

황당해지려는 순간, 달칵 문이 열리며 남자가 차에서 내렸다. 빌려주겠다고 말하지도 않았는데 뒷좌석 바닥에 놓았던 우산을 가지고 내려선 활짝 편다. 그러더니 문득 할 말이 생각났다는 듯 차창으로 고개를 숙이고 유리창을 내리라 손짓을 했다. 지잉— 차창이 내려가자 남자가 말했다.

"박영준 씨 거절해요."

"네?"

고백은 듣지도 않았는데 이 무슨 말인지. 그리고, 거절을 하고 말고를 왜 제삼자가 이야기하는 건지. 황당하여 바라보는데 남자가 웃음기 없는 눈으로 말했다.

"거절해."

당신이 뭔데 그런 말을 해, 라고 생각할 때였다. 남자가 가볍게 미소 지으며 말했다.

"우산은 나중에 돌려줄게요. 조심해서 가요."

그 말만 남겨 놓고 빗속으로 성큼 걸어간다. 정말이지 이상한 남자였다.

"다녀왔습니다."

집에 도착했을 땐 기운이 바닥나 버린 상태였다. 선우는 기어들어 가는 목소리로 현관에서 중얼거린 뒤 신발을 벗었다.

"오, 어떻게 살아 들어오긴 했네? 밤 운전은 힘들다더니?"

현관에서 제일 가까운 방의 문이 활짝 열리고 민우가 나왔다. 선우는 말도 하기 귀찮다는 표정으로 고개를 끄덕였다.

"엄마, 누나 왔어!"

으응, 하고 대답하는 목소리가 주방 안쪽에서 들려왔다.

"엄마 지금 요리하는 중이야?"

온 집안 가득한 버터 냄새에 민우에게 물어보니 고개를 끄덕이며 대답을 했다.

"카레 끓인다고 양파 볶는 중이야. 연구 부장님한테 비법을 배워 왔다는데 30분째 저러고 있어. 자리를 뜨면 안 된대."

"아빠는? 아직이서?"

"수능이 낼모레잖아. 한창 특강 중일걸?"

방까지 졸래졸래 따라온 민우가 문간에 기대서 눈을 반짝이며
물었다.

"그래서 치즈케이크는?"

"응? 아, 맞다. 치즈케이크."

"아, 누나 진짜. 내가 꼭 사 오라고, 어?"

"다음에. 민우야. 다음엔 꼭 사 올게."

미안한 표정을 지으며 말한 선우는 외투를 벗어 걸었다. 편한
옷으로 갈아입고 머리끈으로 머리를 동그랗게 묶으며 주방으로
향했다.

"엄마, 저 왔어요."

"어, 그래. 선우야 이것 좀 봐봐. 이게 갈색…… 비슷하지? 이게
탄 건지 캐러멜라이징이 된 건지 구별이 안 되는데, 어때 보여?"

"음……."

족히 일주일은 먹을 수 있을 것 같은 커다란 냄비에 흐물거리는
양파 죽 같은 것이 끓고 있었다.

"이렇게 하면 카레가 끝내주게 맛있대. 엄마 이거 한다고 화장
실도 못 가고 있었잖아. 민우야, 잠깐만 이거 젓고 있어."

나무 주걱을 받아 든 민우가 두어 번 휘적거리더니 선우를 곁눈
으로 보며 말했다.

"씻고 들어가서 쉬어. 어차피 누나는 도움도 안 돼."

"으…… 알았어. 그럼 먼저 들어간다."

피곤한 몸을 이끌고 샤워까지 마친 선우는 침대에 털썩 누웠다. 형광등의 밝은 불빛에 눈이 시려 와 손으로 눈을 덮었다.

'괜찮으시면 같이 타고 가실래요?'

그때 그 말을 했던 자신의 모습이 자꾸 생각이 나서 얼굴이 화끈거렸다. 뭐에 씐 것처럼 말을 건넸다. 그 순간의 이선우는 자신이 아닌 다른 사람이었던 것 같다.

남자의 앞에 서면 생각지 않았던 말을 하게 되고, 예정에 없던 행동을 하게 되었다. 자꾸만 무언가를 흔들어 놓는 사람.

다시 만나는 일이 없었으면 좋겠다고 생각하며 선우는 눈을 감았다.

"잠깐 쉬었다가 4시부터 리허설 할게요."

부단장이 벽에 걸린 시계를 보며 말을 했다. 여기저기 자리에 풀썩 주저앉는 소리가 들려왔다. 선우도 땀에 젖은 이마를 손등으로 닦으며 천천히 바닥에 앉았다.

"선우 언니, 우리 떡볶이 시켜 먹을 건데 오케이?"

"응."

"이따 휴게실로 내려와요."

선우는 먼저 가방을 들고 내려가는 혜은에게 알겠다고 고개를 끄덕였다. 호흡을 정리하며 토슈즈를 벗고 발을 살피고는 연습실 한쪽에 마련된 아이스버킷 앞으로 다가가 시린 얼음물에 발을 담갔다.

"으."

옆으로 다가온 송지가 발을 담그며 소리를 냈다.

"매일 담가도 매일 짜릿해."

송지의 농담에 선우가 웃었다. 욱신거리는 발을 시린 얼음물에 넣으면 머리끝까지 쩡 하고 얼어 버리는 것 같긴 했다.

"혜은이가 떡볶이 시킨대."

"어, 김밥도 시켜 달라 그래야겠다. 거기 진미채 김밥 맛있던데."

핸드폰을 든 송지가 혜은에게 메시지를 보냈다. 튀김과 순대도 같이 시켰다는 말을 듣는데, 경영팀 정현이 들어와 두리번거리다가 선우를 발견하곤 다가왔다.

"선우 씨. 아까 사무실로 선우 씨 찾는 전화 왔었어."

"전화요?"

"응. 연습 중이라니까 이리로 연락 달라던데."

정현이 내미는 노란색 쪽지에는 핸드폰 번호가 쓰여 있었다. 그 아래로 서문도, 세 글자의 이름이 보였다.

"너한테 빌린 물건이 있다는데, 맞아?"

극성팬이 있는 단원들도 있고, 개인 정보이기도 해서 사무실에선 단원들을 찾는 전화가 오면 무슨 일로 찾는지를 물어보고, 필요하다 싶으면 연락처를 받아 놓는 식이었다.

"네."

선우는 쪽지를 가방 안에 넣었다. 발끝부터 차근차근 얼어 가는 것 같은 통증을 견디며 맞은편의 커다란 거울을 바라보았다. 거울 속에는 지난 보름의 시간 동안 한 번씩 남자를 생각했던 이선우가 얼음물 속에 발을 담그고 있었다.

처음엔 남자에게서 연락이 오지 않기를 바랐다. 다시 만나는 일이 없기를.

그러다 사나흘이 지났을 때 언제쯤 연락을 해 올까 생각을 했다. 연락이 오면 우산은 그냥 가지시라 말을 해야겠다고 생각하면서.

대엿새를 지나 다시 주말이 되었을 땐, 자신이 남자의 연락을 기다리고 있었다는 걸 알았다. 그것도 오지 않는 연락을 혼자서 기다리고 있었다는 걸. 우산을 돌려주겠다는 말은 그냥 한 말인데, 그걸 그대로 믿고서.

그렇게 반달이 지났다.

얼음물에서 발을 꺼낸 선우는 수건으로 꼼꼼히 닦았다. 다시 테이핑을 하고 실내화로 갈아 신은 뒤 핸드폰을 들었다.

이선우입니다. 우산은 돌려주지 않으셔도 됩니다.

남자의 번호로 메시지를 전송한 뒤 후, 한숨을 쉬었다. 이렇게 정리를 하는 게 맞는 것 같다. 그렇게 생각하다가 웃었다.

정리할 게 있기나 한가. 떡볶이나 먹으러 내려가야겠다고 생각하며 선우는 자리에서 일어났다.

문도는 예술의전당 안에 있는 카페의 야외 흡연석에 앉았다. 장우산을 옆좌석에 비스듬히 기대 놓고 커피 한 잔을 시켰다. 오페라

하우스를 바라보며 담배를 입에 물었다.

찰칵.

담뱃불을 붙이고서 점점 어두워지고 있는 하늘을 바라보았다. 보름이 걸렸던 이번 중국 출장은 유난히 길었다는 생각을 한다. 숨 한 번 돌릴 시간도 없이 이어지는 강행군이었는데도, 중간중간 시간이 더럽게 안 간다는 생각을 했다.

문도는 피곤한 눈을 지그시 감으며 목을 뒤로 젖혔다. 천천히 눈을 뜨니 어두운 하늘 위로 하얀 담배 연기가 흩날리는 것이 보였다.

뭐 하는 짓인지.

출장에서 돌아온 게 오늘 점심이다. 내일을 위해 쉬면서 피로를 풀어도 모자란 마당에 돌려주지 않아도 된다는 우산을 굳이 돌려주러 왔다.

다가갈 여지를 주지 않는 여자에게 어떻게 다가가야 하나. 상대의 호감을 얻는 데 노력을 기울여 본 적이 없었던지라 이런 상황이 새롭기도 하고 웃기기도 했다. 막막하기도 하고.

전화를 해 볼까. 메시지를 보낼까. 얄팍한 평계를 대어서 건물 안으로 들어가 볼까.

그런 실없는 생각을 하며 담배를 태우고 있을 때였다. 건물 안에서 한 무리의 사람들이 나오는 모습이 보였다. 비슷하게 생긴 체형의 사람들이 우르르 내려왔는데, 그의 눈에는 이선우만 보였다. 긴 머리를 하나로 묶었고, 얇은 모직 코트에 무릎까지 오는 원피스를 입고 있었다.

동료와 이야기를 나누는 이선우가 눈이 반달이 되도록 웃으며 길을 내려온다. 동료가 뭐라고 말을 하자 이번에는 웃음을 터트렸다. 멀리 있는데도 맑은 목소리가 들리는 듯했다. 동료를 향해 손을 흔든 이선우가 카페 쪽으로 방향을 틀었다.

아직 노을이 남아 있는 하늘을 배경으로 여자가 걸어온다. 찬바람이 불자 옷깃을 여미며 종종걸음을 걸었다. 바람이 불어 입고 있는 원피스 자락이 물결처럼 일렁거렸다. 부드러운 미소가 남아 있는 얼굴이 눈이 부시게 어여뻤다. 맥이 빠진 웃음이 나왔다. 저 얼굴이 보고 싶어 피곤에 짓눌린 상태로도 기어이 여기까지 왔구나 싶어서.

답 없는 새끼.

문도는 선우가 잠시 멈춰 서 핸드백을 뒤적이는 모습을 보며 생각했다. 지갑을 찾아 다시 걷는 여자는 아직 그를 보지 못했다. 카페 앞에 거의 다 와서는 안으로 들어가려다 그를 발견하고는 우뚝 걸음을 멈춰 섰다.

문도는 담배를 껐다. 자리에서 일어나 선우에게 다가갔다. 열흘하고도 닷새 만의 재회였다.

"잘 있었어요?"

인사를 건네는 남자의 목소리가 부드러웠다.

"네……. 전무님도…… 잘 지내셨어요?"

조금 멍해서 그런가 대답이 늦게 나왔다. 남자의 뒤로 의자에 기대 세워 놓은 검은색 우산이 보였다. 선우는 눈에 익은 우산을 보며 말했다.

"우산은 돌려주지 않으셔도 되는데요."

"그럴 거예요. 기껏 가져왔는데 주인이 안 받겠다고 해서."

그럼 아까 메시지를 보냈을 때 오는 길이었던 걸까, 선우가 생각하는데 문도가 이어서 말했다.

"출장 다녀오느라 연락이 늦었어요."

"아⋯⋯. 네."

"우산 떼먹는 줄 알까 봐 돌아오자마자 연락한 건데, 너무 늦은 건가."

"아니에요. 그냥 가지셔도 됐어요. 아빠 친구분이 기념품 사업을 하셔서, 집에 여러 개 있어요. 비도 안 왔고요."

당황해서 그런지 말이 두서없이 나왔다. 빙그레 웃는 얼굴을 보는데 괜한 말을 한 것 같아 선우는 입술을 다물었다.

"앉아요. 커피 사 올게요."

선우에게 자리를 권하며 남자가 일어섰다.

"아뇨, 괜찮⋯⋯."

선우의 말은 가볍게 무시하며 남자가 카페 안으로 들어갔다. 잠시 후 뜨거운 김이 오르는 커피 한 잔을 가지고 나왔다. 테이블 위에 커피를 내려놓으며 다시 한번 앉으라 눈짓을 한다.

선우는 망설이다 자리에 앉았다. 앉으라 눈짓을 한 남자는 딱히 말을 하지 않았다. 선우는 따뜻한 김이 올라오는 커피를 두 손에 쥐고서 한 모금을 마셨다. 맞은편에 앉은 남자도 컵을 들어 남아 있던 커피를 마신다. 잠시 말이 없는 시간이 흘렀다.

"영준 씨 고백은 거절했어요?"

갑작스러운 말에 선우는 고개를 들었다. 눈이 마주치자 별것 아닌 질문이라는 듯 남자가 웃고 있었다.

선우는 대답을 하지 않았다. 남자의 예상대로, 그리고 선우의 예상대로 영준은 다시 연락을 해 왔다. 할 말이 있다고 했고, 커피를 마시자고 했다. 그 할 말이 무엇일지 선우도 짐작은 하고 있었다. 몇 번이나 할 말이 있다며 둘만의 자리를 만들려고 애를 쓰는 모습을 보고도 눈치를 못 채는 사람은 없을 테니까.

"무례한 질문이세요."

선우의 말에 맞은편의 남자가 웃는다. 그런 건 무례의 축에도 못 낀다는 듯한 눈을 하고서 선우에게 말했다.

"우산은 핑계인 거 알잖아."

진짜 무례한 말을 툭 던져 놓고 아무렇지 않게 커피를 마시고 있다. 이 남자는 뭐가 이렇게 항상 당당할까. 선우는 문도를 바라보았다. 문도가 커피 컵을 테이블에 내려놓으며 말했다.

"남의 여자친구한테 고백을 하는 헛짓거리는 하고 싶지 않은데요."

대꾸하지 않는 선우를 보고도 남자는 가볍게 웃고 만다. 눈앞의 남자는 아마도 결과까지 짐작하고 있을 거였다.

남자의 짐작대로 선우는 영준의 고백을 받아들이지 않았다. 춤을 추는 모습이 멋있다고 생각을 했던 선배였지만, 그 이상의 감정은 생기지 않을 것 같아서였다.

그 주말에 우연히 이 남자를 다시 만나지 않았더라면 선배를 조금은 더 만나 봤을까. 거절하라는 말을 듣지 않았더라면 어땠을까.

영준의 고백을 듣는 자리에서 눈앞의 남자를 생각했다. 생각하려고 한 게 아니었는데 무심코 떠올려 버리고 말았다. 영준은 어렵게 마음을 말하는데 다른 사람을 생각했다는 게 미안했고, 그래서 거절을 해야만 한다고 생각했다.

좋은 선후배로 남고 싶다는 말을 하는데 영준이 더듬거리며 괜찮다고 했다. 미안하게 생각하지 말라고.

선우는 영준과는 상반되어 보이는 남자를 바라보았다. 서문도는 그녀에게 관심이 있다는 걸 가감 없이 표현하면서도 서두르지 않았다. 긴장을 하지도, 어려워하지도 않았다. 주도권은 자신에게 있다는 걸 당연하게 여기는 듯한 태도였다.

하지만 그렇다고 해서 이 남자를 계속 봐야 하는 건 아니었다. 끌리는 것과 별개로 남자는 너무 세고 강했다. 발을 담그면 급류에 휘말릴 것만 같았다. 선우는 얼마 남지 않은 커피를 마저 마셨다.

"커피 잘 마셨습니다. 이만 일어나 볼게요."

"그럴까요?"

지금도 그랬다. 선우의 말에 남자는 미련 없이 일어났다. 남자의 얼굴은 서늘해 보이기도 하고 피곤해 보이기도 했다. 선우는 뚜벅뚜벅 걸어가는 남자의 등을 바라보다 자리에서 일어났다. 자신이 이 남자와 무엇을 하고 있는 것인지 알 수 없다는 생각이 들었다.

두 사람은 오페라하우스에서 제일 먼 곳에 있는 주차장까지 말없이 걸었다. 야트막한 내리막길을 걷는 내내 말이 없었던 선우는 회색의 벽 아래, 맨 가장자리의 자리에 멈춰 서며 말했다.

"저는 여기에 차를 세워 둬서요. 바래다주셔서 감사합니다."

문도가 인사를 건네는 선우를 바라보더니 스마트키를 눌렀다. 선우의 차와 한 칸 떨어진 자리에 주차된 대형 세단에서 삐빅— 소리가 나더니 불빛이 들어왔다. 바래다주느라 돌아오는 줄 알았던 선우의 얼굴이 붉어졌다.

"그럼 안녕히 가세요."

문도는 복숭아처럼 뺨을 붉히고 인사를 건네는 선우를 바라보았다. 저녁을 먹지 않겠냐는, 조금 더 같이 있어 달라는, 집까지 바래다주겠다는 많은 말들이 목을 맴돌다가 천천히 내려온다.

이선우는 너무 예뻤고, 그는 상태가 좋지 않았다. 눈은 뜨겁고 머릿속은 수증기가 낀 듯했다. 이렇게 피곤한 날이면 절제를 하고 싶은 마음이 사라지곤 했다. 불쑥불쑥 손을 대고 싶은 충동을 조절할 수 없을 것 같았다.

"이선우 씨도 잘 들어가요. 차선은 미리미리 바꾸고요."

다시 한번 붉어지는 얼굴이 예쁘다는 생각을 했다. 뺨을 쥐고서 입을 맞추고 싶다는 생각도.

"네."

그에게 아쉬운 게 하나도 없어 보이는 이선우. 그러면서 대답은 잘도 하는 이선우. 문도는 선우가 차에 오르는 모습을 바라보다 등을 돌렸다.

투르르르.

걸리다 마는 시동 소리가 들려온 건 문도가 막 차 문을 열었을 때였다. 투르르— 걸리다 마는 시동 소리가 요란했다. 문도는 웃음 머금은 얼굴로 낡은 차의 운전석을 바라보았다. 선팅이 무의미한 창문 안에서 선우가 흘깃 그를 보았다. 그리고 이내 입술을 깨물며 다시 한번 시동을 걸었다.

투르르, 툴툴.

단념을 하라는 듯, 오래된 차는 기운 없이 앓는 것 같은 소리를 내다가 조용해졌다. 낡고 좁은 주제에 시동까지 안 걸린다. 어쩐지 처음부터 정이 가더라니. 문도는 열었던 차 문을 닫고 선우의 차로 다가갔다.

"시동이 안 걸려요?"

똑똑. 유리를 노크하며 말했다. 웃음을 참지 못해서 그런가 선우의 얼굴이 빨갛게 되었다. 내비게이션 대신 걸어 놓은 핸드폰을 빼더니 어딘가로 전화를 걸었다.

예술의전당이라느니, 오페라하우스 주차장이라느니. 이런 이야기가 들리는 것으로 보아 긴급 출동 서비스를 부르는 듯했다. 전화를 끊고 나서야 차창을 내린 선우가 그에게 말했다.

"배터리 교체할 때가 되어서 그런가 봐요. 긴급 출동 불렀으니까 신경 쓰지 말고 가세요."

시동이 안 걸리지만 나는 괜찮다는 새침한 표정이 귀여웠다. 그 와중에 빨개진 볼은 더 귀엽고.

"데려다줄까요?"

"아뇨. 긴급 출동 불렀……."

"취소하면 되잖아."

응? 하고 물어보듯이 고개를 기울이자 선우가 눈에 힘을 주어 그를 본다. 큰일 났다는 생각을 하며 문도는 웃었다. 사람이 이렇게까지 사랑스러울 수 있나.

"취소 안 할 거고요. 전무님은 그냥 가셔도 돼요."

선우가 야무지게 핸들을 잡고서 말을 한다. 문도는 눈을 들어 주차장 바로 앞의 도로를 바라보았다. 가뜩이나 차량이 많은 도로에 차들이 길게 늘어서 있었다. 퇴근 시간 정체가 절정일 시간이었다.

"길이 막혀서 한참 기다려야 오겠는데요."

"괜찮아요."

"같이 기다려 줄게요. 여자 혼자 두고 가기 뭐하네."

"아뇨. 괜찮습니다."

"내가 그렇게 매너 없는 놈은 아니라서."

이게 무슨 소리야, 라는 눈으로 선우가 그를 보았다. 정색하는 선우의 눈과 마주치는 순간 웃음이 터져 나왔다. 별로 웃기지도 않은데, 그냥 웃음이 나왔다.

이선우의 어이없다는 듯한 표정이 웃겨서. 핸들을 야무지게 쥐고 있는 가느다란 손가락이 귀여워서. 그 와중에 안전벨트를 꼭 매고 있는 것까지도 사랑스러워서.

웃음을 머금은 얼굴로 여자의 눈을 본다. 맑은 갈색의 눈동자가 예쁘고 또 예뻤다. 어디 있다가 이제 나와서 나를 웃게 하나. 문도는 한숨처럼 웃고는 고개를 숙였다.

내가 피곤해서 이러지.

입술에 닿는 선우의 입술이 꽃잎처럼 부드러웠다.

입술은 잠시 닿았다가 떨어졌다. 무슨 일이 벌어졌는데, 그게 입맞춤인데, 그게 저 사람 입술이었는데…….

운전대를 잡은 선우의 몸에서 움직이는 건 혼란스러운 눈동자 뿐이었다. 그나마도 문도의 시선에 얽혀 있었다.

"싫었어요?"

가까운 거리에서 문도가 물었다. 말은 들리는데 대답을 할 수 없었다. 머리가 하얗게 비워진 것만 같았다.

싫고 좋고 그런 문제가……. 그게 그러니까…….

이상했다. 분명 순식간에 벌어진 일이었다. 그런데 입술이 닿았던 그 순간부터 시간이 멈춘 것 같았다.

스치는 숨소리, 포개지는 부드러운 입술, 비스듬히 내리뜬 눈동자. 그 눈동자에 담겨 있던 웃음과 한숨. 그런 것들이 전부……. 너무 생생하게 느껴졌다.

선우는 여전히 혼란스러운 눈으로 문도를 보았다. 무슨 일이 벌어진 건지 실감이 나지 않는데, 입술에는 감촉이 남아 있었다.

"방금…… 그게…… 왜……."

더듬거리는 선우를 보며 남자가 느릿하게 웃었다.

"더 하려고 하는데."

잠시 말을 멈추고 쉼표를 찍듯이 선우의 눈을 잠시 바라보았다. 무슨 말을 하는 건지 분명 알아들었는데, 목이 막힌 것처럼 말이 나오지 않았다.

"싫으면 말해요. 멈출 테니까."

커다란 손이 선우의 두 뺨을 감쌌다. 고개를 기울인 남자의 입술이 선우의 입술과 포개어졌다. 커다랗게 눈을 뜬 선우에게 입을 맞춘 남자는 비스듬히 웃으며 그녀의 아랫입술을 당겨 물었다.

처음 경험하는 낯선 감각이었다.

흘러들어 온 탄식 같은 숨이 머리를 어지럽게 했다. 부드럽고 따뜻한 물살에 떠밀리는 기분이었다. 가슴이 쿵쿵 뛰었고, 눈썹이 파르르 떨렸다.

선우는 자신도 모르게 눈을 감았다. 거듭 빨려 들어간 입술이 남자의 입안에서 부드럽게 굴려지다 형체 없이 뭉개졌다. 안쪽으로 빨려 들어갈 때마다 아랫배에 저릿저릿한 감각이 고여 들었다. 선우는 고개를 비틀며 말했다.

"잠시, 전무님. 잠시만."

"그럼 싫다고 해."

나직하게 들려오는 목소리에 아무런 말이 나오지 않았다. 싫다고 하면 멈출 것을 아는데도, 몇 번 만나지도 않은 사이에 이러면 안 된다는 것을 아는데도.

"……."

입술만 달싹이는 선우를 보며 문도가 건조하게 웃었다. 감았다 뜨는 눈동자가 유난히도 밝게 타는 것 같다는 생각을 할 때였다. 아까보다 거칠게 입술이 포개어지며 아랫입술이 다시 빨려 들어간다.

하아.

떨리는 숨소리가 자신의 소리인 것이 믿기지 않았다. 뺨을 감싼 커다란 손이 머리카락 사이로 파고들며 선우를 바짝 당겼다. 핸들을 움켜쥐었던 손이 펴졌다가 다시 오므라들며 허공을 긁었다.

나직한 웃음소리와 그보다 더 낮은 목소리로 내뱉는 욕설이 조각조각 흩어져 들렸다. 뜨거운 한숨이 흘러들어 오는가 싶더니 잇새 사이로 혀가 밀려들었다.

두툼한 혀가 숨이 막히게 깊이 들어와 힘 있게 파고들었다. 뭐라 정의할 수 없는 감각들이 밀려와 선우는 정신을 차릴 수 없었다. 뜨겁고 차가웠다. 강하고 부드러웠다. 아프고 감미로웠다. 모든 것이 하나로 뒤엉켜 어지러웠다.

파도처럼 밀려오는 감각들을 더는 견딜 수 없다고 생각했을 때, 문도가 천천히 입술을 뗐다.

"하아……."

선우는 파랗게 떨려 나오는 숨을 쉬었다. 남자는 비스듬히 굽혔던 상체를 반듯하게 세우고 고개를 돌려 어딘가를 보고 있었다.

"빨리도 오네."

짧게 중얼거린 목소리가 탁하게 들리는 건 아마도 정신이 없어서일 거라고, 선우는 생각했다.

긴급 출동 서비스 차량은 불빛을 반짝이며 나타났다.

"나오지 말아요. 입술이 엉망이야."

남자가 슥, 손목의 안쪽으로 립스틱과 타액이 묻은 입술을 정리하며 말했다. 선우의 얼굴이 뜨거워졌다. 차에 앉아 몇 번이나 입술을 닦으며 현실을 부정하는 동안, 서문도는 태연히 서비스 직원을 상대했다.

보닛을 여는 직원과 이야기를 나누고, 배터리 점프를 받는 모습을 지켜보고 있었다. 선우에게 시동을 걸어 보라고 하고, 투르르르— 소리와 함께 시동이 걸리자 직원에게 매너 좋게 인사를 한다.

긴급 출동 서비스 차량이 다시 불빛을 반짝이며 떠나는 모습을 바라보며 꿈은 아닐까, 꿈이었으면 좋겠다, 그렇게 생각을 하는데 서문도가 다시 선우의 차로 다가왔다.

"배터리 여분이 있으면 교체를 하려고 했는데, 없다고 해서 일단 점프만 해 놨어요. 시간 될 때 서비스 센터 들러서 교체해 달라고 해요."

선우는 아무렇지 않게 말을 하는 남자를 똑바로 바라볼 수조차 없었다. 방금 전까지 정신없이 키스를……. 아니야. 생각하지 마. 선우는 현실을 부정하며 고개를 저었다.

"운전 조심해서 하고, 도착하면 잘 도착했다고 메시지 한 통 남겨요. 지금이라도 같이 저녁 먹고 싶으면 말하고."

"아니요."

선우의 빠른 대답에 문도가 웃었다. 제대로 눈도 못 맞추고 있는 선우를 물끄러미 보다 가볍게 말을 했다.

"키스 처음 해 봤어요? 뭘 그렇게 부끄러워해?"

그 말에 선우가 퍼뜩 고개를 들어 문도를 보았다. 홧홧하게 열이 오른 얼굴은 삽시간에 빨개져 목 끝까지 붉게 물을 들였다.

"처음……이었어?"

남자가 눈을 가늘게 뜨며 중얼거렸다. 선우는 입술을 꾹 다물고 차창을 올리는 버튼을 눌렀다. 멍하니 그녀를 보고 있는 문도를 남겨 두고 차를 출발시켰다. 백미러 속의 남자가 점점 작아진다.

처음에 물어봤을 때 싫다고 했어야 하는데. 이러지 말라고 했어야 하는데. 그런 사이 아니지 않냐고, 내가 우스워 보이는 거냐고 그렇게 말을 했어야 하는데.

거기까지 생각하다가 선우는 입술을 깨물었다. 뭐가 이렇게 속이 상하는지, 알다가도 모를 일이었다.

문도는 뭐라 말할 수 없는 감정에 휩싸여 있었다. 선우의 차가 멀어지는 것이 보이는데 꼼짝할 수 없었다.

처음이라고.

처음에 의미를 두는 스타일도 아니었고, 그런 것에 연연해하는 스타일도 아니었다. 그런데 목 끝까지 빨개져 그를 보던 선우의 눈빛이 잊혀지지 않았다. 꾹 다물었던 입술과 흐트러진 머리카락이. 저 부드러운 입술에 자신의 입술 외에는 누구의 입술도 닿지 않았다는 것을 깨닫는 순간 몸을 흐르던 전율이.

처음이라고.

기막힌 일이었다. 어쩔 줄 몰라 하는 입술을 물고서 정신을 놓은 건 그였다. 이성이 날아가는 걸 알면서 붙잡을 생각도 하지 않았다. 그 순간 보이는 건 이선우밖에 없어서.

헛웃음이 나온다. 그래도 한 가지는 알았다. 선우를 이대로 내버려 둘 수는 없다는 것. 이렇게 보내기는 싫다는 것.

　쫓아가.

　머리가 아닌 마음이 말했다. 문도는 차에 올라 시동을 걸었다.

　전화벨이 울린 건 선우가 막 아파트 주차장에 막 주차를 마쳤을 때였다. 가방과 키를 챙겨 차에서 내리는데 핸드폰 벨이 울렸다. 가방을 뒤적여 핸드폰을 꺼내니, 이름은 없지만 어느새 눈에 익어버린 번호가 보였다.

　선우는 복잡한 마음으로 핸드폰을 내려다보았다. 벨 소리는 한참을 울리고 나서야 끊겼다. 이제 되었나 싶어 걸음을 옮기려는데 곧바로 메시지가 들어온다.

　전화받아요.

　무슨 할 말이 있다고. 선우는 아파트 사이의 먼 곳을 바라보았다. 한숨을 쉬며 입술을 깨물다 콜백을 했다.

　—네.

　남자의 목소리가 들려왔다.

　"하실 말씀이 뭔지는 모르겠지만, 저는."

　할 말이 없으니 연락하지 말아 달라는 말을 하려 할 때였다.

　—지금 오목교 지나는 길인데, 잠깐 나올 수 있어요?

　"네?"

　근처에 있는 것도 아닌데 저절로 고개가 돌아갔다. 어디라고?

—어디가 편해요?

"어디시라고요?"

—목동 아무 곳이나 찍었더니 이리로 안내하던데.

"왜…… 아니……."

말이 막혔다. 그대로 헤어졌어도 되었다. 뭐 하러 굳이 다시 만나려 하는 걸까.

—그렇게 들여보내긴 싫어서 그래요. 괜찮은지만 보고 갈 거니까.

남자의 말에 다시 얼굴이 화끈거렸다. 괜찮다는, 그러니 그냥 가라는 말을 하면 되는데 이상하게도 목에 걸려 나오지 않았다.

—만나기 편한 곳으로 주소 보내요. 그쪽으로 갈 테니까.

거기까지 말한 남자가 전화를 끊었다. 우습게도 상했던 마음이 거짓말처럼 흩어지고 있었다. 선우는 입술을 깨물며 핸드폰을 내려다보다가 아파트 단지 앞의 공원 이름을 적어 보냈다.

공원 벤치는 왜 긴 걸까.

선우는 엉뚱하게도 그 생각을 했다. 왜 길어서 나란히 앉게 만들까. 이 어색한 상황을 어떡하라고.

"괜찮아요?"

물어보는 질문에 잠시 답이 나오지 않았다. 당연히 괜찮지 않았다. 아까부터, 야외 커피숍에 앉아 담배를 피던 남자를 보았던 그 순간부터 하나도 괜찮지 않았다.

"네. 괜찮아요. 그냥 가셨어도 됐는데요."

"어떻게 그냥 가. 이선우 씨가 그런 얼굴로 갔는데."

남자의 미소가 부드러웠다. 그게 따뜻한 물처럼 마음을 위로했다.

선우는 맞은편의 나무를 바라보았다. 집까지 오는 동안 밤이 되었다. 한적한 아파트 단지의 공원에는 가로등 불빛이 길을 밝혔다. 발끝까지 드리워진 나무의 그림자가 바람에 흔들렸다.

운전을 하며 돌아오는 동안 많은 생각을 했다. 정확히는 많은 생각을 해 보려고 했다. 생각을 정리하고, 조금 더 이성적으로 판단을 하고, 왜 그랬는지, 어쩌다 그렇게 되었는지를 떠올려 보려고 했는데 아무것도 되지 않았다. 그냥 입을 맞추었던 순간의 감각들이 비눗방울처럼 퐁퐁 터져 나올 뿐이었다.

첫 키스를 했다는 것. 그것도 얼굴 몇 번 본 게 전부인 사람이랑 했다는 것. 그런데 어디론가 빨려 들어가는 기분이 들어 멈추라고 말도 못 했다는 것.

선우는 발끝에 닿아 있는 나무의 그림자에서 눈을 들었다. 벤치에 나란히 앉은 남자를 바라보았다. 키가 크고, 다리가 긴, 머리숱이 많고 눈썹이 짙은 남자를.

이 남자에 대해 아는 게 뭐가 있나. 문득 그 생각이 들어 남자에게 물어보았다.

"나이가…… 어떻게 되세요?"

"서른셋."

서른셋. 선우는 작게 중얼거렸다. 이제껏 나이도 모르고 있었다는 게 조금 웃겼다. 아는 게 하나도 없네. 그 생각을 하는데 문도가 말했다.

"집 주소는 이태원 27—3. 서도 케미컬 다니고, 키는 189, 몸무게는 77. 형제자매는 없고."

잠시 뜸을 들이다 피식 웃는다. 그러더니 커다란 손으로 얼굴을 쓱 쓸어내리며 목을 뒤로 젖혔다. 하늘을 올려다보며 눈을 몇 번 깜빡인 남자는 천천히 고개를 돌려 선우를 보았다.

"지금은 몹시 이선우랑 연애하고 싶고. 그래요."

남자가 한 번 더 웃었다. 부드럽고 깊은 눈빛이 선우를 향해 있었다. 선우는 문도가 정말 이상한 남자라고 생각을 했다. 무례한데 다정하고, 날카로운데 부드러운 이상한 사람이라고.

문도의 말을 끝으로 잠시 침묵이 흘렀다. 겨울밤의 아파트 공원에는 오가는 사람이 드물었다. 한 번씩 바람이 불어와 나뭇가지를 흔들었다. 선우는 쉽게 입을 떼지 못했다. 대답을 해야 할 때라는 걸 알았지만, 마음은 헝클어진 실타래 같기만 했다.

"저는……."

뭐라 이야기를 하려다 선우는 옅게 한숨을 쉬었다. 다른 것은 몰라도 하나는 분명했다. 이제까지 이렇게 끌리는 남자는 없었다는 것. 이유도 없이 자꾸만 생각나는 사람은 이 남자가 처음이라는 것.

그렇지만…….

이래도 괜찮은 건가. 너무 섣부른 것은 아닐까. 우리는 서로에 대해 아무것도 모르는데.

"저는 시간이 필요해요. 생각을 해 볼게요."

선우의 말에 문도가 고개를 끄덕이며 말했다.

"기다릴 테니까, 연락해요."

다시 바람이 불었다. 선우는 흔들리는 나뭇가지를 바라보았다. 겨울밤은 그렇게 깊어 가고 있었다.

며칠이 흘렀다.

늦은 저녁을 먹고 설거지를 마친 선우는 엄마와 민우가 빨래를 개고 있는 거실로 향했다.

"선우야, 딸기 좀 먹어 봐. 아빠가 어제 사 왔는데 큼지막한 게 맛있어 보이네. 세상 많이 좋아졌어. 12월에도 이렇게 맛있는 딸기를 먹을 수 있고."

동그란 접시에 큼지막한 딸기가 가득했다.

"먼저 먹지."

"너 딸기 좋아하잖아. 같이 먹어야지. 이게 맛있겠다."

엄마가 제일 크고 색이 진한 것을 골라 선우를 주고, 그다음으로 큰 것을 민우에게 건네주었다.

"엄마도 먹어."

"응. 우리 이따 오이 마사지나 할까? 영어 전담 선생님이 요즘 피부에 광이 나는 거야. 그래서 뭐 했냐고 물어봤더니 오이가 많이 생겨서 먹다가 얼굴에도 붙였대. 우리도 해 보자."

의욕에 가득 찬 엄마의 목소리를 들으며 선우는 딸기를 먹었다. 민우가 개어 놓은 수건을 화장실 수납장에 차곡차곡 넣어 두기도 하고, 감자 껍질을 벗길 때 쓰는 필러를 꺼내 오이를 얇게 저미기도 했다.

그러는 내내 서문도를 생각했다. 첫 키스의 멍한 충격이 가신 뒤, 천천히 생각을 해 보는 중이다. 춤을 추는 순간을 제외한 대부분의 시간에 남자를 떠올렸다. 생각하려 하지 않을 때도 생각이 나서, 마음이 흘러가는 대로 지켜보는 중이었다.

선우는 오이를 그릇에 담아 거실로 향했다. 불려 온 민우가 투덜거리며 누워 있는 혜숙과 선우의 얼굴 위로 오이를 하나씩 붙여 주었다. 선우는 엄마를 불렀다.

"엄마."

"엉."

"나 발레 배우고 싶다고 했을 때 기억나?"

"기억나지 그럼."

선우는 천장의 형광등을 바라보며 그때를 생각했다. 초등학교 2학년 때였는데, 매일매일 친구가 다녔던 학원으로 걸어가 한 시간씩 문 앞에 앉아 있다 왔더랬다.

"어느 날 갑자기 발레 학원 다니고 싶다고 했잖아. 친구 누구더라."

"은지."

"응. 은지 다니는 학원에 가고 싶다고."

어릴 적 맞벌이를 하는 엄마 때문에 시간을 학원에서 보내야 했는데. 대부분의 여자아이들이 그랬듯, 학교 앞의 상가에 있는 피아노 학원과 미술 학원을 다녔다.

아주 재밌어하지도 않았지만, 크게 불만이 있지도 않았다. 그냥 무던하고 성실하게 학교와 학원을 오갔던 기억이 난다. 그래서 발레 학원에 가서 한눈에 빠졌을 때도 자각이 늦었다. 그냥 와, 예쁘다 그 정도 생각을 했었는데 매일 생각이 났다.

왜 그러는지도 모르고 친구가 다니는 학원을 매일 갔다. 창문 너머로 수업받는 것을 훔쳐보기도 하고, 레슨실에서 나오는 음악 소리를 듣기도 했었다. 그렇게 일주일쯤 지났을까. 집에 돌아와 부랴부랴 저녁을 차리는 엄마를 보는데, 마음은 저절로 소리가 되어 나왔다.

'엄마, 나 발레 학원 다니고 싶어.'

눈을 휘둥그레 뜨는 엄마에게 한 번 더 말을 했었다.

'나도 발레 배우고 싶어.'

처음으로 소리 내서 무언가를 원한다고 말을 했던 순간이었다. 그리고 그 이후로 다시 그렇게 뭔가를 하고 싶다고 말을 한 일이 없었다. 발레 하나면 부족한 것이 없어서. 그거 하나면 충분해서. 그게 전부여서.

"그다음 날 엄마가 그랬잖아. 발레 학원 다니라고. 하고 싶은 거 하라고. 하다 재미없고 힘들면 그때 그만둬도 된다고."

"그랬나?"

"응."

어린 나이였지만 똑똑히 기억이 난다. 엄마 손을 잡고 발레 학원을 가는 길이었다. 해 보고 아니면 마는 거라고. 이게 아니어도 또 재밌는 일이 있고, 또 하고 싶은 일이 있고 그럴 거라고. 그러니 두려워 말고 뭐든 해 보라고.

남자는 살면서 두 번째로 자꾸 생각이 나는 무엇이었다. 평범한 일상을 흔들어 놓는 바람이었고, 같이 가 보자고 발목을 휘감는 물살이었다.

그래도 될까.

겪어 보고 아니면 말아도 될까. 두려워 말고 한 발을 디뎌 보아도 될까.

"실은 엄마가 너 몰래 낮에 학원에 먼저 다녀왔었어. 어떤 학원인가 궁금해서 가 봤더니 네가 매일 와서 앉아 있다 갔다는 거야. 그래서 아, 시켜야겠다. 생각을 했지."

"두 분 다 그만 떠드세요. 마사지 중에 말하면 주름 생깁니다."

머리맡에서 민우가 엄숙하게 말했다. 엄마가 웃는다. 같이 웃으며 선우는 천장을 바라보았다. 깊고 부드러웠던 남자의 눈동자가 생각나는 밤이었다.

연락은 오지 않았다.

문도는 식탁 위로 서빙이 되고 있는 누룽지 백숙을 건조한 눈으로 바라보았다. 앞앞에 놓이는 커다란 유기그릇에는 작은 닭이 다리를 꼰 채로 올라가 있었다.

"아빠. 유라느은, 아빠가 건강해져서 너무 좋아. 아빠가 사 준 옷 입었는데 어때? 완전 예쁘지? 그치?"

회장 옆에 착살맞게 달라붙은 서유라가 코맹맹이 소리를 냈다.

"그니까 아빠, 나 결혼시켜 주라. 어? 나 진짜 이 사람 사랑한단 말이야아."

얼마 전에 돈 뜯어먹던 배우 지망생과 헤어졌다더니, 이제는 웬

음악 감독 나부랭이를 만난단다. 만난 지 두 달도 안 되어 결혼을 하겠다고 저 난리였다.

"내가 만나 봤는데, 사람은 괜찮은 거 같아요. 김 서방은 첨 봤을 때부터 그렇게 차갑더니 이쪽은 그래도 살갑게 인사도 하구 그러더라고요?"

박소영이 한마디를 곁들였다.

"이, 이혼한 지 어, 얼마나 되었다고. 메, 메리지가 장난이야? 장 여사, 겉절이 듬뿍 줘."

심근경색으로 입원과 퇴원을 반복한 회장은 기력이 반으로 줄었다. 그래서인지 부지런히 보양식을 찾아 댔다.

"아버지, 요 갓김치도 좀 드셔 보세요. 기가 맥힙니다."

싱글싱글 웃는 얼굴로 말을 하는 아버지와 그 옆에서 표정을 구기고 닭다리만 헤집는 큰아버지. 큰아버지 귀에다 뭐라 속닥이는 큰어머니. 그 옆에서 처먹기 바쁜 서창도와 서준도.

분기별로 한 번씩 찾아오는 변함없는 풍경이 새삼스레 짜증이 났다. 문도는 벌거벗고 누워 있는 닭을 피해 누룽지죽을 한 숟갈 떴다. 기계적으로 입에 넣는데 부드럽게 흩어지는 죽이 모래알 같았다.

이대로 끝인가. 정말 연락을 안 할 건가.

오늘로 열흘째였다.

처음 이틀은 여유로웠다. 곧 연락이 오겠지. 신중하게 생각을 하는 중이겠지. 일주일이 지났을 땐 설마 거절을 하려고 이러나, 거절을 하려니 미안해서 연락을 못 하는 건가, 그 생각을 했는데 열흘째인 오늘은 모든 게 다 짜증이었다. 비위가 틀어지며 입맛이 없어졌다.

"아빠앙, 우리 그이 진짜 착하다니깐? 나 진짜 이번엔 이혼 안 할게. 우리 넘넘 잘 맞아. 먹는 것도 비슷하고 좋아하는 것도 비슷해. 아씨 진짜 나 결혼시켜줘죠. 어? 그이 만나구 나 약도 안 하잖앙."

얼씨구. 약 안 하는 게 자랑이다.

한심해서 쳐다보자 유라가 눈을 흘겼다. 무감히 바라본 뒤 깔깔한 입안으로 동치미 국물을 흘려보냈다. 이건 왜 이렇게 짜. 속으로 짜증을 내다 다시 한숨을 삼켰다.

그때 키스를 하는 게 아니었는데.

너무 성급했다는 생각이 뒤늦게 들었다. 얼굴도장 몇 번 찍은 주제에 대뜸 입술부터 빨아 버렸으니 겁을 먹었겠지. 게다가 처음이었다는데.

그날의 이선우를 생각하니 가슴이 욱신거렸다. 정신을 놓아 버릴 정도로 좋았던 입맞춤과 목까지 빨개졌던 얼굴. 시동이 걸리지 않는 차 안에 앉아 새초롬히 그를 보던 예쁜 눈.

문도는 다시 한번 한숨을 삼켰다.

내가 싫은 건가.

생각은 단 한 번도 가정해 본 적 없는 곳까지 다다랐다. 혼자만의 거한 착각이었나. 너한테 나는 질척대는 미친놈 그 이상도 이하도 아니었을까.

속이 얹힐 것 같아 찬물만 연거푸 마실 때였다. 의자에 희미한 진동이 왔다. 문도는 대충 걸쳐 놓은 재킷 속의 핸드폰을 꺼냈다.

쓱 화면을 보고는 그대로 자리에서 일어섰다.

"왜, 문도 다 먹었어?"

"급한 일이 있어서요. 먼저 가 보겠습니다."

재킷을 챙겨 성큼 나서는데 서용호가 인상을 쓰며 말했다.

"뭔데 새파랗게 어린 게 식사 중에 일어서? 여기서 일은 너만 해?"

"그러게요."

문도는 대충 대답하며 성큼성큼 걸었다. 저, 저 싸가지 없는 새끼. 큰아버지의 목소리가 빠르게 멀어진다. 엘리베이터 버튼을 누른 문도는 핸드폰을 꺼내 다시 한번 메시지를 읽었다.

괜찮으시면 오늘 뵐 수 있을까요?

지금 그를 멈춰 세울 수 있는 건 아무것도 없었다.

선우는 2층의 창가 자리에 앉아 있었다. 커피 두 잔을 테이블 위에 올려놓고 서문도를 기다리는 중이었다. 아래층에서 딸랑, 맑은 종소리가 들리더니 계단을 올라오는 발걸음 소리가 들려왔다. 왠지 서문도일 것만 같아 고개를 돌렸더니 계단을 올라오던 남자가 우뚝 멈추어 섰다.

"오셨어요?"

선우는 자리에서 일어나며 말했다. 멈춰 선 남자는 한동안 말이 없었다. 알 수 없는 눈으로 그녀를 바라볼 뿐이다. 그러다 어느 순간 후, 하고 호흡을 가다듬더니 다시 걸어 선우가 있는 테이블까지 왔다. 싱긋 웃으며 말을 한다.

"기다리다가 숨넘어갈 뻔한 거, 알고 있어요?"

"아, 계속 공연이 있었어요."

그랬냐는 듯 남자가 고개를 끄덕였다. 공연이 있기도 했지만, 대답이 많이 늦기도 했다. 처음부터 이렇게 시간을 끌려던 건 아니었는데 전화를 할까, 메시지를 보낼까, 몇 번이나 망설이다 가 그대로 접기를 반복했다. 마음은 이미 정해졌는데도, 쉽지 않았다.

"그래서…… 생각은 해 봤어요?"

자리에 앉은 문도는 선우가 권하는 커피를 한 모금 마시고 물었다. 선우는 눈을 들어 앞에 앉은 남자를 바라보았다. 여전히 너무 강하다는 생각을 한다. 너무 세고, 너무 아름다웠다. 세찬 물살이 되어 그녀를 휘감을 것만 같았다. 그래서 피하고 싶었던 건지도 모른다. 감당하기엔 버거운 남자라서.

게다가 남자가 가진 배경과 지위 역시 평범과는 거리가 멀었다. 삶의 궤적이 하나도 겹치지 않는, 많이 다른 세상에 사는 많이 다른 사람이었다.

그래서 오래 생각을 했다.

충분히 시간을 두고서 마음을 따라가 보았다. 나는 어떻게 하고 싶은 걸까. 미래에 대한 걱정도 지우고, 한낱 장난이 아닐까 하는 기우도 지우고, 많이 다른 세상에 대한 편견도 지우면.

나는 이 사람에 대해 어떤 감정을 가지고 있나.

"네. 생각 많이 해 봤어요."

남자가 톡톡, 커피 잔을 손가락으로 두드렸다. 그러다 한숨을 쉬며 웃는다.

"이게 뭐라고 피가 마르네. 아직도 마를 피가 남았나."

선우는 그 순간 작게 웃었다. 남자가 던지는 이상한 유머들이 좋았다. 시니컬한 농담을 툭 던질 때면 그냥 웃음이 나왔다.

"웃으니까 좋긴 한데, 그래서 대답은."

"……."

"거절이야?"

성마른 독촉에도 웃음이 나왔다.

"웃지 말고 말을."

신기했다. 남자가 이렇게 초조할 수도 있다는 게. 그 사실이 이상하게 위안이 되어 선우는 입을 열었다.

"자꾸 생각이 났어요. 생각하고 싶지 않았는데, 신경 쓰고 싶지 않았는데 생각도 나고 신경도 쓰이고 그랬어요. 다시 보는 일은 없었으면 좋겠다고 생각했다가, 다시 만나게 되면 어떻게 해야 하나 생각도 했다가."

연락을 기다리는 내내 온통 이 남자였다. 우산을 가져간 남자가 마음도 가져갔다는 걸 이제는 안다.

"전무님이랑 같이 있으면 제가, 제가 아닌 것 같은 그런 기분이에요. 괜히 의식해서 이상한 말이나 하고, 안 하던 행동도 하고."

열흘 동안 망설였던 건 이 말을 하기가 어려워서였다. 나도 당신에게 끌린다는 말을, 그러니 우리 정식으로 만나 보자는 말을 하려고 마음을 먹었는데, 아무래도 쉽게 용기가 나지 않아서.

"몇 번 만나지도 않은 사이에 이런 결정을 내리는 게 무모한 것 같긴 한데요."

선우는 대답을 기다리고 있는 남자의 눈동자를 바라보았다. 아름다운 눈이었다. 빠져들면 다시는 나오지 못할 것 같은.

그래도 한 발을 디뎌 보기로 한다. 물살에 휩쓸려 내려가는 일이 있다 하더라도, 그 물살의 끝에는 바다가 기다리고 있을지 모르니.

"저도 전무님 만나 보고 싶어요. 아직도 그럴 마음이 있으시다면요."

돌고 돌아도 언젠가는 다시 만날 것만 같아서. 이유를 알 수 없지만 당신이 아니면 안 될 것 같아서. 우리가 만난 게 어쩌면 운명인 것만 같아서.

선우는 이제야 천천히 미소를 짓는 남자를 바라보았다.

그 밤, 남자는 여자에게 두 번째 키스를 했다. 세 번째 키스도, 네 번째 키스도 했다.

그렇게 좋아서 어쩔 줄 모르는 연애가 시작되었다. 남자는 자주 여자의 이마에 입을 맞추었고, 툭하면 끌어안고서 살냄새를 맡았다.

첫 밤에는 사랑한다고 몇 번이나 속삭였고, 아플까 봐 제대로 움직이지도 못했다. 손을 잡고서 광화문 광장을 산책했고, 부암동 만둣국집을 자주 다녔다.

매일 집까지 바래다주다가 남동생에게 들켰고, 그 주말에는 부모님께 인사도 드렸다. 여자의 엄마가 차려 놓은 갈비찜을 먹었고, 결혼을 하고 싶다고 말을 하는 바람에 놀란 여자가 딸꾹질도 했다.

끌려 들어간 여자의 방에서 청혼을 하는 모습도 보였다. 그래서 나랑 결혼하기 싫어? 입을 맞추며 물어보는 남자가 보인다.

눈만 깜빡이다 얼굴을 푹 숙이는 여자의 모습도, 아니요, 하고 작게 속삭이는 목소리도, 그런 여자에게 한 번 더 입을 맞추는 남자의 모습도.

문도는 천천히 눈을 떴다.

꿈에서 보았던 여자가 그의 품에서 잠들어 있었다. 바깥에선 풀벌레 소리가 들리고 천장의 실링팬이 돌아가고 있었다.

문도는 새근새근 자고 있는 선우의 머리카락을 넘겨 주었다. 말간 뺨도 쓸어 보고 예쁜 눈썹도 가만히 어루만졌다. 선우가 잠결에 천천히 눈을 떴다.

"더 자. 아직 밤이야."

이마에 입을 맞추며 말하자, 잠이 묻은 눈동자로 그를 보더니 연하게 미소를 지으며 다시 눈을 감았다.

꿈의 내용이 점점 희미해진다. 아쉽지는 않았다. 어느 생에서 다시 만난다 해도, 그에게는 선우가, 선우에게는 그가 있을 것을 알았기에. 돌고 돌아 결국은 사랑할 것을 알았기에.

그래도 다음 생에서 우리가 다시 만난다면, 그때의 너는 아픔은 모르는 얼굴로 웃기를. 마음 아픈 일들은 전부 내 것이 되기를.

문도는 그렇게 기도하며 선우를 당겨 안았다. 부드러운 선우의 살냄새를 맡으며 눈을 감았다. 어느 생이라 해도 그의 사랑이었을 이선우의 냄새였다.

외전 4. 아무 날도 아닌 날

3월도 절반이 지났다.

제법 부드러운 봄바람이 불어오는 저녁이었다. 문도는 풍성한 꽃다발을 들고 아트 센터로 올라가는 계단을 밟았다. 정문의 옆쪽에는 건물을 뒤덮을 정도로 커다랗게 붙여 놓은 대형 현수막이 바람에 펄럭거렸다.

발레극 '하백'

눈을 지그시 감은 여자가 고개를 들어 하늘을 보고 있었다. 오늘은 선우의 지도교수인 이임선 교수가 오랜 시간 공들여 기획한 발레 공연의 오프닝 날이었다. 덕분에 교수를 도와야 하는 선우 역시 겨울방학 내내 바쁘게 지내야 했다.

공연이 시작되려면 아직 한 시간 정도 여유가 있었다. 문도는 로비에 들어서며 선우에게 전화를 걸었다. 몇 번의 신호음 끝에 선우의 목소리가 들려왔다.

— 네.

"많이 바빠?"

— 조금요. 바쁘다기보다 정신이 없어요. 첫날이라 그런가 봐요.

문도는 천천히 걸어가며 주변을 보았다. 티켓 판매 부스도 보이고 커다랗게 꾸며 놓은 포토월도 보였다. 기념품 숍 앞에서 걸음을 멈춘 문도는 쌓여 있는 팸플릿 한 장을 집어 들었다.

— 당신은 아직 회사예요? 저녁은 먹었어요?

"저녁은 먹었고, 회사는 아니야."

문도는 대답하며 제일 뒷장을 훑어보았다. 기획, 연출, 조연출, 음악 감독, 무대 감독. 수십 명의 스태프 이름이 깨알 같은 글씨로 빽빽하게 쓰여 있는 곳에 선우의 이름은 없었다. 잡일을 도맡을 뿐, 아직 그럴싸한 직책 하나 없는 대학원생에게는 당연한 일이었다.

— 퇴근하는 중이에요?

"응."

— 잘됐다. 당신이라도 규원이랑 놀아 줘요. 공연 끝나고 가려면 아무래도 늦을 거니까.

"그건 불가능해. 지금 미리내홀 로비거든."

잠시 침묵이 흘렀다. 선우가 믿지 못하겠다는 듯 다시 물었다.

— 어디라구요?

"로비. 공연장이야."

— 어……. 잠깐만요. 왜……. 아니.

당황한 선우의 목소리에 문도는 웃었다. 교수가 내어 준 초대권은 며칠째 선우의 책상 위에 무심히 놓여 있었다. 자신이 기획팀으로 참여한 첫 공연이라 떨린다는 말을 하면서도, 올 수 있냐는 질문 한 번을 하지 않았다.

이번 공연이 자신에게는 의미 있는 일이긴 하나 누군가를 초대할 만한 일이라고 생각하지 않는 것 같았다. 성실하지만 무심한 이선우답달까.

"와야지. 이선우 첫 공연인데."

건너편에서 잠시 말이 없었다. 민망해서 얼굴이 붉어진 선우의 모습이 눈에 보이는 것 같았다. 정신을 차린 선우가 급하게 말했다.

— 로비라고 했죠? 그쪽으로 갈게요. 거기 잠깐만 있을래요? 교수님께 말씀드리고 올게요.

"내가 갈게. 여기까지 왔는데 축하 인사는 드려야지."

문도는 손에 들린 꽃다발을 보며 대답했다. 이름 모를 꽃들에게서 좋은 냄새가 났다. 수화기 건너편의 선우가 어, 그럼, 하고 말을 이었다.

— 그럼 기프트 숍 뒤쪽으로 돌아서 복도 지나면 철문 있거든요. 그거 열면 계단 나와요. 지하로 이어지는 계단으로 내려오면 돼요. 나도 나갈게요.

"그래. 그쪽으로 갈게."

문도는 대답을 하고 전화를 끊었다.

선우가 알려 준 대로 인적이 드문 긴 복도를 지나 아래로 향하는 계단을 내려갔다. 회색빛 철문을 열고 대기실로 이어지는 조금 어둑한 통로를 향해 가는데 저 앞쪽에 한복을 입고 몸을 풀고 있는 무용수들의 모습이 보였다.

"아까 교수님 옆에 있던 사람이 이선우 리나예요? 아, 이젠 리나 아닌가."

문도는 들려오는 선우의 이름에 잠시 걸음을 멈추었다.

"응. 넌 첨 봤겠네?"

"네. 그 사람 맞죠? 국립 발레단 유망주였는데 부상으로 그만뒀다는. 부모님 사고 때문이었던가? 그만두고서 학원으로 빠졌다는 얘기는 얼핏 들었는데, 결혼을 재벌 3세랑 했다면서요?"

"그랬다더라."

"정말 소문대로 그, 서도…… 맞나? 거기 그 남자랑 결혼한 거예요?"

"그렇대. 나도 자세한 건 모르고 결혼하고 전공 바꿔서 학교로 돌아온 것만 알아."

거리가 제법 있어서 그런지 그의 존재를 모르는 듯했다. 문도는 무표정한 얼굴로 앞을 보며 걸음을 떼었다. 아마도 다음 말을 듣지 않았더라면 무심한 표정으로 그들을 스쳐 지났을 거였다.

"안타깝더라. 진짜 유망했던 리나였는데, 그렇게 주저앉은 거 보니까. 인생 참 한순간이야."

"거의 원 톱이었다면서요?"

"응. 진짜 잘했어. 지독한 연습 벌레이기도 했고. 왜 그런 사람 있잖아. 타고난 데다 노력도 진짜 많이 하는, 그냥 춤추려고 태어난 사람. 그래서 밉지도 않고 질투도 안 나는 사람."

가볍게 몸을 풀며 무용수가 말했다. 그 정도였냐고 물어보는 다른 무용수에게 그렇다며 고개를 끄덕였다.

"지난번에 연습할 때 파트너 빠진 애 옆에서 잠깐 상대해 주는데, 실력 여전하더라. 학부 애들 공연 짜고 그럴 땐 같이하기도 하고 그러나 봐."

"다시 무대 서려고 하는 걸까요?"

"불가능하지. 나이도 나이고 기량도 그렇고. 취미 삼아 하면 모를까. 전공도 기획으로 틀었잖아."

"아까 리허설 무대 보는 옆모습 보는데, 괜히 내 맘이 좀 그렇더라구요."

"뭘 또 마음이 그래. 본인은 지금 행복하게 잘 사는 것 같던데. 공연 시작까지 한 시간도 안 남았다. 남 걱정은 그만하고 우리 걱정이나 하자구."

무용수들이 우르르 대기실로 들어갔다. 문도는 텅 빈 복도를 바라보다 가볍게 숨을 쉬었다. 꽃다발을 고쳐 잡고 다시 걸어가는데 저 멀리 복도 끝에서 선우의 모습이 보였다.

"문도 씨!"

그를 본 선우가 환하게 미소를 지었다. 걸음을 빨리하며 그에게로 다가오는 선우의 얼굴에 반가움이 가득했다.

"어떻게 온 거예요? 티켓 따로 샀어요?"

"첫 공연인데 왜 안 불러? 기다려도 안 주길래 알아서 챙겨 왔어."

선우의 이름이 쓰여 있는 초대권 봉투를 꺼내자 선우가 민망하다는 듯이 웃었다.

"교수님 도와서 보조하는 정도지, 정식으로 이름 올라간 스태프도 아닌걸요."

선우의 눈길이 커다란 꽃다발로 향했다. 뭘 이런 걸 다 사 왔냐는 표정으로 눈을 크게 뜨는 선우를 보며 문도는 말했다.

"좋아하지 마. 교수님 거니까."

그 말에 선우가 조금 민망하다는 듯 웃고 나서 말했다.

"교수님 좋아하시겠어요. 너무 예쁘다."

문도는 비어 있는 손으로 선우의 손을 잡았다. 선우가 그를 올려다보며 미소를 지었다. 그늘이 없는 미소에 문도도 마주 웃어 주었다.

공연이 끝난 시간은 늦은 밤이었다. 문도는 선우의 손을 잡고 가로등 불빛이 환히 비추고 있는 계단을 내려왔다. 선우가 스태프들에게 인사를 하고 나오느라 시간이 지체되어 그런지 주차장으로 가는 길은 한산했다.

"타."

문도의 말에 조수석 문을 연 선우는 아, 하고 짧은 소리를 냈다. 조수석에 색이 고운 핑크색 튤립 한 다발이 있었다. 그 사이에 꽂혀 있는 자그마한 카드에는 첫 번째 공연을 축하한다는 짧은 문장이 쓰여 있었다.

"설마 내가 교수님 것만 샀을까."

문도는 자신을 올려다보는 선우에게 말했다. 핑크빛 튤립의 색으로 연하게 볼이 물든 선우가 한숨처럼 웃으며 꽃다발을 품에 안았다.

"고마워요. 이런 것까지 축하해 줄 거라고는 생각도 못 했는데."

"이선우가 참여한 첫 공연이잖아."

"그렇긴 하지만 스태프로 이름이 올라간 것도 아니고, 아직 뭘 했다고 말할 정도는 아닌걸요."

"그렇긴 해."

문도는 차를 출발시키며 순순히 긍정했다. 핸들을 돌리는 문도를 선우가 밉지 않은 눈으로 흘겨보았다. 눈매에 부드러운 웃음을 걸고서 그를 보더니 고개를 내려 꽃향기를 맡았다.

"예뻐요. 향기도 너무 좋고."

너도 그렇다는 말을 하려다가 문도는 입을 다물었다. 꽃다발을 품에 안고서 부드럽게 미소 짓고 있는 선우의 옆모습이 그림 같아서 조금 더 보고 싶었기 때문이었다.

부드러운 침묵이 흐르는 동안 차는 강변도로를 따라 달렸다. 깜깜해진 밤의 강물은 어둠과 쉽게 구별이 되지 않았다. 멀리 대교의 불빛에 따라 흔들리는 물비늘을 보다가 문도는 물었다.

"아쉽지 않아?"

선우가 무슨 말이냐는 듯 문도를 돌아보았다.

"발레 그만둔 거 말이야."

아, 그거요…….

선우가 작게 소리를 내었다. 그러다 잠시 눈이 마주치는 순간 희미하게 웃었다.

춤을 계속 추었더라면 어땠을까. 무대의 뒤편이 아닌 무대 한가운데 네가 있을 수도 있었을 텐데.

"처음엔 아쉬워할 겨를이 없었어요. 부상 중에 부모님이 돌아가신 데다 생계를 책임져야 한다는 생각밖에 없었거든요. 가끔 생각은 났지만, 그래도 민우랑 살아가는 게 먼저니까. 아쉬워한다고 바뀌는 것도 없고요."

선우는 이젠 아득할 정도로 오래된 날들을 생각했다. 재활을 생각하는 것조차 사치였던, 너무나 당연히 돈을 버는 것을 선택해야 했던 그때. 민우의 등록금, 생활비, 각종 세금과 공과금. 그런 것들을 책임지는 게 더 중요했던 시절이 있었다.

"민우 일이 있고 난 뒤에는……. 그때는 아무것도 중요하지 않았어요."

시련은 더 큰 시련이 덮어 버렸다. 생의 전부였던 춤은 부모님의 죽음과 민우의 죽음 앞에서 아무것도 아니었다.

"지금은?"

문도의 물음에 선우는 빙그레 웃었다. 돌아가기엔 너무 먼 길을 오기도 했지만, 다시 돌아가고 싶은 마음도 없었다.

미련이 남지 않는다면 거짓말이겠지만, 처음부터 좋아했던 건 무대가 아닌 발레를 하며 몸을 움직이는 그 행위 자체였다. 바늘 끝에 서 있는 것 같은 집중의 순간들을, 호흡까지 잊을 정도로 온전히 집중하는 시간들을 좋아했다.

"지금은 지금 하는 공부가 재밌어요. 더 많이 배워 보고 싶기도 하고요."

선우는 흘깃 자신을 돌아보는 문도를 바라보았다.

문도에게 말을 하진 않았지만, 학부생들 공연 안무 짜는 것을 도와주다가 다시 춤을 추기 시작했다. 시작이라는 말은 어폐가 있을 수 있겠다. 그저 학교 연습실에서 틈틈이 몸을 움직이고 있을 뿐이니.

굳어 버린 근육 때문에 기본의 기본부터 다시 천천히 시작해야 하지만, 그렇게 시작한다고 해서 예전만큼의 기량을 회복할 수도 없겠지만, 그거면 충분했다. 직업이 아닌 취미가 되었다고 해서 발레를 대하는 마음이 줄어드는 건 아니니까.

"그리고 규원이도 너무 중요하고, 그리고."

잠깐 그녀를 돌아보는 문도를 보다 선우는 웃었다. 하려던 말이 있었지만, 남편을 닮아 가는지 괜히 다른 말이 나왔다.

"어머님이랑 장 여사님도 너무 좋고. 그래서 괜찮아요. 아쉬운 것 없어요."

문도가 뭐라 말을 하려다 입을 다물더니 어이없다는 듯 웃었다.

"어머니랑 장 여사님이 좋다 이거지."

"네. 시터 아주머니도 좋고. 아, 옥수댁 아주머니도요. 돌아오셔서 좋아요."

시치미 떼고 말하는 선우의 눈동자가 반짝거렸다. 문도는 한쪽 눈썹을 올리며 말했다.

"아하. 그렇게 나오시겠다?"

때마침 앞에 보이는 신호등이 붉은색으로 바뀌었다. 속도를 줄여 차를 멈춘 문도는 손을 뻗어 선우의 손을 잡았다. 깍지를 끼고 힘을 주며 물었다.

"나는? 응? 나는?"

대답 없이 웃는 선우와 짧게 실랑이를 벌이던 중에 신호가 바뀌었다. 다시 차를 출발시키는데 선우가 깍지 낀 손을 들어 올렸다. 그러더니 그의 손등 위에 가만히 입을 맞추며 말했다.

"너무 좋아."

그 한마디에 갈증이 일었다. 신호가 바뀌자 문도는 속력을 높였다. 집으로 돌아갈 시간이었다.

새벽, 푸르게 동이 터 오는 하늘을 보며 달리던 문도는 러닝 머신의 속도를 줄였다. 삐삐삐— 버튼을 누를 때마다 한 칸씩 낮아지는 속력에 걸음이 느려지고 숨이 차올랐다.

"후우."

문도는 속력을 줄여 걸으며 앞을 보았다. 지층에 위치한 트레이닝 룸은 전면이 정원을 향해 있어 커다란 유리창을 통해 푸른 잔디밭이 잘 보였다.

동이 터 오는 하늘 아래로 녹색이 짙어지고 있는 정원이 보였다. 선우가 아이를 위해 만들어 놓은 작은 텃밭과 모래 놀이터도 보인다. 차양을 드리운 흔들 그네도.

삐—

긴 소리를 내며 어느새 멈추어 선 러닝 머신 위에서 문도는 가만히 앞을 보았다. 동이 트는 풍경 위로 연하게 미소를 짓던 선우의 얼굴이 겹쳐진다.

'괜찮아요. 아쉽지 않아요.'

그 대답이 내내 머릿속을 맴돌았다. 괜찮다고, 아쉬운 것 없다고 말하며 빙그레 웃던 이선우는 정말 괜찮은 것이겠지만.

문도의 시선이 러닝 머신에 머물렀다.

이 집에는 그를 위한 트레이닝 룸이 있고, 아이를 위한 텃밭과 놀이터가 있었다. 선우 역시 공부를 하기 위해 서재를 따로 쓰고는 있지만 그건 발레리나 이선우를 위한 공간은 아니었다.

'지난번에 연습할 때 파트너 빠진 애 옆에서 잠깐 상대해 주는데, 실력 여전하더라. 학부 애들 공연 짜고 그럴 때 같이 하기도 하고 그러나 봐.'

어제 들었던 목소리를 떠올리며 문도는 러닝 머신에서 내려와 트레이닝 룸을 돌아보았다. 집을 매입하며 각종 기구들로 채워 놓은 트레이닝 룸이지만, 집에서 느긋하게 운동을 할 시간이 없다 보니 주로 주말에나 이용하고, 주중엔 대부분 회사의 트레이닝 센터를 이용하고 있었다.

이 공간이 이렇게 클 필요가 있나.

문도는 유리문을 열고 나와 지층의 거실을 바라보았다. 위층만큼 커다란 거실에는 역시 정원이 보이는 커다란 통유리 창이 있었다.

문도는 사람이 앉는 일이 거의 없는 소파와 테이블을 바라보다가 핸드폰을 들었다. 명 실장에게 일어나면 전화를 달라는 간단한 메시지를 보내고 돌아서는데 벨이 울렸다.

— 네, 전무님. 명규진입니다.

"깨운 건가요?"

— 아뇨. 일어나 있었습니다. 무슨 일이시죠?

"지하에 공사를 좀 할까 하는데. 트레이닝 룸이랑 거실 쪽으로요."

문도는 원하는 공간에 대해 규진에게 간단히 이야기를 한 뒤 전화를 끊었다. 자세한 스케치는 공간 디자이너와 다시 이야기를 해봐야 나오겠지만, 대강의 모습은 벌써 머릿속에 있었다.

해가 환하게 들어오는 넓은 연습실. 긴 바가 있고, 유리 너머로는 아이가 뛰어노는 정원의 풍경이 보이는 곳.

문도는 다시 한번 공간을 바라본 뒤 몸을 돌렸다.

햇볕이 따뜻한 오후, 선우는 규원이를 무릎에 앉히고 동화책을 읽고 있었다.

"아기 브라키오사우르스는 엄마를 찾아 돌아다녔어요. 나무야, 나무야 우리 엄마를 보았니?"

"보안니?"

규원이가 마지막 말을 따라 하던 순간, 따가운 소리가 커다랗게 공간을 울렸다.

드르르르르르륵—

바닥까지 흔드는 드릴 소리에 규원이 손으로 귀를 막았다. 몇 초 정도 더 이어진 드릴 소리가 멎은 뒤에 규원은 인상을 찌푸리며 말했다.

"엄마, 시끄러요."

"아래층 공사 중이어서 그래. 아빠 운동실이 오래돼서 고치는 거래."

선우의 말에 규원은 한 번 더 미간을 찌푸렸다. 아일랜드에서 딸기를 씻던 장 여사가 그 모습을 보고 웃으며 말했다.

"첫날인 오늘만 시끄럽고 내일부터는 괜찮대요. 큰 소음은 철거하는 오늘이나 있다고 하니까. 내일부터는 크게 시끄러운 거 없댔어요. 게다가 낮 시간에만 공사할 거고."

선우도 어제 문도에게 이야기를 들었다. 트레이닝 룸의 기물들을 교체하며 구조도 조금 바꿀 예정이라고 했다. 선우가 나가 있는 낮 시간 동안 진행될 예정이니 신경 쓸 일은 없을 거라고도 했다.

"시터 아주머니는요? 낮에 시끄러웠을 텐데, 괜찮으시대요?"

"숙소 동으로 건너가 있어요. 곧 건너올 거예요."

이번엔 드릴 소리가 아닌 무언가를 쿵, 하고 떨어뜨리는 소리가 났다. 규원이 다시 코끝을 찡그렸다.

"우리가 오늘 일찍 와서 그런가 보다. 조금 있으면 끝난대. 놀이학교가 조금 일찍 끝났어. 그치?"

평소보다 수업이 일찍 끝나는 월요일이라 직접 놀이학교로 규원을 데리러 갔었다. 4시 이후로는 공사를 하지 않는다고 했는데, 그보다 일찍 집에 들어오는 바람에 공사 소리를 듣게 되었다.

"조금만 참아. 금방 끝날 거야."

장 여사가 가져오는 커다랗고 빨간 딸기에 시선을 빼앗긴 규원은 선우의 말은 듣고 있지도 않은 듯했다. 많은 과일 중에 유달리 딸기를 좋아하는 규원이었다. 눈망울을 초롱초롱 빛내며 딸기를 바라보더니 포크로 꾹 찍어 장 여사에게 건네며 말했다.

"함미 먼저."

가차 없는 아빠의 교육은 이럴 때 효과를 발휘했다.

"함미는 먹었어요. 규원이 먹어요."

규원이 그 말에 되돌아온 포크를 쥐었다. 조급함을 담은 까만 눈동자가 선우를 향했다.

"엄마 먼저."

"엄마도 먹었어. 규원이 먹어."

선우도 웃음을 참고서 규원에게 말했다. 이제 한숨 돌린 규원이 딸기를 크게 베어 물었다. 장 여사가 그 모습에 흐뭇한 미소를 짓다가 선우에게 말했다.

"일주일 정도 걸린대요. 전무님이 먼지도 있고 위험하기도 할 테니까 내려가지 말라고 그러더라고요. 많이 시끄러울 것 같으면 본관으로 건너갈까요?"

"아니에요. 끝날 시간 다 되어 가는데 그냥 있을게요."

"그나저나 이제 날씨가 다 풀렸네. 봄이 왔나 봐요."

장 여사가 멀리 정원을 보며 말했다. 선우도 그 말에 고개를 들어 정원을 바라보았다. 담장에 서 있는 목련나무에 흰 목련꽃이 피어 있었다. 이제 얼마 지나지 않으면 노란 개나리도, 벚꽃도 뒤를 이어 피어날 거였다. 그때는 규원이와 손을 잡고 나무 아래를 걸어도 좋을 듯했다.

"딸기 벌써 다 먹었어?"

"딸기 조아요."

응응 고개를 끄덕이며 대답하는 규원에게서 딸기 냄새가 물씬 났다. 그 언젠가 딸기 농장을 통째로 들고 온 것처럼 쇼핑백 가득 딸기를 사 왔던 남자가 생각나는 냄새였다.

어제처럼 생생하기도 하고 아주 오래전 일처럼 까마득히 멀기도 한 그날. 종류별로 놓인 딸기를 먹다가 결혼하자는 말을 들었을 땐 귀를 의심했었다.

너만 날 좋아하면 된다는 말에 미쳤다는 소리가 절로 나왔는데, 이제는 그와 똑같이 생긴 아들이 선우의 무릎에 앉아 딸기 냄새를 폴폴 풍기고 있었다.

"엄마도 딸기 제일 좋아하는데. 엄마랑 규원이랑 똑같네?"

"또가타?"

"응. 엄마랑 규원이랑 똑같아."

드르르륵.

다시 한번 짧게 드릴 소리가 나더니 이내 잠잠해졌다. 공사를 마치면 규원이와 함께 내려가 새로 단장한 트레이닝 룸을 구경해 봐야겠다고 생각을 하며 선우는 배시시 웃는 아이의 볼에 입을 맞추었다.

이 집에서 맞이하는 네 번째 봄이었다.

늦은 밤.

문도는 주차장 엘리베이터의 버튼을 눌렀다. 주주 총회 준비로 바빠 연이어 며칠째 야근이었다. 한 손으로는 뻐근한 뒷목을 누르면서 핸드폰을 들었다. 스크롤을 쭉 내리니 명 실장이 보낸 메일의 제목이 보였다.

새로 단장한 트레이닝 룸과 연습실 사진입니다.

늦은 오후에 받은 메일을 이제야 열었다. 첨부된 파일을 누르자 전과는 달라진 지층의 모습이 보였다.

사진을 몇 장을 넘겨 확인을 한 문도는 회신 버튼을 눌렀다. 요청 사항 몇 가지와 준비해야 할 것들을 적는데 딩, 소리와 함께 엘리베이터 문이 열렸다.

요청 사항을 마저 적으며 엘리베이터에서 내린 문도는 전송 버튼을 누르고 고개를 들었다. 미등이 켜진 거실 너머로 선우의 서재가 보였다. 살짝 열어 놓은 문틈 사이로 불빛이 새어 나오고 있었다.

자정이 넘은 시간까지 안 자고 있었나. 서재를 향해 발걸음을 옮기는데 문이 열리며 선우가 나왔다.

"왔어요?"

"왜 안 자고 있어?"

"그냥, 자료 조사할 것도 있고……."

문도는 선우를 당겨 안으며 고개를 내렸다. 뭐라 말을 하려고 열렸던 선우의 입술이 그의 입술 사이에 부드럽게 닿았다. 문도는 달콤한 살점을 조금 더 깊게 베어 물었다.

고개를 기울이며 각도를 바꿀 때마다 선우가 그의 셔츠를 움켜쥐었다. 그러다 어느새 문도의 목에 선우의 팔이 감겼다. 문도는 천천히 입술을 뗐다. 발갛게 달뜬 숨을 쉬는 선우의 머리카락을 넘겨 주었다.

"기다리지 말고 자라니까."

문도는 머쓱하게 웃는 선우의 이마에 한 번 더 가볍게 입을 맞추며 물었다.

"오늘은 별일 없었어?"

선우가 고개를 들어 그를 보았다. 맑은 눈동자로 잠시 그의 얼굴을 눈에 담고는 입을 열었다.

"별일은 없었고, 규원이 공룡 동화책을 열 번 정도 읽었어요."

"브라키오사우르스 그거?"

"네. 그거."

규원이는 엄마 브라키오사우르스를 찾아 모험을 하는 아기 브라키오사우르스의 이야기를 얼마나 좋아하는지, 자기 전에도 꼭 그 책을 들고 왔다.

"내일도 별일 없을 예정인가?"

"아마도요? 수업은 4시에 끝나고, 팀 과제 같이하고. 아, 내일이면 지하 공사 끝난다고 아까 장 여사님이 말씀하셨어요. 마무리만 남았대요."

문도는 얕게 고개를 끄덕였다.

"그런데 왜요?"

"내일은 오랜만에 저녁 같이 먹게. 퇴근 일찍 할 테니까 약속 잡지 마."

선우가 반가운 표정으로 고개를 끄덕였다. 선우의 귀 옆으로 머리카락을 넘겨 주며 한 번 더 입술을 포개려는데 선우가 눈을 반짝이며 말했다.

"아, 모처럼인데 규원이 데리고 다 같이 본관 가서 먹을까요?

어머님이랑 같이? 스케줄 되나 여쭤보고서."

"……선우야."

내가 어머니랑 식사하려고 지하를 뒤엎었겠니. 그 말을 삼키며 문도는 말했다.

"본관에는 부를 때만 가는 거야."

뭐라 말을 더 하려는 선우의 입술에 문도는 다시 입술을 포갰다. 눈치 없는 이선우가 더욱 달콤하게 느껴지는 밤이었다.

오랜만에 세 식구가 마주한 저녁 식사는 고집스럽게 '내가!'를 외치는 규원 때문에 조금 소란스러웠다.

"내가, 할 뚜 이써요."

규원은 주먹을 쥐듯 포크를 잡고서 작게 잘라 놓은 두부조림을 찍어 입에 넣었다. 그리고 마지막 남은 애호박 볶음을 근심 어린 표정으로 바라보았다.

"남기면 안 돼."

문도의 한마디에 규원의 미간에 서린 근심이 조금 더 짙어졌다. 그러더니 문도를 똑바로 바라보며 말했다.

"호바근 마시 업떠요."

어눌한 발음으로 심각하게 말하는 규원을 보며 선우는 웃음을 참았다. 문도가 규원에게 차분히 말했다.

"차려 주신 음식은 맛이 없어도 먹어야 해."

"아빠처엄?"

"응. 아빠처럼."

그 말에 규원이 눈에 힘을 주더니 포크를 들었다. 작게 자른 호박 조각을 꾹 찔러 내키지 않는 표정으로 입에 넣었다. 문도는 규원이 호박을 입에 넣는 것을 지켜보다가 선우에게 말했다.

"저녁 다 먹으면 아래 내려가 볼래?"

"아, 트레이닝 룸이요?"

"응. 다 됐대. 가서 오픈식 해야지."

오픈식이라는 말이 농담이라 생각한 선우가 웃었다. 물을 마시던 규원이 컵을 내려놓고 물었다.

"그거 머야?"

"뭐가 뭐야?"

선우가 되묻자 규원이 말했다.

"그거 어프······."

"아, 오픈식? 아빠 운동실 공사 다 끝났대. 전에 규원이가 시끄럽다고 했었잖아? 그거 이제 다 끝나서 아빠 이제 새로운 운동실에서 운동할 수 있거든. 그래서 오늘 처음으로 가 볼 건데 문 열고 짜잔, 하는 거. 그게 오픈식이야."

문을 열고 짜잔, 이라는 부분에서 규원의 눈이 동그래졌다.

"나도, 규어니도."

규원이 작은 손으로 본인의 가슴을 통통 치며 말을 했다. 문도를 바라보는 아들의 눈빛이 부담스러울 정도로 강렬했다. 문도는 수저를 내려놓으며 규원에게 말했다.

"너도 가고 싶어?"

"으응!"

"그럼 오늘은 이모님이랑 자는 거야. 약속하면 데려가 줄게."

엄마도, 아빠도 있는 날인데 시터 이모님이랑 같이 자는 거라는 말에 잠시 갈등을 하던 규원이 알겠다고 고개를 끄덕였다.

"그래. 그럼 규원이도 같이 가. 아빠가 특별히 허락해 줄게."

"와, 엄마랑 아빠랑 규원이랑 같이 보러 가면 되겠다."

아이와 함께하면 트레이닝 룸을 보러 내려가는 것도 흥미진진한 일이 되고, 계절이 바뀌는 것도 특별한 일이 되었다. 선우는 빙그레 웃으며 말했다.

"우리 그럼 케이크도 가지고 내려가서 촛불 후, 할까? 아빠 운동실 새로 한 거 축하해요, 하면서?"

케이크에 초를 꽂고서 후— 부는 것을 좋아하는 규원이 응응, 하고 신이 나서 대답을 했다.

아래층으로 내려가면 일부러 와아 크게 감탄도 하고 짝짝짝 박수도 쳐야겠다고 생각하며 선우는 규원의 동그란 이마에 입을 맞춰 주었다.

"당신이 이것 좀 들어 줄래요?"

문도는 선우가 내미는 트레이를 받았다. 작은 트레이 위에는 가느다란 초를 꽂은 마카롱이 올라가 있었다. 여분의 초와 캔들 라이트까지 챙긴 선우가 규원의 손을 잡았다.

"이걸 꼭 가져가야겠어?"

문도는 앙증맞은 민트색의 마카롱과 그 위의 핑크색 초를 보며 물었다.

"규원이가 좋아하잖아요."

선우는 웃으며 대답을 했다. 문도가 잠시 선우를 바라보다가 순순히 트레이를 받아 들었다. 나란히 엘리베이터에서 내리는데 규원이 멈추어 서며 입을 벌렸다.

"우아……."

문도도 멈추어 서며 잠시 눈을 의심했다. 아이가 입을 벌리고 바라보는 곳에는 양쪽에 말뚝처럼 서 있는 황금색 봉이 있었다.

그사이에 길게 늘어진 무지갯빛 리본. 그 옆의 은쟁반과 가위, 흰색 실크 장갑까지. 광화문 사옥 오픈 날을 떠올리게 하는 풍경이었다.

"이거 다 당신이 준비한 거예요?"

선우가 문도를 돌아보며 물어보았다. 간단한 커팅식을 위한 리본과 가위. 그 한 문장이 이렇게 거한 풍경으로 실현될 줄은 몰랐지만, 준비한 것은 맞았다.

"아마도."

선우는 이 모든 것이 문도가 규원이를 위해 서프라이즈로 준비한 거라 생각하는 듯했다.

"그래서 오픈식이라고 했구나. 그냥 농담한 건 줄 알았어요. 규원아, 이것 봐, 여기 규원이 장갑도 있네? 와, 아기 가위도 있어."

앙증맞은 가위에 규원이 눈을 빛냈다. 명 실장다운 꼼꼼함이었다.

길게 늘어진 리본 뒤로 새로 단장한 트레이닝 룸의 두꺼운 유리 벽이 보였다. 긴 버티컬 블라인드가 유리 벽의 안쪽을 가리고 있고, 그 중간쯤에 역시 유리로 된 출입문이 있었다.

당연히 그의 트레이닝 룸이라 생각을 하는지 선우는 유리 벽 너머의 공간에는 안중에도 없었다. 무릎을 굽히고 앉아 규원에게 상냥하게 설명을 하고 있었다.

"엄마가 장갑 끼워 줄게. 이거 끼고 가위로 리본을 이렇게 자르는 거야. 그다음에 짜잔 하고 문 열어 보자. 그다음에 촛불 켜고 후, 하는 거야. 알았지?"

규원이 다소 비장하기까지 한 얼굴로 고개를 끄덕였다. 선우의 도움으로 규원이 아직은 헐렁한 장갑을 손에 끼고서 어설프게 가위를 잡았다.

"자, 엄마도 끼고. 아빠도 끼고……."

선우가 문도에게 흰색 실크 장갑을 내밀었다. 반은 기념 삼아, 반은 장난 삼아 둘이서 간단하게 커팅식을 할 생각이었지, 이렇게 본격적인 기념행사를 치르려 했던 건 아니었는데.

문도는 깃털도 미끄러질 것 같은 새하얀 실크 장갑을 물끄러미 바라보았다. 대충이 없는 명 실장의 스타일이 고스란히 느껴지는 순간이었다.

"어서요."

장갑을 낀 선우가 말했다. 아이만큼, 어쩌면 아이보다 더 즐거워하는 선우를 보며 피식 웃은 문도는 매끄러운 장갑을 꼈다.

"규원이 가위 같이 잡아 줘. 나는 블라인드 걷을 테니까."

"그럴게요."

기왕 이렇게 된 거 성대하게 치러 줄 생각으로 문도는 거실의 불을 껐다. 블라인드로 가려진 연습실 문을 열고서 안쪽에만 환하게 불을 밝혔다.

블라인드를 걷는 리모컨을 들고 다시 거실로 나와 고개를 끄덕여 선우에게 신호를 주었다. 선우가 낭랑한 목소리로 말했다.

"자, 그럼 이제 시작합니다. 아빠 운동실 오픈을 축하해요."

"어프 추카해여."

"자, 이제 잘라요."

문도가 리모컨의 버튼을 누르는 것과 동시에 선우의 손이 움직였다. 서걱 소리와 함께 커다란 끈이 잘려 나가고, 동시에 지잉— 소리를 내며 세로로 긴 블라인드가 옆으로 걷히기 시작했다.

우아…….

규원이 감탄사를 내뱉을 때, 웃으며 연습실을 바라보던 선우가 숨을 멈추었다.

"어……. 이게……."

블라인드가 옆으로 걷힐 때마다 아무것도 놓이지 않은 빈 공간이 조금씩 모습을 드러냈다.

밤의 정원이 보이는 맞은편의 커다란 통유리 창. 전면이 거울로 되어 있는 왼쪽 벽. 그 벽면을 따라 세워져 있는 새하얀 발레 바.

블라인드가 완전히 걷히자 가려졌던 마지막 벽이 드러났다. 탈의실이라 적힌 아치형의 문이 보였고, 그 옆에는 레오타드가 가지런히 걸려 있는 클래식한 클로젯이 있었다. 게다가 코너에 위치한 커다란 스피커까지.

선우는 눈으로 보면서도 믿기지 않아 문도에게 물었다.

"이게 뭐……예요?"

"뭐겠어. 이선우 연습실이지."

"왜……."

선우는 멍하니 중얼거렸다. 완전히 드러난 연습실에서 눈을 뗄 수가 없었다. 클로젯에 걸린 새하얀 튀튀와 레오타드. 길게 이어진 바와 그 아래에 놓인 토슈즈까지.

"이렇게 느끼하게 소개하게 될 줄은 몰랐지만."

장갑을 흘깃 내려다본 문도가 선우에게 다가왔다. 기왕 하는 김에, 라고 말하더니 초를 꽂혀 있는 마카롱에 불을 붙였다. 그리고 넋이 나간 듯 멍하니 서 있는 선우를 보며 말했다.

"연습실 오픈 축하해. 규원이도 엄마 축하해 줘."

"엄마 추카해여."

선우는 울컥하는 마음을 감당할 수 없어 눈앞의 규원을 꼭 안았다.

"상대가 틀렸어. 그쪽이 아니라 이쪽이라고."

문도의 말에 선우는 웃음을 터트렸다. 규원이 엄마 빠이, 라며 애타는 눈으로 타들어 가고 있는 초를 보았다. 규원의 재촉에 세 식구가 동그랗게 모여 후, 하고 초를 껐다. 짝짝짝. 규원이 박수를 쳤다.

"엄마 조아?"

규원이 묻는다.

"응. 좋아. 너무 좋아."

시큰거리는 눈가를 누르며 선우는 미소를 지었다.

촛불을 세 번 끄고도 한 번 더, 를 외치던 규원은 결국 문도의 품에 안겨 위층으로 올라갔다. 아무도 없는 거실에 멍하니 서 있던 선우는 환하게 빛나고 있는 연습실 안으로 천천히 한 발을 디뎌 보았다.

먼지 하나 없는 커다란 거울. 새하얀 발레 바. 데코용으로 가져다 놓은 것 같은 토슈즈와 튀튀 스커트.

선우는 이것을 준비하며 문도가 어떤 생각을 했을지를 생각했다. 아무렇지 않은 표정으로 아래 트레이닝 룸을 리모델링하겠다고 말을 했던 순간도.

어떻게 이런 생각을 했을까. 발레 바를 가만히 만져 보는데 뒤에서 인기척이 들렸다.

"마음에 들어?"

돌아보니 문도가 문가에 기대어 서 있었다. 시간이 흘렀어도 피식 웃는 가벼운 웃음이 여전한 남자. 그녀를 보는 눈빛도 여전한 남자.

"마음에 들어요."

선우는 먹먹한 마음으로 대답했다. 가볍게 고개를 끄덕인 문도가 연습실 안으로 들어왔다. 안쪽의 탈의실로 향하더니 하늘색 쇼핑백 하나를 들고나왔다.

"아직 뭐가 남았어요?"

"메인이벤트가 남았지."

선우의 물음에 문도가 답을 하며 스위치를 내렸다. 일시에 조명이 꺼진 연습실은 잠시 어둠에 잠겼다가 이내 달빛으로 가득 찼다.

"앉아."

문도의 옆으로 앉은 선우의 앞에 투명한 와인 잔이 놓였다. 문도의 앞에도 하나, 그 사이에 칸이 나누어진 나무 접시도 하나.

칸칸이 나누어진 접시 위에 올리브와 생햄이 놓였다. 마지막으로는 투명한 살굿빛이 도는 와인을 선우의 잔에 따라 주었다.

"혹시 오늘 무슨 날이에요?"

연습실에, 커팅식에, 와인까지. 혹시 자신이 잊은 기념일이었던가 생각을 하며 선우가 물었다.

"아니. 아무 날도 아닌데?"

"그런데 왜……."

"아무 날도 아닌 날이니까."

선우는 담담히 답하는 문도를 바라보았다. 커다란 창문으로는 이제 벚꽃이 흐드러지기 시작한 밤의 정원이 보이고, 달빛은 길게 내려와 문도의 어깨 위로 드리워져 있었다.

"이선우랑 술이나 한잔하려고."

문도가 잔을 들어 선우의 잔에 가져다 댔다. 가볍게 부딪힌 와인 잔에서 쨍, 하는 맑은 소리가 났다. 정말 그게 전부라는 듯한 표정으로 문도가 잔을 들어 한 모금을 마셨다. 눈이 마주치자 왜? 라고 묻는 것처럼 눈썹을 들었다.

엷은 미소를 지은 선우도 잔을 들었다. 청량하고도 쌉쌀한 와인이 부드럽게 목을 넘어갔다. 그녀의 남편을 닮은 맛이었다.

느슨하게 앉아 있는 선우의 얼굴이 발그레했다. 와인 두 잔에 목 언저리까지 발긋했다. 문도는 선우가 커다란 창문 너머의 정원을 보며 나른히 눈을 감았다 뜨는 모습을 바라보았다.

와인도 술이라고 발그레 물이 든 뺨이 귀여워서 손을 뻗었다. 머리카락을 넘겨 주고 홍조가 올라온 뺨을 쓸었다. 선우가 피싯 웃는다. 문도도 가볍게 웃었다.

"취했네."

단정하는 문도의 말에 선우가 고개를 저었다.

"취한 게 아니라, 그냥."

문도는 선우의 다음 말을 알았다.

"빨개진 거지."

선우가 새초롬하게 문도를 보더니 금세 다시 피시싯 웃었다. 그리고 잔을 들어 투명한 살구색 와인을 찰랑찰랑 기울여 보더니 한 모금을 마셨다.

"달지도 않은데 맛있어요."

청량한 장미 향이 어딘가를 스쳐 지나가는 느낌이었다. 느리게 한 모금을 삼킨 선우는 짭짤한 맛이 도는 생햄도 한 조각 입에 넣었다. 취하진 않았는데 감각이 느슨해진 것 같았다.

이런 걸 알딸딸하다고 하는 걸까.

숨이 조금 뜨거워졌고, 얼굴에는 미열이 올랐다. 선우는 무릎을 세워 머리를 기댔다. 깜빡깜빡 떴다가 감기는 눈꺼풀 사이로 남편이 보였다.

그녀의 남편은 조금은 무심한 표정으로 잔을 들어 와인을 마시고, 손가락으로 올리브를 집었다. 입에 넣으며 그녀를 보았다.

"뭘 그렇게 봐."

문도가 물었다. 당신, 이라는 대답 대신 선우는 그냥 웃었다. 한 번, 두 번, 세 번. 눈꺼풀이 깜빡이는 동안 가만히 바라보고 있자 문도가 다시 물었다.

"왜?"

선우는 조금 더 남편을 바라보다가 말했다.

"규원이가 딸기를 좋아해요."

그 말에 문도가 오묘한 표정을 지었다.

"그때, 그 봄에 말이에요."

대답 없이 그녀를 보기만 하는 남편을 보며 선우는 가만히 말을 이었다.

"당신이 사다 준 딸기가 제일 맛있었어요."

시간이 지나도 서러운 감정들은 남을 줄 알았다. 아이를 지우라 했던 것. 빼앗겠다고 했던 것. 차도 버리고 집도 버리고 서울로 올라왔던 날에 차디찬 표정으로 그녀를 기다리고 있었던 것. 억지로 이 집에 데려다 놓은 것.

잊지 못할 상처라 생각했던 감정들은 거짓말처럼 희미해졌다. 대신 그때는 보이지 않았던 어떤 장면들이 오래 남았다.

딸기를 씻어 주던 문도의 뒷모습. 붉은 딸기가 종류별로 한 알씩 놓여 있던 둥근 접시. 문 앞에 덩그러니 놓여 있던 만둣국. 무덤 같았던 차 안에서 자신을 안아 주었던 남자의 체온 같은 것이.

"킹스베리. 잊혀지지도 않네."

문도의 말에 선우는 웃으며 와인 잔을 들었다. 꼭 살구색 달빛을 담아 놓은 것 같다는 생각을 하며 한입 머금고 잔을 내려놓는데 문도가 올리브 한 알을 집어 선우의 입에 가져다 댔다.

선우는 코를 찡그리며 고개를 저었다. 찝찔한 올리브가 사실 무슨 맛인지 잘 모르겠어서 한 번 더 피하는데, 문도가 더 가까이 가져다 댔다. 먹지 않으려 이리저리 피하다가 웃음이 터지며 몸이 기울어졌다.

문도는 자신의 품에 비스듬히 누워 있게 된 선우를 내려다보았다. 웃음기를 머금은 입술은 예쁘게 휘어져 있고, 눈은 반짝이고 있었다.

"먹어 봐. 맛있으니까."

도리질을 쳐 봐도 풀색 올리브가 입술 가까이에 닿았다. 아직 입가에 웃음이 남은 선우는 믿지 못하겠다는 얼굴로 물끄러미 올리브를 바라보다가 장난스럽게 물었다.

"당신처럼?"

장난으로 물었는데, 뱉어 놓고 나니 야릇한 말이었다. 문도가 눈썹을 들어 올렸다. 웃음을 머금은 빤한 눈빛이 선우를 보고 있었다. 전이라면 민망했을 텐데 정말 취했나 보다.

선우는 손을 뻗어 문도의 얼굴을 감쌌다.

아치형으로 휘어 있는 눈썹을 더듬어 보고 속눈썹이 긴 눈꺼풀도 가만히 만져 보았다. 곧게 내려온 콧날을 따라서 손가락을 미끄러뜨렸다. 정점을 그리는 콧방울을 지나 붉은 입술로 손가락을 내렸다.

붉은 입술의 윤곽을 따라 손끝을 움직이는데 그때까지 가만히 있어 주던 문도가 짙게 한숨을 쉬며 선우의 손을 잡았다. 올리브가 데구루루 바닥을 굴러가고, 선우의 손끝이 붙들렸다.

선우는 문도를 올려다보았다. 어둠 속에서 두 눈이 만나 잠시 침묵이 흘렀다. 선우는 작게 물어보았다.

"나 춤 안 추면 어떡하려고 연습실 만들었어요?"

문도가 가늘게 웃었다. 와인은 문도가 더 많이 마셨는데 얼굴색 하나 변하지 않았다. 그건 조금 억울한 일이라 생각하는데 문도가 말했다.

"춤추라고 만든 거 아니야."

"그럼…….'

"누워서 뒹굴거리라고."

그 말에 푸스스 웃음이 새어 나왔다. 웃는 선우의 얼굴을 문도 가 감싸 쥐었다. 선우는 밤하늘처럼 드리워진 남편을 바라보았다. 달빛이 비스듬히 비추는 얼굴이 아름다웠다.

"나랑 이렇게 술도 마시고, 규원이랑 술래잡기도 해. 친구들 불러서 자랑도 하고. 그러다 내키면 춤도 춰. 그림을 그려도 좋고, 그냥 누워만 있어도 돼. 너 하고 싶은 거 다 하고 살아. 엄마 이선우말고, 아내 이선우 말고, 그냥 이선우로."

볼을 어루만지는 남편의 손길이 다정했다. 선우는 문도의 목에 팔을 감았다. 그에 맞추어 문도의 고개가 아래로 숙여졌다. 입술이 맞물리며 더운 한숨이 흘러나왔다.

가만히 닿았던 입술은 이내 벌어지며 깊게 맞물렸다. 뜨거운 혀가 안으로 밀려들어 선우의 숨을 흩트려 놓았다. 아랫배로 더운 열기가 모여드는 것을 느끼며 선우는 문도의 목을 조금 더 세게 끌어안았다.

깊게 겹쳐진 입술 사이로 열기가 밀려들었다. 숨은 어지럽게 얽혔고 가끔씩 탄성 같은 신음 소리가 흘러나왔다. 다른 각도로 고개를 비틀기 위해 문도가 잠시 입술을 떼었을 때였다. 선우가 흐트러진 숨을 쉬며 문도에게 말했다.

"더……."

문도는 다시 선우의 입술을 베어 물었다. 와인 맛이 묻어나는 입술을 벌리며 혀를 얽었다. 달뜬 숨을 쉬는 선우가 한 번씩 몸을 뒤척였고, 그럴 때마다 두 사람의 가슴이 맞붙었다가 떨어졌다.

다리와 다리가 얽히고 티셔츠가 말려 올라갔다. 커다란 손으로 부드러운 가슴을 움켜쥐자 선우가 입술을 말아 물었다. 짧게 끊어지는 신음 소리가 어두운 공간을 울렸다. 그 소리를 들으며 다시 입술을 삼키는데 선우가 말했다.

"나……. 취한 것 같아요."

그걸 이제 알았나. 문도가 어이없어서 웃는데 선우가 속삭였다.

"안아 줘요."

문도는 선우를 내려다보았다. 발갛게 열이 오른 얼굴이 예뻤다.

"올라가자."

등을 안아 일으키려는데 선우가 그의 목을 당겨 안으며 말했다.

"지금."

뒷목이 뜨끈해지는 말에 문도는 선우를 바라보았다. 내일 아침이면 연습실의 연, 자만 꺼내도 얼굴을 붉힐 이선우를 떠올리자 나쁘지 않겠다는 생각이 들었다.

"그 말, 후회하지 마."

낯 뜨거운 기억들을 많이 만들어 줄 생각으로 문도는 고개를 숙였다. 선우가 등을 들어 올리며 그의 입술을 당겨 물었다. 그를 취하게 하는 향을 머금으며 문도는 선우의 허리를 받쳐 안았다.

가느다란 신음 소리가 귀를 울리는 밤, 꽃잎은 바람을 따라 춤을 추고 달빛은 하얗게 부서져 내렸다. 아무 날도 아닌 날의 밤이 깊어 가고 있었다.

외전 5. Happy birthday to you

일주일이 지난 어느 날 아침, 선우는 본관 주방의 싱크대 앞에 서 있었다.

"말린 미역은 여기에 있고, 다음 날 쓸 고기는 전날 미리 말해 놓으면 오후에 배송이 와요. 마늘은 난 그날그날 까서 필요할 때마다 빻아서 쓰거든. 선우 씨는 그렇게까지 할 필요 없으니까 미리 빻아서 넣어 두라고 할게요."

선우는 장 여사의 말을 들으며 하나씩 기억을 해 두었다. 별채의 주방에도 어지간한 것들은 구비해 두었지만, 아무래도 본격적인 도구나 재료들은 본관 주방에 있었다. 혹시라도 필요하게 되면 여기서 구해 가야 했다.

미역은 팬트리 중간, 냄비는 싱크대 아래 칸, 눈에 보이지 않는 각종 조리 도구는 서랍 속. 부지런히 머릿속에 새겨 넣는데 장 여사가 앞치마에 손을 닦으며 말했다.

"내가 여행을 미룰까? 할 수 있겠어요?"

"아니에요. 여행 다녀오셔야죠."

올봄, 장 여사가 여동생과 함께 부은 여행 적금이 드디어 만기가 되었다. 겸사겸사 장 여사가 몇 년 만에 일주일간 휴가를 내었는데, 마침 그때 문도의 생일이 있었다.

"숙소 동에서 알아서 해 줄 텐데."

"제가 해 보고 싶어서 그래요."

선우는 싱크대에 기대서면서 말했다.

본관은 규모부터 달랐다. ㄷ자의 커다란 싱크대와 여러 개의 화구가 있고, 빼곡한 수납장과 안쪽에 팬트리도 있었다. 선우는 주방의 벽면에 걸린 커다란 화이트보드에 시선을 주었다.

식구들의 스케줄과 한 주일의 메뉴, 규원의 간식까지 꼼꼼히 적혀 있는 보드 위에는 3월 31일에 동그라미가 그려져 있었다. 별표까지 두 번 그려 놓은 그날이 바로 문도의 생일이었다.

"주말도 아니고 평일이라 힘들 텐데. 수업도 있잖아요."

"그렇긴 한데요, 오전 수업만 있으니까 한번 해 보려고요. 여사님처럼 잘하진 못하겠지만 그래도 한 번은 제가 해 주고 싶어서요."

선우는 종일토록 따뜻한 빛이 드는 연습실을 떠올리며 말했다. 남편에게 받은 게 너무 많았다. 한 번쯤은 자신도 무언가를 해 주고 싶어 의미가 있는 선물이 뭐가 있을까 생각을 하던 찰나에 장 여사의 휴가 이야기를 들었다.

"그래요, 그럼. 나야 그래 주면 편하고 좋지."

"모르는 건 조리사 아주머니께 여쭤보면서 할게요. 너무 걱정 마세요."

선우는 자신이 요리를 잘하는 건 아니지만, 못하지도 않는다고 생각했다. 레시피가 있다면 따라 하며 만들 수 있는 정도랄까. 민우와 자취 생활도 제법 했었고, 규원의 이유식도 만들었다. 칼질이 능숙하거나 계량 없이 음식을 만들 만큼 솜씨가 좋지는 않았지만 대충 흉내는 낼 수 있었다.

"메뉴는 짰어요?"

"네."

"뭐 뭐 하려고?"

"미역국 끓이고, 잡채 하고, 불고기도 하려고요. 아, 샐러드도요."

장 여사 앞이라 그런지 메뉴를 말하는 것도 왠지 쑥스러웠다.

"잔칫날 같겠네. 모르는 거 있으면 물어 가면서 해요. 요즘은 뭐 워낙 인터넷이 잘되어 있어서 검색하면 다 나온다면서."

"네. 그렇게 크게 어려울 것 같지는 않아요."

꽃도 사고 와인도 준비해야지. 미리미리 케이크도 주문해야겠다는 생각을 하며 선우는 다시 한번 화이트보드를 바라보았다.

3월의 마지막 날, 선우는 호텔의 베이커리에 있었다. 런치 뷔페가 한창일 시간이라 그런지 라운지가 복작거렸다. 선우는 앞사람이 계산하기를 기다렸다가 자신의 차례가 되었을 때 한 발자국 앞으로 나서며 말했다.

"딸기케이크를 예약했는데요."

"예약하신 분 성함이 어떻게 되실까요?"

"이선우예요."

"잠시만 기다려 주시겠어요? 바로 준비해 드릴게요."

직원이 친절한 미소를 지으며 허리를 숙였다. 쇼케이스의 유리
문이 열리는 소리를 들으며 선우는 오늘의 스케줄을 다시 한번 되
짚어 보았다.

케이크는 찾았으니까…… 백화점에 들러서 선물을 찾고, 잊지
말고 와인도 사야지. 아, 꽃. 꽃도 사야 해. 4시에는 규원이 놀이학
교. 문도 씨가 7시에는 퇴근할 수 있다고 했으니까…….

선우는 들고 있던 핸드폰을 내려다보았다. 지금이 오후 1시. 계
산으로는 시간이 모자랄 것 같지 않았다. 침착하게 준비하면 무리
없이 저녁 식사를 준비할 수 있을 듯했다.

직원에게서 케이크를 받고 주차장으로 부지런히 걸어가고 있
을 때였다. 핸드백 안의 핸드폰이 진동을 했다. 규원의 놀이학교
전화번호였다.

"네, 선생님. 네네. 제가 4시까지 데리러 갈게요. 네. 감사합니다."

평소 데리러 오던 시터 이모님과 기사님 대신 어머님이 오시는
게 맞는지 한 번 더 확인을 하기 위해 전화를 했다고 한다.

문도의 생일상을 직접 차리기로 마음을 먹고 나서, 겸사겸사 시
터 이모님에게도 하루 휴가를 드렸다. 세 식구만 오붓하게 생일을
축하하는 것도 의미가 있을 것 같아서였다.

좋아해 줄까. 그랬으면 좋겠다.

생일상을 받은 문도가 기뻐했으면 좋겠다는 생각을 하며 선우는 시동을 걸었다.

스케줄이 조금씩 뒤로 밀리기 시작한 건 선물을 찾기 위해 들른 숍 앞에 줄을 섰을 때부터였다.

이미 며칠 전에 계산까지 마쳐 놓은 터라 들어가서 찾기만 하면 되는데, 앞서 상담을 하고 있는 사람이 좀처럼 나올 생각을 하지 않았다. 차라리 아예 기다리는 팀들이 많으면 다른 일을 보고 올 텐데, 선우의 대기 번호는 3번이었다.

생각보다 길었던 기다림이 끝나고 주문해 둔 선물을 찾은 선우는 서둘러 지하의 식품관으로 걸음을 옮겼다. 케이크와 같이 먹기 좋은 와인을 추천받아 사고, 반대편에 있는 꽃집까지 빙 돌아서 갔다.

라넌큘러스 한 단을 사고, 와인에 선물이 담긴 쇼핑백까지 팔에 주렁주렁 걸고 주차장으로 내려가 시간을 확인하니 3시 반. 여유 있게 규원을 데리러 갈 수 있겠다는 계획은 그렇게 무너지기 시작했다.

"엄마아."

아슬아슬하게 4시에 맞추어 간 선우는 반가운 얼굴로 뛰어오는 규원을 안아 들었다.

"규원이가 오늘 엄마가 온다고 얼마나 자랑을 하던지요."

배웅을 나온 선생님이 말했다. 오늘은 엄마가 온다고 몇 번이나 이야기를 했다며. 가끔씩 이렇게 선우가 데리러 오는 걸 규원이 무척 좋아하는 것을 알기에 겸사겸사 데리러 가겠다는 계획을 세운 거였는데, 덕분에 시간이 많이 빠듯해졌다.

선우는 규원을 카시트에 태우고 벨트를 매어 준 뒤 빙 돌아 운전석에 앉았다. 시동을 켜고 계기판의 시계를 보니 4시 하고도 20분.

"후우. 규원아 엄마 출발할게."

선우는 숨을 크게 마시고 운전대를 잡았다. 아무래도 조금 서둘러 준비를 해야 할 듯했다.

"그러니까……. 간장이 여섯 큰술. 그리고 설탕이……."

선우는 뒤를 돌아 설탕을 찾았다. 분명 아까 잡채 양념을 만들 때 쓰고서 근처에 두었는데.

인덕션 앞에서 찾은 설탕 통을 들고 다시 양념 중이던 불고기 앞에 섰다. 레시피를 메모해 두었던 핸드폰 화면이 까맣게 꺼져 있어 양념이 묻은 손으로 다시 비밀번호를 눌렀다. 기름과 양념이 묻은 액정이 얼룩덜룩했지만 그게 문제가 아니었다.

"엄마아. 이거."

잔뜩 풀어 준 레고는 이제 시시해졌는지, 규원이 스테고사우르스가 나오는 책을 들고 왔다.

"규원아 엄마 잠깐 이거 해야 하거든? 규원이 튀밥 먹고 있을래? 엄마 금방 갈게."

선우는 규원이 좋아하는 쌀 튀밥을 꺼내 그릇에 담아 주었다. 저녁밥을 먹기 전에 과자 같은 간식은 자제시키는 편이었지만

318

지금은 어쩔 수 없었다.

미역국, 불고기, 잡채, 샐러드. 이 네 가지를 두 시간 안에 하려고 하니 정신이 하나도 없었다. 처음부터 끝까지 혼자 해 보겠다는 마음으로 손질되지 않은 재료를 받아서 더욱 그랬다.

당근을 썰다가 미역을 볶았고, 고기 양념을 하다가 당면을 삶았다. 엄마를 도와 주방일을 한 적도 많았고, 자취한 경력도 짧지 않아 어려울 거라 생각하지 않았는데, 크나큰 오산이었다.

정해진 시간 안에 네 가지 메인 메뉴를 혼자서 만들어야 하는 건 한 종류의 음식을 만들 때와는 전혀 다른 이야기였다. 마음이 조급해서 더욱 그랬는데, 문제는 규원이를 돌봐 가며 해야 한다는 거였다. 덕분에 주방은 금방 어지러워졌고, 규원이 놀고 있는 거실도 마찬가지였다.

"불고기 양념은 다 됐고, 당면만 건지면."

선우는 당면이 익은 냄비를 들어 채반에 부었다. 삶은 당면의 물기를 털고서 커다란 볼 안에 넣었다.

"엄마 머 해?"

"으응. 오늘 아빠 생일이라서 엄마가 요리해."

"요이 어뜽거?"

"불고기도 하고, 잡채도 하고. 미역국도 끓여. 규원이 미역국 좋아하지?"

까치발을 들어 아일랜드 식탁 위를 올려다보려는 규원을 보며 선우는 비닐장갑을 꼈다.

"엄마 어릴 때 생일이 되면 할머니가 이렇게 해 줬거든. 그래서 엄마도 아빠 해 주려고."

식구들의 생일이 되면 엄마는 어김없이 불고기부터 재웠다. 그래서 선우는 생일상이라 하면 잡채와 불고기, 그리고 미역국부터 떠올랐다.

엉망이 되어 가는 주방을 보고 있노라니 조리법이 비교적 단순한 파스타 같은 일품요리를 했어야 했을까, 잠깐 후회가 되기도 했지만 그래도 오늘은 생일이니까.

"이거능 당근. 이거능 머야?"

규원이 불린 목이버섯을 보면서 물었다. 아무래도 오늘만큼은 안 되겠다. 강력한 지원군이 필요했다. 선우는 끼고 있던 비닐장갑을 벗었다.

"규원아, 규원이 뽀로로 볼까?"

마지막 수단으로 선우는 규원의 앞에 태블릿을 놓아 주었다. 이제 남은 일은 잡채를 무치는 일과 불고기를 볶는 일.

그다음으로 어질러진 주방을 정리하고 요리하느라 나온 그릇들을 식기 세척기에 돌린 뒤, 꽃을 화병에 꽂고 테이블 세팅을 하면 된다. 아, 그 전에 거실을 치우고.

시간은 좀 빠듯하겠지만……. 어쩌면 많이 빠듯하겠지만……. 괜찮아. 할 수 있어.

선우는 다시 장갑을 끼고 주위를 두리번거렸다. 볶아 놓은 야채와 당면에 양념을 비빌 차례였다.

엘리베이터에서 내려 거실로 향하던 문도의 발걸음이 천천히 멎었다. 눈앞의 거실이 평소와는 많이 다른 모습이었다.

흩어진 레고 블록, 여기저기 놓여 있는 공룡 동화책, 흩뿌려진 하얀색 쌀 튀밥. 그 가운데에 규원이 앉아 미간을 모으고서 태블릿을 보고 있었다.

"서규원."

문도의 목소리를 들은 규원이 고개를 들었다. 반가운 표정을 짓는 아들을 향해 걸어가는데 파삭 소리가 나며 발끝에 무언가가 밟혔다. 슬리퍼 바닥에 흰 튀밥이 붙어 있었다.

"엄마는?"

규원의 고개가 돌아가는 곳으로 시선을 돌려 보니 아일랜드 아래로 허리를 굽히고 있는 선우가 보였다.

"아, 왔어요? 잠깐⋯⋯만요."

선우가 잠깐 고개를 들어 인사를 하더니 다시 고개를 숙였다. 문도는 고소한 참기름 냄새와 달달한 불고기 냄새가 진동을 하는 주방으로 걸음을 옮겼다.

"꺼냈다."

선우가 아일랜드 아래에서 꺼낸 건 길쭉한 타원형 형태의 접시였다.

"거의 다 했어요. 잠깐이면 되니까⋯⋯."

커다란 볼에 듬뿍 담긴 잡채를 그릇에 옮겨 담으며 선우가 말했다. 이번만큼은 혼자 힘으로 차려 보겠다고 하니 내버려 두라는 장 여사의 말을 떠올리며 문도는 주방을 둘러보았다.

다이닝 룸의 식탁 한가운데 화사한 꽃이 꽂혀 있고, 앞앞이 수

저와 앞접시도 세팅이 되어 있었다. 아일랜드 위와 싱크대 위에는 이런저런 그릇들이 나와 있긴 해도 엉망은 아니었다. 위잉위잉 돌아가는 식기세척기에 제법 괜찮은 냄새를 풍기는 불고기까지. 생각보다 주방은 멀쩡해 보이는데.

선우의 몰골만은 멀쩡하지 않았다.

코밑을 쓱 훔친 뒤에 장갑을 갈아 끼는 선우의 볼에는 깨가 붙어 있었다. 아침에 보았을 때는 반으로 단정히 묶여 있었던 머리카락은 흐트러져 이마 위로 흘러내려 있었고, 팔꿈치까지 걷어붙인 하늘색 셔츠에는 양념이 튄 자국들이 있었다.

"뭐 도와줄 건 없어?"

문도는 웃음을 참으며 잡채를 그릇에 담고 있는 선우에게 말했다. 선우가 잠깐 눈을 들어 문도를 보더니 거실로 시선을 돌리며 말했다.

"이제 차리기만 하면 돼요. 규원이만 식탁에 앉혀 줄래요?"

문도는 뽀로로에 한껏 집중해 있는 아들의 앞에 무릎을 굽히고 앉았다. 입가에 붙은 쌀 튀밥을 떼어 주고 주변에 늘어져 있는 공룡 책을 대충 한곳에 모았다.

"밥 먹으러 가자. 뽀로로 안녕해."

원 없이 뽀로로를 보고 있던 규원의 눈에 안타까움이 어렸다. 문도는 뽀요요, 하는 안타까운 소리를 들으며 태블릿PC를 껐다.

"이제 미역국만 뜨면 되니까. 잠깐만 기다려 줘요."

선우가 티타월에 손을 쓱쓱 닦은 뒤 부지런히 음식을 날랐다. 손끝에 묻은 양념을 빨아 먹기도 하고 그릇의 위치도 다시 조절해 보는 모습을 보고 있노라니 자신도 모르게 미소가 나왔다.

뭐랄까.

아이는 과자를 입에 붙이고 뽀로로를 보고 있고, 거실은 어질러져 있으며, 생일이라고 불고기와 잡채를 차려 주겠다며 팔을 걷어붙인 이선우가 있는 지금의 풍경이 어쩐지……. 언젠가 이야기로 들었던 선우네 가족을 떠올리게 했다.

퇴근을 한 엄마는 뭐라도 만들어 주겠다며 서둘러 요리를 하고, 민우는 옆에서 감자와 양파를 다듬었다고 했었다. 선우는 상을 차리고, 조금 늦게 들어온 아버지는 설거지 담당이었다고.

이선우를 지탱해 주었던, 평범하고 따뜻한 가족.

굳이 힘들여 세 식구만의 저녁 식사를 준비하려 했던 선우의 마음을 알 것 같다. 지금은 그가, 그리고 그들의 아이가 선우의 가족이기 때문이었다. 사랑. 자신이 가진 것 중에 제일 좋은 것을 주고 싶은 마음이었겠지.

"다 됐다. 오세요."

선우가 활짝 웃으며 말했다.

"응. 갈게."

문도는 규원을 안아 들었다. 오늘은 그의 생일이었다.

잡채, 불고기, 샐러드. 국과 밥, 배추김치와 깍두기.

분명 쉬지 않고 바쁘게 많은 요리를 한 것 같은데, 차려 놓고 나니 이상하게도 단출해 보였다. 게다가 열심히 할 때는 몰랐는데, 잡채는 장 여사가 해 주었을 때보다 윤기가 덜했고 면은 불어 있었다. 불고기도 당근과 파, 버섯 같은 야채가 색색으로 들어 있지 않고, 간장에 절인 듯 거무튀튀하기만 했다.

깨를 더 많이 뿌릴 걸 그랬나. 선우는 어딘가 비어 보이는 식탁을 바라보다 문도에게 물었다.

"조금 허전하죠? 밑반찬을 더 놓을까요?"

"됐어."

"김치라도 몇 개 더……."

규원을 식탁 의자에 앉힌 문도가 자리에 앉으며 말했다.

"앉아. 충분하니까."

몇 번이나 냉장고 쪽을 돌아보던 선우는 마지못해 문도의 맞은편에 앉았다. 멸치볶음이라도 꺼내 놓을걸. 살짝 후회를 하는데 규원이 숟가락으로 미역국을 떠서 후우 불었다.

"잘 먹을게."

규원에 이어 문도도 숟가락을 들었다. 선우는 살짝 긴장한 마음으로 문도가 숟가락을 입으로 가져가는 모습을 바라보았다.

"괜찮아요? 아까 간을 보긴 했는데, 계속 맛을 보다 보니까 잘 모르겠더라고요."

미역국에 이어 불고기를 집는 문도를 보며 선우는 주절주절 말을 이었다.

"그……. 불고기는 유튜브 레시피 참고했어요. 조리사 아주머니께도 물어보고요. 계량대로 하긴 했는데."

"맛있어."

문도는 딱 잘라 말했다. 그러고는 정말 괜찮냐는 표정으로 자신을 보고 있는 선우에게 한 번 더 말했다.

"맛있으니까 먹어. 만드느라 고생했을 텐데."

"규원이도 맛있어?"

고개를 끄덕이는 규원을 본 선우는 젓가락을 들어 조금씩 다시 맛을 보았다. 불고기에서는 불고기 맛이 났고, 윤기가 조금 덜한 잡채에서도 많이 먹어 본 그 맛이 나기는 했다.

"많이 먹어요. 규원이도 많이 먹어."

선우는 작게 잘라 놓은 불고기를 규원의 밥 위에 얹어 주었다. 그 모습을 흘깃 보는 문도에게도 불고기 한 점을 올려 주었다. 피식 웃는 남편의 모습을 보며 선우는 그제야 안도의 미소를 지었다.

주방은 조금 너저분하고 상차림은 어딘가 부족해 보였지만. 거실은 많이 지저분하고 이마에는 땀이 송송 배어 나왔지만.

이만하면 성공적인 생일 상차림이라고 여겨도 될 것 같았다.

밥을 먹은 뒤에는 케이크에 초를 꽂고 생일 축하 노래를 불렀다. 노래를 잘 부르지 못하는 선우는 살짝 붉어진 얼굴로 노래를 불렀고, 규원이가 마지막 단어만 따라서 불렀다.

이번에도 규원 때문에 촛불은 세 번을 껐다. 반 토막으로 줄어든 촛불에 다시 불을 붙인 선우는 문도에게 말했다.

"이제 소원 빌어야죠."

진지한 얼굴로 말하는 선우의 모습에 웃음이 나왔지만 문도는 잠시 눈을 감았다. 짧게 소원을 빌고 눈을 뜨자 선우가 다시 자리에서 일어났다.

"뭐가 또 있어?"

이만하면 행사를 끝낼 때도 되지 않았나.

"규원이 케이크 잘라 주고 있어 봐요. 금방 가져올게요."

총총 사라진 선우가 냉장고를 여는 소리가 들렸다. 잠시 후 나타난 이선우는 샴페인과 미리 잘라 놓은 과일을 들고 있었다.

아주 코스대로 준비를 했네. 문도는 한 번 더 웃음을 삼켰다. 이집에서 생일은 특별한 날이 아니었다. 다들 바쁜 사람들이라 따로 약속을 잡아 식사를 하는 일도 드물었다.

스케줄이 맞을 때나 같이 아침 식사를 하는 정도였는데, 무겁게 먹는 것을 선호하지 않는 데다 불고기나 잡채 같은 잔치 음식을 좋아하지도 않아서 아침상에 미역국이 나오는 정도가 전부였다.

그래서 이렇게 정직하고도 보편적인 생일상을 받는 건 처음이었다. 자신이 웃음을 참는 줄도 모르고 세워 놓은 계획을 우직할 정도로 성실히 실행하는 선우를 보고 있노라니 문득 예전 생각이 났다.

유혹조차 성실했던 이선우. 어설퍼도 멈추지 않았던 이선우. 어떨 때는 바보 같고 어떨 때는 미련했던 이선우.

선우는 그가 민우의 핸드폰을 별채에 두지 않았을 거라고 처음부터 생각하고 있었다고 했다.

그래도 혹시나.

집 안 어딘가에 핸드폰이 있을 가능성이 1%라도 존재할 수 있을지도 몰라서. 그 막연한 희망이라도 붙들어야만 해서. 포기는 마지막의 마지막까지 노력을 해 본 뒤에야 할 수 있는 거라서, 최선을 다하려 노력했을 뿐이라고 했다.

이선우는 그렇게 미련했고, 그렇게 포기를 몰랐다.

외롭고 지친 마음을 기댈 곳이라곤 서문도밖에 없었음에도, 그에게 기대기만 하면 편해질 수 있었음에도, 선우는 동생의 핸드폰을 찾겠다는 의지를 끝끝내 놓지 않았다. 그에게 마음을 전부 주어 놓고도 흔들리지 않았다. 아니, 흔들려 휘청거리면서도 포기하지 않았다.

사랑에 눈이 멀지 않는 너라서. 만신창이가 될지언정 포기하지 않고 계속해서 앞으로 나아가는 너라서. 그런 너여서.

관심은 끌림이 되었고, 끌림은 사랑이 되었다.

"백화점 지나가다가 지난번에 마셨던 와인 생각이 나서 사 봤어요. 케이크나 디저트랑 잘 어울리는 걸로 골라 달라고 했는데, 생일이라고 하니까 샴페인으로 골라 줬어요."

"지난번에 좋았지."

문도는 샴페인을 따며 말했다. 그 말에 선우의 얼굴이 옅게 붉어졌다.

"오늘도 기대할게."

한 번 더 얼굴을 붉히는 선우에게 샴페인을 따라 주었다. 포그르르 올라온 기포가 톡톡 터지는 소리를 들으며 건배를 했다.

"생일 축하해요."

선우가 그를 바라보며 말했다. 치워야 하는 그릇들은 늘어만 가고, 크림을 입가에 묻혀 가며 케이크를 먹는 아들은 꼬질꼬질하고, 이선우는 점점 초췌해지고 있지만.

"고마워. 이런 생일은 처음이야."

선우가 다행이라고 말하며 웃었다. 다음부터는 이럴 필요까지는 없다고 말을 해 주려다, 그 미소가 너무 뿌듯해 보여 문도는 말 없이 미소만 지으며 샴페인을 마셨다.

"벌써 시간이 이렇게 됐네요. 규원이 재워야 하는데."

어느덧 9시를 넘긴 시간. 얼굴이 발갛게 달아오른 선우가 자리에서 일어났다. 어질러진 식탁 위와 주방, 거실을 돌아보고는 마른세수를 하듯 손으로 얼굴을 비볐다.

"내가 할 테니까 선우 너는 규원이 씻겨."

"아니에요. 당신 생일인데 내가 해야죠."

선우가 생일인 사람에게 뒷정리는 시킬 수 없다는 표정으로 말했다.

"이건 내가 할 테니까, 당신은 규원이 재울 준비해 줘요."

문도는 생크림을 입가에 덕지덕지 묻히고 있는 아들을 돌아보았다. 시터 이모님과 장 여사가 살뜰히 입히고 씻겨서 언제나 말끔했던 아들은 오늘따라 꾀죄죄했다.

"시터 이모님도 휴가를 드렸다고?"

"네. 당신 생일이라서."

선우가 빈 그릇을 포개며 말했다. 그렇지. 오늘이 내 생일이지. 문도는 생일을 다시 한번 언급하는 선우를 보며 웃음을 삼켰다.

"우리 셋이서 오붓하게 보내는 게 좋을 거 같았거든요."

오붓하게 고생하는 것에 가깝지 않을까. 그 생각을 하며 문도는 식탁 의자에 앉은 아들을 빼 들었다.

"씻자. 아들."

문도는 규원을 씻기며 같이 샤워를 했다. 그사이 주방을 정리한 선우는 문도가 나온 뒤에야 씻고 오겠다며 2층으로 올라갔다.

"서규원 이리 와."

문도는 아들의 몸에 로션을 발랐다. 통통한 볼에도, 작은 손에도 로션을 발라 주고 잠옷을 입혔다. 1층 침실에 가습기를 틀고, 조명을 낮추어 두었다.

"공룡 책 이리 가져오고, 블록은 이 상자에 넣어."

말끔해진 아들의 손을 잡고 거실로 나와 흐트러진 장난감을 정리했다. 동화책을 모아 오라 시킨 뒤, 문도는 레고 블록을 통에 넣었다. 점점이 흩어진 쌀 튀밥까지 대강 정리를 하고 일어서니 편한 옷으로 갈아입은 선우가 계단을 내려오고 있었다.

"이 중에서 딱 한 권만 골라."

시터 이모님이 없는 지금, 서규원을 얼른 재워야 '셋이서 오붓하게'를 끝내고 '둘이서 오붓하게'를 실현할 수 있었다.

망설임 없이 스테고사우르스 책을 고른 규원을 안아 들고서 선우와 함께 침실로 들어갔다. 사방이 보호 가드로 둘린 커다란 침대 위로 올라간 선우가 하아, 숨을 크게 내쉬며 눈을 감았다.

"불고기하고 잡채 하는 게 이렇게 힘든 일인 줄 몰랐어요. 누우니까 너무 좋다."

어쩐지 불길한 예감이 들어, 문도는 스테고사우르스 책을 펼치며 말했다.

"이다음으로 준비한 것도 있는 거지?"

"다음이요?"

"생일인데 선물은 줘야지."

사실 다 필요 없었다. 아무것도 입지 않은 선우가 목에 리본을 두르고 오늘 밤은 내가 선물이라고만 해 준다면.

하지만 수줍음 많은 선우가 그런 도발적인 선물을 준비할 리는 없으니, 차고 있는 리본 모양의 목걸이만 남도록 이선우를 벗기는 것만으로도 만족할 수 있는데.

"아, 선물. 준비했어요. 잊어버릴 뻔했네."

피곤한 눈을 하고도 맑게 웃는 걸 보니 그가 기대하는 선물과는 거리가 먼 선물을 준비했나 보다.

"이따 올라가서 줄게요. 규원이 재우면……."

선우가 옆으로 팔을 괴고 누우며 말했다. 선우가 토닥토닥 규원의 배를 다독이는 모습을 보며 문도는 신속하게 책을 열었다. 일단 규원이부터 빨리 재워야 했다.

"스테고사우르스는 가방을 잃어버렸어요. 노란 나비가 그려진 가방을 어디에 두었는지 생각이 나지 않았어요. 가방 안에는 칫솔이랑 컵, 쿠키와 우산이 들어 있었어요."

문도는 쭉쭉 읽어 내려갔다. 어째서 공룡에게 칫솔과 우산, 쿠키 따위가 필요한지에 대해서는 깊게 생각하지 않기로 했다.

"가방아, 가방아 어디 있니."

"어딘니."

규원이 따라 말했지만, 가방은 대답을 할 수 없다는 것도 지적

하지 않기로 했다.

"파랑새야 내 가방을 보았니?"

"보안니?"

"아니, 못 보았는데?"

"모 뽀안는데?"

"애벌레야, 애벌레야 내 가방을 보았니?"

그때 툭, 하고 작은 소리가 들렸다. 고개를 들어 보니 눈을 감은 선우가 고개를 떨구고 있었다.

"선우야."

"서누야."

"자니?"

"자니?"

선우를 불러보았지만 역시 대답은 없었다. 규원의 천진난만한 목소리만이 문도의 말을 메아리처럼 따라 할 뿐이었다.

"선우야, 선우야."

"서누야, 서누야."

"일어나."

"이러나."

"이러지 마. 내 생일이잖아."

"이쟈나."

문도가 피식 웃자 규원도 웃었다.

"다음부터는."

"느은."

"그냥 호텔 가는 거다?"

"가능거다아? 긍데 아빠 이거 아니야. 스떼고 아니야. 다시 일거."

누굴 닮았는지 잠이 없는 서규원이 고개를 도리도리 저으며 말했다. 쌔근쌔근 선우의 고른 숨소리만이 야속하게 울려 퍼지는 밤.

문도는 스테고사우르스가 가방을 찾는 이야기를 세 번 더 읽고 나서야 불을 끌 수 있었다. 여러모로 특별한 생일이 아닐 수 없었다.

달칵.

조심스럽게 문이 닫히는 소리에 선우는 천천히 잠에서 깼다. 가물거리는 시야에 쌔근쌔근 자고 있는 규원이 보였다.

선우는 부스스 몸을 일으켰다.

언제 어떻게 잠이 들었는지 기억이 없었다. 피곤한 몸을 침대에 뉘었던 것까지는 기억이 나는데 그 뒤로 정전이 된 것처럼 까맣기만 했다.

멍하니 앉아 있던 선우는 주위를 둘러보았다. 아직 동이 트지 않았는지 창문 쪽이 푸르스름한 어둠이었고, 규원의 옆자리가 비어 있었다. 어젯밤 문도가 비스듬히 누워 있던 자리였다.

몇 시나 되었을까. 아직 새벽 같은데.

핸드폰을 찾아 시간을 보니 5시가 조금 넘었다. 선우는 잠이 든 규원의 이마에 입을 맞춘 뒤 침대에서 내려왔다. 머리를 묶으며 거실로 나온 선우는 주방에 들러 물을 한 잔 따랐다. 밤사이 깔깔해진 목을 축이는데 규원에게 책을 읽어 주던 문도의 목소리가 떠올랐다.

'가방아, 가방아 어디 있니.'

'어딘니.'

선우는 작게 웃었다. 강약도 없고 고저도 없이 책을 읽어 주는 무미건조한 목소리에 눈이 저절로 감겼던 게 기억이 났다. 규원이를 재우고 나서 선물을 주겠다고 이야기를 했던 것도.

늦어도 출근 전에는 전해 줘야지.

물잔을 내려놓은 선우는 아직 생일 선물을 받지 못한 남편을 찾아 2층으로 올라갔다.

작은 박스를 뒤로 감춘 선우는 문도를 드레스 룸에서 발견했다. 깨끗한 흰색 셔츠를 걸쳐 입은 문도가 단추를 잠그다 말고 흘깃 눈을 들었다. 시선이 마주치자 픽 웃더니 마저 단추를 잠그며 말했다.

"뭐 하러 일어났어."

잠에서 덜 깨었을까.

눈이 마주치는 순간 선우는 잠시 목이 막히는 기분이 들어 대답을 하지 못했다. 결혼을 하고 3년이 지났는데도 이런 순간이면 한 번씩 예전의 어리숙한 이선우로 돌아간 것만 같았다.

서문도 전무와 시선이 마주치면 목이 막혀 와 할 말을 잃었던 그때의 이선우로.

선우가 아무 말도 하지 못하고 바라보고 있기만 하자 문도가 성큼 걸어 선우의 앞으로 다가왔다. 파란 어둠 속에서 조금 더 깊게 시선이 얽혔다.

"선물…… 주려고요."

선우가 뒤로 감춘 선물 박스를 만지작거리며 말하자 문도가 한 발을 더 다가오며 물었다.

"지금?"

선우는 고개를 끄덕였다. 문도가 한쪽 입매를 올리며 비스듬히 웃었다. 커다란 창으로 스며들기 시작한 푸르스름한 여명의 빛이 어딘가 비현실적이었다. 마치 꿈과 현실의 경계에 서 있는 것만 같았다.

"늦었지만, 고맙게 받을게."

커다란 손이 뺨을 감싸 쥐는 순간, 선우는 자신도 모르게 한 발을 뒤로 물렀다. 푸른 새벽이 담긴 것 같은 문도의 시선이 가까워지고, 이어 입술이 내려앉았다.

가볍게 닿았나 싶더니 곧바로 입술이 물리며 숨이 섞였다. 혀가 거침없이 들어와 깊은 안쪽부터 아릿할 정도로 휘어 감았다.

정제되지 않은 욕망을 고스란히 드러내는 입맞춤에 선우는 조금씩 뒤로 밀렸다. 키스는 선우의 등이 한쪽 벽에 닿았을 때 잠시 멈추었다.

"아……. 선물……을."

"받고 있잖아."

문도가 말하며 선우가 입고 있는 잠옷의 단추를 풀었다. 순식간에 두 개가 풀어지고 세 개째의 단추가 풀리려는 순간, 선우는 가까스로 정신을 차리고 문도에게 말했다.

"그게 아니라……. 진짜 선물이요."

마음에 들어 했으면 좋겠다고 생각하며 선우는 문도에게 붉은색 상자 하나를 건넸다. 문도가 묘한 얼굴로 상자를 내려다보았다.

"당신한테 뭐가 필요한지 잘 모르겠어서 주고 싶은 걸로 샀어요."

필요한 건 이미 모두 가지고 있는 사람이라서 선물을 고르는 데도 오래 걸렸다. 달칵 소리를 내며 열린 케이스에는 오래전에 문도의 카드로 선우가 샀었던 그 시계와 커플로 찰 수 있는 손목시계가 들어 있었다.

피식.

문도의 김 빠진 웃음에 선우도 웃었다.

"비싼 거 샀네."

"채워 줄게요."

선우는 선반 위에 시계 케이스를 내려놓았다. 순순히 내어 주는 손목 위에 시계를 채우는데, 문도가 고개를 숙였다. 목과 어깨에 입을 맞추며 방해를 한다.

쏟아지는 장난스런 입맞춤을 피해 가며 간신히 시계를 다 채운 선우는 눈을 들어 문도를 올려다보았다. 문도의 시선이 잠시 손목의 시계에 닿았다가 다시 선우에게 향했다.

"고마워. 그런데 선우야, 그거 알아?"

뭘 아느냐는 눈빛으로 바라보니 문도가 한숨을 삼키며 말했다.

"나 어제 스테고사우르스 가방 네 번 찾아 줬어."

쿡, 하고 웃음이 터지는 순간 시계를 찬 손이 선우의 뺨을 감싸 쥐었다.

"그러니까 다음부터는 그냥 호텔 룸 넘버나 남겨 줘. 힘들게 생일상 차리지 말고."

"힘들지 않았어요."

선우는 고개를 저으며 말했다. 정말 힘들지 않았다. 몸이 피곤하긴 했지만 그건 익숙지 않은 일이라 그런 거고.

"너 어제 코 골았어."

문도의 말에 선우의 얼굴이 빨개졌다. 농담이겠지? 진짜 코 골았나? 기억이 없어도 너무 없었다. 문도는 당황한 선우의 얼굴을 보며 웃었다. 어제의 선우는 숨소리도 새근새근 예뻤었다. 물론 코를 골았다 해도 무척 귀여웠을 테지만.

"나한테 필요한 게 뭔지 알아?"

선우는 고개를 저었다.

"이선우."

이럴 때는 어떤 표정을 지어야 할지 모르겠다는 생각을 하는데 문도가 말했다.

"부족한 것도……. 이선우."

문도가 고개를 숙였다. 입술이 한 번 더 삼켜지며 다시금 혀가 밀려들었다. 깊고 짙은 입맞춤이 이어진다. 선우의 숨이 가늘게 떨리기 시작했다.

"언제쯤 너를 실컷 가져 볼 수 있을까."

느리게 입술을 뗀 문도가 말했다. 선우는 무언가에 홀린 사람처럼 문도의 눈을 바라보기만 했다.

"아이를 셋쯤 낳고, 그 아이들이 다시 아이를 낳으면. 그렇게 30년쯤 흐르면. 그때쯤엔 네가 좀 지겨워지려나."

문도의 엄지손가락이 선우의 입술을 옆으로 쓸었다. 뭉개지듯 밀려나는 붉은 살점 위로 문도가 천천히 고개를 숙였다.

"너만 보면 옷부터 벗기고 싶은 마음도 좀 줄어들고 그럴까?"

아니.

선우는 다시금 밀려드는 혀를 받으며 생각했다. 그러지 않았으면 좋겠다고. 내가 늘 당신에게 떨리듯이, 당신도 내게 떨렸으면 좋겠다고.

창문 밖으로 4월이 밝아 온다. 돌아오는 결혼기념일에는 둘이서만 여행을 가도 좋겠다는 생각을 하며 선우는 문도의 목에 팔을 감았다.

외전 6. 공항에서

시간이 흘러 어느새 연둣빛 잎들이 바람을 따라 살랑거렸다. 세상이 온통 연초록으로 물든 것 같은 날.

"바람이 따뜻해서 이제는 얇게 입어도 춥질 않네요."

햇볕이 환하게 들어오는 봄날의 오후에 장 여사가 열린 창문을 통해 말했다. 선우는 주방 창문으로 장 여사가 건네주는 소쿠리를 받아 들었다. 초록색 잔디와 아기자기한 꽃들로 꾸며진 뒤뜰에는 장난감 물뿌리개를 들고 있는 규원이 있었다.

"규원이 지금 물 주고 있는 거야?"

규원이 응, 하고 대답을 하며 코끼리 모양의 물뿌리개를 기울였다. 여러 갈래의 물줄기가 며칠 전 심은 토마토 모종 위로 뿌려졌다. 규원은 요즘 오후마다 장 여사를 따라 나가 밭에 물을 주는 재미에 흠뻑 빠졌다.

"여사님, 이게 머위잎이죠?"

선우는 소쿠리에 담긴 넓은 잎을 보며 장 여사에게 물어보았다. 장 여사가 장갑을 낀 손으로 흙이 묻은 옷자락을 툭툭 털며 말했다.

"시골에서 몇 뿌리 캐다가 담장 아래에 심었더니 이렇게 많이 번졌네요. 먹을 사람도 없는데 너무 많이 땄나."

쓴맛이 나는 머위잎을 좋아하는 남편은 열흘이 넘도록 출장 중이었다.

"결혼하고서 이렇게 긴 출장은 처음이죠?"

장 여사의 말에 선우는 네, 하고 대답하며 고개를 끄덕였다. 아닌 게 아니라 이렇게 긴 출장은 처음이었다. 예전에도 지금도 출장이 잦은 문도였지만, 2주가 넘도록 집을 비운 적은 없었다. 그 말은 곧 이렇게 오래 떨어져 있는 건 처음이라는 뜻이기도 했다.

"잘 지내신대요?"

"네. 잘 지낸대요. 바쁘기도 하고요."

드문드문 들려주는 일 이야기는 잘 모르는 선우가 듣기에도 빡빡했다. 계약 조건을 두고 몇 시간씩 마라톤 회의를 하는 건 다반사인 듯했다. 게다가 나라를 이동하느라 더 정신없기도 했다. 며칠 전에는 독일 드레스덴이었다가, 어제부터는 스위스 취리히였다.

"옆에 없으니까 허전하고 그렇죠?"

선우는 말없이 웃기만 했다. 한집에 있어도 밤이 되어서나 조금 길게 얼굴을 볼 수 있는 남편이었다. 공장을 짓고 있는 베트남이나 인도네시아 쪽으로 며칠 짧은 출장을 가는 일도 부지기수였다.

그래서 며칠씩 떨어져 있는 것에는 익숙하다고 생각했는데, 그 며칠이 일주일을 넘기고 2주를 넘어가니 때때로 멍했고, 음식은 맛이 없었다. 밤은 너무 길고 시간은 종종 멈춘 듯했다.

"이제 며칠 있으면 오는데요."

그래도 겉으로 의연한 척 말을 해 보았다. 바쁜 낮에는 그럭저럭 견딜 만하기도 했으니까. 막공에 다다르고 있는 공연에도 신경 써야 하는 일이 많았고, 중간고사용 공연을 준비 중인 학부생 후배들을 도와줘야 하는 일도 많았다. 집에 돌아와 규원을 먹이고 씻길 때까지도 괜찮았다.

그러다 규원을 재우고 밤이 내려오면 그리움이 밀려들었다. 아침이 되면 하루의 일과를 끝낸 문도가 전화를 걸어올 것을 알아도, 목소리를 듣고 서로의 안부를 전할 것을 알아도…….

마음이 앉을 자리가 사라진 기분이었다.

그래서 선우는 다른 일들로 시간을 채우려 노력 중이었다. 몸이 두 개여도 모자란다는 교수님을 대신해 이리저리 뛰어다녔다. 규원을 씻기고 재우는 일도 꼬박꼬박 선우가 했다. 사람들을 만나면 의미 없는 수다를 많이 떨었고, 얼마 전에는 숙소 동 조리사 아주머니와 함께 손뜨개도 다시 시작했다.

"낼모레가 결혼기념일인데, 전무님이 없어서 어째요."

"여사님이랑 맛있는 거 먹으면 되죠."

선우의 말에 장 여사가 실없는 농담을 들었다는 듯이 웃었다.

"다녀오면 맛있는 거 사 달라고 해요. 선물도 잔뜩 사 오라고 하고."

"네. 그럴게요."

선우는 웃으며 대답을 했다. 앞으로 다섯 밤. 다섯 밤만 지나면 남편을 만날 수 있었다.

베개 밑에서 핸드폰이 진동을 했다. 선우는 잠에 취한 채로 손을 집어넣어 핸드폰을 찾았다. 벌써 아침이 되었을까.

"네."

잘 떠지지 않는 눈을 비비며 전화를 받았다. 잠이 깨지 않은 목소리로 말하니 멀리에 있는 문도가 짧게 웃었다.

— 자고 있었어?

"이제 깼어요."

선우는 대답을 하며 침대에 등을 기대앉았다. 아이를 꼭 끌어안고 누웠어도 잠이 잘 오지 않아서 뒤척이다 새벽이 되어서야 잠이들었다. 그러다 다시 깨는 바람에 두 시간 정도를 뒤척거리다, 동이 틀 때쯤 다시 눈을 붙였다.

짧은 아침잠에 취해서인지 눈꺼풀에는 풀이 말라붙은 것 같았고, 머리는 무거웠다. 그래도 선우의 입가에는 가늘게 미소가 그려졌다.

"당신은 이제 쉬려고요?"

— 응.

취리히와 서울의 시차는 여덟 시간. 늦은 밤이 되면 문도는 선우에게 전화를 걸어왔다. 두 사람 모두 시간에 쫓기지 않고 통화를 할 수 있는 시간은 이때뿐이라 문도는 하루를 마치며, 선우는 하루를 시작하며 서로의 목소리를 들었다.

"저녁은 먹었어요?"

— 먹었어. 만찬이 있었거든.

내쉬는 문도의 숨소리가 느릿했다. 선우는 문도에게 물어보았다.

"술도 마셨어요?"

— 조금.

조금이 정말 조금일까, 하는 생각을 하는데 문도가 물었다.

— 규원이는?

"잘 자고 있어요."

— 옆에 있어?

"네. 저쪽으로 굴러가 있지만요."

온 방을 돌아다니며 자는 규원을 생각했는지 문도가 웃었다. 잠시 침묵이 흐른다.

— 너는?

"저도 잘 지내죠."

— 나 보고 싶지는 않고?

장난처럼 물어 오는 말에 대답을 할 수 없었다. 거짓이었을 때는 잘만 나왔던 보고 싶다는 말이, 빨리 돌아오라는 그 말이 목 끝에 걸려 나오지 않았다. 마른침만 넘긴 선우는 일부러 밝은 목소리를 냈다.

"며칠만 있으면 돌아오잖아요."

— 그건 그렇지.

"아, 어제부터 티라노사우르스 읽고 있어요."

— 걘 또 뭘 잃어버렸는데?

문도의 시니컬한 목소리에 선우는 웃음을 참으며 답했다.

"초록색 풍선이요."

— 칠칠치 못한 공룡들 같으니.

툭 내뱉는 말에 웃음이 나오는 동시에 가슴 아래께가 저릿거렸다. 문도에게 말한 대로 티라노사우르스는 초록색 풍선을 잃어버렸다. 초록색 풍선을 잃어버리고 슬퍼하는 티라노사우르스에게 사자 친구는 파란색 풍선을 선물로 주었다. 너구리 친구는 빨간색 풍선을 선물로 주었다.

그렇게 친구들이 건넨 보라색, 분홍색, 노란색 풍선이 차례차례 티라노사우루스의 앙증맞은 앞발에 쥐어졌고, 양손 가득 색색의 풍선을 쥐게 된 티라노사우르스는 하늘을 날아 저 멀리 산꼭대기에 걸려 있는 초록색 풍선을 찾게 된다.

나도 색색의 풍선을 쥐게 되면 당신에게 날아갈 수 있을까. 둥실둥실 밤하늘을 날아 내려앉은 곳이 당신이 있는 곳이었으면 좋겠다. 선우가 그렇게 생각을 할 때였다.

— 오늘 막공하는 날이라고 했지?

"네."

첫 공연이라며 문도가 꽃을 사 들고 왔었던 발레극 '하백'은 오늘로 막을 내린다. 45일간 이어졌던 공연의 피날레가 오늘이었다.

— 바쁘겠네.

"아마도요. 회식까지 참여해야 해서 늦을 거 같아요."

마지막 공연의 막이 내릴 때까지 기획팀과 함께 지켜보기로 했다. 회식까지 하고 나면 자정 즈음에야 들어올 수 있을 것 같았다.

―내일모레였지? 결혼기념일.

"네. 출장 다녀오면 맛있는 거 먹어요."

―그래.

문도의 대답을 들으며 선우는 창밖을 바라보았다. 바람에 흔들리는 나뭇가지에는 초록 잎이 싱그럽게 돋아 있었다.

아무도 모르지만 사실은 호텔 숙박권을 예약해 두었다. 여행은 아무래도 무리일 듯해서 하룻밤만이라도 둘이서만 지내보려고 예약을 했는데, 그다음 날 바로 문도의 출장 스케줄이 잡혀 버렸다.

―갖고 싶은 거 생각해 놔.

"그럴게요. 당신도 생각해 놔요."

선우의 대답에 문도가 피식 웃었다. 그리 길게 대화를 나눈 것 같지 않은데 시간을 보니 벌써 7시가 넘어 있었다. 취리히는 자정에 가까운 시간일 거였다.

"늦었어요. 전화 끊고 얼른 자요. 피곤할 텐데."

다시 침묵이 흘렀다. 마지막 인사를 하고서 끊어야 하는 것을 아는데 그게 잘되지 않았다. 수화기만 붙들고 있는 사이 째깍째깍 시간이 흘렀다. 이제는 정말 인사를 하고 끊어야겠다고 생각할 때였다.

―선우야.

문도가 선우를 불렀다. 불리는 이름에도 가슴이 저릿거렸다. 선우는 괜스레 시트를 만지작거리다 대답했다.

"네."

―보고 싶어.

344

느릿한 목소리가 마음을 휘감는다.

나도 당신이 너무 보고 싶어.

마음이 너무 크면 뱉어지지 않는다는 걸 선우는 처음으로 알았다. 입술만 벙긋거리는 사이 달칵, 전화가 끊겼다. 핸드폰을 꾹 쥔 선우는 한참 동안 눈을 감고 있었다.

마지막 공연의 배우와 무용수들이 커튼콜을 하고, 기획했던 이임선 교수와 무대를 연출했던 정찬주 감독이 마지막으로 함께 무대에 올랐다. 우레와 같은 박수가 쏟아지며 발레극 '하백'의 막이 내렸다.

"고생하셨습니다. 수고하셨어요."

한국 무용, 발레, 현대 무용, 뮤지컬. 다양한 장르의 배우들이 서로에게 수고했다고 말을 하며 인사를 주고받았다.

막공을 기념한 전체 회식은 한우갈비집을 통째로 빌려서 진행을 했다. 술잔을 부딪치는 소리가 여기저기서 들려왔고, 대화를 나누는 왁자한 목소리가 공간을 울렸다.

"선우 너도 고생 많았어. 수업 보조하랴, 내 비서 노릇하랴. 고생했다. 한잔 받아."

"교수님이 제일 고생하셨죠."

선우는 교수가 따라 주는 맥주를 한 잔 가득 받으며 말했다.

"수업 자료까지 챙기느라 힘들었지? 나도 나이가 들어서 그런지 부쩍 힘이 많이 드네. 다음 주 학부 애들 중간고사 기간이지?"

"네. 스케줄 나왔는데, 금요일 2시에 304호로 잡혔어요. 전날 한

번 더 알려 드릴게요."

"그래. 그때까지 나도 쉬고 너도 쉬자. 수업도 없는데 푹 쉬었다가 그다음 주에 봐. 시험 감독은 정운이 시킬 테니까."

뜻밖에 주어진 휴가에 선우는 눈만 깜빡였다. 멍하니 바라보고 있기만 하자 이임선 교수가 웃으며 말했다.

"애 엄마가 방학에 쉬지도 못했잖아. 일주일만 푹 쉬고 와."

"아…… . 네…… . 감사합니다."

"건배나 한번 하자. 끝나니까 후련하네."

선우는 교수가 호쾌한 웃음을 지으며 내미는 유리잔에 자신의 잔을 부딪쳤다. 휴가. 뜻밖의 단어가 시원한 맥주와 함께 목을 타고 내려갔다.

잔을 내려놓으며 제일 먼저 든 생각은 '갈 수 있을까?'였다. 말도 안 되는 일이라 생각하면서도 선우는 스케줄 어플을 열었다.

지금이 일요일 밤. 남편이 돌아오는 건 수요일 저녁. 결혼기념일은 화요일.

선우는 술을 마셔 어지러운 머리로 시간을 계산했다. 만약 내일 비행기로 출발을 하면…… . 그러면…… .

문도는 취리히까지 가는 데 열여섯 시간이 걸렸다고 했다. 지금 떠나 열여섯 시간이 걸려서 취리히로 간다고 해도, 몇 시간 뒤 곧바로 다시 열여섯 시간이 걸려 인천으로 돌아와야 했다.

시간을 따져 보는 동안에도 말도 안 되는 짓이라 생각했다. 고작 몇 시간 더 일찍 남편을 만나기 위해 떠나는 건, 그러는 건…… . 무엇보다 가능하지 않을 거였다. 내일 당장 출발하는 인천발 취리히 도착 비행기라니. 그럼에도 선우는 무엇에 홀린 사람처럼 핸드폰을 들었다. 검색어를 한 글자 한 글자 써 넣었다.

4월 25일 인천 취리히 항공 노선

떨리는 손으로 검색 버튼을 눌렀다. 빙글빙글 작은 동그라미가 돌아가더니 주르륵 시간표가 떴다. 쿵쿵 선우의 심장이 뛰었다.

취리히로 떠나는 비행기는 대부분 새벽에 있었다. 그것도 1시 아니면 2시. 회식이 끝나 가는 지금 시간이 자정이니, 아무리 빠르게 서둘러도 한 시간 안에 비행기를 탈 수는 없었다.

선우는 항공 스케줄이 적혀 있는 화면을 계속 아래로 내렸다. 하나쯤은 시간이 맞는 게 있을 수도 있지 않을까. 내일 오전에 아니면 오후에라도 떠나는 비행기가.

리스트를 아래로 내리던 선우의 손이 멈추었다. 있었다. 아침 8시에 출발하는 인천발 취리히행 비행기가.

부다페스트를 경유하는 항공편은 취리히까지 열다섯 시간 십오 분이 걸린다고 쓰여 있었다. 선우는 떨리는 손으로 스케줄 표를 눌렀다. 가입을 하느라 이런저런 것들을 입력하고 구매 창을 눌렀다.

어쩌면 당연한 일이겠지만, 남아 있는 항공 표는 하나도 없었다. 선우는 등을 벽에 기대고 물러앉아 각종 항공사와 티켓 플랫폼들을 검색하기 시작했다.

하나만. 딱 한 자리만.

이젠 곧 돌아올 사람을 마중하기 위해 열다섯 시간을 날아가는 일이 더 이상 어리석은 일이라 생각되지 않았다. 비효율적이라는 생각도 들지 않았다.

'보고 싶어.'

생각나는 건 깊은 밤을 날아왔던 남편의 목소리. 그리고 그 목소리를 들었을 때 목 끝까지 차올랐던 자신의 마음. 차마 뱉을 수도 없었던,

보고 싶다는 그 마음 때문에.

"후우……."

모든 플랫폼의 검색을 마친 선우는 힘없이 머리를 벽에 기댔다. 그사이 취소가 되는 표가 있을까 싶어서 몇 번을 다시 눌러도 소용이 없었다.

점점 더 소란해지는 회식 자리를 멍하니 바라보던 선우는 문득 몸을 일으켜 세웠다. 핸드폰을 열고 빠르게 연락처를 찾았다. 어쩌면 이 사람이라면.

자정에 가까운 시간인데 전화를 걸어도 되나. 짧은 망설임을 뒤로하고 선우는 버튼을 눌렀다. 두 번 만에 전화를 받는 목소리에 안도하며 인사를 건넸다.

"안녕하세요, 명 실장님. 늦은 시간에 연락드려서 죄송해요."

―아닙니다. 괜찮습니다. 무슨 일이시죠?

"다름이 아니라 혹시 비행기 표를 구할 수 있을까 싶어서요."

―비행기 표 말씀이십니까?

명 실장이 조금 의외라는 듯한 목소리로 되물었다.

"네. 내일 아침 8시에 출발하는 인천발 취리히행 비행 편이요. 제가 알아본 곳에서는 전부 좌석이 없는 것으로 나와서요. 이런 일로 밤늦게 연락드려서 죄송한데, 부탁드릴게요."

— 아닙니다. 괜찮습니다. 한 장이면 되는 거죠?

"네. 네."

— 한번 알아보겠습니다. 다시 연락드릴게요.

"네. 감사합니다."

전화를 끊으면서도 믿기지 않았다. 자신이 이렇게나 충동적으로 일을 저지르고 있다니. 그래도 가고 싶었다. 보고 싶었다. 선우는 마지막 남은 가능성에 희망을 걸며 명 실장의 연락을 기다렸다.

선우는 마주 오는 사람을 피해 몸을 옆으로 돌리며 비행기 통로를 걸었다. 마지막으로 한 번 더 자리를 확인해 본다. 네 개가 이어진 좌석 중에 가운데에 끼인 자리가 선우의 자리였다. 덩치 좋은 외국인의 무릎으로 막혀 있는 안쪽으로 들어가기 위해 선우는 비좁은 공간을 지나며 말했다.

"익스큐즈 미. 실례하겠습니다."

두 개의 자리를 지나 중간에 낀 자리에 앉았다. 옆으로 메고 있던 숄더백을 앞으로 돌려 안으며 선우는 후우, 숨을 길게 뱉었다. 고개를 돌려 보니 작은 창문으로 비행기 날개가 보였다. 정말 떠나게 되었다. 여전히 실감이 나지 않지만.

'구했습니다.'

회식을 마치고 집으로 돌아오는 길에 명 실장의 전화를 받았다. 구했다는 말을 듣는데 심장이 쿵쿵 뛰기 시작했었다.

가야겠다. 그 생각만 들어서.

'한 좌석이 남아 있어 구하기는 했는데, 이코노미석입니다. 장시간 비행이 될 텐데 괜찮으시겠어요?'

상관없다고 했다. 고맙다고도. 그리고 마지막으로 하나를 더 부탁했다. 남편에게는 알리지 말아 달라고.

'혹시 몰라서 왕복표로 준비했습니다. 돌아오시는 비행 편은 전무님과 같은 비행 편입니다.'

그 말을 들었을 땐 목이 메어 와 간신히 고맙다는 말을 했다. 그렇게 집에 돌아와서는 밤을 거의 새우다시피 했다. 얼마 되지 않는 짐을 챙기고, 몇 번이나 문도가 묵고 있는 호텔의 주소를 확인하고, 구글 지도를 열어 호텔로 가는 길을 더듬어 보았다.

선우가 취리히에 도착하는 시간은 오후 4시. 남편이 호텔로 복귀하는 시간은 대체로 저녁 8~9시 근처.

호텔 로비에서 기다릴까. 아니면 룸으로 들어갈 때까지 기다렸다가 방문을 두드릴까. 전화를 걸어 문을 열어 보라고 할까. 그때 당신은 나를 어떤 눈으로 볼까.

그 생각에 잠이 오지 않았다.

돌아오는 비행 편은 내일 오후였다. 선우가 문도와 취리히에서 머물 수 있는 시간은 하룻밤도 채 되지 않는다는 뜻이었다.

아마도 우리는 잠만 자고 일어나 다시 공항으로 가야 할 테지만. 그렇게 결혼기념일이 다 가도록 하늘을 날아 다시 서울로 돌아와야 할 테지만.

돌아오는 내내 함께할 수 있을 테니.

준비를 마친 선우는 곤히 잠이 든 규원의 이마에 입을 맞추는 것으로 인사를 대신했다. 장 여사에게도 잘 다녀오겠다는 인사를 남겼다. 깜깜한 길을 달려 공항에 도착했을 땐 부옇게 동이 트는 시간이었다.

매일 아침 걸려 왔던 모닝콜은 일부러 받지 않았다. 씻느라 받지 못했다는 메시지를 남기고, 시험 감독 스케줄이 있어 일찍 나간다는 말도 남겼다.

잘 자고, 일어나서 다시 연락을 달라는 말로 메시지를 끝냈다. 아마도 문도가 일어났을 때쯤엔 하늘 위를 나느라 전화를 받지 못하겠지만, 한국 시간으로 새벽이니 그러려니 할 거였다.

안내 방송이 나오고 이내 이륙을 시작한 비행기가 서서히 활주로를 달렸다. 선우는 핸드폰을 무음으로 해 둔 뒤 머리를 좌석에 기대며 눈을 감았다. 이제 시간을 거슬러 날아가는 일만 남아 있었다.

호텔의 레스토랑으로 내려온 송정태의 눈이 퉁퉁 부어 있었다. 그 옆에서 하품을 쩍 하며 내려오는 강선욱 과장 얼굴 역시 푸석푸석했다.

"굿모닝입니다. 전무님."

넓은 접시 가득 빵과 햄, 치즈와 계란을 담아 온 송정태가 앞자리에 앉으며 인사를 했다. 우유에 시리얼만 담아 온 강선욱도 옆자리에 앉았다.

"스케줄도 없는데 일찍 일어나셨네요."

보름 동안 누적된 피로는 어쩌지 못하겠는지, 송정태는 말꼬리에 하품을 붙이고 입을 손으로 가리며 말했다.

"일찍까지는 아니고, 제시간에 일어났습니다."

문도는 테이블 위에 놓인 진한 커피를 들어 한 모금을 마셨다. 매일 새벽같이 일어나 회의 준비며 이동 준비를 했을 때와는 확연히 다른 여유 있는 아침이었다.

"어우 죽갔네. 풀악셀로 달리다가 갑자기 멈추니까 몸이 왜 이렇게 뻑적지근한지. 강 과장, 우리 공항 갈 시간도 남았는데 한 바퀴 뛰고 올래? 강 따라서 쭉 한 바퀴 어때?"

"대체……. 몸이 뻐근한데 왜 달리기를 하세요? 이해가 안 됩니다. 이해가."

에이 그러지 말고 같이 뛰자, 몇 번을 선욱에게 치대던 송정태가 빵을 반으로 갈라 버터를 듬뿍 바르며 말했다.

"할 땐 빡셌는데, 일찍 끝나니까 여유롭네요. 아, 사모님은 뭐라세요? 일찍 돌아간다니까 좋아하시죠?"

"글쎄요. 아직 말을 안 해서."

"네? 아니, 내일이 결혼기념일이라면서요. 선물을 그렇게 사셔놓고 왜……."

송정태가 이해가 되지 않는다는 표정으로 눈을 껌뻑거렸다. 송정태의 말대로 매일 녹초가 되어 진행했던 계약이 어제를 기점으로 마무리되며 유럽에서의 모든 스케줄이 끝났다.

"아, 서프라이즈. 서프라이즈 하시려고 그러시는구나."

스스로 납득해 버린 송정태가 커다란 햄을 입에 넣더니 짜다고 진저리를 쳤다. 반은 맞고 반은 틀렸다. 일정이 빨리 끝나 하루 먼저 돌아가게 되었다고, 아마도 화요일 저녁 6시면 도착을 할 것 같다고 알려 주려 했는데 전화를 받지 않았다.

피곤한 몸을 이끌고서 씻고 나와 보니 메시지가 몇 통 들어와 있었다. 씻느라 못 받았다는, 시험 감독을 하러 학교에 가야 한다는 내용의 메시지였다. 잘 자고, 오늘 하루도 잘 보내라는 선우의 메시지를 읽으며, 이대로 모르게 하는 것도 나쁘지 않겠다는 생각이 들었다.

서프라이즈.

아슬아슬하게 결혼기념일 저녁에 도착하는 게 서프라이즈가 될 수 있을까 싶지만, 보고 싶다는 말 한 마디 없이 담담하게 잘만 지내는 이선우가 그리 놀랄 것 같지도 않지만.

"팀장님."

강선욱이 송정태를 불렀다.

"왜?"

"레고가 스위스 거였나요?"

"어……. 글쎄다."

"건물이 희한하게 레고를 닮지 않았나요?"

"어…….. 이상하네. 우리 전에 언제 이런 얘기하지 않았냐?"

"아. 맞네. 전에도 했었네요. 어쩐지 갑자기 레고 생각이 난다 싶었네."

그때 어디 거라고 했는지 기억이 나지 않는다는 두 사람의 대화를 들으며 문도는 창밖의 풍경을 바라보았다. 레스토랑의 창문으로 자전거를 타는 사람들의 모습이 보였다. 한적하고 여유로운 오전의 강가에는 백조가 유유히 떠다니고 있었다.

'좋아해요, 전무님.'

유구한 역사의 호구 유전자를 증명했던 날이 떠올라 문도는 피식 웃었다. 끊어 내려고 그렇게 길게 염병첨병을 떨어 놓고는, 좋아한다는 그 한마디에 다 날려 버렸지.

생각해 보면 참 자존심도 없었다. 하루라도 더 버텨 볼 것이지, 10분도 안 되어서 다시 전화를 걸어 바로 계속하자고. 그 여름, 밤마다 이선우를 찾아갔던 기억이 생생하다. 작은 방, 좁은 침대에서 몇 번이나 입을 맞추었던 기억도.

아주 눈이 멀었더랬지. 뭐, 지금도 마찬가지지만.

"덴마크. 덴마크였네."

4년 전과 똑같이 검색을 하고 나서야 덴마크라고 말을 하는 송정태였다. 문도는 자리에서 일어나며 말했다.

"오늘 먼저 출발하는 멤버는 두 분뿐이죠?"

"예. 오 대리랑 이 대리는 하루 더 쉬겠답니다. 6시 비행기니까 저희는 넉넉잡아 3시에 호텔에서 출발하면 되겠어요."

"그럼 쉬셨다가 이따 3시에 로비에서 뵙죠."

"네."

드디어 집에 가네, 정태가 길게 기지개를 켜며 말했다. 하루를 쉬어도 집에서 쉬어야 쉬는 것 같다는 목소리를 들으며 문도는 식당을 나섰다. 지금쯤 학교에서 돌아와 규원이 저녁 준비를 하려나.

문도는 시간을 가늠해 보다가 핸드폰을 들었다. 선우와 규원이 활짝 웃고 있는 바탕화면을 보며 엘리베이터에 올랐다. 내일이면 선우를 만날 수 있었다.

쿠쿵.

비행기가 활주로에 내려앉으며 기내가 크게 흔들렸다. 아래위로, 양옆으로 몸이 흔들리는 동안 비행기는 활주로를 달리다 이윽고 멈추어 섰다.

선우는 후우, 숨을 내쉬며 안고 있던 가방을 한 번 더 챙겼다. 떨어뜨린 것은 없는지 주위도 살펴보았다.

자리에서 일어나거나, 짐을 꺼내려 발돋움을 하는 사람들 틈새에 끼어 선우는 조금씩 조금씩 걸음을 옮겼다. 비행기에서 내린 뒤에는 공항의 메인 터미널로 가는 셔틀 트레인을 타는 곳으로 향했다.

잠시 후 셔틀 트레인에 오른 선우는 손잡이를 잡았다. 얼마 지나지 않아 바로 도착을 한 셔틀 트레인의 문이 열렸다. 선우는 우르르 사람들과 뒤섞여 내렸다. 다양한 인종의 사람들 사이에 끼어 계단을 올라가고 있자니 이제야 실감이 났다.

도착했구나.

잠들었다 깨어나기를 반복했던 기내에서는 여전히 어딘가 믿기지 않는 일이었는데, 이렇게 공항 터미널에 발을 디디고 나니 실감이 나기 시작했다.

여기는 취리히.

그녀의 남편이 머물고 있는 곳이었다.

공항에 도착한 문도는 체크인 카운터가 있는 출국동을 향해 걷는 중이었다.

"체크인 줄이 길지 않아야 할 텐데요."

마음이 급한지 송정태가 서둘러 걸었다. 강선욱이 급할 게 뭐 있냐는 목소리로 주위를 둘러보며 말했다.

"아직 시간 있는데 천천히 가도 되지 않아요? 어, 저기 커피하우스 있다. 커피 한 잔 사 올까요?"

"체크인 해야지, 수화물 보내야지, 출국 심사에 보안 검색까지. 서둘러야 해. 나 우리 경아 선물 아직 못 샀다고. 면세점에서 뭐라도 사고 비행기 타기 전에 햄버거라도 먹으려면 빠듯해."

"그러게 시간 될 때 사 두시라니까."

"바빴잖아. 인마."

면세점이 급하다는 송정태가 성큼성큼 걸었다. 문도는 먼저 가라 손짓을 한 뒤 핸드폰을 꺼냈다. 선우는 몰라도 장 여사는 알고 있어야 할 테니.

—네, 전무님. 무슨 일 있으세요? 이 늦은 시간에.

"저 지금 출발합니다."

— 예?

화들짝 놀라는 목소리에 문도는 웃으며 말을 이었다.

"일이 일찍 끝나서 하루 먼저 출발해요. 내일 도착하면 선우랑 밖에서 저녁 먹을 거니까, 식사는 준비하지 마시라고요."

— 아니…….

"선우는 모르고 있으니까 나 간다는 이야기는 말고요."

— 그……래요.

"전무님, 이쪽입니다!"

장 여사의 대답이 정태의 목소리에 가려졌다. 문도는 전화를 끊으며 발걸음을 옮겼다.

"이걸 어째. 못 만나는 거 아닌가 몰라."

장 여사만이 끊어진 전화를 바라보며 중얼거릴 뿐이었다.

도착한 비행기가 많았는지 입국심사대에는 제법 줄이 길었다. 선우는 여권과 비행기 표를 들고 차례가 오기를 기다렸다.

얼마 지나지 않아 입국심사대에 서자 공항 직원이 간단한 질문을 했다. 여행 목적은 무엇인지, 며칠간 머물 것인지, 어디에 머물 것인지.

선우는 준비한 대답을 했다. 남편을 만나기 위해 왔고, 하루를 머물 것이며, 호텔에 있을 예정이라고. 둥근 인상의 여인이 로맨틱하다고 말해 주었다. 선우는 작게 웃었고, 그녀는 행운을 빈다고 했다. 찾을 수화물이 없으니 이대로 취리히 시내로 가는 기차를 타면 되었다. 선우는 지도를 살펴볼 요량으로 들고 있던 숄더백에서 핸드폰을 꺼냈다.

"어?"

장 여사에게서 온 부재중 전화가 여덟 통이었다. 그것도 바로 전까지 왔었다. 입국심사를 하는 도중에 걸려 왔던 것 같은데 무음으로 해 놓아서 까맣게 몰랐다.

혹시 규원이가 아픈 걸까. 무슨 일이 생겼나.

선우는 급한 마음에 바로 전화를 걸었다. 신호음이 가자마자 장 여사의 목소리가 들려왔다.

— 아유, 전화를 왜 이리 안 받아요. 메시지 보셨어요?

"아뇨. 아직. 바로 전화하느라 확인 못 했어요. 혹시 집에 무슨 일 있어요?"

— 아니, 그게 아니라 전무님 지금 공항이래요. 하루 일찍 끝나서 지금 비행기 탄다고.

"네?"

— 그러니까 얼른 전화해서 비행기 타지 말라고 해요.

선우는 그대로 굳었다. 어디라고? 공항? 비행기를 타려 한다고?

잠시 모든 게 멈추었다. 삐이— 전원이 끊어진 기계처럼 뇌도 손도 동작을 하지 않았다. 그러다 일순간 깨어난 선우는 급하게 걷기 시작했다.

출국 게이트 쪽으로 가야 해.

그 생각과 동시에 서둘러 핸드폰으로 문도에게 전화를 걸었다. 한 손으로는 뚜르르르— 뚜르르르— 신호음을 울리는 핸드폰을 들고서, 고개를 돌려 표지판을 살폈다.

받아요. 전화 좀 받아.

신호음이 오래오래 울리면 끊고 다시 걸었다. 나 여기 왔는데. 당신 만나러 왔는데. 전화받아요. 그 비행기 타지 마.

간절한 마음으로 선우는 걸고 또 걸었다. 멀리에 'Departure'이라 쓰여 있는 표지판이 보였다. 선우는 여전히 울리고 있는 신호음 소리를 들으며 걸음을 빨리하기 시작했다.

송정태가 캐리어를 한쪽으로 모았다.

"수화물로 보낼 게……. 캐리어 세 개하고, 백팩 세 개. 전무님도 짐 전부 보내실 거죠?"

"네."

"어, 팀장님 제 백팩은 들고 탈게요."

"잠깐……. 나도 쇼핑하려면 가방이 있어야 하나. 그럼 짐을 좀, 다시 정리를."

송정태가 백팩을 다시 정리하느라 잠깐 어수선한 사이 누군가 문도의 다리에 쿵, 하고 부딪혔다. 금발 머리의 꼬마 남자아이였다. 차가운 오렌지 주스가 문도의 와이셔츠를 적시며 흘러내렸다.

손에 구겨진 주스팩을 들고 있는 아이가 당황한 얼굴로 문도를 올려다보았다. 오렌지 주스가 방울져 흘러내리는 사이, 아이의 부모가 와서 연신 미안하다고 사과를 했다. 괜찮다 말을 하고 아이를 돌려보낸 문도는 정태에게 핸드폰과 티켓을 맡기며 말했다.

"잠깐 화장실 다녀올게요."

긴 홀을 가로질러 화장실로 들어온 문도는 물을 틀어 손을 닦았다. 물기를 털고 화장실을 나오려는데 생각보다 많이 묻었는지 셔츠가 축축했다. 티슈 몇 장을 뽑아 툭툭 누르는데 전무님, 하고 크게 부르는 송정태의 급한 목소리가 들려왔다.

"뭐가 그렇게 급해요."

헐떡이는 목소리에 웃으며 말을 하자, 송정태가 핸드폰을 불쑥 내밀며 말했다.

"전화, 전화를, 받아 보셔야, 헉헉. 할 것 같아서."

일순 긴장한 문도는 송정태가 건네는 핸드폰을 받아 들었다. 지이잉— 진동을 하고 있는 핸드폰의 액정에 선우, 두 글자가 반짝이고 있었다.

"아까부터 계속, 울려서요, 혹시 댁에 무슨 일이 생겼을까 봐."

전화를 받으려는 순간 뚝 하고 진동이 멈췄다. 부재중 전화가 세 통. 모두 선우였다. 싸하게 피가 식으며 등줄기가 서늘해졌다. 바로 콜백을 했는데 통화 중이라는 안내음만이 들려왔다. 선우와 엇갈려 전화를 걸고 있는 것 같아, 문도는 일단 전화를 끊었다.

"명 실장님이나 본가에서 따로 연락 온 건 없었습니까? 메시지나 메일 포함해서."

"네. 없었습니다."

"잠시 핸드폰 좀."

혹시 몰라서 명 실장에게 전화를 걸어 보려고 정태의 핸드폰을 빌렸을 때였다. 손에 들고 있는 핸드폰이 다시 지이잉— 진동을 했다. 문도는 바로 전화를 받았다. 받자마자 선우의 목소리가 터져 나왔다.

　— 문도 씨, 어디예요?

　"무슨 일이야."

　— 비행기, 비행기 타지 말아요. 나 지금.

　"선우야. 무슨 일인지."

　— 나 지금 공항이에요. 그러니까 비행기 타지 마.

　숨이 가쁜 선우의 목소리가 들려왔다. 급하게 비행기를 타지 말라고 말하는 선우는 공항이라고 했다. 잠시 머리가 하얗게 비었다. 설마. 설마 그럴 리가.

　"너, 혹시."

　— 지금 어디예요? 출국 심사 마쳤어요? 벌써 나갔어요?

　선우의 목소리를 들으며 문도는 빠르게 걸어 화장실을 나왔다. 고개를 돌려 주위를 살폈다. 캐리어를 끌며 걷는 사람들, 체크인을 하고 있는 사람들, 의자에 앉아 대기 중인 사람들. 어디론가 떠나려 모여든 사람들을 눈으로 짚으며 이곳저곳을 둘러보았다. 심장이 쿵쿵 뛰었다. 이곳 어딘가에 네가 있는 걸까.

　"너 어디야."

　— 지금……. 가고 있어요. 공항 쇼핑몰인데, 체크인 카운터 1번 표지판이 보이고…….

　어디인지를 확인하고 있는 선우의 목소리 끝이 늘어졌다.

　"2번이야. 아니, 너 지금 어디야. 내가 갈 테니까."

　문도는 급히 말했다.

　— 아니요, 그냥 거기 있어요. 내가 갈게요.

걷고 있는지 선우의 목소리에는 가쁜 숨소리가 섞여 있었다. 어떻게 그냥 여기 있으라는 말인가. 네가 여기 있다는데. 지금 이곳에 있다는데.

"뭐가 보이는지 말해. 내가 갈게."

— 내가 가요. 엇갈리면 안 되잖아. 체크인 카운터 2번, 그쪽으로 갈게요. 그러니까……

가쁜 숨을 내쉰 선우가 마지막으로 말했다.

— 기다려요.

뭐라 더 말을 하기도 전에, 그 말을 끝으로 전화가 끊겼다. 문도는 조금 멍해진 기분으로 핸드폰을 내려다보았다.

믿어지지 않았다.

이선우가 긴 시간 하늘을 날아 그를 보러 왔다고 한다. 그를 보러 날아왔다고.

그의 스케줄이 일찍 끝난 것을 몰랐을 테니, 선우는 정말 하루도 채 머물지 못할 것을 알면서 비행기를 탄 거였다. 바로 돌아가야 하는 것을 알면서 이토록 무모하고도 단호하게 그를 만나러 오고 있는 거였다. 그 사실에 어이없어 헛웃음이 나왔다. 짧은 탄식 같은 웃음은 이내 목을 꽉 채우고 올라오는 어떤 감정이 되었다.

네가 온다.

그 어떤 말로도 지금의 심정을 표현할 수 없을 것 같았다.

전화를 끊은 선우는 고개를 들었다. 아까 분명히 체크인 2, 라고 써진 표지판을 봤다.

선우는 초조한 마음으로 다시 뒤를 돌았다. 왔던 길을 더듬어 걸으며 표지판을 확인했다. 마침내 보인 표지판 옆으로 하얀색 화살표가 그려져 있었다. 흰 화살표를 지표 삼아 선우는 서둘러 걷기 시작했다.

커다란 커피하우스를 지나고 초콜릿이 가득 쌓인 상점을 지났다. 마트, 옷가게, 기념품 가게와 식당. 커다란 복합 쇼핑몰을 방불케 하는 매장들을 가로지르며 선우는 화살표를 따라 걸었다.

Check in-2

검은색 바탕의 흰 글씨가 가리키는 길은 점점 선명해지고 단순해졌다. 화살표를 쫓는 선우의 걸음은 점점 빨라졌다.

하아.

3층으로 올라가는 레일에 오른 선우는 잠시 숨을 몰아쉬었다. 체크인 카운터 2번. 그것만을 되뇌며 초조한 마음으로 레일이 끝나기를 기다렸다.

이윽고 3층에 도착한 선우는 다시 걸음을 옮기려 카운터가 있는 쪽으로 몸을 돌렸다. 한 발을 내딛는 찰나, 넓은 홀 중앙에 서 있는 키가 큰 남자의 모습이 보였다.

선명한 표지판 아래에 우뚝 서 있는 남자의 시선이 그녀를 향했다. 선우는 순간 이상하다는 생각을 했다. 어째서 몸이 움직이지 않는 걸까. 여기까지 이렇게 달려왔는데. 내 목적지는 오로지 당신이었는데. 어째서.

걸음을 멈춘 채 선우는 가쁜 숨만 쉬었다. 시선이 맞닿은 순간부터 오로지 남편만 보였다.

얼마 남지 않았다. 얼마 남지 않았는데, 그렇게나 보고 싶었던 남편은 눈물에 가려 자꾸만 뿌예졌다. 고작 10미터. 후우, 숨을 내쉬며 웃은 선우는 쓱쓱 눈물을 닦았다. 흐려진 시야를 걷어 내며 걷는다.

10미터. 5미터. 3미터. 1미터.

마침내 목적지에 닿은 선우는 고개를 들어 남편을 바라보았다. 알 수 없는 눈으로 자신을 내려다보고 있는 남편에게, 내내 목 끝까지 차올라 있던 말로 애써 웃으며 인사를 전했다.

"보고 싶었어요."

그래서 왔어.

마지막 말은 하지 못했다. 남편의 뜨거운 품이 그녀를 숨 막히게 안았기 때문이었다. 세상을 모두 덮어 버리는 남편의 품속에서 선우는 눈을 감았다. 그렁그렁 맺혀 있던 눈물이 뺨을 타고 흘러내렸다.

마침내 도착한 그녀의 안식처였다.

네가 왔다. 나를 만나러.

선우를 힘껏 안은 문도는 질끈 눈을 감았다. 부드럽고 말랑한 감촉이, 떨리는 숨결이, 그 숨결을 따라서 넘어오는 향기가, 그토록 그리웠던 선우의 것이었다.

안고 있음에도 믿기지 않아 문도는 양손으로 선우의 얼굴을 감싸 쥐었다. 두 손 가득 얼굴을 쥐고서 다시 바라보았다. 눈물이 맺힌 눈을 하고서 선우는 웃고 있었다.

이마 위 보송보송 솜털 같은 잔머리. 반짝이는 눈물이 맺혀 있는 반달 같은 눈. 도톰하게 벌어진 산호색 입술. 선우가 맞았다. 그의 선우가 맞았다.

문도는 그대로 입술을 내렸다. 이곳이 넓은 공항의 한가운데라는 것도, 지나는 사람이 많다는 것도 상관없었다. 선우가 왔다는 사실 외에는 아무것도 중요하지 않았다.

산호색 입술이 벌어지며 그를 품었다. 떨리는 숨소리와 애틋한 마음이 하나로 섞이며 아릿하게 번져 갔다. 천천히 입술을 떼자, 그의 품에 안긴 선우가 고개를 들었다. 문도는 먹먹해진 마음으로 선우의 뺨을 쓸며 말했다.

"뭐 하러 왔어. 내가 갈 건데."

목소리가 떨려 나왔다. 혼자 몸으로 긴 시간 비행을 하며 고생을 했다고 생각하니 그게 왜 이리도 마음 아프고 기특한 건지.

"보고 싶어서. 그래서 왔어요."

어슴푸레 웃는 미소 위로 한 번 더 눈물이 번졌다. 문도는 뺨으로 흘러내리는 선우의 눈물을 쓸어내렸다.

"못 만나면 어쩌려고 연락도 없이 와."

"만났잖아요."

이런 일을 벌인 사람치고 태평한 대답이었다. 정말이지 선우가 이렇게 대책 없이 무모하게 날아올 거라는 생각은 단 한 번도 하지 못했다. 그래서 빨리 돌아가야겠다고, 결혼기념일에 혼자 두지 말아야겠다고 그 생각만을 했을 뿐이다.

"학교는?"

"시험 기간이라고 교수님이 휴가 주셨어요."

문도는 말을 하는 선우를 다시 한번 품에 당겨 안았다. 고작 몇 시간을 함께하기 위해서 선우가 왔다. 그 사실에 믿어지지 않을 정도로 가슴이 벅차올랐다. 그를 찾아 헤매던 눈동자와 마주쳤던 순간을, 아마도 평생 잊지 못하리라.

"당신은요? 왜 일정이 당겨졌어요?"

"협상이 생각보다 빨리 마무리 지어졌어."

"어제까지 아무 말 없었잖아요."

문도는 말을 하는 선우의 이마에 입을 맞추었다. 이마에, 코끝에, 입술에 짧게 입을 맞춘 뒤 선우의 눈을 바라보며 말했다.

"너 놀라라고."

"나도 그래요."

선우가 연하게 웃으며 답했다. 피식 웃은 문도는 선우를 한 번 더 꼭 끌어안았다. 취리히, 4년 전 여름의 그 도시 위로 그들의 이야기가 한 번 더 쌓이고 있었다.

시간이 없었다.

호텔 방의 문이 채 닫히기도 전에 입술이 포개어졌다. 선우의 원피스 지퍼를 내리는 문도의 손길이 성급했다. 어깨에서 흘러내린 원피스가 허리에 걸리기도 전에 선우의 몸이 들렸다.

"아, 흣."

브래지어의 레이스 위로 뜨거운 입김이 닿았다. 벽에 등이 닿은 선우는 고개를 꺾으며 파르르 떨었다. 몇 번을 깨물리는 동안 어느새 브래지어가 벗겨졌다. 문도의 입안으로 빨려 들어간 살점에서 낯 뜨거운 소리가 났다.

선우는 문도의 어깨를 그러쥐고 몸을 떨었다. 가슴 끝이 뜨거웠다. 저릿거렸고, 갈고리에 걸린 것 같았다. 아프도록 깨물고 빨리는 것이 좋았다. 그럴 때마다 팽팽한 줄이 당겨지며 몸이 딸려 올라가는 것만 같았다.

번져 나가는 쾌감은 또 다른 안타까움으로 이어졌다. 헐떡임의 끝에서 선우는 고개를 저으며 문도의 얼굴을 손으로 감쌌다.

"문도 씨. 문도 씨."

고개를 들지 않고 더 깊게 베어 무는 남자의 얼굴을 잡아 자신을 보게 했다. 잇새에서 빠져나오는 붉은 살점에 얼굴을 붉히면서도 선우는 문도에게로 고개를 숙였다. 입을 맞추고 싶어서였다.

정염에 물든 얼굴로 자신을 올려다보는 남자의 눈빛이 짙었다. 선우는 떨리는 눈으로 남편을 바라보았다. 깊게 얽히는 시선에 오스스 소름이 돋았다.

"보고 싶었어요."

선우는 그 말을 하며 문도의 입술 위로 자신의 입술을 포개었다. 그리웠다. 보고 싶었다. 남편이 없는 밤은 밤이 아니었고, 낮은 낮이 아니었다. 모든 것이 그대로인데 모든 것이 텅 빈 것 같아서.

"내가 당신이 너무 보고 싶었어요."

속삭이며 입술을 거듭 머금었다. 이렇게 입을 맞추고 싶었다. 그래도 부족하고 부족해 머리카락 사이로 손가락을 찔러 넣고 더 깊게 남자의 입술을 베어 물었다. 부드러운 살을 훑고서 남편의 혀를 찾아 마주 대며 안으로 빨아들였다.

하.

낮은 탄식 같은 소리와 함께 강인한 혀가 밀려들었다. 어지럽게 뒤섞이는 동안 발밑이 아득해져 갔다. 숨이 턱에 찰 만큼 깊어진 입맞춤의 끝에서 빨갛게 타들어 가는 눈으로 문도가 말했다.

"4년."

선우는 흔들리는 눈동자로 문도를 올려다보았다.

"네가 나에게 오는 데 걸린 시간."

아니야. 선우는 고개를 저었다. 왜 눈물이 나오려 하는지 모르겠다. 나는 늘 당신뿐이었는데, 당신은 이런 나를 항상 기다리는 마음으로 살았을까.

"아니. 틀렸어요."

선우는 엄지를 벌려 문도의 뺨을 쓸었다. 예전엔 몰랐던 것을 이제는 안다. 내리쬐는 햇빛을 태연히 가르며 나타났을 때부터, 무심한 얼굴로 서류에 사인을 했을 때부터, 수건을 내밀어 흐르는 물을 닦으라고 했던 그때부터. 나는.

"그렇게 오래 나는 비행기는 없어요."

선우는 언제나 아름다웠던 남편의 얼굴을 바라보았다. 그 집에 발을 들인 순간부터 항상 시선의 끝에 당신이 있었어. 당신만 나타나면 그 넓은 집이 팽팽한 공기로 가득 찬 것 같았고, 빤히 나를 볼 때면 숨이 막혀 왔어.

당신이 당신이어서, 그래서 내가 감히 커피를 마시자고, 카모마일은 어떠냐고, 그럴 수 있었다는 것을 이제는 알아.

우리가 지나왔던 모든 시간들이 사실은 서로에게로 향한 길이었다는 것을, 이렇게 만나기 위함이었다는 것을, 나도 이제는 알아요.

"열다섯 시간 십오 분."

선우는 말을 하며 문도의 입술에 부드럽게 입을 맞추었다. 내가 당신을 향해 날아온 시간은 열다섯 시간 십오 분.

"내가 날아온 시간. 그리고……."

선우는 한 번 더 문도의 입술에 입을 맞추었다. 탄식 같은 숨을 뱉는 남편의 뺨을 어루만지며 말했다.

"우리가 같이 돌아갈 시간이에요."

어쩌면 속도가 달랐을지도 모른다. 그녀의 남편은 성급한 편이고, 자신은 언제나 느린 편이었으니까.

그래도 달라지지 않는 것이 있다. 내내 서로가 서로를 향해 있었다는 것. 속도는 달라도 목적지는 같았다는 것. 그렇게 서로를 향해 걸어오고 있었다는 것.

다시 한번 입술이 겹쳐졌다. 휘감아 오는 남편의 혀를 받으며 선우는 눈을 감았다. 이제야 비로소 이 남자의 사랑이 무엇인지 알 것 같다.

화살표가 가리키는 마지막 종착역. 그중에서도 가장 잘 보이는 곳. 환하게 햇살이 드는 가장 밝은 자리. 놓치려야 놓칠 수 없는 바로 거기에 서서 오래도록 그녀를 기다려 온 마음.

그게 이 남자의 사랑이었다는 것을, 선우는 이제 알 것 같았다.

침대에 힘없이 엎드린 선우의 몸이 주르륵 끌려갔다. 문도가 품에 가두듯이 안고서 이마에 입을 맞춰 오는데 뭐라 소리를 낼 기운도 없었다.

"휴가 낼까?"

네? 하고 물어봐야 하는데, 허, 하는 숨소리만 나왔다. 문도가 선우의 이마에 입술을 댄 채로 말을 했다.

"이번 주 통째로 휴가 낼까? 신혼여행 왔다고 하고."

"누가……."

결혼 4년 차에 신혼여행을 와요……. 그 말도 기운이 없어 말줄임표로 대신했다. 침대에서, 욕실에서, 다시 침대에서 연이어 정사를 갖는 바람에 손가락 하나 까딱할 기운이 없었다.

게다가 작년 여름에 평창을 가지 않았던가. 그때도 신혼여행 대신이라고 했던 것 같은데.

"휴가 낼게. 이틀만 더 있다가 가."

"휴가는……. 규원이랑 같이……. 가야죠."

"그럼 연차 쓸게."

임원도 연차가 있나. 잠시 그 생각을 하는데 문도가 짐짓 진지한 목소리로 말했다.

"너는 모르겠지만, 취리히가 유서가 깊은 도시예요."

어떤 점에서 유서가 깊은 거냐고 묻지도 않았는데 말을 잇는다.

"여기서 내가 두 번이나 고백을 받았잖아. 4년 전에 전화로 한 번, 오늘은 육성으로……."

말을 하다 말고 문도가 손을 들어 손가락을 꼽았다.

"침대에서, 욕실에서, 바닥에서, 또 어디였더라? 아, 내 위에서.

네 번인가?"

"그거는 당신이."

"당신이?"

짓궂은 문도의 표정에 선우는 으, 소리를 내며 문도의 어깨에 머리를 묻었다. 정신없이 보고 싶었다고, 사랑한다고, 그러니까 제발 그만하라고 더는 못 견딜 것 같다고 몇 번이나 애원했던 것이 기억나 얼굴이 화르륵 타올랐다.

"리마트 강변에 산책로가 있어."

뒷머리를 감싸 안으며 말을 하는 남편의 목소리가 다정했다. 선우는 고개를 들었다.

"샌드위치를 사서 벤치에서 먹자. 산책로를 따라서 산책도 하고, 백조도 보고."

음……. 나쁘지 않을 것 같았다. 아니, 좋을 것 같았다. 선우는 둘이서 손을 잡고 봄날의 강변을 걷는 모습을 상상했다.

"해 질 녘엔 전망이 좋은 레스토랑에 가서 근사한 저녁도 먹어. 장 여사랑 규원이가 좋아할 만한 선물도 사고, 꽃집에 들러서 꽃도 한 다발 사."

이어지는 남편의 목소리는 근사했고, 상상으로 그려지는 취리히의 풍경은 아름다웠다. 그래서일까. 눈꺼풀이 점점 무거워진다. 선우가 가만히 듣고 있기만 하자 문도가 빙그레 웃더니 다시 말을 이었다.

"호텔로 돌아오는 길에는 트램을 타고, 아무 길가에 내려서 다시 걸어. 호텔로 돌아와서는 다시 사랑을 나누고. 또 나누고. 또 나누는 거지."

선우는 가만히 눈을 감았다. 나른한 졸음이 몰려왔다. 나른하게 등을 쓸어 주는 문도의 손길 때문인 것 같았다. 밤을 새우다시피 하면서 비행기를 타서 그런지도 몰랐다.

"결혼기념일이니까 한 번 더 해야겠다."

그런 게 어딨냐는 말 대신 선우는 눈을 감은 채 피식 웃었다. 문도의 손길이 부드럽게 선우의 머리카락을 넘겨 주었다. 선우는 무거워진 눈꺼풀을 들어 남편을 바라보았다. 깜빡, 깜빡, 느리게 점멸하는 시야 속에 눈이 부시도록 아름다운 남자가 있었다.

"선우야."

"네……."

"다음 생에도 꼭 나를 만나."

"으응……."

"꼭 나를 만나러 다시 와 줘."

그때 대답을 했는지 잘 기억이 나지 않았다. 선우는 남편의 품을 파고들며 눈을 감았다. 달칵, 시곗바늘이 한 칸을 움직여 하나로 모였다.

4월 26일, 00시 00분.

서로의 품에서 맞이하는 그들의 결혼기념일이었다.

〈러브 어페어〉끝.

선우에게

내가 분명 내 생일은 호텔에서 오붓하게 보내고 싶다고 말을 했던 것 같은데, 어째서 서규원의 수제 케이크 만들기 쿠킹 클래스가 된 건지.

이 기막힌 사태에 엄중한 책임을 물으려 올라왔더니 왜 또 너는 아이와 함께 불도 끄지 않고 곤히 자고 있는 건지.

나는 왜 그런 너를 깨우지 못하고 고이 시트만 덮어 주고 나온 건지.

이 사달을 만든 장본인인 네게 묻고 싶지만 너는 지금쯤 규원이와 꿈나라를 헤매고 있겠지.

내 생일마다 늘 색다른 즐거움을 선사해 주는 선우야.

오늘 너의 하루는 어땠니. 행복한 하루였니.

내가 이런 걸 물으면 너는 이상하게 생각하며 나를 보겠지. 문도 씨 그런 거 물어보는 사람 아니잖아요, 그런 눈을 하고는 어디 아픈 건 아니냐며 진심으로 걱정하는 표정으로 물어보는 네 모습이 눈에 선해.

그도 그럴 것이 너에 관해서라면 의심하지 않는 사람이 나였으니까. 나는 너에 관해서는 한 번도 흔들리지 않았으니까. 예전이나 지금이나 나는 너만 있으면 되고, 그건 한 치의 거짓이 없는 진심이지만.

그런데 선우야.

나는 요즘 한 번씩 속으로 네게 묻곤 해.

규원이와 생일 케이크에 딸기를 올리는 너를 보면서.

아직 여자아이일지 남자아이일지 모를 송송이의 모자를 뜨는 너를 보면서.

얼굴에 로션을 바르다 거울로 눈이 마주친 내게 웃어 주는 너를 보면서 한 번씩 물어.

선우야, 행복하니.

물론 지금의 우리가 행복하다는 것에는 의심이 없지.

너의 하루가 불행해 보여서 하는 말이 아니야. 우리가 충분히 행복하다는 것쯤은 알아. 너는 한 번씩 내게 더 바랄 것이 없을 정도로 행복하다 말하곤 하니까.

소리 내 묻지 못하는 건, 그늘이 드리우기 전의 네 삶이 떠올랐기 때문이야.

네가 네 부모님을, 민우를 잃지 않았을 때만큼, 그때만큼 온전히 행복할까. 내가 그만큼의 행복을 네게 주고 있나. 나와 함께 있을 때 너의 가장 깊은 곳, 그 안쪽의 그늘에도 햇빛이 들까. 생각하면 나는 아직 자신이 없어.

그래서일까.

요즘 나는 한 번씩 네가 보이는 꿈을 꿔.

꿈속에서 너는, 해가 여과 없이 들이치는 거실의 소파에 앉아 있어. 서류를 앞에 두고 앉아 있다 계단을 내려오는 나를 올려다보지.

그때의 너는 살짝 긴장을 하고 있고, 나는 서류를 넘기며 네 이름을 확인해. 그리고 너는 곧 서유라가 뿌린 물을 맞게 되지.

꿈속의 나는 보이지 않는 관객이 되어 한 편의 연극 무대를 보듯 그 장면을 바라봐.

어떤 날은 네가 처음 카모마일 차를 들고 올라왔던 날로 돌아가. 마른 입술을 축이며 내게 차를 건네는 너와, 그런 너를 보며 어이없다는 듯 웃고 있는 나를 보지.

또 어떤 날은 너를 처음 안았던 날을 봐. 길고 긴 고통 속에서도 신음 한 번 내지 못하고 내게 매달려 있는 너와 그런 너를 샅샅이 발라먹고 무정히 돌아서는 나를.

처음엔 왜 이러나 했어.

송송이를 가진 뒤로 꿈이 너무 생생해진다는 너를 닮아 가는 건가. 이러다 입덧도 따라 할 판인가. 5년이나 지난 일들이 왜 이제 와 한 번씩 꿈에 나오나. 너무 잘 지내고 있는 것 같으니 하늘에 있는 서유라가 심술이라도 부리는 걸까.

꿈에서 깨며 생각했다가 내 옆에서 자고 있는 너를 보며 피식 웃고 말았지. 그 모든 시간을 거쳐 지금의 내 옆에 네가 있으니 괜찮다 생각했거든.

그러다 한 번은 그날로 돌아갔어.

네가 숨죽여 핸드폰을 찾은 날. 내가 그런 너를 조롱하며 핸드폰을 던져 버린 날. 네가 산산이 깨지는 것을 보면서 이게 맞다고, 고집스럽게 되뇌었던 날로.

그날 너는 피 같은 눈물을 뚝뚝 흘렸고, 상처 입은 목소리로 절규를 했어. 무참하게 깨진 눈동자로 내게 달려들며 동생의 핸드폰을 돌려 달라고 짐승처럼 외쳤지.

나는 관객이 되어 그 모습을 보았어.

울부짖는 너와

그런 너를 차가운 눈으로 내려다보는 나를.

아무것도 남아있지 않은 너와,

그런 너를 한 번 더 버리는 나를.

돌아보면 선우야.

내가 참 일관적으로 못됐더라. 멀리에서 보는 나는 서유라보다도 훨씬 못돼 처먹어서 상처 입은 너를 아무렇지 않은 얼굴로 긋고 또 그어.

수치스러운 방법으로 너를 안고 모멸감을 주는 말을 해. 싸구려 취급을 하다가 마음대로 되지 않는다는 이유로 내동댕이도 쳐.

장면은 매번 바뀌어.

아이를 가졌다는 너를 미친놈처럼 찾아갔던 날일 때도 있고, 만둣국 한 그릇을 고개 푹 숙인 채 떠먹는 너를 보는 날일 때도 있어.

그것만 보이면 참 좋을 텐데, 관객인 나는 그때의 네 마음을 환하게 알고 있지.

네 하루가 얼마나 아슬아슬했는지, 내게 안기는 밤이 얼마나 길었는지, 벼랑 끝 외줄을 타는 심정으로 견디고 있다는 것까지 모두 알고 있어.

그래서 한번은 말을 하려 했지. 손을 뻗으려 했어. 문을 열지 말라고. 그 품에 안기지 말라고. 그런데 꿈속의 나는 입도 손도 없어서 내게 안기는 너를 지켜봐야만 했어.

아. 너무 걱정은 마.

매일 그런 건 아니고, 어쩌다 가끔 꾸는 꿈일 뿐이니까. 아무튼 한두 번일 줄 알았던 꿈이 거듭되면서 나는 이유를 찾기 시작했지. 왜 이런 꿈을 꾸나. 회사 일로 스트레스가 많은가. 대체 무슨 이유로 지난날들이 반복되나.

행복해서 그런 건가 생각도 해봤어.

플러스마이너스를 맞추는 것처럼, 네가 있고 규원이가 있고 아직 작은 송송이가 배 속에 있는 지금이 완벽하다고 말할 수 있을 정도로 행복해서 꿈에서라도 균형을 맞추는 건가. 너를 어떻게 얻었는지 잊지 말라고 무의식이 말하는 건가.

그러다 깨달았지.

잠결에 눈을 뜬 네가 꿈을 꾸고 일어나 앉아 있는 나를 보고는 이리 오라며 손짓을 했던 날.

마주 누워있는 내 얼굴을 두 손으로 감싼 네가 빨리 자야지 키가 큰다는 말을 해서 싱겁게 웃었던 날.

아침이 되면 참외를 먹어야겠다고 중얼거리며 네가 나를 안아주었던 그 날.

나는 알았어.

내가 한 번씩 예전으로 돌아가는 이유는.

외롭고 절박했던 너와,

그런 너를 함부로 대하는 나를 자꾸만 보게 되는 이유는.

선우야.

그건 내가 후회하기 때문이야.

한때 나는 시간을 돌려 처음으로 돌아가도 전부 다시 반복할 거라 생각했어. 수백 번을 돌아가도 똑같이 할 거라고. 수백 번 너를 산산이 깨부수는 한이 있어도 전부를 다시 하겠다고. 너를 갖기 위해서라면 얼마든지 다시 할 수 있고, 그 모든 일들에도 불구하고 다시 너를 사랑할 거라고.

그 말이 널 분노하게 했었지. 그래서 소리 질러 가며 싸우다 결국 너와 다시 합치게 되었으니 결과적으로는 잘한 일 같긴 하지만.

5년의 시간이 흐른 지금,

나는 후회를 해. 그리고 꿈을 꾸지.

우리가 만났던 순간들로 돌아가는 꿈을.

처음이 아니라면 그다음이라도, 그다음이 아니라면 그다음이라도, 그것도 안 된다면 다음의 다음 순간으로라도 돌아가 우리의 시간들을 되돌려 놓고 싶어서.

선우야.

이제 나는 그때로 돌아가면 너를 뽑지 않아.

면접에서 퇴짜를 놓고, 커피도 카모마일도 마시지 않겠다고 말해.

돌아서는 나를 붙잡는 너를 여러 번 뿌리치고, 그래도 매달리면 대체 왜 이러는 거냐고 물어보지. 네 사정을 듣고 나서는 안타까운 일이지만 도울 수 없다고 말을 해.

그래. 나는 그런 꿈을 꿔.

너를 돌려보내는 꿈을. 무슨 일인지 물어보는 꿈을. 안타깝지만 도울 수 없다고 말해 놓고 신경이 쓰여 한 번 더 네 서류를 들여다보는 꿈을.

그러다 망연히 주저앉은 네가 마음에 남아 결국은 손을 내미는 꿈을. 그동안 힘들었겠다고 한 마디 위로를 하는 꿈을. 네 뺨을 타고 흐르는 눈물을 바라보다 손수건을 내미는, 그런 꿈을 꿔.

그랬더라면 네가 먼저 나를 좋아할 수도 있지 않았을까. 묵묵히 너를 도와줬더라면 너는 내게 감사하다고 말을 했을 텐데.

어깨 으쓱이며 고마우면 밥이나 한번 사라고 할걸 그랬지. 커피를 사 달라고, 케이크도 사 달라고 할걸. 그랬으면 너는 그때부터 나를 보며 웃어 주었을지도 모르는데.

길게 말하고 있지만 좋네 싫네 염병 첨병을 떨기 전에 잘해 주기나 할걸, 하는 후회를 하고 있다는 이야기야.

아, 물론 걱정은 안 해. 어떤 길을 선택한다 해도 우린 결국 이어졌을 거고 규원이도 무사히 세상에 나왔을 거니까. 너도 알겠지만 내가 그 정도는 하잖아.

선우야.

나는 이제야 내 마음보다 네 상처를 걱정하는 사랑을 해. 그건 아마도 내 마음이 풍족할 만큼 네가 내게 사랑을 주어서겠지.

네 마음을 배불리 먹은 뒤에야 뒤늦게 그때의 너를 돌아보는 나는, 아직도 무척이나 이기적인 사람이지만.

너의 슬픔이 옅어지기를 바라.

너의 행복이 커지기를 바라.

봄이, 여름이, 가을과 겨울이,

네게는 모두 동화 같은 이야기로 남기를 바라.

그러기 위해서라면 시간을 되돌리고 싶을 정도로,

나는 너의 행복을 바라.

그럴 수 있다면 내가 네 삶에 늦게 들어간다고 해도, 우리의 이야기가 다르게 적힌다고 해도, 어쩌면 네가 나를 아주 늦게서야 알아본다고 해도, 이제 나는 기다릴 수 있을 것 같아.

네가 나를 속여도 되지 않게, 위태로운 날들을 살지 않게 내가 잘할 수 있을 것 같은데, 그 모든 시간을 어리석게 지나온 나는 야속하게도 그냥 꿈만 꿔.

알고 있어.

우리가 그 시간을 지나왔기에 후회도 할 수 있다는 것을. 다시 그때로 돌아가면 다시 어리석은 선택을 하고, 또다시 서로에게 상처를 주고, 같은 역사를 반복하다 결국 바뀌는 것 없이 서로의 옆에 서 있겠지.

그러니 이 긴 편지는 아마도 네게 전하지 않을 테지만.

선우야.

나는 이제 그 꿈을 그만 꾸려고 해.

돌아가 후회하는 마음으로 너를 보는 일은 그만하려고 해.

어떻게 하면 그만 꿀 수 있는지 이제 그 답을 알 것 같아. 아까 케이크에 올린 크림을 먹여 주는 척하다 내 코에 묻혀 놓고 웃는 너를 보며 문득 깨달았거든.

내일 아침이 되면, 너에게 미안하다 말을 하려 해.

너는 아마 눈을 동그랗게 뜨겠지. 뜬금없이 무엇이 미안한 거냐고 물을 테고, 5년 전 봄이, 여름이, 가을과 겨울이 미안하다고 말을 하면 한동안 말이 없다가 글썽이는 눈으로 나를 보겠지.

그리고 아니라고 하겠지. 처음부터 나를 속인 건 너였다고 할 거고, 아무 것도 몰랐던 나를 속여서 네가 더 미안하다고 하겠지. 내가 아는 너는 그렇게 내게 따뜻한 위로가 되어 줄 테지만.

사랑하는 선우야.

미안해.

내가 조금 더 잘할 걸 그랬지.

이제야 후회를 해 보지만 시간을 되돌릴 방법이 없는 나는 사과밖에 할 수 있는 게 없네. 아마 예전의 나였으면 그마저도 하지 않고 다른 것으로 보상하겠다 마음을 먹었겠지만.

내일의 나는 후회가 없기를 바라.

너에 대해서만큼은 아쉬움이 남는 삶을 살지 않기를 바라.

내일의 나는 오늘의 나보다 조금 더 넓고 큰 사람이 되기를, 너와 아이들이 내 울타리 안에서 부족함 없이 행복하기를, 그래서 먼 훗날, 누군가 네게 사랑이 무어냐고 물었을 때 당연하다는 듯 미소 지으며 내 이름을 말하기를 바라.

자, 이제 나는 사과를 할 예정이니, 너는 홀로 보낸 내 생일 밤을 보상할 방법을 찾길. 미리 말해 두지만 나는 맨입으론 안 넘어가. 맨몸이라면 또 모를까.

　쓸데없는 말이 길었다.

　보내지 않을 편지는 이쯤에서 마무리하고 네 옆으로 갈게. 내년 생일은 부디 너와 단둘이 호텔에서 보낼 수 있기를.

이 밤, 이선우가 좋은 꿈을 꾸기를 바라며.

2024년 3월 31일, 서문도.

작가의 말

안녕하세요, 이유진입니다.

〈러브 어페어〉를 선보인 지 벌써 3년이 흘렀습니다. 처음 시작부터 종이책으로 만나게 된 지금까지, 많은 분들의 도움과 응원이 있었기에 가능했다는 걸 새삼스레 깨닫게 됩니다.

첫 줄부터 마지막 마침표까지 손을 잡고 함께 달려 주신 저의 러닝메이트, 카멜 출판사. 〈러브 어페어〉를 많이 아껴 주셨던 네이버시리즈. 이렇게 멋진 책으로 다시 만날 수 있게 해 주신 파란미디어. 그리고 무엇보다 문도와 선우의 이야기를 사랑해 주신 독자님들.

감사한 마음을 담아 마지막 편지를 썼습니다. 이로써 문도와 선우의 이야기에 정말로 마침표를 찍게 되었네요. 두 사람의 이야기가 잠시의 위로가 되었으면 좋겠습니다.

저는 또 열심히 다른 이야기를 준비하겠습니다. 그때 우리 다시 만나요.

좋은 꿈을 꾸시길 바라며.
2024년 여름, 이유진 드림.